古典文獻研究輯刊

三 編
曾永義 主編

第 **27** 冊

蘇洵古文研究

王聖友 著

國家圖書館出版品預行編目資料

蘇洵古文研究／王聖友 著 — 初版 — 新北市：花木蘭文化出
版社，2011〔民 100〕
目 2+222 面；19×26 公分
（古典文學研究輯刊 三編：第 27 冊）
ISBN：978-986-254-567-6（精裝）
1.（宋）蘇洵 2. 學術思想 3. 古文 4. 文學評論
820.8   100015026

ISBN-978-986-254-567-6

古典文學研究輯刊
三 編 第二七冊   ISBN：978-986-254-567-6

蘇洵古文研究

作　　者　王聖友
主　　編　曾永義
總 編 輯　杜潔祥
出　　版　花木蘭文化出版社
發 行 所　花木蘭文化出版社
發 行 人　高小娟
聯絡地址　新北市永和區中正路五九五號七樓
　　　　　電話：02-2923-1455／傳眞：02-2923-1452
網　　址　http://www.huamulan.tw 信箱 sut81518@ms59.hinet.net
印　　刷　普羅文化出版廣告事業
初　　版　2011 年 9 月
定　　價　三編 30 冊（精裝）新台幣 48,000 元

蘇洵古文研究

王聖友　著

作者簡介

王聖友，1982 年生，彰化縣北斗鎮人，南亞技術學院二專機械科、明道大學中文系學士、國學研究所碩士畢業。國中起因接觸《三國演義》，啟發熱愛古典文學之興趣，專科畢業後轉入中文系。研究領域以古典散文為主，在民間宗教信仰亦有涉獵。

提　　要

　　本文希望對北宋文學家——蘇洵，在《嘉祐集》古文給予完整認識。本文採用《嘉祐集箋注》為底本，主要探討蘇洵古文淵源、古文表現方法、古文修辭技巧、古文之特色，為學界向來較少注目之蘇洵研究盡力。經過本文之探討後，能認識蘇洵古文寫作成就，是足以供後世者學習。同時，蘇洵響應歐陽脩古文運動，並培育蘇軾、蘇轍二子，同登唐宋八大家之堂，在文學史上應有一定地位。

　　在分章撰寫方面：

　　第一章為緒論，說明研究動機與目的，研究現況與文獻述評，研究資料與研究方法，通盤檢視蘇洵研究概況，以建立蘇洵研究之根本。

　　第二章為蘇洵之生平與著述，藉以明瞭蘇洵所處時代，蘇洵的晚學生平及歷代文集流傳情形，並將蘇洵《嘉祐集》古文，依內容做個重新分類，並略為介紹，有助於了解蘇洵。

　　第三章為蘇洵古文之淵源，從古文中反映蘇洵學養思想，顯現出多元且不拘一格的特色，融會儒家、道家、法家及墨家等思想，為研究蘇洵古文之路徑。

　　第四章為蘇洵之古文內容，進入本研究之核心中，將政論、史論、經論、書牘與其他五大類，以全面認識蘇洵古文，奠定研究之基礎。

　　第五章為蘇洵古文之表現方式，運用古代文話法則，先探究古文的篇章結構，再探查開頭、轉折及結尾技巧，以明晰蘇洵古文寫作方法。

　　第六章為蘇洵古文之修辭方法，以現代修辭格之研究，探究蘇洵古文上譬喻、示現、誇飾、排比、層遞和映襯等例，以獲得蘇洵古文的修辭藝術。

　　第七章為蘇洵古文之特色，呈現廣泛閱歷、積累成學，縱橫捭闔、氣勢萬千，善用典故、旁徵博引，文尚實用、有為而發的特點，整體而言，是有多元之色彩。

　　第八章結論作為本研究成果總結，及蘇洵文學史上的評價。

目
次

第一章　緒　論

第一節　研究動機與研究目的

　　唐宋八大家〔註1〕是中國文化史上的巨星，各有不同的光芒，在文學史上有著重要的地位與貢獻。蘇洵（1009～1066）、蘇軾（1037～1101）、蘇轍（1039～1112）父子三人，在唐宋八大家中奪得三席，在宋朝的六位中佔領半數，可見三蘇父子之重要性。而身為三蘇領袖的～蘇洵，能讓一家父子同登文壇，使二子呈現更多元的文學風貌，成為後世一股「蘇學」〔註2〕的風潮，循本而溯源，更不能不研究蘇洵之文學作品，以成為探討蘇學之途徑。

　　蘇洵平生較晚向學，年 27 歲才發奮讀聖賢書，接連在科舉考試上屢次不第，以致於對科舉十分失望，杜門謝客而發奮讀書，加上不隨意為文的嚴謹

〔註1〕　關於「唐宋八大家」之命名與文集流傳，詳見王更生：〈唐宋八大家文集散文藝術〉，《中國學術年刊》第 10 期（1989 年 2 月），頁 349～366，有詳細之探討。而在日本研究學者，（日）高津孝著、潘世聖等譯《科舉與詩藝～宋代文學士人社會》（上海：上海古籍，2005 年 8 月 1 版）一書中，〈論唐宋八大家的成立〉，頁 37～51。論及唐宋八大家建立時程，先是韓愈、柳宗元，其次歐陽脩、蘇軾、王安石，再次是曾鞏，最後為蘇洵和蘇轍，總合成唐宋八大家。本文透過宋朝的重要文集的傳刻，及明清總集的蒐錄狀態，以印證其說之基礎，觀此文能知唐宋八大家成立情況。

〔註2〕　曾棗莊《宋代文學與宋代文化》（上海：上海人民，2005 年 5 月），頁 141～143。〈論蘇學——紀念蘇軾逝世九百週年〉，有探討蘇學之名，由宋朝已有之。總結出：「廣義的『蘇學』並非單指蘇軾，而是包括三蘇；並非單指文學，朱熹所說的『蘇學』，主要指三蘇經學，全祖望纂輯的《蘇氏蜀學略》也是指三蘇經學。」可見稱蘇學之包含性廣大，只要研究「三蘇者」皆可為蘇學領域中。

個性，復以燒毀在青壯年時代所創作的文章，故其流傳後代的作品不多，有《嘉祐集》以傳世，且文學作品中只為詩、文兩種類，文章僅有百餘篇，詩有數十首，若與其他的七家而論，七家作品涵蓋種類較多元，不管在總量或作品之類型，都遠勝於蘇洵泰半。〔註3〕因為晚學、燒稿、慎重為文之關係，蘇洵文學作品流傳量少。反觀七大家作品中令人目眩神迷，文類繽紛，轉移了研究者的焦點，是故，蘇洵較為不受人所重視。

此外，就與其他七家相較而言，蘇洵是布衣書生論政，是科舉制度中的失敗者。唐代的韓愈（768～824）、柳宗元（773～819）都在朝為官，宋代歐陽脩（1007～1072）、王安石（1021～1086）、曾鞏（1019～1083）盡皆活躍在朝廷。其子蘇軾、蘇轍也青年進士及第，八大家除蘇洵以外，皆曾有出入皇宮與君王應對，或被貶至地方主政治民。反觀，蘇洵在年到52歲時，終於受到朝廷重視，被任命為「祕書省校書郎」，後來調任為「霸州文安縣主簿」，參與修纂建隆禮書的幕後工作，沒有受到「學而優則仕」的待遇，其人生的經歷及態度，或多或少反映在作品。加以長子蘇軾的文學成就，堪稱中國文壇上的全能冠軍〔註4〕，光芒四照掩蓋其父文采，研究者更多，相對地蘇洵研究者較少，故蘇洵值得後人加以研究。

中國文學史向來為中文系學生所必學習之課程，但是編著者在文學史的編寫，常會有意或無意之間遺漏掉蘇洵，或者輕輕的數行帶過，忽略蘇洵在中國文學史地位，使得讀者或學生受到影響，逐漸成為八大家中的遺珠之憾，導致較缺乏學者的研究，實屬可惜之事。以下選取臺灣地區重要之中國文學史專書，討論書中對蘇洵內容大要，以見證文學史實際情況：

一、劉大杰《中國文學發展史》〔註5〕

劉氏之書重視宋代古文之發展，故有〈歐陽修與宋代古文運動〉專作一節為標題，在討論宋六大家創作時，則以共同點討論，對於蘇洵與蘇轍兩人，則輕輕帶過云：「蘇洵、蘇轍論文時，每喜以孟、韓作例，然其所論，都是從文的風格與氣勢而言。試讀蘇洵的〈上歐陽內翰書〉和蘇轍的〈上樞密韓太

〔註3〕楊慶存：《宋代散文研究》（北京：人民文學，2002年9月），頁57～61。將八大家散文作品統計，計有：韓愈361篇，柳宗元522篇，歐陽脩2416篇，蘇洵106篇，王安石1332篇，曾鞏799篇，蘇軾4339篇，蘇轍1220篇。

〔註4〕黃錦鋐：〈兩宋文學概論〉收錄於《中國文學講話（七）兩宋文學》（臺北：巨流圖書，1986年6月初版），頁8。

〔註5〕劉大杰：《中國文學發展史》（臺北：華正書局，2003年9月）。

尉書〉，這意思是很明顯的。」〔註6〕同樣是有所忽略蘇洵、蘇轍兩人，成為討論蘇軾時的陪襯品。

二、葉慶炳《中國文學史》〔註7〕

葉氏之書更進一步著重宋代散文，以第二十五講〈宋代散文〉專門論述，而「宋六大家」成為講中之標目，在蘇洵方面引用《宋史》的列傳，簡介蘇洵之生平事蹟，在文章風格上引《四庫全書・嘉祐集》邵仁泓之序，陳述蘇洵之文章風格，大體已有所進步與重視，但未能夠深入發揚。

三、袁行霈主編《中國文學史》〔註8〕

袁氏之書在論及宋朝散文時，與其他詩詞文類比較，顯示出有所輕重失衡，處理宋六大散文家時，〈蘇軾文學〉另開一章，對於生平、詩、文、詞等，多所用力著墨，所佔篇幅達 25 頁，可見編者推崇蘇軾地位至極。在歐陽脩、王安石與曾鞏等文家，亦有所談文學特色，但仍不能與蘇軾比擬。惟獨蘇洵與蘇轍其人與作品，卻置之不論，未有所提及，實屬文學史之缺憾，遺漏兩位大家瑰寶，不能了解蘇氏之學的淵源，讀者更遑論進一步認識老、小二蘇。

四、臺靜農《中國文學史》〔註9〕

臺氏之書，由臺灣大學中文系何寄澎與柯慶明教授，整理上課講義之遺稿而成，在第六篇第一章之第五節有〈蘇氏父子〉，將三蘇並列專論，已見對蘇學之重要性，在談及蘇洵部分共有兩段，前段分量較多，介紹蘇洵生平事蹟，引至《宋史・蘇洵傳》之資料，在後段則提起蘇洵文章似《戰國策》，文章含有高度政治性，使蘇洵在中國文學史上地位有所突破。

中國文學史專著林林總總，除了上述文學史外，目前以《中國文學講話（七）兩宋文學》〔註10〕中，廉永英教授專論〈蘇洵〉一章，由生平、事蹟、文風到作品等等，較為全面深度性反映蘇洵，極具開創性之學術價值，引領後代學者之研究大綱。總而言之，由以上諸本文學史分析知道，每位編著者所著重的要點雖不盡相同，或者受限於篇幅字數因素，故對於蘇洵部分顯現

〔註 6〕劉大杰：《中國文學發展史》（臺北：華正書局，2003 年 9 月），頁 644。
〔註 7〕葉慶炳：《中國文學史》（臺北：臺灣學生書局，1997 年 6 月初版 6 刷），頁 165～178。
〔註 8〕袁行霈：《中國文學史》（臺北：五南圖書，2003 年 1 月），頁 57～102。
〔註 9〕臺靜農：《中國文學史》（臺北：國立臺灣大學，2004 年 12 月）。
〔註 10〕中華文化復興運動推行委員會主編：《中國文學講話（七）兩宋文學》（臺北：巨流圖書，1986 年 6 月初版）。

輕重失衡，若和以同時之六大家來相比，確實是在文學史上較受輕視，在蘇洵文學價值藝術多有缺陷。加以筆者在大學歷代文選課間，接觸到蘇洵文章的氣勢萬千，見識高深，在晚學努力下而有所成，培育出蘇軾、蘇轍兩位古文大家，實屬不易，令人欽佩，因而選擇以蘇洵作為研究對象。

　　至於本研究為何用「古文」而不用「散文」。北京大學中文系教授李道英（1938～）《唐宋古文研究》〔註11〕言：「『散文』一詞，最早建於宋人羅大經的《鶴林玉露》：『山谷詩騷妙天下，其立意措詞貴深融有味，與散文同。』但是這裡的「散文」係指黃庭堅詩賦中的散文化傾向，而非指一種明確的文體，起碼未作為一種文體概念被人們所接受。從中國古代文章的分類來看，從連梁代所編的《文選》到明代吳訥所著的《文章辨體》，再到清代姚鼐《古文辭類纂》等，文章有五花八門數十種分類，但就是沒有『散文』這一類。」已詳細說明中國歷代文集評選家、文體學研究家等等，都沒有使用「散文」這個名稱。至於什麼是古文，臺灣大學中文系王國瓔教授在《中國文學史新講》〔註12〕解釋說：「韓愈所稱的「古文」，乃是指那些與魏晉南北朝以來流行文壇的「駢儷之文」相對立的先秦兩漢通行的散體古文。值得注意的是，與駢文相對照之下，「古文」最明顯的特點，包括：首先，行文主要是散文單句，因而句型長短參差，不受排偶和音韻的束縛。其次，筆意自在，無須為了炫耀作者辭章的才智，在藻飾與典故方面刻意加工著墨。換言之，用散體古文寫作，可以不拘格套，自由抒寫，隨意揮灑。」此書把古文的特點詳細說明。基於上述論點，蘇洵正值古文運動復興的宋代，故以「古文」一詞較為合宜。

　　本文之研究目的，旨在探求蘇洵古文之作品，以多角度之方式探究，由蘇洵生平大略、蘇洵古文內容、古文思想、古文作法等，期許對蘇洵古文能有所研究發明，以補充學界較為忽略之憾。首先，對蘇洵的生平及流傳文集，與北宋中期文學現象，加以探討其大時代趨勢。時代造就眾多文人共同趨向，生平形成獨特文學思想風格。接著，追索蘇洵古文作品之思想內容，以知蘇洵之學養思想基礎。復次，將蘇洵古文作品，依寫作內容分類，從政論、史論、經論、書信、其他等，探究古文內容為何，以了解作品的主軸。再來，探討蘇洵古文之謀篇方法與寫作技巧，歸結出蘇洵古文創作法則，並緊接探討蘇洵的古文修辭，全面分析古文修辭方法，以獲悉古文修辭技巧，最後總結蘇洵文章特色，在文學史上應有一定之地位，是為本文之研究目的。

〔註11〕李道英：《唐宋古文研究》（北京：北京師範大學，2005年1月2版），頁2。
〔註12〕王國瓔：《中國文學史新講（下）》（臺北：聯經，2006年9月），頁588。

第二節　研究現況與文獻述評

　　宋代文學研究是中國文學史上的重點範圍，不過在宋代古文研究方面，仍有待加強空間。據張高評〈五十年來唐宋文學研究的回顧與前瞻〉〔註13〕論文指出：「專攻宋代古文，五十年來獲得學位者，博士論文 2 部，碩士論文 8 部；兼及其他文學者，博士論文 23 部，碩士論文 7 部。專著大約 10 部，期刊論文大約 30 篇，成果十分有限。研究領域和風氣，皆有待開拓。」此篇已指出宋代古文較少人研究之大面向，就小範圍而言，北宋六家古文之探索角度，有全面綜論者極少。雖然此文是 2001 年所寫成，仍指出宋代古文研究之路線。陳飛（1957〜）在 2005 年出版《中國古代散文研究》〈第四章唐宋八大家散文研究〉〔註14〕總結說：「唐宋八大家中，學界對曾鞏、蘇洵、蘇轍等三人研究明顯薄弱……這些都有待於 21 世紀的學者充分汲取現有的研究成果，沉潛於作品的研究之中，利用新的研究方法、研究手段，拓展新的研究思路，開拓新的研究領域，自出機杼，再創佳績。」陳述對後代研究者有期許。

　　在中國大陸方面，同樣也有這個情況發生，陳友冰（1944〜）在《漢學研究通訊》〈中國大陸宋文研究綜論〉〔註15〕一文說：「中國大陸宋代文學研究趨勢，總得來說是宋詩、宋人小說研究不如宋詞，宋文研究又不如宋詩和宋人小說。自 80 年代以來這種狀況雖有改觀，但總體格局仍未改變。宋文研究與宋詞宋人小說、宋詩研究的規模、隊伍和進展速度相比，還存在相當差距……另外在學術層次、學術觀念、研究角度、研究深度以及研究方法、研究成果等等方面還急待加強與扶植。但也因為處於起步拓展階段，天地極為廣闊，為有志於此的學人提供施展身手的廣闊舞臺。」三位學者提示後人，北宋古文是值得有志者可以努力的目標。

　　就以「蘇洵古文研究」現況方面，臺灣大學謝佩芬曾以「三蘇」為主題，統計蒐集有關三蘇研究之國內外文獻，發表於《書目季刊》期刊中，分別為〈三蘇研究論著目錄（上）（1913〜2003）〉〔註16〕、〈三蘇研究論著目錄（下）

〔註13〕張高評：〈五十年來唐宋文學研究的回顧與前瞻〉，《漢學研究通訊》第 20 卷 1 期（民 2001 年 2 月），頁 13。

〔註14〕陳飛：《中國古代散文研究》（福州：福建人民，2005 年 6 月），頁 295。

〔註15〕陳友冰：〈中國大陸宋文研究綜論〉，《漢學研究通訊》第二十六卷一期，2007 年 2 月，頁 12。

〔註16〕謝佩芬：〈三蘇研究論著目錄（上）（1913〜2003）〉，《書目季刊》第 38 卷 4 期（2005 年 3 月），頁 43〜128。

（1913～2003）〉〔註17〕兩文，爲研究者提供重要的文獻資料，爲當今最爲完整之三蘇研究資料。其中又以蘇軾資料最爲豐富，總數高達 3000 多則，是海內外學者所注目的焦點明星。該文指出：綜論三蘇之作偏向傳記、泛論文學性質，對蘇洵作品之討論幾乎集中於〈六國論〉一文，關於蘇轍則以傳記、思想、古文之論著爲多，相較於蘇軾之研究盛況，有關三蘇或蘇洵、蘇轍之研究，無論質、量方面均有相當大的發展空間。」同樣也指出缺乏研究開拓之問題，而綜觀此文，其中又以蘇洵部分蒐錄最少。

　　謝佩芬蒐集三蘇資料堪稱完備，不過在許多方面上仍有所遺缺，或因三蘇資料龐大而有錯誤，加上兩岸資訊尙不流通等因素，在此文一出後，中國大陸研究者沈章明，稍後在《書目季刊》發表〈二十世紀以來蘇洵研究論著目錄補遺〉〔註18〕專文，爲〈三蘇研究論著目錄〉加以補充及改正錯誤之處，並增補許多大陸地區之期刊專書，讓蘇洵研究資料得以完善至臻，兩者爲本研究提供不少的助力。基於上述資料後，不久後鞏本棟、沈章明在《文學遺產》發表〈20 世紀以來蘇洵研究綜述〉〔註19〕，將蘇洵研究資料分析評述，有助於對蘇洵資料的更爲了解。當今，臺灣地區新增加的文獻仍有限，顯現出研究現況仍有待努力的空間。

　　蘇洵的研究文獻述評，與蘇洵密切相關之資料，可區分爲「三蘇合論」與「蘇洵專論」劃分成兩大類，前者能知曉三蘇父子間關連性，通常以蘇軾作爲主角，以蘇洵、蘇轍爲陪襯，尤以論說蘇軾部分居多；後者則能專就討論蘇洵。三蘇之研究，以中國大陸學者曾棗莊（1937～），出版三蘇合論及個別專論書籍，並發表相關之研究論文，及對於三蘇原典文獻資料，加以整理校注後出版流通，在蘇學研究領域中貢獻良多。

　　原典上，曾棗莊與金成禮整理出《嘉祐集箋注》〔註20〕，爲本論文所採用基礎文本。此外，曾棗莊尙有《三蘇文藝思想》〔註21〕，收錄三蘇有關文

〔註17〕謝佩芬：〈三蘇研究論著目錄（下）（1913～2003）〉，《書目季刊》第 39 卷 1 期（2005 年 6 月），頁 51～94。

〔註18〕沈章明：〈二十世紀以來蘇洵研究論著目錄補遺〉，《書目季刊》第 40 卷 2 期（2006 年 6 月），頁 45～54。

〔註19〕鞏本棟、沈章明：〈20 世紀以來蘇洵研究綜述〉，《文學遺產》第 5 期（2007 年），頁 147～154。

〔註20〕曾棗莊、金成禮箋注：《嘉祐集箋注》（上海：上海古籍，1993 年第 1 版，2001 年 4 月 2 次印刷）。

〔註21〕曾棗莊：《三蘇文藝思想》（四川：四川文藝，1985 年 10 月）。

藝之古文篇章註解，在開頭時並論述三蘇的文藝思想，是認識三蘇文藝思想之門路。

在傳記上：《三蘇傳》〔註22〕為曾棗莊先生，合併改寫《蘇洵評傳》〔註23〕、《蘇軾評傳》〔註24〕、蘇轍評傳》〔註25〕三書，以傳記之寫作方式，融合史實上內容記載，由少至老以評述方式，說明三蘇父子的一生起伏狀態，能幫助讀者對三蘇生平與作品，融合人、事、時、物了解。後來又將《蘇洵評傳》、《蘇軾評傳》、《蘇轍評傳》等較有學術性三書，修改出版並增加插圖成《蘇洵圖傳》〔註26〕、《蘇軾圖傳》〔註27〕、《蘇轍圖傳》〔註28〕三書籍，稍較通俗化又不失學術價值，以供廣泛大眾來認識三蘇父子。

在中華民國臺灣地區：三蘇綜合研究專書，有陳雄勳《三蘇及其散文研究》〔註29〕，以三蘇共同為討論目標。單獨論述蘇洵者有：吳武雄及謝武雄兩位學者，在專書發表及期刊論文上為最多，其餘有關蘇洵論文，則分散在單篇論文，以下則分別評述之。

（一）專書方面

1. 謝武雄著《蘇洵言論及其文學之研究》〔註30〕。本書寫成於 1981 年，為蘇洵第一本研究之專書，談論之內容廣闊，觸及層面宏大，在第四章〈三蘇學養之關係〉，將三蘇父子綜合討論，能引領後者注意三者，第五章〈蘇洵述評〉，精得其要旨。本書特點為蒐集許多歷代文獻資料上，但常有多引而不述之憾，但是首開研究風氣之先，已屬不易。

2. 徐琬章著《蘇洵及其政論》〔註31〕。本書寫成於 1984 年，內容著重討論在蘇洵政論文章，在第三章〈蘇洵之政論〉，分為君道、臣道、國策三大節目，以求蘇洵政論探討之三大範圍。本書著力在蘇洵政論文方面，已能洞悉蘇洵政論文上之專長，但不能配合其他文類比較，實為較可惜之處。

〔註22〕曾棗莊：《三蘇傳》（臺北：學海出版，1996 年 6 月）。
〔註23〕曾棗莊：《蘇洵評傳》（成都：四川人民，1983 年）。
〔註24〕曾棗莊：《蘇軾評傳》（成都：四川人民，1981 年）。
〔註25〕曾棗莊：《蘇轍評傳》（臺北：五南，1995 年）。
〔註26〕曾棗莊：《蘇洵圖傳》（河北：河北人民，2006 年 12 月）。
〔註27〕曾棗莊：《蘇軾圖傳》（河北：河北人民，2006 年 12 月）。
〔註28〕曾棗莊：《蘇轍圖傳》（河北：河北人民，2006 年 12 月）。
〔註29〕陳雄勳：《三蘇及其散文研究》（臺北：文史哲，1991 年 11 月）。
〔註30〕謝武雄：《蘇洵言論及其文學之研究》（臺北：文史哲，1981 年）。
〔註31〕徐琬章：《蘇洵及其政論》（臺北：文津，1984 年）。

3. 吳武雄著《蘇洵及其辨論文研究》〔註32〕。本書寫成於 1994 年，雖有出版社印行，經查詢全國圖書資訊網〔註33〕未有館藏，目前僅有臺北市國家圖書館收藏，爲學術上之升等論文。本書在前三章之中，把蘇洵生平事蹟、流傳文集加以詳細考察，多達 96 頁篇幅，可謂用力詳盡。第五至六章將蘇洵文章，分爲政治、軍事、學術、人物類主題將以探討，第七章論〈蘇洵辨論文行文技巧〉，縱論結構、運筆、修辭、用典、意境，可深得蘇洵古文大義，開啓研究古文之先。但如修辭等小節方面，常有點到爲止，難免有遺珠之憾。且又將蘇洵之古文思想，全部套入儒家正統框架，對於深通百家之學的蘇洵，亦有可議之處。此外，蘇洵有許多書信與其他類文章，都是本書所未能兼及。

（二）學位論文方面

較有相關的碩、博士學位論文共有四本，三本是綜論三蘇博士學位論文，2 本是專論蘇洵碩士學位論文。博士學位論文依時序有：

第一本由中國文化大學中國文學研究所，金榮華教授指導，李李研究生撰寫，在 1992 年完成《三蘇散文研究》〔註34〕博士論文，將三蘇散文共同探討，側重在三蘇記體散文方面，及三蘇散文差異性和成就。後來出版成《三蘇散文研究及其他》〔註35〕專書。

第二本由東吳大學中國文學系研究所，夏長樸教授指導，涂美雲研究生撰寫，在 2004 年完成《朱熹論三蘇之學》〔註36〕博士論文，研究由朱熹之理學家學派，來論述三蘇之學，呈現三蘇學在理學家眼中的不同風貌。後來出版成《朱熹論三蘇之學》〔註37〕專書。

第三本由國立臺灣師範大學國文研究所，黃慶萱教授指導，陳秉貞研究生撰寫，在 2006 年完成：《三蘇史論研究》〔註38〕，專門深入探討三蘇史論文特色。

〔註32〕吳武雄：《蘇洵及辨論文研究》（臺中：捷太出版社，1994 年）。
〔註33〕網址：http://nbinet.ncl.edu.tw/screens/opacmenu_cht.html。查詢時間 2009 年 4 月 15 日。
〔註34〕李李：《三蘇散文研究》（臺北：中國文化大學中國文學研究所博士論文），1992 年。
〔註35〕李李：《三蘇散文研究及其他》（臺北：秀威資訊，2008 年 4 月）。
〔註36〕涂美雲：《朱熹論三蘇之學》（臺北：東吳大學大學中國文學研究所博士論文），2004 年。
〔註37〕涂美雲：《朱熹論三蘇之學》（臺北：秀威資訊，2006 年 9 月）。
〔註38〕陳秉貞：《三蘇史論研究》（臺北：國立臺灣師範大學國文學系博士論文），2006 年。

　　蘇洵碩士論文目前僅二本，第一本由臺北市立師範學院應用語言文學研究所，江惜美教授指導，朱乃潔研究生撰寫，在 2002 年完成《蘇洵政論散文研究》〔註39〕碩士論文，本文以《幾策》、《權書》、《衡論》25 篇爲主要探討範圍，在第五章〈蘇洵政論散文思想情感〉，第六章〈蘇洵政論散文審美風格〉，皆能闡發蘇洵政論文之要，亦是政論散文的進一步深化。其美玉之瑕，爲鎖定了特定文章，忽略非此 25 篇之文章，而有失蘇洵古文之整體貫通性。

　　第二本由中國文化大學中國文學研究所在職專班，皮述民教授指導，劉文輝研究生撰寫，在 2008 年完成：《蘇洵文學思想探究──以其文論與政論分析爲例》〔註40〕碩士論文，本文主要探討蘇洵文學思想，並著重在政論與文論思想兩處，有助於了解蘇洵之文學思想，但是仍舊偏向政論文上打轉之憾。

（三）蘇洵相關期刊論文方面

　　主要仍以謝武雄及吳武雄兩學者，發表於各大專院校學報中爲多，謝武雄有〈蘇洵文章結構之探究〉〔註41〕一文刊登在《靜宜學報》，後併入《蘇洵言論及其文學之研究》專書一章中。吳武雄發表〈蘇洵之生平及其著作考述〉〔註42〕、〈蘇洵之心態探索〉〔註43〕、〈蘇洵「六經論」意蘊〉〔註44〕、〈蘇洵之性格及其交遊情形〉〔註45〕等系列篇章，亦成爲日後《蘇洵及其辨論文研究》專書之基礎。此外，黃盛雄有〈蘇洵之文論〉〔註46〕登載《靜宜學報》中。李李有〈現存蘇洵著述考〉〔註47〕、〈蘇洵書信體散文研究〉〔註48〕兩文，

〔註39〕朱乃潔：《蘇洵政論散文研究》（臺北：臺北市立師範學院應用語言文學研究所碩士論文），2002 年。

〔註40〕劉文輝：《蘇洵政論散文研究》（臺北：中國文化大學中國文學所碩士在職專班碩士論文），2008 年。

〔註41〕謝武雄：〈蘇洵文章結構之探究〉，《靜宜學報》第 4 期（1981 年 6 月），頁 63～89。

〔註42〕吳武雄：〈蘇洵之生平及其著作考述〉，《警專學報》第 1 期（1988 年 6 月），頁 283～304。

〔註43〕吳武雄：〈蘇洵之心態探索〉，《興大中文學報》第 6 期（1993 年 1 月），頁 201～224。

〔註44〕吳武雄：〈蘇洵六經論意蘊〉，《臺中商專學報 》第 25（文史社會篇）期（1993 年 6 月），頁 223～257。

〔註45〕吳武雄：〈蘇洵之性格及其交遊情形〉，《興大中文學報》第 7 期（1994 年 1 月），頁 195～229。

〔註46〕黃盛雄：〈蘇洵之文論〉，《靜宜學報》第 2 期（1979 年 6 月），頁 133～154。

〔註47〕李李：〈現存蘇洵著述考〉，《中國文化大學中文學報 》第 1 期（1993 年 6 月），頁 231～254。

同樣也是後來博士論文《三蘇散文研究》之先驅。其餘論文則著重在討論〈六國論〉一篇，在學術價值性上較少。

第三節　研究資料與研究方法

一、研究資料

本研究《蘇洵古文研究》，研究範圍以蘇洵《嘉祐集》中古文作品為主，以《嘉祐集》詩作為輔。採用文獻版本為曾棗莊、金成體《嘉祐集箋注》為主要原文引用版本，並參照《三蘇全書》〔註49〕、《全宋文》〔註50〕、《四庫全書》〔註51〕中蘇洵《嘉祐集》，以力求基本原典之正確性，遇有訛誤時可修正增引。

本文所引用《嘉祐集箋注》採：「菊莊本為底本，書內分卷、卷名及編次，一仍其舊。從他處輯得者，列於第十六卷之後，名為蘇洵佚文、蘇洵佚詩，不列卷名」〔註52〕為體列。其「收文力求賅備，校勘力求有據，編年及背景詳加考察，列於題註，其他註釋則着力於用典與故實，非特殊礙難字詞，一般不予着墨，以避繁瑣」〔註53〕為原則，實為當前最為精良之校注本。

二、研究方法

凡研究任何事物要運用方法，同樣研究國學要懂得方法，不懂得方法，不僅事倍而功半，甚至是徒勞而無功〔註54〕。本文主要採用之研究方法，共計有：歸納法、演繹法、宗派法、時代法、問題法、批評法與比較法等六種〔註55〕。依杜松柏《治學方法》中指出，「問題法」為本文研究中之通

〔註48〕 李李：〈蘇洵書信體散文研究〉，《華岡文科學報》第 21 期（1997 年 3 月），頁 129～147。

〔註49〕 舒大剛、曾棗莊主編：《三蘇全書》（北京：語文，2001 年 11 月第 1 版）。

〔註50〕 曾棗莊、劉琳主編：《全宋文》第 22 卷（四川：巴蜀書社，1992 年 6 月第 1 版）。

〔註51〕 蘇洵，《嘉祐集》：《文淵閣四庫全書》第 1104 冊（臺北：臺灣商務印書館，1983 年）。

〔註52〕 曾棗莊、金成禮箋注：《嘉祐集箋注》（上海：上海古籍，1993 年 3 月），頁 4。

〔註53〕 曾棗莊、金成禮箋注：《嘉祐集箋注》（上海：上海古籍，1993 年 3 月），頁 4。

〔註54〕 高明，〈國學的研究法〉，收錄吳福助編：《國學方法論文集》（臺北：文史哲出版社，1990 年 8 月再版），頁 139～183。

〔註55〕 杜松伯：《國學治學方法》（臺北：株泗，1991 年 10 增訂版 2 印）頁 253～296，第五章〈治學的基本方法〉。

則，凡有問題意識須經過探討以解決問題。「時代法」是以認識時代與作者關係，時代會影響作者之及作品創作。「宗派法」以知相近理念之文士，及其影響之門生子弟。「比較法」來與本身不同類作品比較，亦可和同時文人作品比較，以得其不同。「歸納法」由普遍來求特殊，由特殊以知普遍，以求得事理共同之通則。「演繹法」從由已知，來推至未知之層面，以求得事理之深層。「批評法」以知作品之優劣，以訂定文學史上之地位，以上六法識情況而運用。

研究步驟首先蒐集蘇洵相關文獻資料，輔以林慶彰《學術資料的檢索與利用》〔註 56〕專書介紹，運用國家圖書館、各大學圖書館、專門圖書館、學校圖書館，並且配合電腦網際網路方式，搜尋相關之電子資料庫，不管是在專書、學位論文、期刊論文等等，務求能夠一網打盡，以洞悉目前研究發展狀態。緊接爲熟讀相關文獻資料與文本《嘉祐集箋注》，運用曾祥芹、張復琮著《文體閱讀法》中「散文閱讀法」，以瞭解文本中資訊〔註 57〕，該書共分爲八法：

（一）涵泳法

「涵泳法主張精讀而深思，力求達到『文若己出』的境界，通過朗讀和深思，把主觀感受同作品實際統一起來，使題旨的把握和情操的陶冶於審美享受之中。」

（二）比較法

「比較法是主張「識同而辨異」，側重於理性的評價；在具有一定可比性的兩篇或更多篇作品之間識其同、辨其異，並從其中之異着眼，作出理性和審美的鑑別判斷。」

（三）緣景入情法

「緣景入情法，就是透過散文自然景物的描繪，進而把握作品的情韻美的一種閱讀鑑賞方法。」

（四）探求寓意法

「探求寓意法，就是在閱讀鑑賞時，深入到散文所寫的人、事、景、物的形象畫面背後，去窺探思想意蘊的方法。」

〔註 56〕林慶彰：《學術資料的檢索與利用》（臺北：萬卷樓，2003 年 3 月）。
〔註 57〕曾祥芹、張復琮：《文體閱讀法》（河南：大象，1970 年 10 月）。

（五）求索哲理法

「求索哲理法，就是在閱讀中，力圖把握作者對生活的獨到的思考和理解，尋求作者對生活、對人生所寄寓的深刻哲理的方法。」

（六）因小見大法

「因小見大，就是在閱讀中關注作者對細小題材的開拓，以從平凡的題材中發現不平凡的思想意義。」

（七）緣曲探幽法

「緣曲探幽法，就是沿作者設置的迴廊曲徑，尋幽探勝、漸入佳境的閱讀、欣賞方法。」

（八）先入後出法

「即先跳入文內後跳出文外的閱讀方法。」透過此法後發現問題及前人所不足處，並加以整理熟讀筆記，此為前續步驟。

以上為文體閱讀法，雖非每種方法能都是面面具到，但是能夠幫助研究者以多角度面向，瞭解及解讀作品中的內涵，以達到作者所言真意。所以，經過分析文本資料後，再洞悉前賢研究成果，配合著治學方法、文體閱讀法，訂定研究範圍、目標、大綱後，並與指導教授商議修正後，即可進入本論文之撰寫工作。

三、論文結構

第一章為〈緒論〉，說明研究動機與目的，研究現況與文獻述評，研究範圍與研究方法，以作為本研究之基礎工作。第二章為〈蘇洵之生平與著述〉，藉以明晰北宋中期之文學概況，以知蘇洵與時代之背景關係，探討蘇洵發憤晚學生平，及蘇洵傳世之重要文獻，最後將蘇洵之古文分類。第三章為〈蘇洵古文思想〉，由古文中反映蘇洵的思想價值，是受到先賢諸子何家所影響，以清楚學術之脈絡。第四章為〈蘇洵之古文內容分析〉，進入本研究之核心中，把蘇洵政論文、史論文、經論文、書信文、其他文等五大類，探討蘇洵古文之內容，作為蘇洵古文之全面性認識。第五章為〈蘇洵古文之表現方式〉，以分析歸納得出蘇洵寫作之表現方法，掌握蘇洵作文之時立意、謀篇、布局，並配合歷代文家的論文法則，求取蘇洵為文技巧。第六章為〈蘇洵古文之修辭方法〉，採取現代修辭學者的「修辭」格分類，研析蘇洵古文寫作時修辭方法，如何把一般文字變成活靈活現風采。第七章為〈蘇洵古文之特色〉，經上文之全盤了解後，總評蘇洵古文特色，呈現出「廣泛閱歷、積累成學」，「縱

橫捭闔、氣勢萬千」，「善用典故、旁徵博引」，「駢散互用、長短相配」，「文尙實用、不爲空談」等五點。第八章爲〈結論〉，作爲本研究成果總結及對蘇洵古文之總評。

　　在撰寫時應隨時不斷修改錯誤處，且留意最新資料之發表，以供研究時的引用，並可閱讀《學術論文寫作指引》〔註58〕、《讀書報告寫作指引》〔註59〕、《中文寫作入門》〔註60〕等文科類論文寫作專書，並注意論文寫作之規則，以能迅速進入研究寫作中。最後能請示指導教授，糾正許多研究時之錯誤，以求本論文能至善至美，達到預期的目標。

〔註58〕林慶彰：《學術論文寫作指引》（臺北：萬卷樓，2003 年 10 月）。
〔註59〕林慶彰：《讀書報告寫作指引》（臺北：萬卷樓，2005 年 6 月再版）。
〔註60〕羅敬之：《文學論文寫作講義》（臺北：里仁書局，2004 年 8 月）。

第二章　蘇洵之生平與著述

第一節　北宋的文學環境

一、富於發展之文學環境

一代的文學能否迅速發展，環境是很重要的大問題。環境提供作家外在的創作誘因，讓他們靜下心來努力去寫作。國家政治力的對文士重視，灌溉著文學發展的基礎養分，才會使宋朝文學才士源源不絕。宋代國力雖然沒有唐代的強大，但在文學發展上能夠達到登峰造極，是有很大的環境原因。譚家健（1936～）《中國古代散文史稿》〔註1〕認為有下列特點：「宋代中央集權制度進一步強化，特點之一是重文輕武，優待文士，與唐代『寧為百夫長，勝作一書生』的尚武精神迥異。門閥世族被唐末農民起義摧毀，庶族地主成為統治階級依靠的力量。科舉制度更加完善，取士之多，遷升之快，俸祿之厚，皆屬空前。……宋代言論比較自由。太祖曾立「戒碑」，告誡兒孫：『不得殺士大夫及上書言言事之人。』宋代官僚獲罪，僅貶竄而已，很少像漢魏六朝那樣動輒殺頭。文人思想活躍，愛發議論，尤喜談兵，往往非常大膽、尖銳。散文固然，詩詞賦亦有議論化現象。……宋代思想文化相當開放。儒佛道進一步融和，舊儒學吸收佛道演變為新儒學，稱道學或理學，繼續占主流，越來越發揮重要作用；禪學成為所有佛學的代名詞，宋以後沒有新展。宋代城市經濟發達，市民文化已經形成。直接刺激詞的繁榮和小說戲曲的產生，間接影響散文。民辦書院崛起，有些散文文選本即書院教材。印刷術的

〔註1〕譚家健：《中國古代文學史稿》（重慶：重慶，2006年1月），頁359～360。

改進和書商的出現，加速了文學作品的傳播速度。」宋朝文學優勢不止於此，馬積高、黃鈞《中國古代文學史·宋遼金元》〔註2〕補充認爲：宋朝的「守內虛外」政策，造成未來朝政「積弱不振」的主因，使宋朝文人充滿愛國的憂民意識，力圖拯救政治上的各種危機。宋朝的表演藝術特別發達，造就各種表演的舞台空間及通俗文學的推廣。加上最高統治者尚文居多，一般是士大夫皆遊於藝，促進繪畫和書法藝術的高度繁榮。

以上都是宋朝文學的概況，是促進宋代文學逢勃發展的要因。尤其是在短短一百六十七年間的北宋朝代，出現了梅堯臣（1002～1060）、蘇舜欽（1008～1048）、歐陽脩、蘇洵、蘇軾、蘇轍、王安石、曾鞏、柳永、周邦彥（1057～1121）、司馬光（1019～1086）、程灝（1032～1085）、程頤（1033～1107）、張載（1020～1077）等等，在文學、歷史或哲學思想上的大家，是其他朝代所望塵莫及，而最大的原因是朝代造就人才輩出。

二、古文運動的再復興

本文由於是研究古文，故著重在古文的發展過程，以釐清古文發展的脈絡。郭預衡（1920～）在《中國散文史》認爲，北宋之文大致經歷了四個階段：「第一，太祖至眞宗時期，是醞釀階段，約六七十年。駢體文盛行，沿襲五代餘風。……第二，仁宗哲宗時期，約40餘年，逐漸形成高潮。……第三，英宗至哲宗時期、約三十餘年，是北宋古文運動的發展和完善階段。其特點一是與熙寧變法關系密切而複雜。二是「文士之士」、「論事之文」、「講學之文」開始分化。政治中心人物是王安石、司馬光，文學中心人物是蘇軾，其他還有曾鞏、蘇洵、蘇轍等。……第四，徽宗欽宗時期，是北宋古文運動的尾聲。」〔註3〕在這四個時代中，比較注意的是前二個時期的發展，進入到第三個宋英宗後，蘇洵再過幾年即謝世，換成是二子蘇軾、蘇轍的揚名天下。

第一時期反對駢體文風盛行，當時文壇承續五代以來的華麗文風，駢體文盛行。故：《宋史·歐陽脩傳》言：「宋興且百年，而文章體裁，猶仍五季餘習，鏤刻駢偶，渟涵弗振。」〔註4〕此種不良的風氣引起有志之士的不悅。首先有柳開（947～1000）王禹稱（954～1001）等人表示反對，主張應使用

〔註2〕馬積高、黃鈞：《中國古代文學史·宋遼金元》（臺北：萬卷樓，1998年7月），頁3～6。

〔註3〕譚家健：《中國古代文學史稿》（重慶：重慶，2006年1月），轉引郭預衡在《中國散文史》一書研究成果，頁361～364。

〔註4〕〔元〕脫脫等：《宋史》（北京：中華書局，1977年11月），〈歐陽脩傳〉。

平易的古文體。柳開文學主張的影響，大於創作上的表現，主要包含「尊柳倡道統，文道相斥，重道輕文」〔註5〕等等。就以「平易」而言，柳開〈應責〉言：「古文者，非謂辭澀言苦，使人難誦讀之；在于古其理、高其意，隨言長，應變作制，同古人之行事，是謂古文也。」但柳開創作力有限。反觀王禹稱的實際造詣較高，如〈黃岡竹樓記〉，文章風格清新悅目，在古文主張以「傳道而明心、反對難道難曉」〔註6〕，稍後有姚鉉編輯《唐文粹》。只是三人的影響力有限，未達成古文風潮。

後來西崑派詩人興起，楊億（974～1020），劉筠（971～1031），錢惟演（974～1034），在朝廷修書之時，互相更迭唱和編成《西崑酬唱集》，其詩「『雕章麗句』之極致，不外字面華麗，對偶工整，用事精巧，此皆晚唐李商隱所優為者，故西崑詩實宗主李商隱」〔註7〕。在文章以典麗四六駢文為主，加上身居高位因素，很快的影響到整個文壇學子，又重回到五代不良的文風。

第二期有反西崑派作家的興起，不滿所謂「四六文」。邵博《聞見後錄》言：「本朝四六，以劉筠、楊大年為體，必謹四字六字律令，故曰四六。然其敝類俳語，可鄙。」〔註8〕主要的反對作家有：穆修（？～1032）、尹洙（989～1052）、石介（1005～1045）等人，推行古文體。《宋史》〔註9〕卷二九五〈尹洙傳〉說：「自唐末歷五代，文格卑弱，至宋初，柳開始為古文，洙與穆修復振起之。其為文簡而有法。」尹洙的「簡而有法」風格，成為影響歐陽修等人古文趨向。《四庫總目・穆參軍提要》說：「宋之古文，實柳開與修為倡。然開之學，及身而止；修則一傳為尹洙，再傳為歐陽修，而宋之古文，於斯極盛，則其功亦不斟矣。」〔註10〕因此，穆修和尹洙有振興古文功勞。

接著有石介著〈怪說〉三篇反對時文，〈怪說〉中言：「今楊億窮妍極態，綴風月，弄花草，淫巧侈麗，浮華纂組，刈鎪聖人之經，破碎聖人之言，離析聖人之意，蠹傷聖人之道。使天下不為《書》之典謨，禹貢、洪範，《詩》之雅頌君，《春秋》之經，《易》之繇、爻、十翼，而為楊億之窮妍極態，綴

〔註5〕 郭預衡主編：《中國古代文學史長編・宋遼金元》（北京：首都師範大學，2000年9月），頁66。
〔註6〕 周振甫：《中國文章學史》（南京：江蘇教育，2006年4月），頁218。
〔註7〕 葉慶炳：《中國文學史（下冊）》（臺北：臺灣學生書局，1997年6月），頁108。
〔註8〕 〔宋〕邵博・王根林點校：《邵氏聞見後錄》（上海：上海古籍，2007年3月）。
〔註9〕 〔元〕脫脫等：《宋史》（北京：中華書局，1977年11月），卷二九五、列傳第五十四、〈尹洙傳〉，頁9831。
〔註10〕 〔清〕紀昀纂：《欽定四庫全書總目》（臺北：藝文，1987年）。

風月，弄花草，淫巧侈麗，浮華纂組，其爲怪大矣。」〔註11〕在〈上趙先生書〉言：「今日爲文，其主者不過句讀妍巧，對偶的當而已；極美者不過事實繁多，聲調諧而已。雕鎪篆刻傷其本，浮華緣飾喪其眞，于教化仁義禮樂刑政則缺然無仿佛者。」〔註12〕大聲批評西崑體與四六文的缺失，不能夠合乎聖人寫作文章作用，把文字落入成玩弄的遊戲中，禍害之深淺而易見。

以上諸人建立了「反四六」的堡壘，而且「他們的中心觀念，完全相同，爲要推倒楊、劉一派的五季作風，只有將韓愈抬出來，豎起「文以載道」旗幟。」〔註13〕同時主張「復古載道」，恢復韓愈、柳宗元推行的古文運動主張。

三、歐陽脩修推動古文的功勞

以上雖然經過諸賢人努力，但是成果仍然相當有限，有人空提理論而實際創作力缺乏，或有稍有創作成績而未有理論，亦無優秀作家的群起響應，或國家政治力的推動。但是，楊劉浮麗文體已經逐漸動搖，在歐陽脩入仕後，運用各種的力量改善文風，終究是讓五代餘風退去，使古文蔚爲風潮，學子轉向學習先秦兩漢的古文體。

蘇軾〈居士集序〉〔註14〕言：「宋興七十餘年……斯文終有愧於古，士亦固陋守舊，論卑而氣弱。自歐陽子出，天下爭自濯磨，以通經學古爲高，以救時行道爲賢，以犯顏納說爲忠，長育成就，至嘉祐末，號稱多士，歐陽子之功爲多。」《宋史》〔註15〕卷四三九、〈文苑一〉：「國初，楊億、劉筠猶襲唐文聲律之體，柳開、穆修志欲變古而力弗逮。廬陵歐陽脩出，以古文倡，臨川王安石、眉山蘇軾、南豐曾鞏起而和之，宋文日趨於古矣。」可見歐陽脩在古文復興的功勞，有著「承先啓後」的關鍵所在，繼承著前人的努力成果，提拔新興的古文新秀，如三蘇父子、曾鞏、王安石等人。葉適《習學記言序目》卷四七言：「文字之興，萌芽于柳開、穆修，而歐陽脩最有力。曾鞏、王安石、蘇洵始繼之，始大振。」〔註16〕

〔註11〕〔宋〕石介：《徂徠先生文集》（北京：中華書局，1984 年）。
〔註12〕〔宋〕石介：《徂徠先生文集》（北京：中華書局，1984 年）。
〔註13〕臺靜農：《中國文學史（下冊）》（臺北：臺灣大學，2004 年 12 月），頁 490。
〔註14〕舒大剛、曾棗莊主編：《三蘇全書·第 13 冊》（北京：語文，2001 年 11 月），頁 465。
〔註15〕〔元〕脫脫等：《宋史》（北京：中華書局，1977 年 11 月），卷四三九、列傳一百九十八、〈文苑一〉，頁 12977。
〔註16〕〔宋〕葉適：《學習記言序目》（北京：中華書局，1977 年），卷四七。

　　傅璇琮（1933～）、蔣寅（1956～）《中國古代文學通論・宋代卷》言歐陽脩在古文復興上的功勞，可謂面面俱到，他們說：「首先，歐陽修團結一大批志欲復古者，並識拔培養了眾多文壇新秀，形成一支前後踵武、陣容強大嚴整而又各自相對自由發展的散文創作隊伍，為宋文的長期繁榮奠定了堅實基礎。其次，歐陽修領導了北宋中葉文風革新復古運動，並取得了巨大成功。第三，散文創作理論的整合與推進。第四，確立了宋文平易自然、婉轉流暢的主體風格和駢散兼行的語言模式。第五，創作了大批「超然獨騖，眾莫能及」的優秀散文。第六，樹立了刻苦嚴謹、追求完美的創作風範。」〔註 17〕論述歐陽脩文學上的重要價值。

　　蘇洵與歐陽脩年紀相近，蘇洵小歐陽脩兩歲，只是兩人境遇不同，歐陽脩能青年科舉及第，而蘇洵屢次功名不第，直到近五十歲時，遊學京師會見歐公，大受讚賞並推許蘇洵言：「吾閱文士多矣！獨喜尹師魯、石守道，然意有所不足。今見子之文，吾意足矣。」〔註 18〕，蘇洵古文創作深受歐陽修肯定，是支持古文運動的中堅分子。王祥在〈蘇洵與嘉祐文壇〉〔註 19〕一文中認為，蘇洵為填補歐陽脩提倡古文，到後來蘇軾、曾鞏、王安石、蘇轍接棒時的「空窗期」，才會使歐陽脩看蘇洵文章後「吾意足矣」，蘇洵是歐陽脩欲要推行古文的寫作典範。

　　歐陽脩提拔後進學人，寫下薦舉信給朝廷，希望任用蘇洵為官。在擔任考官時棄置駢麗的四六時文，改錄取平易的古文。並把經過蘇洵教導後的蘇軾、蘇轍兩兄弟擢之高位，也是對蘇洵文章的最佳肯定。所以，在研究蘇洵古文作品時，先清楚大環境的文學趨向，有助於研究的進行。蘇洵生活在「推行古文」環境中，自己的「閉門讀書」下積累學問，又受到高官貴人的賞識提攜，如同師友間相互交流學習，故能留下千古不巧的作品。同時蘇洵也是古文運動的響應者，開起「議論派」〔註 20〕或「重文派」〔註 21〕一路。

〔註 17〕傅璇琮、蔣寅：《中國古代文學通論・宋代卷》（瀋陽：遼寧人民，2005 年 5 月）。
〔註 18〕〔宋〕邵博・王根林點校：《邵氏聞見後錄》（上海：上海古籍，2007 年 3 月），卷十五。
〔註 19〕王祥：〈蘇洵與嘉祐文壇〉，《宋代文學研究叢刊》第 11 期（高雄：麗文文化，2005 年 12 月）。
〔註 20〕羅聯添：〈第三章：宋代古文再生〉，收錄於王夢鷗等編：《中國文學發展概述》（臺北：中央文物供應社，1982 年 9 月），頁 163～166。
〔註 21〕傅璇琮、蔣寅：《中國古代文學通論・宋代卷》（瀋陽：遼寧人民，2005 年 5 月），頁 88～89。

第二節　蘇洵的生平事蹟

　　李辰冬（1907～1983）在《文學新論》〔註22〕說：「要瞭解一部作品，一定得先知道作者的身世。知道作者的身世，就可知道他的社會社會地位、政治關係、經濟情況以及他的教育、思想、宗教等等，因爲這些都是構成作者個人意識的主要原因。」認識一個作家的作品，當然要知曉作家之生平事蹟，方能知道其創作背景因素爲何。作品與身世中有密切關係，實爲研究者在研究時的基石，從中可以深入認識作品，詮釋作者作品的本意。

　　《宋史·蘇洵傳》〔註23〕記載如下：「蘇洵字明允，眉州眉山人。年二十七始發憤爲學，歲餘舉進士，又舉茂才異等，皆不中。悉焚常所爲文，閉戶益讀書，遂通六經、百家之說，下筆頃刻數千言。至和、嘉祐間，與其二子軾、轍皆至京師，翰林學士歐陽脩上其所著書二十二篇，既出，士大夫爭傳之，一時學者競效蘇氏爲文章。所著《權書》、《衡論》、《機策》，文多不可悉錄，錄其〈心術〉、〈遠慮〉二篇……宰相韓琦見其書，善之，奏於朝，召試舍人院，辭疾不至，遂除祕書省校書郎。會太常脩纂建隆以來禮書，乃以爲霸州文安縣主簿，與陳州項城令姚辟同脩禮書，爲《太常因革禮》一百卷。書成，方奏未報，卒。賜其家縑銀二百，子軾辭所賜，求贈官，特贈光祿寺丞，敕有司具舟載其喪歸蜀。有《文集二十卷》、《諡法》三卷。」以上是正史簡明的記錄，關於蘇洵又別稱「老泉」的稱號，其實是錯誤流傳，老泉應是蘇軾的稱號，詳細考證資料見《嘉祐集箋注》附錄三。〔註24〕

　　蘇洵的生平在中國文人中，算是仕途充滿坎坷之人，和二子的年少得志全然不同，因較晚向學又屢次參加科舉不第，所以人稱：「書雖就逾百篇，爵不過於九品」〔註25〕，其文名和官位實不能相比稱。吳小林在《唐宋八大家》〔註26〕一書言蘇洵是：「科舉的失敗者，文章的成功者」，實爲貼切寫實之論，也因科舉的失敗，造就文章上的成功。

〔註22〕李辰冬：《文學新論》（臺北：東大圖書，1975 年 8 月），頁 210。

〔註23〕〔元〕脫脫等：《宋史（十）》（臺北：臺灣商務印書館，1988 年 1 月），列傳卷第二百二，頁 5304～5307。

〔註24〕曾棗莊、金成禮：《嘉祐集箋注》（上海：上海古籍，2001 年 4 月），頁 544～549，附錄三：〈蘇老泉非蘇洵號〉考證。

〔註25〕曾棗莊、金成禮：《嘉祐集箋注》（上海：上海古籍，2001 年 4 月），頁 540 附錄一，記載佚名著：〈老蘇先生會葬致語並口號〉。

〔註26〕吳小林：《唐宋八大家》（臺北：里仁書局，1999 年 12 月），頁 289。

　　蘇洵生平繫年及傳記專書，分別在：曾棗莊《蘇洵評傳》、《蘇洵圖傳》、《三蘇傳》，用傳記的方式呈現出來。曾棗莊、金成禮著《嘉祐集箋註》，陳雄勳著《三蘇及其散文研究》有對蘇洵生平作繫年考證，甚至陳書重新寫出〈三蘇新傳〉。另外有謝武雄《蘇洵及其辨論文研究》耗費許多篇幅來論述。上述專書，實爲提供後人研究蘇洵，認識蘇洵生平事蹟的津梁。此外，中國大陸學者馬斗成《宋代眉山蘇氏家族研究》〔註27〕專書，針對宋代眉山蘇氏家族，以家族史的撰寫方式，作一個深入性的探討，同樣有助於了解蘇洵生平。

　　在蘇洵的生平史實材料方面，在正史上有《宋史・蘇洵傳》〔註28〕，記載上較爲省略不足，上段中已有徵引。其他主要是在宋代文家所寫的傳記資料上，計有：歐陽脩〈故霸州文安縣主簿蘇君墓誌銘〉〔註29〕，張方平（1007～1091）〈文安先生墓表〉〔註30〕，曾鞏〈蘇明允哀詞〉〔註31〕爲輔助蘇洵生平事蹟。另外，司馬光（1019～1086）〈程夫人墓誌銘〉〔註32〕亦可多加參酌。

　　本節依據上書之內容，配合著主要流傳下來的史實文章，並加以融合後，以求去蕪存菁，將蘇洵生平概括分成六個階段，足見蘇洵一生之情況，也代表蘇洵古文作品的進展歷程，由一個愛遊歷各地的少年，慢慢的收回玩心，成爲文章中大家。

一、少年遊盪，晚始向學

　　蘇洵少年時遊盪不學，對於學習上沒有太大的興趣，整日都在處在嬉遊玩樂中，下列引文中記載：

> 始予少年時，父母俱存，兄弟妻子備具，終日嬉遊。〔註33〕
>
> 洵少年不學，始知讀書，從士君子遊。〔註34〕

〔註27〕馬斗成：《宋代眉山蘇氏家族研究》（北京：中國社會科學院，2005 年 12 月）
〔註28〕〔元〕脫脫等：《宋史》（臺北：臺灣商務印書館，1988 年 1 月）。
〔註29〕〔宋〕歐陽脩：〈故霸州文安縣主簿蘇君墓誌銘並序〉，收錄曾棗莊、金成禮：《嘉祐集箋注》（上海：上海古籍，2001 年 4 月），附錄一，頁 520。
〔註30〕〔宋〕張方平：〈文安先生墓表〉，收錄曾棗莊、金成禮：《嘉祐集箋注》（上海：上海古籍，2001 年 4 月），附錄一，頁 522。
〔註31〕〔宋〕曾鞏：〈蘇明允哀辭〉，收錄曾棗莊、金成禮：《嘉祐集箋注》（上海：上海古籍，2001 年 4 月），附錄一，頁 524。
〔註32〕〔宋〕司馬光：〈程夫人墓誌銘〉，收錄曾棗莊、金成禮：《嘉祐集箋注》（上海：上海古籍，2001 年 4 月），附錄一，頁 525。
〔註33〕〔宋〕蘇洵：〈極樂院造六菩薩記〉，曾棗莊、金成禮：《嘉祐集箋注》，頁 401。
〔註34〕〔宋〕蘇洵：〈上歐陽內翰第一書〉，曾棗莊、金成禮：《嘉祐集箋注》，頁 327。

那麼，蘇洵的父親蘇序，放任著遊蕩不學，任由他個性自然發展。所謂是「知子莫如父」，蘇序深知蘇洵是有「大器晚成」特性，不能以壓迫方式強迫子弟學習。日後，蘇洵也在文中感謝父親，曾說：「知我者唯吾父與歐陽脩」〔註35〕，只有父親清楚蘇洵的個性，是學習的決心尚未來臨，放縱遊樂的心遲早會收斂回來。〈文安先生墓表〉曰：

> 先生其季也，已冠，猶不知書，職方不教。鄉里問其故，笑曰：「非
> 爾所知也。」年二十七始讀書，不一二年出諸老先生之右。〔註36〕

本段亦可表露出蘇洵富有天資，只是欠缺學習的動機與決心。其中，蘇洵夫人程氏也是重要主因，促使蘇洵立下決心投入學習，並扛下家計生活的重責大任，使蘇洵無後顧之憂。〈程夫人墓誌銘〉說：

> 府君年二十七猶不學，一旦概然謂夫人曰：「吾自視，今猶可學。
> 然家待我而生，學且廢生，奈何？」夫人曰：「我欲言之久矣，惡
> 使子爲因我而學者！子若有志，以生累我可也。」即罄出服玩鬻
> 之以治生，不數年遂爲富家。府君由是得專志於學，卒爲大儒。
> 〔註37〕

蘇洵對於程氏相當的感懷，當年對蘇洵適時給予激勵，以行動接下經濟的責任，實爲蘇洵能文傳千古的幕後功臣。在〈祭亡妻文〉〔註38〕說：「昔予少年，遊蕩不學。子雖不言，耿耿於懷，我知子心，憂我泯沒，感嘆折節，以至今日。」對於程氏的念念不忘，由此祭文可見鶼鰈情深。直到宋景祐二年（1035），27 歲的蘇洵終於痛改前非，改掉遊盪不學的放縱個性，轉回書本上求取知識學問。例如下文所說：

> 年二十七，始發憤爲學。〔註39〕
> 年二十七使大發奮，謝其素所往來少年，閉户讀書爲文辭。〔註40〕

回顧在 25 歲（1032）時的蘇洵，已稍微開始想要讀書，文載：「生二十五歲

〔註35〕〔宋〕歐陽脩：〈故霸州文安縣主簿蘇君墓誌銘並序〉，收錄《嘉祐集箋注》，頁 520。
〔註36〕〔宋〕張方平：〈文安先生墓表〉，收錄《嘉祐集箋注》，頁 520。
〔註37〕〔宋〕司馬光：〈程夫人墓誌銘〉，收錄《嘉祐集箋注》，頁 525。
〔註38〕〔宋〕蘇洵：〈祭亡妻文〉，曾棗莊、金成禮：《嘉祐集箋注》，頁 429。
〔註39〕〔元〕脫脫等：《宋史（十）》（臺北：臺灣商務印書館，1988 年 1 月），列傳卷第二百二，頁 5304～5307。
〔註40〕〔宋〕歐陽脩：〈故霸州文安縣主簿蘇君墓誌銘並序〉，收錄《嘉祐集箋注》，頁 520。

始知讀書，從士君子游。年既已晚，而又不遂刻意屬行。」〔註41〕只是並沒有很專心在學業上，缺少著「刻意屬行」的決心。

故 27 歲以前的蘇洵，幾乎都在遊樂之中度過，在〈憶山送人〉〔註42〕詩言：「少年喜奇迹，落拓鞍馬間。縱目視天下，愛此宇宙寬。山川看不厭，浩然遂忘還。」可見年少蘇洵愛四處遊歷天下，也使得眼界能夠大開，增強了未來文章創作的見識度，有著儲才積寶的作用性，所以二十七歲是「始發憤」的關鍵點。在中國著名的童蒙教材《三字經》〔註43〕上言：「蘇明允，年二十七，始發憤，讀書籍。」勉勵向學者只要有決心及毅力，任何時間開始都不算晚，猶如佛教所云「頓悟」之說。蘇洵的「少年遊盪，晚始向學」，在中國文學作家上極爲特殊，能在近「而立之年」才讀書，且能夠達到超乎常人功效，鼓勵著後世失學的莘莘學子，只要是自我努力永不放棄，都有著功成名就的希望。

二、科舉受挫，絕意功名

在努力向學之後的蘇洵，經由二年勤奮讀書學習，自然想要參加科舉考試來獲取功名。此是中國文人讀書後的共同趨向，把滿腹的才學及理想，運用在政治行爲，也能謀求一個生活的基本依靠。故此，蘇洵在宋景祐四年（1037）29 歲時參加科舉考試。以下記載：

> 歲於舉進士，又舉茂才異等，皆不中。
>
> 歲餘，舉進士再不中，又舉茂才異等不中。退而嘆曰：「此不足爲吾學也。」〔註44〕

結果功名不盡如意，放榜後名落孫山，但蘇洵並沒有灰心喪氣，仍然充滿報國之理想，在宋慶曆五年（1045）37 歲時與摯友史彥輔赴京師遊學，在隔年宋慶曆六年（1046）38 歲時，再參加朝廷重新舉辦的「茂才異等」制科考試，未料，仍然是榜上無名。據陳雄勳《三蘇及其散文研究》〔註45〕一書考證，由「舉進士再不中」的「再」字推斷，在 18 歲（1026）時的蘇洵，就曾經參加首次的科舉考試，連同 29、38 歲兩次的落第，接連的屢戰屢敗，蘇洵共有三次考試未能金榜題名，是使蘇洵的心態大爲轉變的要素。

〔註41〕〔宋〕蘇洵：〈上歐陽內翰第一書〉，曾棗莊、金成禮：《嘉祐集箋注》，頁346。
〔註42〕〔宋〕蘇洵：〈憶山送人〉，曾棗莊、金成禮：《嘉祐集箋注》，頁452。
〔註43〕黃沛榮注譯：《新譯三字經》（臺北：三民書局，1996 年 3 月）。
〔註44〕〔宋〕歐陽脩：〈故霸州文安縣主簿蘇君墓誌銘並序〉，收錄《嘉祐集箋注》，頁520。
〔註45〕陳雄勳：《三蘇及其散文研究》（臺北：文史哲，1991 年 11 月），頁24。

三、閉門十年，自托學術

在接連三次考試落榜的蘇洵，對於科舉制度的限制下，呈現出由希望到失望，最後轉向絕望的態度發展。在宋慶曆七年（1047），39歲的蘇洵落榜回到四川眉山，毅然而然的決定不走科舉的路線，去閱讀自己所喜好的書籍，追求所謂古代的學術書籍，探求古今歷史的成敗原因努力，轉為非應付科舉才讀書的心態，因為「此不足為吾學也」。在〈上韓丞相書〉言：

> 洵少時自處不甚卑，以為遇時得位，當不鹵莽。及長，知取士之難，遂絕意於功名，而自託於學術，實亦有得而足待。〔註46〕

不只是轉向心中認為的學術，揚棄科舉考試上「聲律記問」之學，以為是「不足盡力於其間。」〔註47〕，不應該在科舉浪費光陰，因為他說：「夫人固有才智奇絕而不能為章句名數聲律之學者。」〔註48〕同時間，蘇洵也把以前所作的文章通通焚毀，以表明自己堅定的決心，往昔的文章都是為科舉考試而寫，非真正深入學術後所得。例如下文記載：

> 時復內顧，自思其材則又似去不遂止於是而已者，由是盡燒曩時所為文數百篇。取《論語》、《孟子》、韓子及其他聖人賢人之文而兀然端坐七、八年。〔註49〕

> 一日因覽舊文，作而曰：「吾今之學，乃猶未之學也已。」取舊文稿悉焚之，杜門絕賓友〔註50〕

> 退而嘆曰：「此不足為學也。」悉取所為文數百篇焚之。〔註51〕

此一時期的遽然轉變，對蘇洵而言十足重要，因為蘇洵要「自托學術」。蘇洵近十年認真的對古代歷史典籍研究透徹，故能：「繙詩書經傳諸子百家之書，貫穿古今，由是著述根柢深矣。」〔註52〕加以研究下能：「大究六經百家之說。」〔註53〕。且在讀書閒暇之餘，用心教育二子蘇軾及蘇轍，這也是成為二子未

〔註46〕〔宋〕蘇洵：〈上韓丞相書〉，曾棗莊、金成禮：《嘉祐集箋注》，頁353。

〔註47〕〔宋〕蘇洵：〈上張侍郎第一書〉，曾棗莊、金成禮：《嘉祐集箋注》，頁346。

〔註48〕〔宋〕蘇洵：〈廣士〉，曾棗莊、金成禮：《嘉祐集箋注》，頁106。

〔註49〕〔宋〕蘇洵：〈上歐陽內翰第一書〉，曾棗莊、金成禮：《嘉祐集箋注》，頁329。

〔註50〕〔宋〕張方平：〈文安先生墓表〉，收錄《嘉祐集箋注》，頁523。

〔註51〕〔宋〕歐陽脩：〈故霸州文安縣主簿蘇君墓誌銘並序〉，收錄《嘉祐集箋注》，頁520。

〔註52〕〔宋〕張方平：〈文安先生墓表〉收錄《嘉祐集箋注》，頁523。

〔註53〕〔宋〕歐陽脩：〈故霸州文安縣主簿蘇君墓誌銘並序〉，收錄《嘉祐集箋注》，頁520。

來能出人頭地的要因。不僅突破自己學習現況，也奠定二子的學問根基。

　　依據《嘉祐集箋注》考證〔註54〕，在宋皇祐三年（1051）到宋嘉祐元年三月（1056），等於是蘇洵43歲到48歲間，蘇洵專心一意飽讀《詩》、《書》等古代經典後，再有所自得後，完成《權書》、《衡論》、《六經論》、《洪範論》、《史論》等《嘉祐集》主要系列文章，達到生涯文學創作上的高峰。若由蘇洵在39歲（1047）的回到四川讀書，到48歲再到京師求官，獻出《幾策》、《權書》、《衡論》系列文章，是整整費時近十年歲月結晶，難怪寫出來的文章不同凡響，且擲地有聲，論之有理。

　　在蘇洵39歲以前，因為奇特的「焚毀舊稿」行徑，除幾篇寫作時間不詳的文章外，並沒有文章流傳。因此，蘇洵目前現存的文章，都在39歲以後陸陸續續寫作完成，也是造成蘇洵在八大家間作品較少的原因。至於蘇洵文章詳細繫年情況，請參見本文的附錄。

四、與子入都，名震京師

　　蘇洵雖然本身功名不遂，但卻有二子蘇軾、蘇轍，擔心步入自己的後塵，年近50歲而泯沒無聞，此為身為父親者所不願目睹。時值任職在四川的張方平、雷簡夫等名士，非常注重地方賢才舉拔，對於蟄伏眉山的蘇洵大加贊賞，而蘇洵也謁書拜訪。張方平推薦蘇洵為成都學官，但朝廷不予採納。後來蘇洵又拜會雷簡夫，雷簡夫請求張方平再向朝廷推薦，並寫下〈上韓忠獻書〉、〈上歐陽內翰書〉，給在京城中的韓琦和歐陽脩，急言朝廷應要錄用蘇洵，為國家舉才盡份心力，只是朝廷未有重視。而其中關鍵，張方平規勸蘇洵父子，說：「遠方不足成君名，盍游京師乎？」〔註55〕建議要到京師見見世面，造訪當朝中公卿大臣，獻上所寫的系列文章，且順便帶著二子去參加科舉，方能有進士及第的機會，若繼續長居在四川，恐怕至死都無人相聞。蘇洵採納張方平建議，在宋嘉祐元年（1056）蘇洵48歲時，再度動身前往京師，〈故霸州文安縣主簿蘇君墓誌銘並序〉言：

> 當至和嘉祐期之間，與其二子軾、轍，偕至京師：翰林學士歐陽脩
> 得其所著書二十二篇，獻諸朝，書既出，而公卿士大夫爭傳之。其
> 二子舉進士，皆在高第，亦以文學稱於時。〔註56〕

〔註54〕曾棗莊、金成禮：《嘉祐集箋注》（上海：上海古籍，2001年4月），註1，頁27。
〔註55〕〔宋〕張方平：〈文安先生墓表〉收錄《嘉祐集箋注》，頁522。
〔註56〕〔宋〕歐陽脩：〈故霸州文安縣主簿蘇君墓誌銘並序〉收錄《嘉祐集箋注》，頁520。

此時，適逢禮部的考試時期，48 歲的蘇洵決定攜子出四川，期待二子金榜題名的到來，以彌補蘇洵多年來的遺憾。在隔年，宋嘉祐二年（1057），主考官歐陽脩有意端正文壇，去除充滿靡麗浮華的風氣下，鼓勵回復到韓愈、先秦的文章為導向，二子則以擅長的樸實古文，同時間榮登進士及第。蘇洵也在京城認識賢士摯友，一時間三蘇父子名聞京師，人人爭先恐後，傳閱三蘇之文章，〈故霸州文安縣主簿蘇君墓誌銘並序〉又說：

> 眉山在西南數千里外，一日，父子隱然名動京師，而蘇氏文章，遂擅天下。〔註57〕
>
> 至京師，永叔一見，大稱歎，以為未始見夫人也，目為孫卿子。獻其書於朝。自是名動天下，士爭傳誦其文，時文為之一變，稱為老蘇。〔註58〕

歐陽脩也寫〈薦布衣蘇洵狀〉，希望朝廷能夠加以錄用。蘇氏父子由本來名不經傳三人，成為文士所學習的典範，是蘇洵此行中所意料未及，二子同登科舉，也彌補蘇洵多年來的願望。在 48、49 歲旅居京師兩年中，蘇洵寫下許多與當政要貴拜訪的書信文章，期許能獲得朝廷派用的機會。但是，好景不常，在這個有機會出仕的時機，卻在宋嘉祐二年（1057）四月份，自己功名未有著落實時，噩耗遠由家鄉傳來，夫人程氏不幸的與世長辭，蘇洵又倉卒的率領二子，連夜趕回四川眉山奔喪，結束在京師中的驚奇旅程。

五、拒絕詔試，上萬言書

蘇洵回到四川眉山後，此時之名氣已非昔日可比，朝廷知曉此一才學之士，在宋嘉祐三年（1058）冬季，蘇洵60歲，朝廷收到歐陽脩等人推薦函，將召集蘇洵遠赴京城舍人院考試，而不是直接給予派官受任。

蘇洵認為在京城近二年時間，朝廷應已得知才學的虛實，加上有雷簡夫、張方平、歐陽脩等賢達名士作文舉薦，並與達官顯貴的書信拜會，以及流傳一時《衡論》、《幾策》、《權書》等系列性文章，足以證明學問非所假，在才學和能力上是無庸置疑，並非是在舍人院之中，以短暫的考試時間測試，就能夠作為「錄取與否」的判斷標準，實為不合理之處。加上蘇洵多年來歷經科舉的寶貴經驗，對此制度已死心，年紀已近知天命之年，還要奔走千里參

〔註57〕〔宋〕歐陽脩：〈故霸州文安縣主簿蘇君墓誌銘並序〉收錄《嘉祐集箋注》，頁523。

〔註58〕〔宋〕張方平：〈文安先生墓表〉收錄《嘉祐集箋注》，頁522。

加考試，豈不是欺人太甚。若從心裡層面而言，蘇洵富有「自傲一世」的特殊性格，竟然三蘇已名聞天下，仍要去禮部參加考試，證明出朝廷是「蓋其心尚有所未信」〔註59〕，蘇洵自然心有不悅。

於是，蘇洵毅然而然的「遂以疾辭，不果行」〔註60〕，並寫成高達五千多的〈上皇帝書〉〔註61〕，以：「今雖未能奔伏闕下，以累有司，而猶不忍默默卒無一言而已也。」上書呈獻給宋仁宗（1010～1063），洋洋灑灑的談論十項國家治理方針，希望宋仁宗能夠採納建議，此書也表現蘇洵政治之主要觀點。

六、禮部修書，方成而卒

蘇洵的不滿情狀傳到了朝廷，當朝收到〈上皇帝書〉書後，要求蘇洵進京，本拒絕前往的蘇洵，經過好友梅聖俞作詩，以：「去為仲尼嘆，出為盛時祥，方今天子聖，無滯彼泉旁。」〔註62〕力勸蘇洵一定要赴京求仕，在宋朝英明的政局下，不要成為無所作用的隱者。

在宋嘉祐四年（1059）六月，朝廷再下詔令催促，蘇洵因為考量要帶二子到京城赴闕，回覆歐陽脩說：「王命且再下，洵若固辭，必將以為沽名而有所希望。今歲之秋，軾、轍已服闋，亦不可不與之俱東。恐內翰怪其久而不來，是以略陳其意。」〔註63〕答應歐陽脩要到京師，以答謝推薦之人情。

到宋嘉祐五年（1060）八月，蘇洵52歲時，朝廷終於授蘇洵「祕書省校書郎」的小官職。蘇洵對此也有大才小用之感，寫下〈上韓丞相書〉。不久後，在宋嘉祐六年（1061）七月，朝廷因「會太常修纂建隆以來禮書」〔註64〕的需要，將蘇洵調升為「霸州文安縣主簿」，與陳州項城令姚辟，兩人共同負責修書，成為蘇洵晚年間最主要的工作。經過四年下來的編纂，到宋治平二年（1065）九月，終於修建完成《太常因革禮》一百卷。在隔年春天，宋治平三年（1066），蘇洵就因積勞成疾而重病不起，到四月二十五日卒於京師，結

〔註59〕　〔宋〕蘇洵：〈與梅聖俞書〉，曾棗莊、金成禮：《嘉祐集箋注》，頁360。
〔註60〕　〔宋〕蘇洵：〈答雷太簡書〉，曾棗莊、金成禮：《嘉祐集箋注》，頁362。
〔註61〕　〔宋〕蘇洵：〈上皇帝書〉，曾棗莊、金成禮：《嘉祐集箋注》，頁282。
〔註62〕　〔宋〕梅聖俞：《宛陵集》（臺北：新文豐，1979年10月），卷五十九，〈題老人泉寄蘇明允〉。
〔註63〕　〔宋〕蘇洵：〈上歐陽內翰第四書〉，曾棗莊、金成禮：《嘉祐集箋注》，頁339～340。
〔註64〕　〔元〕脫脫等：《宋史·蘇洵傳》（臺北：臺灣商務印書館，1988年1月），列傳卷第二百二，頁5304～5307。

束蘇洵以布衣崛起朝廷的一生。此段時期，蘇洵因任職官場的關係，寫下「奏議」文章爲主代表。

綜觀蘇洵生平，因爲科舉考試的落榜，使得轉向古代學術上研究，在有所得後寫出驚世駭俗，能夠救亡圖強的系列文章。同時栽培出蘇軾、蘇轍兩個未來的明日之星，蘇洵雖然在當時求官不順，但有著二子的傳承其學，順利考取科舉入仕，完成父親的夢想，大概是蘇洵此生的最好慰藉。

從蘇洵奇特的身世遭遇中，帶給後人們的最大啓示，就是蘇洵能夠在兩個關鍵時期中，有著非常巨大的轉變行爲。第一是二十七歲的「始大發奮」讀書，改掉以前不學無術的個性，重新捨起書本來讀書，這是非常不容易的事情，個性上要由動而轉向靜，需要有很大工夫及決心。第二是在科舉考試不如意時，勇於放棄求仕所必備的「聲律記問」之學，同樣是十分具有挑戰性，不再與凡夫俗子，繼續在場屋浪費青春。因此，蘇洵轉向研讀古今成敗歷史，先賢所留下的國學典籍，才能夠在這些文化滋養下，成爲不可一世的文章大家。筆者以爲，蘇洵若繼續爲求科舉上榜，必然沒有今日之文名傳世，甚至連二蘇的盛名，恐怕都共同消失在歷史洪流中。

再由科舉考試制度中發現，蘇洵雖然不能在科舉時金榜題名，經由正常管道進入仕途，但是，蘇洵卻不會灰心喪志，充滿著對國家政治的熱心關懷，寫出爲求拯救宋朝時局積弱不振的系列文章，極度希望朝廷能採納己言，同時在年近五十歲時，仍想要貢獻所學，致書拜見朝政大臣，憂國憂民的情操令人景仰。

只是，朝廷設計出來的科舉，專門扼殺不擅考試的人才，也沒有在科舉之外，建立適當的補救之道。方豪（1910～1980）在《宋史》〔註65〕一書言：「宋代考試如此嚴密，而眞才反多不可得，則因考試但憑一日之短長，而忽略其平時成績。」正是符合蘇洵所言。

雖然，蘇洵最後在眾人推薦下被派任官職，卻都是一些層級低微，又難以發揮所學所長的職位，僅僅當了六年的小官就病死，與蘇洵被稱有「王佐之才」美譽，是有著很大的差距。只能由此證明，宋朝廷是相信科舉考試制度下的人才，對於此種被推薦的奇人異士，是心中充滿著懷疑，而不太願意給予重用。

〔註65〕方豪：《宋史》（臺北：中國文化大學，2000年9月再版），頁73。

第三節　蘇洵的作品流傳

本節簡介蘇洵的作品，以了解蘇洵到底有多少作品，及流傳的重要版本為何。由於本論文非屬版本考據性之研究，故僅提出重要性的流傳作品舉例。關於蘇洵作品考證收錄情況，已有多位學者作專門性論文討論，總計有：謝武雄〈蘇洵之生平及其著作考述〉發表《警專學報》〔註66〕；李李〈現存蘇洵著作考〉發表《文大中文學報》〔註67〕。專書上有曾棗莊《蘇洵評傳》，分別對洵文專集、三蘇合集、歷代選本及單行著作四方面，有詳加說明考述。大陸學者祝尚書（1944～）《宋人別集叙錄》〔註68〕專書中，介紹《嘉祐集》由宋到清的重要版本流傳之情況。

四研究者文獻極具參考價值，本文予以融合後加以引用，以知蘇洵作品之概況。

一、專集

（一）二十卷本

宋代文學家記載蘇洵文集狀況：歐陽脩〈故霸州文安縣主簿蘇君墓誌銘並序〉：「有文集二十卷。」曾鞏〈蘇明允哀詞〉：「所為文集有二十卷行于世。」張方平〈文安先生墓表〉：「所著文集二十卷。」

與蘇洵同代之文學家，都說蘇洵有文集二十卷，但是未提到集名。到了南宋藏書家：陳振孫《直齋書錄解題》、晁公武《郡齋讀書志》、馬端臨《文獻通考・經籍考》，稱蘇洵有文集十五卷。這表示二十卷本的蘇洵文集，在南宋年間可能失傳。至元代修纂《宋史》，在《宋史・蘇洵傳》載文集二十卷，可能是抄襲〈蘇洵墓誌銘〉等，作者未必見到二十卷的版本。《宋史・藝文志》著錄：《蘇洵集》十五卷，十五卷本可能是陳振孫、晁公武、馬端臨所著錄者，《別集》五卷則為十五卷所未收者。

直到明朝崇禎十年（1637），黃燦、黃煒兄弟在傳世十五卷、十六卷本基礎，另行廣為蒐集，編成《重編嘉祐集》二十卷本。〈凡例〉說：「老蘇先生集，舊稱二十卷；《宋史・藝文志》則曰集十五卷，別集五卷；《文獻通考》

〔註66〕謝武雄：〈蘇洵之生平及其著作考述〉，《警專學報》創刊號（1988 年 06 月），頁 283～303。

〔註67〕李李：〈現存蘇洵著作考〉，《文化大學中文學報》1 期（1993 年 02 月），頁 231～254。

〔註68〕祝尚書：《宋人別集叙錄》（北京：中華書局，1999 年 11 月初版），頁 214～225。

則曰《嘉祐集》十五卷,而無別集五卷。今世所行有曰《重刻嘉祐集》者,嘉靖間太原守張鐳刻十五卷,文多不備。有曰《蘇老泉全集》者,萬曆間刻,十六卷,較太原本稍備,俱未得爲全書也。今廣爲搜輯,猶恐不免遺漏,而較二刻則已侈矣。」

康熙三十七年(1698),邵仁泓刊《蘇老泉先生文集》二十卷,編次與崇禎二黃本不完全相同,所收有關蘇洵資料較崇禎二黃本齊全,可見非翻刻崇禎二黃本。《嘉祐集箋注》言:「此書名爲二十卷,實爲十六卷本,惟將諡法析爲四卷,次於十六卷之後,故四庫提要仍稱爲十六卷。」此外,清朝道光壬辰眉州三蘇祠新刻《嘉祐集》二十卷,在編次與收文都與崇禎二黃本、康熙邵仁泓本有所出入。

(二)十五卷本

晁公武《郡齋讀書志》:「蘇明允《嘉祐集》十五卷:至和中,歐陽永叔得明允書二十二篇,大愛其文辭,以爲雖賈誼、劉向不過也。」陳振孫《直齋書錄解題》:「《老泉嘉祐集》十五卷:文安主簿,編修《禮書》眉山蘇洵撰。」馬端臨《文獻通考》主要是轉引晁公武《郡齋讀書志》的記載。

南宋、元、明、清所流傳的蘇洵集多爲十五卷本。但是明代流傳的十五卷本《嘉祐集》集,是否和晁公武、陳振孫所著錄者,早就有人懷疑。

崇禎十年馬元調在〈重修嘉祐集敘〉說:「今世所流通者乃嘉祐間知太元府張君鐳翻刻本,亦十五卷,然多闕漏⋯⋯疑非《通考》時十五卷之舊」。指出缺少〈辨奸論〉、〈史論〉、〈洪範論〉、〈送吳侯職方付闕引〉、〈賀歐陽樞密啓〉、〈謝相府啓〉等篇章。清代永瑢、紀昀主編《四庫全書總目提要》也說:「國朝蔡士英所刊,任長慶所校本,凡十五卷,與晁氏、陳氏所載合,⋯⋯,中間闕漏如是,恐亦未必晁、陳著錄之舊也。」

可知,十五卷本雖然殘缺不齊,但是流傳豐富,有明嘉靖太原府刻本、明弘治刻本、清朝蔡英士刻本、四庫叢刊本、四庫備要本。

(三)十六卷本

除晁、陳、馬著錄的十五卷本《嘉祐集》外,南宋還有紹興年間刻十六卷本《嘉祐新集》。明、清兩代重編的二十卷本,主要是以十六卷本爲基礎,是南宋流傳下來,較爲完整的蘇洵集,《四庫全書》即以此爲底本。

《四庫提要》言:「今以徐本爲主,以邵本互爲參訂,正其譌脫,亦有此存而彼逸者,並爲補入。」徐本:「徐乾學家傳是樓所藏(《嘉祐新集》),卷末題

紹興十七（西元 1147）年四月晦日婺州州學雕。」邵本：「康熙間蘇州邵仁泓所刊（《老泉先生集》），亦稱從宋本校正」。〔註69〕瞿鏞《鐵琴銅劍樓藏書目錄》卷二十著錄校宋本《嘉祐新集》十六卷，謂：「蘇明允宋時有兩本，一名《嘉祐集》，一名《嘉祐新集》。此馮已蒼以家藏明刻悉依宋本改正，增鈔附錄一卷，末有紹興十七年四月婺州州學雕、教授沈斐（裴）校二行。」〔註70〕

二、單行篇章

（一）《太常因革禮》一百卷

《宋史・蘇洵傳》：「會太常修纂建隆以來禮書，乃以為霸州文安縣主簿，與陳州項城令姚闢同修禮書，為《太常因革禮》一百卷。」曾鞏〈蘇明允哀詞〉：「所集《太常因革禮》一百卷。」張方平〈文安先生墓表〉：「集成《太常因革禮》一百卷。」此書應為蘇洵所修，非宋史二百三〈志〉156 卷〈藝文〉二所言：「歐陽修《太常因革體》一百卷」〔註71〕。

（二）《皇祐諡考》二十卷

《宋史》二百二・〈志〉第一百五十五・〈藝文〉一：「蘇洵……《皇祐諡考》二十卷。」可惜今未見此書流傳。

（三）《諡法》四卷

欽定《四庫全書》史部十三・政書類二・儀制之屬的《諡法》〈提要〉云：「自周公諡法以後，歷代言諡者，有劉熙、來奧、沈約、賀琛、王彥威、蘇冕、扈蒙之書，然皆雜糅附益，不為典要；至洵奉詔編定六家《諡法》，乃取周公、春秋、廣諡及諸家之本，刪訂考證，以成是書。凡所取一百六十八諡、三百十一條，新改者二十三條，新補者十七條，別有七，去八類，於舊文所有者，刊削甚多。其間如堯舜禹湯桀紂，乃古帝王之名，並非諡號，而沿襲前訛，概行載入，亦不免疏失；然較之諸家義例，要為嚴整，後鄭樵通志諡略，大都因此書而增補之，且稱其斷然有所去取，善惡有一定之論，實前人所不及。」〔註72〕民國五十三年，藝文出版社出版《百部叢書集成》，收錄第五十五冊。

〔註69〕李李：〈現存蘇洵著作考〉，《文化大學中文學報》1 期（1993 年 02 月），頁 234。

〔註70〕祝尚書：《宋人別集敘錄》（北京：中華書局，1999 年 11 月初版），頁 221。

〔註71〕李李：〈現存蘇洵著作考〉，《文化大學中文學報》1 期（1993 年 02 月），頁 231。

〔註72〕李李：〈現存蘇洵著作考〉，《文化大學中文學報》1 期（1993 年 02 月），頁 252。

（四）《易傳》一百卷

張方平〈文安先生墓表〉：「有《易傳》十卷。」歐陽脩〈故霸州文安縣主簿蘇君墓誌銘並序〉：「蓋晚而好《易》，曰：《易》之道深矣，汨而不傳者，諸儒以附會之說亂之也。去之，則聖人之旨見矣。作《易傳》，未成而卒。」蘇洵〈上韓丞相書〉：「自去歲以來，始復讀《易》，作《易傳》百餘篇，此書若成，則自有《易》以來未始有也。」曾鞏〈蘇明允哀詞〉：「又爲《易傳》，未成而卒。」故此《易傳》尚未完成。

（五）《洪範圖論》一卷

蘇洵〈上田樞密書〉：「平生之文，遠不可多致，有洪範論、史論七篇，近以獻內翰歐公。」蘇洵〈上歐陽內翰第一書〉：「近所爲洪範論，史論，凡七篇，執事觀其如何？」《宋史・藝文志》：「蘇洵洪範圖論一卷。」

本文採用《嘉祐集箋注》，注者以「明刊十六卷」本爲勝，採用：「明刊《蘇老泉先生全集》十六卷，扉頁有清康熙甲戌徐釚〈藏書提序〉，並有「菊莊徐氏藏書」印，序稱此本：「刻於萬曆間，較太原本（即張本）稍備。余購得之，再以黃氏所刻（二黃本）互爲參訂，增入〈上張益州書〉一篇，並附錄〈墓誌〉、〈表〉、〈傳〉於後。」以爲箋注底本，書內分卷，卷名及編次，一仍其舊。再加上宋刊《類編增廣老蘇先生大全文集》以校各本。實爲當前最優良之校本，故爲本研究所採用。

第四節　蘇洵古文之分類

爲訂定蘇洵古文之研究範圍，探討蘇洵古文之各類文體內容，需將蘇洵古文予以整理分類。本研究中以《嘉祐集箋注》爲主要版本，復參引《三蘇全書》、《全宋文》、《唐宋八大家文鈔校註集評・老泉文鈔》等三書之文獻，加以互相比較後，以期許文本內容之完整性。在本節中，試圖將蘇洵所作之古文，依照實際寫作內容，按照文體區分之方式，加以分成五大種類，並且說明分類的原因，以及該類之內容上分析，重要之篇章內容陳述。

本節之文章分類，大致上遵照《嘉祐集箋注》中編排卷次，但會依照實際之內容稍加調整，以能清楚每種文類之寫作內容。依照內容分爲政論類、史論類、書信類、經論類及其他類，共計區分成五大種類，以方便本文研究上之運用，熟悉各類文體上之主要內涵。

一、政論類古文

劉勰《文心雕龍・論說》〔註73〕云：『論者，倫也，彌論羣言而研一理也。論之立言，始於《論語》；若〈六韜〉二論，乃後人之追題耳。其爲體則辯正然否，窮有數，追無形，迹堅求通，鉤深取極，乃百慮之筌蹄，萬事之權衡也。至其條流，實有四品：陳政則與議說合契，釋經則與傳註參體，辯史則與贊評齊行，詮文則與序引共紀：此論之大要。』在此大概將論說文分成陳政、釋經、辯史、詮文四大類，至蕭統《文選》〔註74〕則分爲三：設論居首，史論次之，論又次之。

明代徐師曾《文體明辨序說》〔註75〕云：「故今兼二子之說，廣未盡之例，列爲八品：一曰理論，二曰政論，三曰經論，四曰史論，五曰文論，六曰諷論，七曰寓論，八曰設論，而各錄文字于其下，使學者有所取法焉。其題或曰某論，或曰論某，則各隨作者命之，無異義也。」此將論說文分成八種，以擴充劉勰、蕭統的不足處。

中國大陸學者褚斌杰在《中國古代文體概論》〔註76〕更清楚探討前三者之分類，他說：「前人又將論說文劃分爲若干種類，如劉勰時『論』爲四品（陳政、釋經、辨史、詮文）八名（議、說、傳、注、贊、評、敘、引）。《文選》分『論』爲設問、史論和論三類。徐師曾《文體明辨》則將『論』列爲八品：理論、政論、經論、史論、文論、諷論、寓論、設論。從我們今天看來，如按『論』的內容劃分，實不外政論、史論、學術論文三大類。」基於上述文體研究學者，本研究將蘇洵古文之論說文，分成「政論類、史論類、經學類」三大主題範圍。

金振邦《文章體裁辭典》言：「政論文爲探討政治議題性古文，從政治角度闡述和評論當前重大事件和社會問題的議論文。它形式多樣，範圍廣闊，包括社論、專論、宣言、聲明、時事述評、政治評論等。其特徵主要表現爲：強烈的政治性、鮮明的針對性和一定的時效性。」〔註77〕蘇洵的政論文受歷來文家注目，亦是學者之研究焦點。在《嘉祐集》中，政論文觸及範圍最爲

〔註73〕范文瀾：《文心雕龍注》（臺北，臺灣開明書局，1985 年 10 月）卷三頁 29～50，〈論說〉篇。

〔註74〕〔梁〕蕭統〔唐〕李善注：《文選》（臺北：華正書局，2000 年 10 月）

〔註75〕〔明〕徐師曾：《文體序說三種・文體明辨序說》（臺北：大安，1998 年 6 月），頁 86。

〔註76〕褚斌杰：《中國古代文體概論（增訂本）》（北京，北京大學，2003 年 8 月），頁 347。

〔註77〕金振邦：《文章體裁辭典》（高雄：麗文文化，1995 年 9 月），頁 61。

廣大，論軍事、論外交、論國政等等，層面無所不包，本研究選以下文章歸爲政論文，詳見下表。

《嘉祐集箋註》原卷數	篇目名稱
第一卷 幾策	〈審勢〉、〈審敵〉
第二卷 權書	〈權書敘〉、〈心術〉、〈法制〉、〈強弱〉、〈攻守〉、〈用間〉
第三卷 衡論	〈衡論敘〉、〈遠慮〉、〈御將〉、〈任相〉、〈重遠〉、〈廣士〉、〈養才〉、〈申法〉、〈議法〉、〈兵制〉、〈田制〉
第九卷 雜論	〈諫論上〉、〈諫論下〉、〈制敵〉、〈明論〉

主要蒐錄《嘉祐集箋注》中第一、二、三卷與第九卷，共有二十三篇文章（包含敘）。第一卷〈幾策〉主要述說北宋中期的外患與內憂所在，應當先訂下對外及對內的重要策略。第二卷〈權書〉乃論軍事之要點，前五篇主要論及軍事戰爭中的領導、用兵、戰法等，在後五篇〈孫武〉、〈子貢〉、〈六國〉、〈項籍〉、〈高祖〉，論戰爭成敗與人物間之得失，雖然有重要戰爭事件爲出發點，但因著重在探討人物及史事方面居多，本文將後五篇歸入在「史論類」範疇。第三卷〈衡論〉爲主要論治國之篇目，涵蓋軍事、法律、外交、內政等多面焦點。第九卷〈雜論〉中選取四篇，〈諫論上〉、〈諫論下〉兩篇爲討論君臣諫言方式，〈攻守〉和〈制敵〉兩篇同意，而文字有所差別，〈制敵〉篇疑爲早年之作品，兩者皆是論兵作品。〔註 78〕〈明論〉篇則論君王要有先見之明，察人所不察之處。以上二十三篇均歸類爲政論性文章。

二、史論類古文

在劉勰的《文心雕龍·定勢》：「史論序註，則師範於核要。」〔註 79〕清王兆芳《文體通釋》〔註80〕：「史論（論贊、某人曰、序、詮、評、議、述、撰、奏、史臣曰）：史論爲論贊。贊一作讚，見也，明也，附論說於紀傳之後，其倫理明見，若贊者之引見也。劉知幾曰，春秋左氏傳每有發論，假君子以稱之，二傳云公羊子、穀梁子，史記云太史公。既而班固曰贊，荀悅曰論，

〔註78〕曾棗莊、金成禮箋注：《嘉祐集箋注》（上海：上海古籍，2001 年 4 月），頁256，表示：「此篇文意淺泛，內容與權書〈強弱〉前半部分相同，或爲早年習作，或爲後人據〈強弱〉篇敷衍行文。」
〔註79〕范文瀾：《文心雕龍注》（臺北：臺灣開明書局，1985 年 10 月），卷六，頁24～28。
〔註80〕金振邦：《文章體裁辭典》（高雄：麗文文化，1995 年 9 月臺 16 版），頁69。

東觀曰敘，謝承曰詮，陳壽曰評，王隱曰議，何法盛曰述，楊雄曰撰，劉昺曰奏奏，袁宏、裴子野自顧姓名，史官所撰通稱史臣，必取便於時者，則總歸論贊焉。主於因事發議，評定得失。」

因此，史論類古文爲論述歷史人物，評斷歷史之事件，探討史書方法等，故凡是評論史書及歷史人物、事件的文章，都歸納在「史論」中，以作爲歸類標準。本文選取以下篇章，歸爲史論類古文：

《嘉祐集箋註》原卷數	篇目名稱
第二卷　權書	〈孫武〉、〈子貢〉、〈六國〉、〈項籍〉、〈高祖〉
第十四卷　雜論	〈史論引〉、〈史論上〉、〈史論中〉、〈史論下〉、〈譽妃論〉、〈管仲論〉、〈三子知聖人汙論〉、〈辨奸論〉

第二卷〈權書〉中的後五篇，所言內容多與軍事方面有關，但是此五篇涉及歷史人物和歷史事件，且篇目以歷史人物爲標題，實可爲史論文的範圍，更能突顯蘇洵史學上觀點，並搭配討論人物來相互對照。第十四卷〈史論引〉、〈史論上〉、〈史論中〉、〈史論下〉等四篇，探討由史學觀點、史學方法、經史關係到史書批評等，實爲史論文之核心基礎，有著特殊之歷史見解。〈三子知聖人汙論〉評孔子學生宰我、子貢、有若，只學到孔子學問的淺層處。〈辨奸論〉爲蘇洵之名篇，評論王安石不近人情，不過清代學者李紱等人以爲是邵伯溫僞作而成，自此該篇陷入在真品或僞作論爭。〔註81〕本文按照《嘉祐集箋注》考證，認定爲蘇洵本人所作。〔註82〕

三、經論類古文

《中國學術通義》言：「經學向認爲是中國學術中最古最先起而又是最重要的一門學問。」〔註83〕《經學研究論集》說：「經學是傳統學術的重心。」

〔註81〕參見臺灣大學中國文學研究所主編：《宋代文學與思想》（臺北：學生書局，1989 年 8 月）頁 111～171。收錄〈從蘇王邵三個家族來推論辨奸論之作者〉，王保珍著，對〈辨奸論〉從家族、文本、人物、作者等各種角度考察其真僞性，最後言：「所以在傳統的蘇洵作〈辨奸論〉說法與李紱等以邵伯溫僞作〈辨奸論〉，藉蘇洵名行世之說法之間，筆者採取存疑態度。」仍舊無法對〈辨奸論〉作者是否爲蘇洵下一個斷案。

〔註82〕曾棗莊、金成禮箋注：《嘉祐集箋注》（上海：上海古籍，2001 年 4 月 2 次印刷），頁 273，言：「然考之蘇、王交惡之史實，此文之主旨及風格，當屬老蘇所作無疑」。

〔註83〕錢穆：《中國學術通義》，（臺北：臺灣學生書局，1988 年 2 月），頁 2。

〔註84〕而能傳播經學者為經書,是中國傳統文化上要籍,《易》、《禮》、《樂》、《詩》、《書》、《春秋》六經,主宰著中國千年來學術變化思潮,長久以來影響中國文化、文學之脈絡發展。蘇洵同樣注意到六經重要性質,在第六卷中有「六經論」六篇,分別探究六經形成的因素,及個人對經學上之論述。以下定為經論類古文範圍:

《嘉祐集箋註》原卷數	篇目名稱
第六卷 六經論	〈易論〉、〈禮論〉、〈樂論〉、〈詩論〉、〈書論〉、〈春秋論〉

四、書牘類古文

蘇洵書牘類古文篇幅較多,主要內容區分成,對高官「奏議文」與名士往來之「書信文」。由《嘉祐集箋注》編目中,從第十卷到第十三卷,皆為書牘文,計有二十三篇。另加上散落在第十五卷、第十六卷的七篇,總計有三十篇之多。相較蘇洵不輕易為文之個性,篇幅上算是較為浩大,亦是平時研究者較少注意區塊。以下為書牘類文章範圍:

《嘉祐集箋註》原卷數:

《嘉祐集箋註》原卷數	篇目名稱
第十卷 上書	〈上皇帝書〉
第十一卷 上書	〈上韓樞密書〉、〈上富丞相書〉、〈上文丞相書〉、〈上田樞密書〉、〈上余青州書〉
第十二卷 書	〈上歐陽內翰第一書〉、〈上歐陽內翰第二書〉、〈上歐陽內翰第三書〉、〈上歐陽內翰第四書〉、〈上歐陽內翰第五書〉、〈上王長安書〉、〈上張仕郎第一書〉、〈上張仕郎第二書〉、〈上韓舍人書〉
第十三卷 書	〈上韓丞相書〉、〈上韓昭文論山陵書〉、〈與梅聖俞書〉、〈答雷太簡書〉、〈與楊節推書〉、〈與吳殿院書〉、〈謝趙司諫書〉
第十五卷 雜文	〈議修禮書狀〉、〈謝相府啟〉
佚文	〈賀歐陽樞密啟〉、〈與孫淑靜〉、〈與雷太簡拜納書〉、〈上六家諡法議〉、〈上張益州書〉

〔註84〕胡楚生:〈五經要義約論〉蒐錄《經學研究論集》(臺北:學生書局,2002年11月),頁523。

本文依據上表分成兩大類：

類　別	篇　目
（一）奏議文：	〈上皇帝書〉、〈上六家諡法議〉、〈上韓昭文論山陵書〉、〈議修禮書狀〉
（二）書信文：	〈上韓樞密書〉、〈上富丞相書〉、〈上文丞相書〉、〈上田樞密書〉、〈上余青州書〉、〈上歐陽內翰第一書〉、〈上歐陽內翰第二書〉、〈上歐陽內翰第三書〉、〈上歐陽內翰第四書〉、〈上歐陽內翰第五書〉、〈上王長安書〉、〈上張仕郎第一書〉、〈上張仕郎第二書〉、〈上韓舍人書〉、〈上韓丞相書〉、〈與梅聖俞書〉、〈答雷太簡書〉、〈與楊節推書〉、〈與吳殿院書〉、〈謝趙司諫書〉、〈謝相府啓〉、〈上張益州書〉、〈賀歐陽樞密啓〉、〈與孫淑靜〉、〈與雷太簡納拜書〉

在「奏議文」方面，姚鼐《古文辭類纂》〔註85〕奏議類言：「奏議類者，蓋唐虞三代聖賢陳說其君之辭，尚書具之矣。周衰，列國臣子爲國謀者，誼忠而辭美，皆本謨誥之遺，學者多頌之，其載春秋內外傳者不錄，錄自戰國以下，漢以來有表、奏、疏、議、上書、封事之異名。」其實這是近似書信文體一種，以往是歸納在書信一類，後來才單獨出「奏議」類。只是此類爲國家建議的「公文書」，討論到公共的事務，與一般私人間往來的私文書不同，基於研究之方便性，合併歸入在「書牘類」討論。奏議文〈上皇帝書〉爲蘇洵拒絕赴京師參加舍人院考試，寫下此書給宋仁宗皇帝，建議十大項改革上建議。〈上六家諡法議〉爲寫給歐陽脩，報告修纂禮書的報告。〈上韓昭文論山陵書〉建議韓琦對宋仁宗葬禮，應要節制喪葬費用。〈議修禮書狀〉爲上奏朝廷，主張修禮書應當要實錄，反對掩惡諱過。

「書信文」專指親朋好友間往來私人信件，因古代最早曾刻寫在竹簡、木板上，故又稱爲書牘文。書牘文多帶有濃厚私人色彩，反映的感情和生活較爲眞實。在書信篇章的整體大要上：主要是寫給王官大臣的書信。〈上韓樞密書〉寫給樞密使韓琦，建議整飭軍隊之紀律。〈上富丞相書〉寫給丞相富弼（1004～1083），期待有新政策的推行。〈上文丞相書〉寫給宰相文彥博（1006～1097），討論取才用人時應廣開門路。〈上田樞密書〉寫給副樞密史田況（1003～1061），求田況能舉薦蘇洵。〈上余青州書〉寫給青州使余靖（1000～1064），

〔註85〕〔清〕姚鼐輯、王文濡評註：《評註古文辭類纂》（臺北：華正書局，2004年9月），頁7。

討論得意及失意間心態狀況。

〈上歐陽內翰第一書〉寫給翰林學士歐陽脩（1007～1072），本系列中共有五篇，本篇爲讓歐陽脩瞭解蘇洵之學習過程。〈上歐陽內翰第二書〉期盼朝廷能重視蘇洵之才。〈上歐陽內翰第三書〉爲蘇洵妻死後倉促回家之狀況。〈上歐陽內翰第四書〉寫出拒絕朝廷詔令，並對朝廷行政推延之不滿。〈上歐陽內翰第五書〉感謝歐陽脩的推薦而任官。〈上王長安書〉寫給王拱辰，說明人才之重要。

〈上張仕郎第一書〉寫給戶部仕郎張方平（1007～1091），求能推薦蘇氏父子三人。〈上張仕郎第二書〉因蘇洵在京師求官不遂，希望張方平能再幫忙。〈上韓舍人書〉寫給韓絳（1012～1088），驚奇韓絳要先接見蘇洵。〈上韓丞相書〉寫給宰相韓琦，對朝廷行政及任小職官不重用之不滿。〈與梅聖俞書〉寫給梅聖俞，表達不參加京師考試及指責科舉中弊端。

〈答雷太簡書〉寫給雷太簡，說明以病而推辭朝廷考試。〈與楊節推書〉寫給楊節推，對於行狀內容不可採信。〈與吳殿院書〉寫給殿中侍御史吳中復（1011～1078），求能庇佑史沆之女。〈謝趙司諫書〉寫給趙抃，感謝曾經推薦蘇洵。〈謝相府啓〉寫給昭文館大學士富弼，感謝有薦官之恩德。〈上張益州書〉寫給張方平，感謝曾出力推薦。〈賀歐陽樞密啓〉祝賀歐陽修調升樞密史。〈與孫淑靜〉寫給孫淑靜（1041～1100），回覆批改文章得失。〈與雷太簡納拜書〉希望和雷太簡相互以師友結交。

由於蘇洵在科舉上不得意，在遊學經師時聲名大噪，當代名士皆會與他相互交往。再者蘇洵亦會用謁書方式，先行拜訪朝政上的政治要員，以期待獲得高官推薦及注意，施展出仕的理想抱負，故留下許多彌足珍貴的書信文，實足爲研究上之要籍，可輔助在政論文、使論文時之主張。書信文有很大價值，褚斌杰說：「書信是人與人之間的交際工具，最具有實用價值；而書信所涉及的內容，又幾乎無所限定，無論是軍國大事，討論學術，評述人物，推舉自薦，傾訴個人境遇，以至日常所感所思，皆可入書，其內容可以包羅社會生活、個人生活的各個方面。因此在所有文體中，書信所可容納的內容是最爲廣泛多樣的。」〔註86〕蘇洵書信文中的確有這種包羅廣泛的特點，也是蘇洵較少爲人所知的一面。

〔註86〕褚斌杰：《中國古代文體概論（增訂本）》（北京：北京大學，2003 年 8 月），頁 400。

五、其他類古文

其他類古文為非屬前四類之範圍，種類上較為雜，具體分成「喪祭文」與「雜文」兩大部分。「喪祭文」為紀念追弔死者之文，包含著「祭文」及「墓誌銘」兩種。而在「雜文」則非屬前者之類，把「記敘文、說、引、贊」等皆歸納。本文類雖然較為複雜，與前四類之文風迥然有別，但其中仍有傳頌千古，受人稱揚代表性作品，仍不可忽視。以下選定為其他類範圍：

1. 喪祭文	〈丹稜楊君墓誌銘〉、〈祭史彥輔文〉、〈祭任氏姊文〉、〈祭亡妻文〉、〈祭姪位文〉、〈祭史親家祖母文〉、〈雷太簡墓銘〉
2. 雜文	（1）記敘文： 〈張益州畫像記〉、〈彭州圓覺禪寺記〉、〈極樂院造六菩薩記〉、〈木假山記〉、〈老翁井銘〉、〈蘇氏族譜亭記〉 （2）說文： 〈仲兄字文甫說〉、〈名二子說〉 （3）引文： 〈送吳侯職方赴闕引〉、〈送石昌言使北引〉 （4）其他： 〈王荊州畫像贊〉、〈吳道子五星贊〉、〈題張僊畫像〉

在「喪祭文」之中：墓誌銘是古代墓碑文的一種，前面有一篇志記載墓主生平事蹟，後有一篇頌贊體的銘，此為通常之體例，另有「有誌無銘」或「有銘無誌」的變體。如蘇洵〈丹稜楊君墓誌銘〉為替楊節推父親所作，是完整的墓誌銘。〈雷太簡墓銘〉追思提拔蘇洵的恩人雷太簡，因為文章年久散佚，只有銘而無誌。

祭文為表示祭奠死者而寫成哀悼文章，且多為親戚族友而寫：〈祭史彥輔文〉為替好友史彥輔所寫，〈祭任氏姊文〉為祭宗族之堂姊，〈祭亡妻文〉為祭其妻程夫人，〈祭姪位文〉為祭姪子蘇位（1010～1065），〈祭史親家祖母文〉祭其子蘇轍妻之祖母。墓誌銘及祭文的差別在《中國古代文體概論》言：「祭文與墓志不同，墓志多以記述死者的生平，贊頌死者的功業德行為主，且多為請人代筆之作；而祭文則偏重於對死者的追掉哀痛，多是作者為亡親故友而作，雖也追記生平、稱頌死者，但感情色彩比較濃厚，所謂『祭奠之楷，宜恭且哀』，因此祭文多代有抒情性。」〔註87〕蘇洵寫給他人墓誌銘少，寫給親友祭文較多。

〔註87〕褚斌杰：《中國古代文體概論（增訂本）》（北京：北京大學，2003 年 8 月），頁 427。

「雜文」範圍之中，分成記敘文、說文、引文、其他四者。記敘文也可
稱爲「雜記文」。吳訥《文章辨體序說》〔註88〕說：「大抵記者，蓋所以備不
忘。」徐師曾《文章明辨序說》〔註89〕言：「按金石例云：『記者，紀事之文
也。』……歐、蘇以下，議論浸多，則記體之變。」說明此文能記錄寫作原
因，宋代作家有著擅長議論特長。褚斌杰認爲「雜記文」包羅廣泛：「從現
存的『記』文來看，有的記人，有的記事，有的記物，有的記山水風景；有
的尚敘述，有的尚議論，有的尚抒情，有的尚描寫，是非常複雜多樣的。」
〔註90〕可知道此文之概況。蘇洵記敘文共有四篇：〈張益州畫像記〉爲記載
張方平治蜀間之政績，〈彭州圓覺禪院記〉記彭州保聰法師之寺院，〈極樂院
造六菩薩記〉爲蘇洵將遠行作此記以告慰死者，〈木假山記〉記蘇洵家中一
座自然之木塊，〈蘇氏族譜亭記〉爲寫族譜後之記，主要批評程正輔父子之
惡行，蘇洵女兒所嫁非人。〈老翁井銘〉本篇雖名爲銘，但前半內容實爲一
篇記文，記載著一口井水之傳說，

　　蘇洵之「引文」實則爲序文，吳曾祺《涵芬樓文談》〔註91〕言：「禮言：
『臨文不諱。』若吾人自作文字，不能不避諱。古人自諱國諱之外，尚有避
其家諱者……至宋時蘇家父子兄弟，以其先有名『序』者，凡『序』皆作『引』，
如〈送石昌言引〉是也；或以『敘』字代之。余謂避諱誠美事，然使人人皆
然，必至錯雜歧誤，不可辨識；此亦古人不宜學處。」以「引」爲「序」確
實造成混淆的問題。蘇洵引文有：〈送吳侯職方赴闕引〉爲送給吳照鄰赴新職
缺所作，〈送石昌言使北引〉爲送表哥石昌言（995～1057）出使外族時所作
之贈序。

　　「說文」本可歸爲論說文之類，但依其兩篇中內容，本文歸入在其他類。
明吳訥《文章辨體序說》〔註92〕言：「說者，釋也，述也，解釋義理而已意述

〔註88〕〔明〕吳訥：《文體序說三種‧文章辨體序說》（臺北：大安，1998年6月），
　　　　頁52。
〔註89〕〔明〕徐師曾：《文體序說三種‧文章明辨序說》（臺北：大安，1998年6月），
　　　　頁103。
〔註90〕褚斌杰：《中國古代文體概論（增訂本）》（北京：北京大學，2003年8月），
　　　　頁364。
〔註91〕〔清〕吳曾祺著、楊承祖點校：《涵芬樓文談》（臺北：臺灣商務，1998年6
　　　　月臺二版），頁106。
〔註92〕〔明〕吳訥：《文體序說三種‧文章辨體序說》（臺北：大安，1998年6月），
　　　　頁54。

之也。」本是如論說文的說理性文章。到徐師曾《文章明辨序說》的「說」類〔註93〕：「此外又有名說、字說，其名雖同，而所施則異，故別爲一類。」在「字說類」〔註94〕上言：「按《儀禮》〈士冠〉，三加三醮而申之以字辭，後人因之，遂有字說、字序、字解等作，皆字辭之濫觴也。雖其文去古甚遠，而丁寧訓誡之義無大異焉。……至於名說、名序，則援此意而推廣之。」蘇洵兩篇說文之大意在於說明、叮嚀出發。〈仲兄字文甫說〉爲寫給其兄蘇渙，改其字文甫之因，〈名二子說〉寫出二子蘇軾、蘇轍命名之原因，並帶有預言性質。

　　在「其他文」方面：〈題張僊畫像〉爲蘇洵買張僊畫像以祈子的始末，〈王荊州畫像贊〉及〈吳道子五星贊〉爲寫畫像之贊文。其中〈仲兄字文甫說〉、〈名二子說〉、〈送石昌言使北引〉更爲代表性的名作，在蘇洵剛強文章風格上，卻有著千變萬化的一面，有別傳統議論性的僵硬文章，在不同的文類時也有特色在。

　　除第六卷〈六經論〉外，第八卷有「洪範論」五篇，主要詳細討論到〈洪範〉篇之眞義，反駁歷來解釋學者，是對箕子所傳〈洪範〉原旨意有誤解，故作此系列之文章，以證明〈洪範〉眞相。〈洪範〉雖爲《尚書》中的一篇，本卷專就討論〈洪範〉之眞意，與六經論中討論六經所形成原因不同，故本研究不與討論。至於《嘉祐集箋註》第七卷中「太玄論」四篇，《太玄》爲揚雄（前53～前18）模擬《易》所作，蘇洵探查揚雄占卜之法，證明揚雄太玄：「不得乎其心爲言，爲道不足取，爲數亦不足考」的缺點，同樣較無古文上之價値。第十四卷「譜」，爲追溯蘇氏祖先，考證家族淵源的文章，對於研究宗族歷史者較有益處。以上三卷中的篇章，就其內容「不予專門討論」，但遇有重要的觀點，或有重要之資料時，仍會加以引用或說明，以證明蘇洵古文之特色。

〔註93〕〔明〕徐師曾：《文體序說三種·文章明辨序說》（臺北：大安，1998 年 6 月），頁 87。

〔註94〕〔明〕徐師曾：《文體序說三種·文章明辨序說》（臺北：大安，1998 年 6 月），頁 106。

第三章　蘇洵之古文淵源

第一節　在地蜀學的背景

　　要認識一個人的文章思想時，先要了解作者的居住環境，及特殊的文化傳承關係，以作為探查文章思想之先決條件。蜀學主要發展和形成於偏僻的四川，遠離了中原地區，往往缺乏雍容華貴的氣象，有較多的異端色彩，並有俠士不受禮法約束的氣魄，形成自己獨特一格的色彩。在蜀地中，出現如漢代司馬相如、揚雄的詞賦、唐代陳子昂、李白的詩歌、五代兩蜀間的詞等，陶冶著當地的文人學子，而形成不同的風格。

　　在古代蜀學的發展方面，大致經歷了四個時期，兩漢三國是蜀學形成時期和較快發展時期，魏晉隋唐是蜀學緩慢發展時期，宋代是蜀學的鼎盛時期，元明清是蜀學跌入谷底又逐步發展時期，而蘇洵身處在大力發展時期。

　　關於蜀學的解釋，胡昭曦《宋代蜀學研究》言：「一類是學校，指政府在四川成都建立的官府學堂；一類是學術。後者又可分為兩類：一是以籠括各種學術文化為標準，或指整各四川的學術文化，或專指蘇氏蜀學。另一種是以儒學為標準，具體有三：（1）指西漢以來蜀中儒學，（2）指宋學的儒學，及宋代四川的儒學，（3）特指蘇氏義理之學。……廣義的蜀學應包括四川地區的各種學術。」〔註1〕本文所說的蜀學，偏重在學術部分，即是蘇氏文章與常人不同的思想特色。

〔註 1〕 胡昭曦、劉復生、粟品孝：《宋代蜀學研究》（四川：巴蜀書社，1997 年 3 月），
　　　　 頁 6。

　　蘇洵因爲出生在西蜀，所接觸之學術及文化教育，長期以來和中原地區有所異，形成特殊的蜀學文化，而這種特殊的學術系統，在宋朝時的三蘇父子，將其學給發揚光大，而可以與洛學、關學、閩學分庭抗禮。錢穆（1895～1990）先生在《國史大綱》〔註2〕論其「蜀學」之特色說：

> 他們的學術，因爲先罩上一層極厚的釋老的色彩，所以他們對於世務，認爲並沒有一種正面的、超出一切的理想標準。他們對世務相當練達，憑他們靈活的聰明來隨機應付。他們亦不信有某一種制度，定比別一種制度好些。但他們的另一面，又愛好文章詞藻，所以他們的持論，往往渲染過份，一說便說到盡量處。近於古代縱橫的策士。

錢穆先生主要是針對三蘇合併討論，已經非常具體點出蜀學的特色。釋、老色彩在蘇軾、作品上表現較爲多，至於其餘的特點，三蘇大致都有符合。祝尙書在《宋代巴蜀文學通論》〔註3〕同樣明確點出三蘇蜀學。他說：

> 「蜀學」主要是蘇氏之學，故又稱「蘇學」，它開創於蘇洵，其核心是以「權變」解釋六經，當時人稱「縱橫之學」。蘇軾、蘇轍在繼承「權變」思想的同時，又大量，取佛、老之說，並以此解經，軾著有《易傳》、《書傳》、《論語解》等，轍也有《易傳》、《詩集傳》、《孟子解》。

二蘇的父親是蘇洵，實爲蜀學的先驅者，而蘇軾及蘇轍是發揚蜀學的光大者。蘇洵的文章中，也有許多符合蜀學的特點，爲以上引文中的「權變」之思想，即《國史大綱》中的「隨機應付」，視事物的變化隨機應變。如〈審敵〉說：

> 鄰國之難，霸王之資也。且天與不取，將受其弊。〔註4〕

蘇洵卻說勿放棄鄰國有災難，是千載難逢的時機，要乘機出兵，足見「隨機應變」的主張。

　　〈審勢〉中有許多權變的思想和主張。在觀察國家內政時機上，蘇洵同樣有著「隨機應付」的特長，在國家大體可以先行訂定，至於其他的細節，不用拘泥在某一種制度。他說：

〔註2〕錢穆：《國史大綱（下）》（臺北：臺灣商務，2002 年 8 月修訂三版六刷），頁599。

〔註3〕祝尙書：《宋代巴蜀文學通論》（四川：巴蜀書社，2005 年 6 月），頁125。

〔註4〕〔宋〕蘇洵：〈審敵〉，見《嘉祐集箋注》，頁18。

今者天下幸方治安，子孫萬世帝王之計，不可不預定於此時。然萬世
帝王之計，常先定所上，使其子孫可以安坐而守其舊。至於政弊，然
後變其小節，而其大體卒不可革易。故享世長遠而民不苟簡。〔註5〕

當國家的整體大綱訂下，若未來政治發生問題時，則以小節的各種應變來維
持。在觀察國家大勢，國君應當如聖人精通「審時應變」，在「威與惠」中適
時的相互運用，隨時觀察國家大勢來轉變。他說：

天下之勢有強弱，聖人審其勢而應之以權。勢強矣，強甚而不已則
折；勢弱矣，弱甚而不已則屈。聖人權之，而使其甚不至於折與屈
者，威與惠也。夫強甚者，威竭而不振；弱甚者，惠褻而下不以爲
德。故處弱者利用威，而處強者利用惠。〔註6〕

「折屈威惠」是沒有訂立正確的標準，而要由君王效法聖人來操控平衡，這
是蘇洵主張改變宋朝國政的方法。甚至蘇洵更具體的說：「故用刑不必霸，而
用德不必王，各觀其勢之何所宜用而已。」〔註7〕蘇洵〈遠慮〉更言：「聖人
之道，有經，有權，有機。」〔註8〕蘇洵的權變思想在論及聖人時，使原本聖
人應當只有經術上面，擴充成爲富有經、權、機三種層面，而「機」爲最重
要，此爲蜀學「擴充及權變」的特長。而在我們學習聖人之道時，因爲每個
人學識不同，所理解的聖人也有不同。他說：

聖人之道一也，大者見其大，小者見其小，高者見其高，下者見其
下，而聖人不知也。〔註9〕

此點不同以往的觀念，認爲聖人流傳的學問相同，眾人也接受到同樣學問。
但是，蘇洵認爲每個人的學習有不同層次差異，自然在見解上也不同，同樣
是有蜀學的觀點存在。在談論「義和利」的見解時，兩者本來是互相對立，
孔子說：「君子喻於義，小人喻於利。」〔註10〕到了蘇洵卻變成兩者相互融合：

利在則義存，利亡則義喪。故君子樂以趨徒義，而小人悅懌以奔利
義。必也天下無小人，而後吾之徒義始行矣。嗚呼難哉！聖人滅人
國，殺人父，刑人子，而天下喜樂之，有利義也。與人以千乘之富

〔註5〕 〔宋〕蘇洵：〈審勢〉，見《嘉祐集箋注》，頁1。
〔註6〕 〔宋〕蘇洵：〈審勢〉，見《嘉祐集箋注》，頁2。
〔註7〕 〔宋〕蘇洵：〈審敵〉，見《嘉祐集箋注》，頁5。
〔註8〕 〔宋〕蘇洵：〈遠慮〉，見《嘉祐集箋注》，頁80。
〔註9〕 〔宋〕蘇洵：見《三子知聖人汙論》，頁268。
〔註10〕 〔宋〕朱熹：《四書章句集注》（北京：中華書局，1983年10月），《論語集注·
里仁》，卷二，頁73。

> 而人不奢，爵人以九命之貴而人不驕，有義利也。義利、利義相為
> 用，而天下運諸掌矣。〔註11〕

在權變的觀念，利和義本來是相互排斥，變成了互相支配，以「利」來達成「義」的實現，以「義」來約制「利」過當。所以，義、利在蘇洵的思想上就融合，任由會運用的人來掌握，達成聖人設定的有「義」目標。大力推薦蘇洵進京考試的張方平，錢穆先生認為也是近似蜀派。他言：

> 最先反對荊公者為呂誨、蘇洵、張方平。張方平南人，其學卻與蜀
> 派相似。三蘇自蜀來，張方平、歐陽修為之延譽。荊公獨不喜老泉，
> 由其學術路徑不同。相傳荊公淮南雜說初出，見者以為孟子；老泉
> 文初出，見者以為荀子，可見荊、蜀路脈早別矣。〔註12〕

從中發現蘇洵與荀子有深厚關係，因為蘇洵有「荀子重禮」的思想，下文將會有所分析。至於「近於古代縱橫的策士」方面，在本章第五節為另開一節，討論蘇洵古文中縱橫的思想。

《宋代蜀學研究》總結宋代蜀學影響特色：「第一，易學發達：三蘇父子，自相成友，著成《易傳》，重人事，說義理，是蘇氏哲學思想代表作。……第二，學術家族眾多：蘇洵、蘇軾、蘇轍為代表眉山蘇氏……第三，蘇、程二派是主流：眉山三蘇以議論英發、文辭博學，震耀一時，加之『上談性命，下述政理』，成為宋學中甚具影響的學術大派。第四，與史學關係緊密……蘇洵論經史關係「經以道法勝，史以事辭勝」，甚具卓識；二子軾轍承其家學，以古今議論見長。」〔註13〕以上四點蘇洵皆具備，蘇洵算是蜀學的承續者，同時也是蜀學的開創者，有很大的貢獻，使得蜀學以狹義界定時，成為專指三蘇的學問。

第二節　傳統之孔孟思想

蘇洵的古文思想，雖有上述蜀學特長，但仍然保有儒家傳統性。傳統的中國讀書人，所先接觸以儒家學說居多，儒家思想數千年來源遠流長，成為中國學術上的主流。在本節儒家思想以孔子（前551～前479）、孟子（前372

〔註11〕〔宋〕蘇洵：〈利者義之和論〉，見《嘉祐集箋注》，頁278。
〔註12〕錢穆：《國史大綱（下）》（臺北：臺灣商務，2002年8月修訂三版），頁597。
〔註13〕胡昭曦、劉復生、粟品孝：《宋代蜀學研究》（四川：巴蜀書社，1997年3月），
　　　　頁330～332。

～前 289）思想爲主軸，至於荀子（前 313～前 238）已漸漸走向由禮偏法，將歸屬在下節的討論上。故本節討論蘇洵古文中符合孔、孟主張處，以印證蘇洵確實受到儒學影響，表現出儒學的主張及精神。

　　首先是蘇洵的個人行爲，在《嘉祐集》的書信文，反應出蘇洵「出仕」、「熱衷功名」的思想，在書信文一節，已有討論「致書求仕」文章。從〈送石昌言使北引〉中，表示渴望功名來建功立業，卻仍是布衣之士的無奈，親戚石昌言已經貴爲高官，自己仍在奔走功名中。他說：

> 今十餘年，又來京師，而昌言官兩制，乃爲天子出使萬里外強悍不屈之虜庭，建大旆，從騎數百，送車千乘，出都門意氣慨然。自思爲兒時，見昌言先府君旁，安知其至此！〔註14〕

儒家主張要勇於出仕，在《論語‧衛靈公》〔註15〕言：「邦有道，則仕；邦無道，則可卷而懷之。」《論語‧子張》〔註16〕言：「仕而優則學，學而優則仕。」都是鼓勵讀書人在學有所成時，應當積極入世以關懷社會，何況宋朝當時充滿范仲淹（989～1052）〈岳陽樓記〉說：「先天下之憂而憂，後天下之樂而樂」〔註17〕的情操。蘇洵努力在聖賢之書，數十年來的「獨善其身」，今則希望在學有所成以「兼善天下」，促使蘇洵一再對功名抱持無限的冀望。

　　在師徒關係上，自古「天地君親師」，老師是儒家五倫的延伸，蘇洵重視師道關係的表現。出家人亦需遵守戒律，不因有所求而招致風塵，甚至連老師都背叛。故蘇洵讚揚保聰法師說：「不以叛其師悅予也，故爲之記。」〔註18〕所謂「師者所以傳道、授業，解惑也。」〔註19〕常人對老師多加尊崇，老師賦與教化的重責大任，何況是出家的方化人，此點也看出蘇洵重師之表現。

　　在蘇洵的爲人處事與待接物，也充滿儒家「仁愛」的思想。孔子說：「老者安之，朋友信之，少者懷之。」〔註20〕孟子言：「老吾老，以及人之老；幼

〔註14〕〔宋〕蘇洵：〈送石昌言使北引〉，見《嘉祐集箋注》，頁 420。
〔註15〕〔宋〕朱熹：《四書章句集注》（北京：中華書局，1983 年 10 月），卷八，頁 163。
〔註16〕〔宋〕朱熹：《四書章句集注》（北京：中華書局，1983 年 10 月），卷十，頁 190。
〔註17〕〔清〕吳楚材選注、王文濡評校《古文觀止》（臺北：華正書局，1998 年 8 月版），頁 419。
〔註18〕〔宋〕蘇洵：〈彭州圓覺禪院記〉，見《嘉祐集箋注》，頁 399。
〔註19〕〔清〕姚鼐輯、王文濡評註：《評註古文辭類纂》（臺北：華正書局，2004 年 9 月版），頁 76，韓愈〈師說〉。
〔註20〕〔宋〕朱熹：《四書章句集注》（北京：中華書局，1983 年 10 月），《論語‧公

吾幼，以及人之幼，天下可運於掌。」〔註21〕蘇洵非常同情好友史沆、史經臣兄弟的遭遇，兩人在死後憂心遺孤將無所託付，寫信給吳殿院請求幫忙安置。他說：

> 嗚呼！豈其命之窮薄至於此耶！經臣死，家無一人，後事所屬辨於朋友。今其家遺孤骨肉存者，獨沆有弱女在襄州耳，君侯尚可以庇之，使無失所否？阻遠未能一一，伏惟裁悉。〔註22〕

蘇洵本身雖然能力有限，仍然不忘舊情懷，協助處理後事及照顧遺孤。在〈與楊節推書〉中，也表現出這種仁愛精神，平常不輕易為文的蘇洵，受楊節推的孝心感動，雖然和其父素昧平生，仍答應撰寫墓誌銘。寫道：

> 然余傷夫人子之惜其先君無聞於後，以請於我；我既已許之，而又拒之，則無以卹乎其心。是以不敢遂已，而卒銘其墓。〔註23〕

從這兩則的引文，蘇洵充分發揮儒家「仁愛」的精神，撫孤又協助盡孝之人，是孔孟思想的具體實踐發揮。故歐陽脩言：「君善與人交，急人患難，死則恤養其孤，鄉人多德之。」〔註24〕張方平也說：「質直忠信，與人交共其憂患，死則收其子孫。」〔註25〕都是證明蘇洵富有儒家愛人的精神，並有實際的作為。

　　蘇洵家鄉四川，長期被朝廷認為是動盪根源。宋朝統一蜀國初期，發生全師雄兵變，後又有李小波、李順起義、王均兵變，〔註26〕接連不斷的叛變事件，證明宋朝對蜀地的治理不善。而蘇洵認為最大的原因是在，沒有做到「以仁待仁」、「愛護百姓」的方法。是故，應該改變對蜀地的統治方式。建議說：

> 人皆曰蜀人多變，於是待之以待盜賊之意，而繩之以繩盜賊之法，重足屏息之民，而以碪斧令。於是民始忍以其父母妻子之所仰賴之身，而棄之於盜賊，故每每大亂。夫約之以禮，驅之以法，惟蜀人

冶長》，卷三頁82。

〔註21〕〔宋〕朱熹：《四書章句集注》（北京：中華書局，1983年10月），《孟子‧梁惠王章句上》，卷一頁209。

〔註22〕〔宋〕蘇洵：〈與吳殿院書〉，見《嘉祐集箋注》，頁366。

〔註23〕〔宋〕蘇洵：〈與楊節推書〉，見《嘉祐集箋注》，頁364。

〔註24〕〔宋〕歐陽脩〈故霸州文安縣主簿蘇君墓誌銘並序〉，收錄曾棗莊、金成禮：《嘉祐集箋注》（上海：上海古籍，2001年4月），附錄一，頁520。

〔註25〕〔宋〕張方平〈文安先生墓表〉，收錄曾棗莊、金成禮：《嘉祐集箋注》（上海：上海古籍社，2001年4月），附錄一，頁522。

〔註26〕參見陳振（1931～）：《宋史》（上海：上海人民，2004年4月），第四節〈宋初川蜀地區的兵變與王小波、李順起義〉，頁29～40。

　　為易。至於急之而生變，雖齊、魯亦然。吾以齊、魯待蜀人，而蜀

　　人亦自以齊、魯之人待其身。〔註27〕

蘇洵認為，所居蜀地亦不亞於齊魯，主要是在執政者對待人民的態度，希望朝廷善待蜀地百姓，蜀民也能表現出不同以往的民性。此種思想如同孟子主張：「君子以仁存心，以禮存心。仁者愛人，有禮者敬人。愛人者人恆愛之；敬人者人恆敬之。」〔註28〕宋朝朝廷沒有先以「仁、禮」對待，會發生問題是在所難免。

　　在蘇洵主張的政治觀點，富有一股「憂患意識」的主張，當太平日子安逸許久後，必須意識到將有問題要發生，即孔子所言：「人無遠慮，必有近憂。」〔註29〕首先在〈審敵〉篇說：「中國內也，四夷外也。憂在內者，本也；憂在外者，末也。夫天下無內憂，必有外懼。」〔註30〕此為側重外在憂患意識的重要，因為宋朝當時是「近之可憂，未若遠之可憂之深也」〔註31〕。

　　此種潛藏的憂患問題一定要設法處理，不能夠抱持鴕鳥心態，只會使問題愈來愈嚴重，到最後將是無法收拾。蘇洵欣賞漢朝鼂錯（？前200～前154）勇於面對現狀，不顧自己生命安危的精神，降低東漢諸王坐大，威迫漢朝統治的危機。舉例言：

　　七國之禍，期於不免。與其發於遠而禍大，不若發於近而禍小。

　　以小禍易大禍，雖三尺童子皆知其當然。而其所以不與錯者，彼

　　皆不知其勢將有遠禍；與知其勢將有遠禍，而度己不及見，謂可

　　以寄之後人，以苟免吾身者也。然則錯為一身謀則愚，而為天下

　　謀則智。〔註32〕

蘇洵可謂是宋代的鼂錯，因為他提出「注意外族」的問題。正與《孟子・告子下》言：「入則無法家拂士，出則無敵國外患者，國恆亡。然後知生於憂患而死於安樂也。」〔註33〕憂患意識是讓國家長治久安的必備條件，正與孟

〔註27〕　〔宋〕蘇洵：〈張益州畫像記〉，見《嘉祐集箋注》，頁395。

〔註28〕　〔宋〕朱熹：《四書章句集注》（北京：中華書局，1983年10月），《孟子・離婁下》，卷八，頁298。

〔註29〕　〔宋〕朱熹：《四書章句集注》（北京：中華書局，1983年10月），《論語・衛靈公》，卷八，頁164。

〔註30〕　〔宋〕蘇洵：〈審敵〉，見《嘉祐集箋注》，頁16。

〔註31〕　〔宋〕蘇洵：〈審敵〉，見《嘉祐集箋注》，頁16。

〔註32〕　〔宋〕蘇洵：〈審敵〉，見《嘉祐集箋注》，頁16。

〔註33〕　〔宋〕朱熹：《四書章句集注》（北京：中華書局，1983年10月），《孟子・告

子的觀點切合。

在軍事作戰方面上，蘇洵《嘉祐集》權書系列文章，都是在探討各種軍事問題，談及作戰、領兵、計謀、將領等面面俱到，因而蘇洵常被人指稱類似兵家之流，但是蘇洵卻不願意被冠上兵家的符號，仍舊秉持「儒家作風」之說：

> 《權書》，兵書也，而所以用仁濟義之術也。吾疾夫世之人不究本末，
> 而妄以我爲孫武之徒也。夫孫氏之言兵，爲常言也。而我以此書爲
> 不得已而言之書也。故仁義不得已，而後吾《權書》用焉。然則權
> 者，爲仁義之窮而作也。〔註34〕

此種見解認爲軍事戰爭，是不得已而採取的手段，類同《老子》言：「夫佳兵者不祥之器。物或惡之，故有道者不處。……兵者，不祥之器，非君子之器，不得已而用之。」〔註35〕有反對軍事作戰的思想。可是，蘇洵卻不排除用兵，認爲是「仁義」用盡後的最後一道防線，此「仁義」側重在儒家範圍，證明自己不是好戰之徒。

在「作戰方法」的計謀思想上，蘇洵仍主張最終要以正道而行，反對使用各種詭道的技巧，在〈用間〉篇中認爲，計謀只是一時權宜方法，因爲：「夫兵雖詭道，而本於正者，終亦必勝。」〔註36〕可見，歸於正道的使用是獲勝的根本。此爲儒家之政治主張，要以正道治國，不走旁門左道的異端。《論語・顏淵》〔註37〕說：「季康子問政於孔子。孔子對曰：『政者，正也。子帥以正，孰敢不正？』」爲政之道當以「正」爲綱領。

此外，不只是用正道，同時要注意在「信」，信是比智重要，故在〈子貢〉篇中，痛斥子貢的那種「用智詐欺」手段，爲保障魯國的利益，把其他國都牽連到混亂。他認爲：

> 世之儒者曰：徒智可以成也。人見乎徒智之可以成也，則舉而棄乎
> 信。吾則曰：徒智可以成也，而不可以繼也。〔註38〕

　　　子章句下》，卷十二，頁348。

〔註34〕〔宋〕蘇洵：〈權書敘〉，見《嘉祐集箋注》，頁26。

〔註35〕〔魏〕王弼等：《老子四種》（臺北：大安，1999年2月，《老子王弼注・第31章》，頁27。

〔註36〕〔宋〕蘇洵：〈用間〉，見《嘉祐集箋注》，頁50。

〔註37〕〔宋〕朱熹：《四書章句集注》（北京：中華書局，1983年10月），卷六，頁137。

〔註38〕〔宋〕蘇洵：〈子貢〉，見《嘉祐集箋注》，頁58。

因為單純的用智，只能瞞騙到一時成功，不能夠達到長遠的功效。所以主張治國仍須以「信」為本。《論語・為政》曰：「人而無信，不知其可也。大車無輗，小車無軏，其何以行之哉？」〔註39〕無信會喪失人的根本價值，在治理國家政治上，只有「信」才會使民眾心服口服。

因此，從蘇洵本身的仁愛行為作風，熱愛功名的出仕精神，國家政論時的憂患主張，軍事作戰的見解等，顯現蘇洵本身是富有儒家思想，本身也是熟讀儒學的典籍，反映在自己的文章寫作內。

第三節　先禮後法的融合

蘇洵為文思想有與荀子契合之處，主要是在蘇洵主張「禮及法」部分。荀子實為法家的先驅人物，其徒韓非、李斯別開法家一派，為中國學術思想開創新猷。儒家到荀子時也建立新局面，提出許多不同以往的見解。孔子說：「道之以政，齊之以刑，民免而無恥；道之以德，齊之以禮，有恥且格。」〔註40〕但是在那種亂世之下，道德漸漸淪喪已難以挽回，荀子則轉向在重視「禮法」，並提出與孟子不同的「性惡」的觀點，希望藉由禮法教育，使人不走向偏差的地步。

荀子的禮論思想為精華所在，蘇洵也有重視禮的趨勢。首先在《六經論》當中，〈禮論〉為最重要主軸，聖人以禮來控制社會百姓，但是禮容易受人輕視而違背，於是有《易》使人高深莫測，《樂》以聲音深入人心，《詩》以排解不滿的管道，所以《易》、《樂》、《詩》三者輔助，以協助聖人治理國家而運行不廢。他說：

> 吁！禮之權窮於易達，而有《易》焉；窮後世之不信，而有樂焉；
> 窮於強人，而有《詩》焉。吁！聖人之慮事也蓋詳。〔註41〕

《六經論》在下章節有深入分析，本章僅提「重禮」之思想，以上屬於統治國家方面。在任用及選拔人才上，蘇洵認為仍要以重「禮」方法，如在任用宰相的態度上，要以「厚重之禮」來對待宰相。他說：「夫接之以禮，然後可

〔註39〕〔宋〕朱熹：《四書章句集注》（北京：中華書局，1983年10月），《論語・為政》，卷一，頁59。

〔註40〕〔宋〕朱熹：《四書章句集注》（北京：中華書局，1983年10月），《論語・為政》，卷，一頁59。

〔註41〕〔宋〕蘇洵：〈詩論〉，見《嘉祐集箋注》，頁156。

以重其責而使無怨言；責之重，然後接之以禮而不爲過。」〔註42〕使用厚禮重祿，方讓宰相感受到君王對此職的重視，使身上有股努力以赴的責任心。在對「奇傑人士」的選用時。他說：

> 今則不然，奇傑無尺寸之柄，位一命之爵，食斗升之祿者過半，彼又安得不越法逾禮而自快邪？我又安可急之以法，使不得泰然自縱邪。今我繩之以法，亦已急矣。急之而不已，而隨之以刑，則彼有北走胡，南走越耳。〔註43〕

此點已透漏出要先以「禮」方式服人，而不能貿然對人才採用法律。先用禮，就如同在宰相的任免上，當禮確定使用無效時，再來則祭出「刑罰」處分。因爲先用法而不先用禮，則官員、百姓的人心會有所不服。他說：

> 夫既不能接之以禮，則其罪之也，吾法將亦不得用。何者？不果於用禮而果於用刑，則其心不服。故法曰：有某罪則加之以某刑。〔註44〕

所以蘇洵主張：「然則必其待之如禮，而後可以責之如法也。」〔註45〕先禮而後法的態勢明白可見，不能夠對奇才直接先「約之以法」，會讓他們不能心服口服。蘇洵主張以先禮的對待，是期待宰相、奇才的忠於職務，以報效國家恩賜。在治理百姓上也是相同的道理，他說：「夫約之以禮，驅之以法，惟蜀人爲易。」〔註46〕對於蜀地的治理建議，同樣是先禮來制約，若是不尊守禮的規範，就要走入「法律」的制裁。可看出蘇洵由禮變法的脈絡。

蘇洵古文思想中，不僅是有儒家的傳統思想，也有濃厚的「法家主張」在。上文論述禮的思想，當禮無法行使時，則落入法家範疇。在法律觀點上主要集中在〈申法〉、〈議法〉、〈上皇帝書〉三篇。首先，蘇洵認爲法律是在「仁、義、禮、樂」難施行時，才走入法律地步中，而四者是儒家所倡導的概念。他說：

> 古者以仁義行法律，後世以法律行仁義。夫三代之聖王，其教化之本出於學校，蔓延於天下，而形見於禮樂。下之民被其風化，循循翼翼，務爲仁義以求避法律之所禁。〔註47〕

〔註42〕〔宋〕蘇洵：〈任相〉，見《嘉祐集箋注》，頁 94。
〔註43〕〔宋〕蘇洵：〈養才〉，見《嘉祐集箋注》，頁 111。
〔註44〕〔宋〕蘇洵：〈任相〉，見《嘉祐集箋注》，頁 94。
〔註45〕〔宋〕蘇洵：〈任相〉，見《嘉祐集箋注》，頁 96。
〔註46〕〔宋〕蘇洵：〈張益州畫像記〉，見《嘉祐集箋注》，頁 395。
〔註47〕〔宋〕蘇洵：〈議法〉，見《嘉祐集箋注》，頁 121。

可是到了宋代的實際情況，儒家「仁、義、禮、樂」理想，不再如古代猶如法律般的功效，等到大時局轉變後，反而倒反過來，以「法」來督促「仁、義、禮、樂」施行。至於要讓法律能施行，上位者要先有「誠信」的基礎。他說：「古之聖人將欲以禮法天下之民，故先自治其身，使天下皆信其言。」〔註48〕百姓在信服禮法不疑後，就能強化法的重要性。他說：

> 人臣奉天子之法，雖多殺，天下無以歸怨，此先王所以威懷天下之術也。〔註49〕

有信，則可按天子法律行事，就不用擔心被人所埋怨，因爲是在合宜的法律制度內。法律規定猶如金科玉律，必須要嚴加遵守。如蘇洵以爲，宋朝的士兵是破壞法律的分子，突顯出法律不可被破壞。他說：

> 夫以有善心之民，畏法自重而不我咎，欲其爲亂，不可得也。既驕矣，又慢法而自棄，以怨其上，欲其不爲亂，亦不可得也。〔註50〕

假使士兵、民眾都畏懼並遵守法律，會使國家社會秩序安定。簡而言之，若人人皆不重視法律，中央將會被人輕視，走向散亂局勢中。以上是談人民、士兵要遵守法律。而身爲上位的「爲官者」，執行法律時要能夠不偏不倚，落實執行。他指出：

> 今之所患，大臣好名而懼謗。好名則多樹私恩，懼謗則執法不堅。是以天下之兵豪縱至此，而莫之或制也。〔註51〕

官員因爲處處擔心得罪人，所以在執法上就不確實，使得法律制度無存。人民、士兵就會嘗試的逾越法律，這是不好的現象。至於，該如何使百姓能遵守法律制度，蘇洵認爲要在類似法家「賞、罰」兩方面著手，他說：

> 古之善軍者，以刑使人，以賞使人，以怒使人，而其中必有以義附者焉。〔註52〕

蘇洵主張的法家賞罰，是有仁義之成分，而非刻薄寡恩的賞罰。只要賞罰適當的運用，將會有超乎尋常的效果。因此，蘇洵主張君王要學習操控賞、罰，則可以改變宋朝「強勢弱政」的政局。他建議：

> 今誠能一留意於用威，一賞罰，一號令，一舉動，無不一切出於威，

〔註48〕〔宋〕蘇洵：〈禮論〉，見《嘉祐集箋注》，頁148。
〔註49〕〔宋〕蘇洵：〈上韓樞密書〉，見《嘉祐集箋注》，頁304。
〔註50〕〔宋〕蘇洵：〈兵制〉，見《嘉祐集箋注》，頁127。
〔註51〕〔宋〕蘇洵：〈上韓樞密書〉，見《嘉祐集箋注》，頁303。
〔註52〕〔宋〕蘇洵：〈法制〉，見《嘉祐集箋注》，頁34。

> 嚴用刑法而不赦有罪，力行果斷而不牽於眾人之是非，用不測之刑，
>
> 用不測之賞，而使天下之人視之如風雨雷電，遽然而至，截然而下，
>
> 不知其所從發而不可逃遁。〔註53〕

蘇洵再建議君王，要學習「用不測之刑，用不測之賞」，等同是法家「術、勢」兩者內涵，靈活的使用賞、罰兩者，必能夠控制整個朝廷，加強國家的政治力。至於為何主張「賞、罰」兩者，蘇洵以為「利」是人人所嚮往，而掌有利之人為天子，利的實現方法就是賞。例如：

> 譬如傭力之人，計工而受直，雖與之千萬，豈知德其主哉？〔註54〕
>
> 臣聞利之所在，天下趨之。是故千金之子欲有所為，則百家之市無
>
> 寧居者。〔註55〕

因為人性是「好賞惡罰」，對自己有利益的事情，都會爭先恐後去追求。所以君王善用賞之利去引誘，以賞治國則萬事皆可成。但是，實際情況是賞賜過多後，容易造成「豈知德其主」的問題。而當時，宋朝廷的特質是「重賞輕罰」，在「多賞」後會官制增多，造成冗官充斥。是故，蘇洵主張另外要加強在「罰」，因為「有功而賞，有罪而罰，其實一也。」〔註56〕有這個罰的利器運用，方能解除多賞的種種弊端。蘇洵在處罰時則主張要：「必痛之而後人畏焉，罰者不能痛之，必困之而後人懲焉。」〔註57〕處罰能夠深入人心，方有著明確的效用。在〈諫論下〉依然是表示「賞罰」的重要。他說：

> 聖人知其然，故立賞以勸之。《傳》曰「興王賞諫臣」是也。猶懼其
>
> 選耎阿諛，使一日不得聞其過，故制刑以威之。《書》曰「臣下不正，
>
> 其刑墨」是也。人之情非病風喪心，未有避賞而就刑者，何苦而不
>
> 諫哉。〔註58〕

基於人類是「愛賞怕罰」的心理，使用在臣子治術無所不通。在官員的制度考核上，蘇洵主張要有「考績黜陟」之說：

> 夫有官必有課，有課必有賞罰。有官而無課，是無官也。有課而無
>
> 賞罰，是無課也。無官無課，而欲求天下之大治，臣不識也。〔註59〕

〔註53〕 〔宋〕蘇洵：〈審勢〉，見《嘉祐集箋注》，頁4。

〔註54〕 〔宋〕蘇洵：〈上皇帝書〉，見《嘉祐集箋注》，頁282。

〔註55〕 〔宋〕蘇洵：〈上皇帝書〉，見《嘉祐集箋注》，頁282。

〔註56〕 〔宋〕蘇洵：〈上皇帝書〉，見《嘉祐集箋注》，頁283。

〔註57〕 〔宋〕蘇洵：〈議法〉，見《嘉祐集箋注》，頁122。

〔註58〕 〔宋〕蘇洵：〈諫論下〉，見《嘉祐集箋注》，頁251。

〔註59〕 〔宋〕蘇洵：〈上皇帝書〉，見《嘉祐集箋注》，頁285。

考績制度是「賞罰」的具體落實，宋朝「有賞無罰」已造成官員增多，要對官員加以考察，以淘汰不適任的人員。此外，蘇洵在討論法律，雖主張法律制度要遵守，官員執行時要落實，君王運用賞、罰二柄等等。可是，當在執行法律層面的背後，突顯只依靠「法律制度」，是無法根治天下間不法情事。他建議：

> 臣聞法不足以制天下，以法而制天下，法之所不及，天下斯欺之矣。
> 且法必有所不及也。先王知其有所不及，是故存其大略，而濟之以
> 至誠。使天下之所以不吾欺者，未必皆吾法之所能禁，亦其中有所
> 不忍而已。〔註60〕

法律儘管已經設計的周嚴精細，也會有許多細微漏洞處，有心人仍然可以周遊在法律邊緣，處處的約之以法，是難以完全制約百姓。

是以，蘇洵主張在法思想上，仍回歸到要以「至誠」核心，也是儒家思想的範疇中，方能夠鞏固根本的大道。從中可得，徒以儒家或法家治術，都不是最恰當的方法，而是主張在儒家內涵，添以法家思想爲輔助工具。此種主張，已和儒家一昧的「仁義道德」，或法家強調「嚴刑峻法」已有不同。具體而言，此是一種「權變」的新主張，融合兩者的特長，以供君王來治國使用。

第四節　濃厚縱橫家色彩

蘇洵古文中有戰國策士之風，茅坤（1512～1601）在〈唐宋八大家文鈔引〉〔註61〕：「蘇文公崛起蜀徼，其學本申、韓，而其行文雜出於荀卿、孟軻及《戰國策》諸家。」王安石亦有此說，此爲受《戰國策》影響所致。〔註62〕戰國策士往往以個人成功爲目的，向君王遊說各種的治國方法，在採用後將會富國強兵，以期望受到君王重用，或者達成某種特殊任務。蘇洵富有縱橫家之思想，尤其在〈諫論上〉、〈諫論下〉的兩篇文章中，最能夠突顯無疑。

〔註60〕〔宋〕蘇洵：〈上皇帝書〉，見《嘉祐集箋注》，頁288。

〔註61〕高海夫主編：《唐宋八大家文鈔校註集評・老泉文鈔》（西安：三秦，1998年9月第1版），頁4177。

〔註62〕曾棗莊、金成禮箋注《嘉祐集箋注》（上海：上海古籍，2001年4月）頁534，附錄傳記資料，邵博〈聞見後錄四則〉：「東坡中制科，王荊公問呂申公：「見蘇軾制策否？」申公稱之，荊公曰：「全類戰國文章，若安石爲考官，必黜之。」故荊公後修英宗《實錄》，謂蘇明允有戰國縱橫之學云。」

他云：

> 然則仲尼之說非乎？曰：仲尼之說，純乎經者也；吾之說，參乎權
> 而歸乎經者也。如得其術，則人君有少不爲桀、紂者，吾百諫而百
> 聽矣，況虛己者乎？〔註63〕

採用孔子的諫言君王方式，蘇洵認爲諫言的成效很有限。所以，蘇洵要添加
「權」、「術」的策略，運用不同的方法來達成目的。但是，要臣子用術諫言
君王，非常容易進入歪道。他云：

> 然則奚術而可？曰：機智勇辯如古游說之士而已。夫游說之士，以
> 機智勇辯濟其詐，吾欲諫者，以機智勇辯濟其忠。

運用此「術」的原則是臣子需赤膽忠心，一切以國家和君王的利益來諫言，
有別古代戰國策士，只爲達成「個人私利」目的，享受榮華富貴爲主。至於
要如何勸諫君王，蘇洵提出五種方法：「理諭之，勢禁之，利誘之，激怒之，
隱諷之之謂也。」〔註64〕用理、勢、利、激、諷五者爲術，臣子視當時情況
以權變應付，就能有「百勸百聽」功效，再昏庸無比的君王，也能聽下臣子
諫言。蘇洵認爲歷史上的臣子，或諫言上沒有方法，或喪失諫言的根本之道，
都各有缺點存在。他點出：

> 噫！龍逢、比干不獲稱良臣，無蘇秦、張儀之術也；蘇秦、張儀不
> 免爲游說，無龍逢、比干之心也。〔註65〕

只有忠心赤膽而沒有方法，就會如龍逢、比干壯烈成仁，但是過度使用方法，
會如同蘇秦、張儀，成爲游說之士的惡名。蘇洵以爲最好的方式，是綜合兩
者的特長，除了有赤膽過人的忠心膽識，再搭配蘇洵建議的縱橫之法，則改
造縱橫家另一種面貌，不只爲個人私利，而是爲國家大利而諫言。黃保眞《中
國文學理論史～隋唐五代宋元時期》〔註66〕言：「重視學史和《戰國策》，考
古今，通事變，發爲縱橫議論，以求匡濟天下，稱名於世，這是蘇氏的家學。」
這也是蘇家文章的特點。

〔註63〕〔宋〕蘇洵：〈諫論上〉，見《嘉祐集箋注》，頁243。
〔註64〕〔宋〕蘇洵：〈諫論上〉，見《嘉祐集箋注》，頁243。
〔註65〕〔宋〕蘇洵：〈諫論上〉，見《嘉祐集箋注》，頁244。
〔註66〕黃保眞、成復旺、蔡鍾翔：《中國文學理論史～隋唐五代宋元時期》（臺北：
　　　　洪葉文化，1998年8月），頁424。

第五節　博采各家之精華

一、道家思想

　　蘇洵古文中有道家思想，其中又以道家的「自然思想」表現在文章。自然是老、莊所訴求的理想價值，也是人類追求的理想，重回返璞歸眞的生活。老莊的相同點是在「崇尙自然而戒人爲」〔註 67〕，此點兩者是有異曲同工之妙。老子崇尙自然，一再說明自然的重要性：

　　　　道法自然。〔註 68〕

　　　　希言自然。〔註 69〕

　　　　莫之命而長自然。〔註 70〕

莊子也和老子有同樣的觀點，如強調對動物本身物性的重要，不加以人爲方式約束。他說：

　　　　牛馬四足，是謂天。穿牛鼻，駱馬首，是謂人。〔註 71〕

　　　　常因自然而不益生矣。〔註 72〕

　　　　順物自然，而無容私焉。〔註 73〕

基於老莊自然思想的觀點，由作品可發現蘇洵也有「崇尙自然」的思想。首先是在反對器物由「人爲」產生，理當順應自然產生之物。他又說：

　　　　至於後世有作者出，以爲因物之自然以成物，不足以見吾智，於是
　　　　作器使之不擊而自鳴，不觸而自轉，虛而歌，水實其中，而覆半，
　　　　而端如常器。嗚呼！殆矣，吾見其朝作而暮廢也。〔註 74〕

這些人爲而製造出來的物品，是蘇洵所鄙視，是不能傳之久遠。如同蘇洵〈木假山記〉讚歎木假山形成的困難，是要經由自然界的種種變化，才有獨出一格的藝術品，不是人爲技巧能製造。在說明文章的產生過程，仍然是強調自

〔註 67〕吳怡：《中國哲學發展史》（臺北：三民書局，1996 年 11 月 4 版），頁 160。

〔註 68〕〔魏〕王弼等注：《老子四種》（臺北：大安，1999 年 2 月），《老子王弼注‧第 25 章》，頁 21。

〔註 69〕〔魏〕王弼等注：《老子四種》（臺北：大安，1999 年 2 月），《老子王弼注‧第 23 章》，頁 19。

〔註 70〕〔魏〕王弼等注：《老子四種》（臺北：大安，1999 年 2 月），《老子王弼注‧第 51 章》頁 44。

〔註 71〕錢穆：《莊子纂箋》（臺北：東大圖書，2004 年 5 月 5 版），〈秋水〉頁 136。

〔註 72〕錢穆：《莊子纂箋》（臺北：東大圖書，2004 年 5 月 5 版），〈德充符〉頁 47。

〔註 73〕錢穆：《莊子纂箋》（臺北：東大圖書，2004 年 5 月 5 版），〈應帝王〉頁 63。

〔註 74〕〔宋〕蘇洵：〈送吳侯職方赴闕引〉，見《嘉祐集箋注》，頁 417。

然生成的重要。他又說：

> 然而此二物者豈有求乎文哉？無意乎相求，不期而相遭，而文生焉。
> 是其爲文也，非水之文也，非風之文也，二物者非能爲文，而不能不
> 爲文也。物之相使而文出於其間也，故曰：此天下之至文也。〔註75〕

天下之至文由自然而產生，不能夠刻意強求而得，只有風水相遭遇而自然形成之文，才是眞正天下至文，此爲蘇洵自然成文的文章理論。在探求人生的態度上，蘇洵也有想著要歸返自然的心理。他寫道：

> 朝廷之士，進而不知休；山林之士，退而不知反。二者交譏於世，
> 學者莫獲其中。……。以爲欲求於無辱，莫若退聽之自然。〔註76〕

蘇洵認爲人生處世態度，不管是出仕或隱居，應當順從自然的變化而行，就能夠一展長才，不致埋沒自己，若太過追求事物，反而容易遭引到橫禍。由此可知，蘇洵汲取道家自然之思想，必定在老莊學說上有涉獵，並融入在文章的精神。

二、墨家思想

蘇洵古文思想有本於墨家，在〈上韓昭文論山陵書〉最爲明顯，主張應當要節用、節葬，反對群臣勢在必行的厚葬政策，這將會造成勞民傷財。墨子〈節葬〉〔註77〕篇說：「今惟無以厚葬久喪者爲政，君死，喪之三年；父母死，喪之三年……則毀瘠必有制矣，使面目陷㿓，顏色黧黑，耳目不聰明，手足不勁強，不可用也。又日上士操喪也，必扶而能起，杖而能行，以此共三年，若法若言，行若道，苟其飢約，又若此矣，是故百姓多不仞寒，夏不仞暑，作疾病死者，不可勝計也，此其爲敗男女之交多矣。以此求眾，譬猶使人負劍，而求其壽也。眾之說無可得焉。」可見厚葬背後的嚴重問題。蘇洵基本上是據此思想反對，主張要薄葬卻又與墨子略異，並舉出子思（前492～前431）爲例。他說：

> 洵亦以爲不然。使今儉葬而用墨子之說，則是過也；不廢先王之禮，
> 而去近世無益之費，是不過矣。子思曰：「三日而殯，凡附於身者必
> 誠必信，勿之有悔焉耳矣；三月而葬，凡附於棺者必誠必信，勿之
> 有悔焉耳矣。」古之人所由以盡其誠信者，不敢有略也，而外是者

〔註75〕〔宋〕蘇洵：〈仲兄文甫字說〉，見《嘉祐集箋注》，頁412～413。
〔註76〕〔宋〕蘇洵：〈謝相府啓〉，見《嘉祐集箋注》，頁436～437。
〔註77〕〔清〕孫詒讓：《墨子閒詁》（臺北：華正書局，1995年9月），頁160。

則略之。〔註78〕

其實，此是蘇洵說服韓琦及群臣的藉口，以免落入像墨子過度節葬的非議。但是，若通篇觀察後可發現，蘇洵是贊成墨子「節用」、「薄葬」的思想，減低要辦理宋仁宗厚葬典禮，百姓要負擔大量稅金及繁重勞役，其旨趣是和墨子〈節葬〉不謀而合。最後，韓琦也接受蘇洵建議，〈文安先生墓表〉記載：「先生以書諫琦，且再三，至引華元不臣以責之。琦爲變色，然顧大義，爲稍省其過甚者。」〔註79〕可知，蘇洵此種節葬的主張，的確受到上級的採納。

三、佛家思想

蘇洵古文也有佛家思想，一別「經世救國」爲主的論調，尤以〈極樂院造六菩薩記〉代表。蘇軾〈眞相院釋迦舍利塔一首並敘〉〔註80〕也言：「昔予先君文安主簿，贈中大夫，諱洵，先夫人武昌太君程氏，皆性仁行廉，崇信三寶。」說明父母親有敬佛的信仰。本篇爲蘇洵準備外出時，仍然掛念數年來陸續過世的親人，希望能夠超渡以求解脫。他說：

> 近將南去，由荊、楚走大梁，然後訪吳、越，適燕、趙，徜徉於四方以忘其老。將去，概然顧墳墓，追念死者，恐其魂神精爽，滯於幽陰冥漠之間，而不復曠然遊乎逍遙之鄉，於是造六菩薩並龕座二所。〔註81〕

由上文蘇洵相信人死後有靈魂，停留於地獄不能解脫，希望藉佛教的菩薩來引渡死者，可謂是相信佛教超渡、解脫之說。在〈祭亡妻文〉也有相信靈魂之說：

> 鑿爲二室，期與子同。骨肉歸土，魂無不之。我歸舊廬，無不改移。
> 魂兮未泯，不日來歸。〔註82〕

〈祭亡妻文〉看出蘇洵對程夫人之感情深厚，認爲在死後的靈魂仍會見到程夫人，有著鬼神的色彩。〈極樂院造六菩薩記〉，直接點名佛教的菩薩。他云：

〔註78〕〔宋〕蘇洵：〈上韓昭文論山陵書〉，見《嘉祐集箋注》，頁356。

〔註79〕〔宋〕張方平〈文安先生墓表〉，收錄曾棗莊、金成禮：《嘉祐集箋注》（上海：上海古籍，2001年4月），附錄一，頁522。

〔註80〕舒大剛、曾棗莊主編：《三蘇全書‧第15冊》（北京：語文，2001年11月，頁199。

〔註81〕〔宋〕蘇洵：〈極樂院造六菩薩記〉，見《嘉祐集箋注》，頁401。

〔註82〕〔宋〕蘇洵：〈祭亡妻文〉，見《嘉祐集箋注》，頁430。

　　蓋釋氏所謂觀音、勢至、天藏、地藏、解冤結、引路王者，置於極
　　樂院阿彌如來之堂。庶幾死者有知，或生於天，或生於人，四方上
　　下，所適如意，亦若余之游於四方而無繫云爾。〔註83〕

蘇洵希望人在死後，能如生前一樣周遊無礙，須賴菩薩能引渡死者。蘇洵準
備外出求官，心中一定有不安之感，對於求仕已有「空」概念，或許此次去
京師後，就再也不能夠返回故鄉，故臨走前要先處置好已故的親人，同時也
透露出心情不佳的狀態。

四、神仙思想

　　蘇洵因為婚後多年仍無子嗣，傳宗接代有所擔心，無法延續蘇家之香火。
於是，蘇洵在算命攤位前受術士推薦，指張仙畫像有靈驗能力，蘇洵轉而向
神仙誠心祈求能有子嗣。他記載：

　　洵嘗於天聖庚午重九日至玉局觀無礙子卦肆中見一畫像，筆法清
　　奇，乃云：「張僊也。有感必應。」因解玉環易之。洵尚無子嗣，每
　　旦必露香以告，逮數年，既得軾，又得轍，性皆嗜書。乃知真人急
　　於接物，而無礙子之言不妄矣。故識其本末，使異時祈嗣者於此加
　　敬云。〔註84〕

畫中的張仙有求必應，在蘇洵誠心祈求後，所憂心的困擾終於解除，接連生
下蘇軾、蘇轍二個名留千古的兒子。所以，蘇洵應該信仰神仙，認為世界上
有神仙，專門庇祐人們及排解疑難雜症，只要向神仙誠心的祈求，在天助與
自助的努力下，任何事物都會完美達成。

　　譚興國（1937～）在《巴蜀文學史稿》〔註85〕一書所言十分貼切：「『蘇
門家學』在治學上有一個顯著的特點，就是廣取博收，沒有門戶之見，用蘇
洵的話說：大究六經百家之說。文史哲雜，儒釋道仙，凡有用的都給拿過來；
同時又強調經世致用，關注事實，不在『聲律記問』上下功夫，不做死學問。」
陳飛主編《中國古代散文研究》〔註86〕書引夏露在〈蘇洵學術淵源辨析〉論
文言：「文章認為，蘇洵在科舉之途上受挫之後，刻苦求索，「從先秦諸子處
尋求到了包羅甚廣的原始理論，再加以批判地吸收、發揮和揚棄，成了自己

〔註83〕〔宋〕蘇洵：〈極樂院造六菩薩記〉，見《嘉祐集箋注》，頁401～402。
〔註84〕〔宋〕蘇洵：〈題張邊畫像〉，見《嘉祐集箋注》，頁416。
〔註85〕譚興國：《巴蜀文學史稿》（四川：四川人民，2001年8月），頁171。
〔註86〕陳飛主編：《中國古代散文研究》（福州：福建人民，2005年6月），頁292～
　　　　293。

的學術蘇洵體系」……「其學術思想的主幹是早期法家思想，同時又分支逸出，又有儒、兵、墨、縱橫家思想，宋儒多有的佛、老莊思想反而較少，他熔鑄眾說於一爐，形成了自己的思想體系。」從中可知蘇洵思想廣博兼收，而不拘在一家。

　　總而言之，蘇洵的古文思想是非常廣博龐雜，兼收百家之學，基本上以儒學作爲傳統基礎，有著深厚的孔、孟儒家素養。但因爲長居蜀地，與中原地區學術思想迥異，因而發展出一套「權變」思想來權衡儒家，此又和純粹儒家又不盡相同。且又爲達成宋朝富強的目的，也擷取荀子之禮與法家的賞罰等觀點，以作爲治理國家的手段。

第四章　蘇洵之古文內容分析

第一節　政論類古文

　　蘇洵政論類古文，向來為人所稱道，也是蘇洵成名的文類，歷來研究者也較多。〔註1〕這些文章涵蓋面向極廣，對於國家有益處，無所不談，為救時局之弊而作。若加以區分下來，主要內容章旨為論「治國大綱、論軍事要道、內政綱領」三點，再延伸出種種治國的相關問題。《幾策》中兩篇為確定「治國大綱」：〈審勢〉是對內主張強勢之作為，〈審敵〉在對外關係主張勿賂用兵。《權書》前半部為「軍事」主張：〈心術〉、〈法制〉論為將之道，〈強弱〉、〈攻守〉、〈用間〉、〈兵制〉、〈制敵〉談戰場指揮者用兵方法。至於《衡論》則探討在「內政綱要」，主要著重在用人取才、國家制度、君臣關係三大點上。在用人取才：〈廣士〉要能徵引多方賢才，〈養才〉論奇傑重要，〈御將〉與〈任相〉討論君王統御將相之道。

　　國家制度措施上：〈申法〉言古今法律不同處，〈議法〉為反對貴族贖金抵免罪行，〈兵制〉探討兵田合一的制度，〈田制〉討論土地不公情況，〈重遠〉談邊境地區的任官重要。君臣關係方面：〈遠慮〉君主要有腹心之臣，〈諫論上〉論臣子諫言技巧，〈諫論下〉論國君使臣子諫言方法。「治國、軍事、內政」三者，剛好相互配合成治國之寶典，期待能運用在宋代的政治制度，也是蘇洵政論的政治主張。以下探討政論文的大要內容：

〔註1〕謝佩芬：〈三蘇研究論著目錄（上）（1913～2003）〉，《書目季刊》第 38 卷 4 期（2005 年 3 月），頁 43～128。

一、明其治國大綱

(一)對內要有強勢作為

〈審勢〉就是審查國內之勢,在主張政論方針之前,就應先針對國家整體大局觀察。蘇洵提出宋朝呈現「強勢弱政」的政局,在宋朝強勢背後所隱藏「弱政」的危機。他說:

> 勢強矣,然天下之病,常病於弱。噫!有可強之勢如秦而反陷於弱
> 者,何也?習於惠而怯於威也,惠太甚而威不勝也。夫其所以習於
> 惠而惠太甚者,賞數而加於無功也;怯於威而威不勝者,刑弛而兵
> 不振也。由賞與刑與兵之不得其道,是以有弱之實著於外焉。〔註2〕

這是因「強勢敗弱政」。蘇洵認為,宋朝不亞於秦國時的勢力,卻沒有秦國的強政作風,原因在:賞罰沒有準則,恩惠施行過當,缺少使用威勢,加上士兵問題,使整體政治力不斷的衰弱。所以,蘇洵又說:「然愚以為弱在於政,不在於勢,是謂以弱政敗強勢。」〔註3〕要解決「弱政」的實質問題,蘇洵提出一個方法:「若夫弱政,則用威而已矣,可以朝改而夕定也。」〔註4〕要用樹立「威信」手段來改變宋朝體質,因為宋朝長期以來待群臣「恩惠太甚」,對國家的發展大為不利。

在宋朝君王上,要「大破大立」的創造新局改革,應以「上威」拯救「強勢弱政」的弊端,他建議:

> 乘弱之惠以養威,則威發而天下震慄。然則以當今之勢,求所謂萬
> 世為帝王而其大體卒不可革易者,其上威而已矣。〔註5〕

因當時距宋太祖開國至今,已承平太久,政局顯得渙散,復以宋太祖曾主張「重文輕武」及「不殺大臣」等主張,後代皇帝對外族採用「息兵講和」等政策,使整體國家政治力逐漸轉弱,急需改善靡弱的政治風氣。

(二)對外主張用兵勿賂

蘇洵在〈審敵〉篇中,具體分析到宋朝外交情勢,對於外族採用「以賂求和」的策略表示不滿,會迫使宋朝財政支出吃緊,陷入到日益貧窮的地步。本來是立意完善的求安止戰政策,卻因財政上龐大的支出,波及到國家內政。

〔註2〕〔宋〕蘇洵:〈審勢〉,見《嘉祐集箋注》,頁3。
〔註3〕〔宋〕蘇洵:〈審勢〉,見《嘉祐集箋注》,頁3。
〔註4〕〔宋〕蘇洵:〈審勢〉,見《嘉祐集箋注》,頁4。
〔註5〕〔宋〕蘇洵:〈審勢〉,見《嘉祐集箋注》,頁4。

蘇洵深知問題所在：

> 匈奴之謀必曰：我百戰而勝人，人雖屈而我亦勞。馳一介入中國，
> 以形淩之，以勢邀之，歲得金錢數十百萬。如此數十歲，我益數百
> 千萬，而中國損數百千萬；吾日以富，中國日以貧，然後足以有爲
> 也。〔註6〕

中國因賄賂求和而越加窮困，外族因獲取財物日漸富足，對中國安全威脅性
將大爲增加，所以，賄賂政策是非常不可取。如〈六國〉所言：「猶抱薪救火，
薪不盡，火不滅。」〔註7〕外族的索賄欲求將是永無止盡。

外族經常的出言恐嚇中國，卻遲遲未有軍事動作，蘇洵站在外族的立場，
發現背後有著秘密的目標存在。他說：「其志不止犯邊，而力又未足以成其所
欲爲，則其心惟恐吾之一旦絕其好，以失吾之厚賂也。」〔註8〕外族的終極目
的，要以「消滅中國」土地自居，但是因本身軍事力量尚未充足，仍要依賴
中國的賄賂強化己力。所以，蘇洵主張廢止「賄賂政策」，制止外族的詭計達
成。從中證明，外族雖然屢次揚言進攻，終究是裹足不前，料定軍事能力是
有限，應更改全新的「勿賄、主戰」的外交戰略。他建議若採用「主戰」新
政策，外族在索求失敗後，必定心生不滿，會有具體軍事行動反應，將以「聲、
形、實」三法來威嚇中國，以「聲」來預告何時進攻，以疑兵之計佯裝進攻
爲「形」。

蘇洵分析外族的聲、形皆是疑兵之術，並非眞正有作戰實力的軍隊，只
要是認清楚外族幕後的本質，就能夠輕而易舉破解，只剩下用「實質兵馬」
與宋朝交戰。他說：

> 實而與之戰，破之易爾。彼之計必先出於聲與形，而後出於實者：
> 出於聲與形，期我懼而以重賂請和也；出於實，不得已而與我戰，
> 以幸一時之勝也。〔註9〕

聲、形是作爲「賄賂」的招數，宋朝廷常常不明究理的陷入恐慌，是外族威
脅成功的主因。而蘇洵主張實兵作戰後，兩者勝負就難以預料，外族的威脅
就被破解了。最重要是，因「賄賂」而節省下來的經費，則可以用在其他內
政、軍事、建設，強化宋朝的國力基礎，才是國家富強的遠景。

〔註6〕〔宋〕蘇洵：〈審敵〉，見《嘉祐集箋注》，頁14。
〔註7〕〔宋〕蘇洵：〈六國〉，見《嘉祐集箋注》，頁62。
〔註8〕〔宋〕蘇洵：〈審敵〉，見《嘉祐集箋注》，頁15。
〔註9〕〔宋〕蘇洵：〈審敵〉，見《嘉祐集箋注》，頁17。

二、論軍事戰爭要道

（一）為將領兵之道

蘇洵在〈心術〉和〈法制〉兩篇，討論許多為將用兵的方法，可謂是蘇洵軍事論兵的統則。〈心術〉主要說明為將要先治心，後面舉出七事雖不同，實為治心之要道。〈法制〉是戰場上的法則規範。兩篇在討論主旨略異，但經融合探究後，可得出蘇洵軍事之主張，以下歸納蘇洵軍事戰爭內容：

1. 用兵以義為上

戰爭上講求師出有名，師出有義，師出有道，背後其實是用兵以義為主表現，非有充分的正當理由，不得隨意大動軍事干戈。蘇洵強調此「義」重要性，是決定戰爭勝負的關鍵。他說：

> 凡兵上義；不義，雖利勿動。非一動之為害，而他日將有所不可措手足也。夫惟義可以怒士，士以義怒，可與百戰。〔註10〕

用兵時「重義」勝於「重利」，利只為表層上的私利，若只出於己利而戰，就陷入「師出無名」的指控，士兵會懷疑到戰爭正當性，而不願意全力以赴。反觀，「義」是驅使士兵作戰的要素，代表為「正義和公理」而戰，士兵即使為戰爭犧牲，也會勇往直前，義無反顧。蘇洵以古為例說：

> 古之善軍者，以刑使人，以賞使人，以怒使人。而其中必有以義附者焉。不以戰，不以掠，而以備急難，故越有君子六千人。〔註11〕

用刑、賞、怒雖是治兵的手段，背後仍以「義」為主要元素。用義就會使士兵聽從主將指揮，贏了戰爭最後的勝利。此點說明，為將者須要深思熟慮，戰爭時要考慮「正當性」如何，同時也警告著若不基於「大公大義」而戰，只為私利來發動戰爭，必定會遭受挫敗。

2. 知曉將士之分

「將」與「士」在軍隊是不同的階層，將領重在領導統御層面，士兵則重在基層的執行。可知，將領佔著舉足輕重的角色，當然要有過人領導能力，指揮士兵完成任務。是以作戰用兵，須知兩者的分工差異。他說：

> 凡將欲智而嚴，凡士欲愚。智則不可測，嚴則不可犯，故士皆委己而聽命，夫安得不愚？夫惟士愚，而後可與之皆死。〔註12〕

〔註10〕〔宋〕蘇洵：〈心術〉，見《嘉祐集箋注》，頁29。
〔註11〕〔宋〕蘇洵：〈法制〉，見《嘉祐集箋注》，頁34。
〔註12〕〔宋〕蘇洵：〈心術〉，見《嘉祐集箋注》，頁29。

將領要富有過人的聰明才智，讓士兵不知將領思維，方能樹立領導者之威權，以統御眾多之士兵，爲將領誓死達成任務。至於士兵則如愚民的主張，以服從將領爲主。倘若是士兵的智慧超越將領，就容易產生不服從將領命令。

3. 行軍作戰原則

〈法制〉中探討軍隊「險地戰、守城戰、攻城戰」三種不同局勢，也是作戰上的原則。在部隊的行軍移動時，要留意進入「險地」。蘇洵指出，進入險地必須分散部隊，因險地必有敵軍埋伏，若不分散部隊執意前進，將正中敵人的埋伏詭計。在守城作戰原則上要能夠「以寡擊眾」之說：

> 兵莫危於攻，莫難於守，客主之勢然也。故城有二不可守，兵少不足以實城，城小不足以容兵。夫惟賢將能以寡爲眾，以小爲大。
>
> 〔註13〕

任何戰爭不可能都是處在有利局勢，「以寡擊眾」是賢將努力的目標。當遇到已方城池狹小或兵員稀少，處於極度之劣勢時，蘇洵又提出建議：

> 當敵之衝，人莫不守，我以疑兵，彼愕不進，雖告之曰此無人，彼不信也。度彼所襲，潛兵以備，彼不我測，謂我有餘，夫何患兵少？……偃旗仆鼓，寂若無氣。嚴戒兵士，敢譁者斬。時令老弱登埤示怯，乘懈突擊，其眾可走，夫何患城小？〔註14〕

兩方法主要是以「疑兵」與「伏兵」之計謀，改變自己所處的劣勢環境，以取得逆轉之勝利。上文都是在守城的防衛，在「攻城作戰」方法，背城時要：「陣欲方、欲踞、欲密、欲緩。」〔註15〕背城而戰的戰法較爲和緩，先鞏固士氣軍心，穩固陣營，讓士兵不害怕。面城時：「陣欲直、欲銳、欲疏、欲速。」〔註16〕則要追求速度，以迅雷不及掩耳戰法，使士兵抱著必死決心。不管是行軍在險地、守城作戰、攻城作戰，都是將領帶兵會遭遇的問題，採取蘇洵主張的原則，將有利於戰場取勝。

4. 重情報與觀察

重情報與觀察同樣是爲將要道，掌握敵軍的情報等於取得勝利先機。首先要洞悉對方「君主與將領」的情報，是有什麼的背景及來歷，在個性上有何特性，以決定未來要採取的軍事行動。他說：「凡兵之動，知敵之主，知

〔註13〕〔宋〕蘇洵：〈法制〉，見《嘉祐集箋注》，頁35。
〔註14〕〔宋〕蘇洵：〈法制〉，見《嘉祐集箋注》，頁35。
〔註15〕〔宋〕蘇洵：〈法制〉，見《嘉祐集箋注》，頁35。
〔註16〕〔宋〕蘇洵：〈法制〉，見《嘉祐集箋注》，頁35。

敵之將，而後可以動於險。」〔註17〕知悉敵營的要角後，就能對敵方瞭若指掌。將領中分有賢、愚兩類，各要有不同應變方法，他表示：「與賢將戰，則持之；與愚將戰，則乘之。持之則容有所伺而爲之謀，乘之則一舉而奪其氣。」〔註18〕對付賢將要準備打持久戰，愚將要以速戰速結。

第二個要能熟悉自己與陣營利弊得失處。因爲，不能瞭解自己的想法和作爲，就不能夠知道敵方的動態。他說：

> 夫能靜而自觀者，可以用人矣。吾何爲則怒，吾何爲則喜，吾何爲則勇，吾何爲則怯？夫人豈異於我？天下之人，孰不能自觀其一身？是以知此理者，塗之人皆可以將。〔註19〕

所謂「知彼知己，百戰百勝」，敵方所設的陰謀，就難逃自己的眼中。至於陰謀如何透過「觀察」來破解敵謀，他說：「疑形二：可疑於心，則疑而爲之謀，心固得其實也；可疑於目，勿疑，彼敵疑我也。」〔註20〕心中若有疑問，就是敵軍有所陰謀，要準備予以應付；當眼前有所問題，就是對方設下的計謀，就以靜來制動。總之，爲將先要了解自己思想，及自己團隊的實力如何，探索對方軍事的眞偽虛實。重要的是重視「軍事情報」蒐集，練就善於觀察事物「眞假」的能力，以靈活運行在戰場。

5. 戰術上之運用

軍事戰術的運用，〈心術〉篇有提出三點。第一點是戒「貪小失大」：小利小惠常會使人陷入昏迷，卻不知道背後陷阱所在。他說：「夫惟養技而自愛者，無敵於天下。故一忍可以支百勇，一靜可以制百動。」〔註21〕要養成不貪圖「小利小惠」定力，將眼光拉長到大利大惠。所以將領要有「忍耐」的功夫，勿隨意的輕取妄動，具備著「靜觀」實力，眼前的假象才能清楚。

第二點是要會「揚短隱長」：故他說：「吾之所短，吾抗而暴之，使之疑而却；吾之所長，吾陰而養之，使之狎而墮其中。此用長短之術也。」〔註22〕把己方之專長處隱藏，顯露出所短處以迷惑敵方，這就是蘇洵「長短之術」運用，讓敵軍猜測不出我軍之長短，猶如〈攻守〉篇中上、中、下兵，皆各

〔註17〕〔宋〕蘇洵：〈心術〉，見《嘉祐集箋注》，頁29。

〔註18〕〔宋〕蘇洵：〈法制〉，見《嘉祐集箋注》，頁34。

〔註19〕〔宋〕蘇洵：〈法制〉，見《嘉祐集箋注》，頁35。

〔註20〕〔宋〕蘇洵：〈法制〉，見《嘉祐集箋注》，頁35。

〔註21〕〔宋〕蘇洵：〈心術〉，見《嘉祐集箋注》，頁30。

〔註22〕〔宋〕蘇洵：〈心術〉，見《嘉祐集箋注》，頁30。

有不同的用處，理論可謂此理而來。

第三點是讓軍隊有「決心與利器」，他說：「善用兵者，使之無所顧，有所恃。無所顧，則知死之不足惜；有所恃，則知不至於必敗。」〔註23〕「無所顧」要為將者去消弭許多外在因素，讓軍隊無後顧之憂。「有所恃」在軍隊作戰時要有可依恃的武器，以免造成士兵作戰時的害怕。

（二）具體用兵方法

在具體用兵方法上，〈強弱〉、〈攻守〉、〈用間〉三篇為代表篇章，也是上述將領的領兵之道，展現出詳細具體的用兵作法。

1. 攻弱以避強

〈強弱〉篇是由孫臏「賽馬」之說，以作為探討的主旨。孫臏的上中下三馬調用戰術，被蘇洵運用在實際兵學上，看成是兵學上的獨特高見。實質上是種「攻弱避強」的方法。他說：

> 兵之有上、中、下也，是兵之有三權也。孫臏有言：「以君下駟與彼上駟，取君上駟與彼中駟，取君中駟與彼下駟。」此兵說也，非馬說也。〔註24〕

所以，為將需了解每支軍隊，善於運用軍隊長短處。蘇洵認為若能熟悉此番道理，在實際戰場上，會有著「每戰必勝」的把握。因為：

> 下之不足以與其上也，吾既棄知之矣，吾既棄之矣。中之不足以與吾上，下之不足以與吾中，吾不既再勝矣乎？得之多於棄也，吾斯從之矣。……故曰：兵之有上、中、下也，是兵之有三權也。〔註25〕

此觀點不僅在〈強弱〉篇，〈制敵〉同樣是如同此說，能有「一克十，以十克百之兵也，焉往而不勝哉！」〔註26〕的功效。此一用兵法算是為將之道中「揚短隱長」法的延續，假設無法隱藏自己實力，則敵方也會依此說「反向操作」，熟悉我方三軍虛實後，則不能有「以十克百」的效果。

2. 出奇以致勝

蘇洵主張在軍事用兵進攻時，要多用「出奇以致勝」策略，〈攻守〉篇在分析奇兵優點。在戰爭用兵進攻時，可分成「正道、奇道、伏道」，此三道各有其差異性，蘇洵解釋：

〔註23〕〔宋〕蘇洵：〈心術〉，見《嘉祐集箋注》，頁30。
〔註24〕〔宋〕蘇洵：〈強弱〉，見《嘉祐集箋注》，頁39。
〔註25〕〔宋〕蘇洵：〈強弱〉，見《嘉祐集箋注》，頁39～40。
〔註26〕〔宋〕蘇洵：〈制敵〉，見《嘉祐集箋注》，頁255。

> 坦坦之路，車轂擊，人肩摩，出亦此，入亦此，曰正道。大兵攻其
> 南，銳兵出其北；大兵攻其東，銳兵出其西者，曰奇道。大山峻谷，
> 中盤絕徑，潛師其間，不鳴金，不摣鼓，突出乎平川以衝敵人腹心
> 者，曰伏道。〔註27〕

在三道中，蘇洵以奇、伏道最爲重要，因爲在正道勢必與敵軍有正面遭遇，勝敗是難以估算，「奇道」爲用聲東擊西的矇騙敵軍，至於「伏道」則能正中敵軍心腹要害，在出奇不易的伏兵攻擊下，敵軍常因而措手不及。蘇洵相信若能操作「奇、伏」兩道，將會增加獲勝的機率。

3. 用謀以正道

〈用間〉篇認爲《孫子兵法》所言之五間，應本乎在正道。雖然用間屬於計謀的一種，有助於戰術的執行，但是絕對要小心謹愼。他說：「故能以間勝者，亦或以間敗。」〔註28〕五間的本質是在「詐術」所延伸，使用不當，則會有後果：

> 吾間不忠，反爲敵用，一敗也；不得敵之實，而得敵之所僞示者以
> 爲信，二敗也；受吾財而不能得敵之陰計，懼而以僞告我，三敗也。
> 夫用心於正，一振而羣綱舉，用心於詐，百補而千穴敗。智於此，
> 不足恃也。〔註29〕

用間時必須要十分小心，與其用心在施用詐術上，不如歸於正道。用正當的作戰方式來應戰，正符合在用兵「上義」的主張。蘇洵認爲用間的機巧行爲，明君賢將是不可取，故說：「明君賢將之所上者，上智之間也。」〔註30〕上智之間是本於正道，超越傳統用間是計謀的低階層面，只爲騙得一時的利害爲目的。

三、論內政制度綱領

（一）取才用人方法

1. 取才廣開門路

國家的興亡成敗，在人身上有很大的因素，正所謂「得人者昌，失人者亡」昔日蕭何月下追韓信，奠定漢王劉邦勝利基礎〔註31〕，顯現出人才的重

〔註27〕 〔宋〕蘇洵：〈攻守〉，見《嘉祐集箋注》，頁43～44。
〔註28〕 〔宋〕蘇洵：〈用間〉，見《嘉祐集箋注》，頁50。
〔註29〕 〔宋〕蘇洵：〈用間〉，見《嘉祐集箋注》，頁50。
〔註30〕 〔宋〕蘇洵：〈用間〉，見《嘉祐集箋注》，頁50。
〔註31〕 〔漢〕班固、〔唐〕顏師古注《漢書》（臺北：宏業書局，1996年3月再版），

要性。如何求得人才來爲國家效力，蘇洵在〈廣士〉、〈養才〉兩篇，提出獨到的見解。〈廣士〉以爲取才門徑要加廣，不可有區分貴賤之限定。他說：

> 夫賢之所在，貴而貴取焉，賤而賤取焉。是以盜賊下人，夷狄異類，雖奴隸之所恥，而往往登之朝廷，坐之郡國，而不以爲怍；而繩趨尺步，華言華服者，往往反擯棄不用。〔註32〕

人才不應有身世背景的分別，也不能因外表的儀態舉止，來作爲取才與否的標準，而錄用的標準是在：是否「具備能力」。蘇洵指出，古代用人標準是多元性，不用依靠家族的後台背景，尋求社會各行各業人士，只要是堪用的人才，通通要一網打盡。相較之下，蘇洵的人才管道就較多元化及全面性。蘇洵認爲「吏胥」的重要性：

> 夫吏胥之人，少而習法律，長而習獄訟，老奸大豪畏憚懾伏，吏之情狀、變化、出入無不諳究，因而官之，則豪民猾吏之弊，表裏毫末畢見於外，無所逃遁。而又上之人擇之以才，遇之以禮，而其志復自知得自奮於公卿，故終不肯自棄於惡以賈罪戾，而敗其終身之利。〔註33〕

「吏胥」是朝廷中的基層官員，長久以來，接觸到各類人物並經官場上歷練，故深解許多事物與熟稔法律條文，所以建議朝廷要予以提拔。從中可知，蘇洵對吏胥重視，若能替平時與百姓接觸最多的吏胥開設門路，就不會淪落成爲非作歹的惡吏，由最低層的吏胥開始改革。

2. 用人以才為主

〈養才〉篇基於〈廣士〉篇之主題，是論「以才爲主」的任人法。當才與德難以取捨時，原則爲「重才而輕德」。因爲有才學之士較爲難尋，不若得有德之士爲多，況且有才之士具有治理國政天資。他說道：

> 在朝廷而百官肅，在邊鄙而四夷懼，坐之於繁劇紛擾之中而不亂，投之於羽檄奔走之地而不惑，爲吏而吏，爲將而將：若是者，非天之所與，性之所有，不可勉強而能也。道與德可勉以進也，才不可強揠以進也。〔註34〕

卷34，頁473，〈韓彭英盧吳〉列傳。
〔註32〕〔宋〕蘇洵：〈廣士〉，見《嘉祐集箋注》，頁105。
〔註33〕〔宋〕蘇洵：〈廣士〉，見《嘉祐集箋注》，頁106。
〔註34〕〔宋〕蘇洵：〈養才〉，見《嘉祐集箋注》，頁110。

才學之士能夠安內攘外，治理國家政事皆得心應手，這是天賦的才能，無法經由學習中而來，至於道德可由後天來學習來培養。但是，當時重視的是「道德人才」，反而忽略彌足珍貴真正人才，他說：「好以可勉強之道與德，而加之不可勉強之才之上。」〔註35〕，致使真正人才不能盡乎其用。光是尋求有道德之人，反而忽略能力上不足。為何蘇洵有「重才輕德」想法，是因有才能幹濟的異士，卻常有「道德」上的缺陷。他認為：

> 奇傑之士，常好自負，疎雋傲誕，不事繩檢，往往冒法律，觸刑禁，叫號驩呼，以發其一時之樂而不顧其禍，嗜利酗酒，使氣傲物，志氣一發，則倜然遠去，不可羈束以禮法。〔註36〕

因為奇傑有「特立獨行」的道德缺陷，使朝廷不敢錄用。蘇洵以「不拘禮法」觀，對於此類人才要有不同的對待，並舉出古代對奇傑待遇，建議朝廷能多以採納，要能夠：「任之以權，尊之以爵，厚之以祿，重之以恩。」〔註37〕滿足奇傑的各種需求，就能為國家來盡心盡力。在網羅此等人才後，再加以道德教化，就能有「才德兼具」之效。蘇洵反映當朝沒有此思維，不能善待奇傑異士，故不願意為國家效力，造成人才上的損失。

3. 將相統御之道

在一個國家的官員組成之中，文官與武將是最基本的組成要件，文官以宰相為居首位，要治理國事並統御百官。在武職以將領為居高位，肩負對外的軍事的重責。身為君王者，要對兩者要有一套統御方法，蘇洵〈御將〉、〈任相〉兩篇，就是在探討此一問題重要。首先把領導將領之中可分成兩類：

> 將有二：有賢將，有才將。而御才將尤難。御相以禮，御將以術，御賢將之術以信，御才將之術以智。不以禮，不以信，是不為也。不以術，不以智，是不能也。〔註38〕

將與相兩者統馭之道，最大差別在「禮」與「術」之別。將領區分成賢將和才將兩類，要以不同的方法來駕御，術、智、信就是運用的要領。其中以「才將」尤為難治，蘇洵提出御將之術，此術在：「結以重恩，示以赤心，美田宅，豐飲饌，歌童舞女，以極其口腹耳目之欲，而折之以威，此先王之所以御才

〔註35〕 〔宋〕蘇洵：〈養才〉，見《嘉祐集箋注》，頁110。
〔註36〕 〔宋〕蘇洵：〈養才〉，見《嘉祐集箋注》，頁111。
〔註37〕 〔宋〕蘇洵：〈養才〉，見《嘉祐集箋注》，頁111。
〔註38〕 〔宋〕蘇洵：〈御將〉，見《嘉祐集箋注》，頁88。

將也。」〔註39〕君王御才將時要以「恩惠」的方法，滿足才將的各種欲望及
需求，必定會有回報。但是，才將又可分成「才大、才小」兩種，君王要「觀
其才之大小，而爲之制御之術以稱其志。」蘇洵舉出漢高祖用人爲例子，對
於資質高低要有不同。他說：

> 高帝知三人者之志大，不極於富貴，則不爲我用。……知其才小而
> 志小，雖不先賞，不怨；而先賞之，則彼將泰然自滿，而不復以立
> 功爲事故也。〔註40〕

漢高祖對「志向大」者如韓信、黥布、彭越等要先賞，以表示君王待人厚，
取得他們的信服，方能替君王盡心盡力；反觀「志向小」如樊噲、滕公、灌
嬰等要用論功行賞，以防止先賞後驕，反而目中無人，不聽命令，此爲統御
才將的重要技巧，君王要深知此道理。

　　在宰相任用方面，有〈任相〉篇專爲討論，他先揭示宰相的重要性說：「相
賢邪，則羣有司皆賢，而將亦賢矣。」〔註41〕蘇洵以爲宰相的任用妥當與否，
將會有影響到文武百官整體。在上述引文已點出「相重在禮，將重在智」，這
邊再提起「禮」的重要性。他說：

> 若夫相，必節廉好禮者爲也，又非豪縱不趨約束者爲也，故接之以
> 禮而重責之。〔註42〕

在於禮的不同，君王對於宰相要重禮，不能光是用御將的用「智術」，或是以
單純的「賞賜」方法，那麼恐怕效果不彰。蘇洵舉出古代君王爲例，在重視
宰相的程度上，處處尊之以禮法，待之上賓般，他舉出：

> 古者相見於天子，天子爲之離席起立；在道，爲之下輿；有病，親
> 問；不幸而死，親吊；待之如此其厚。然其有罪，亦不私也。天地
> 大變，天下大過，而相以不起聞矣；相不勝任，策書至而布衣出府
> 免矣；相有他失，而棧車牝馬歸以思過矣。〔註43〕

爲何蘇洵指出要待之以「禮」，因爲：「故禮以維其心，而重責以勉其怠，而
後爲相者，莫不盡忠於朝廷而不卹其私。」〔註44〕君王的厚之以禮，才可重

〔註39〕〔宋〕蘇洵：〈御將〉，見《嘉祐集箋注》，頁88～89。
〔註40〕〔宋〕蘇洵：〈御將〉，見《嘉祐集箋注》，頁90。
〔註41〕〔宋〕蘇洵：〈任相〉，見《嘉祐集箋注》，頁94。
〔註42〕〔宋〕蘇洵：〈任相〉，見《嘉祐集箋注》，頁94。
〔註43〕〔宋〕蘇洵：〈任相〉，見《嘉祐集箋注》，頁94。
〔註44〕〔宋〕蘇洵：〈任相〉，見《嘉祐集箋注》，頁95。

之以責，「禮」使宰相的內心敬服君王，「責」讓宰相不敢稍加鬆懈國政。受此厚禮對待及尊重的宰相，就會感受到君王的恩澤，自然會全力以赴在宰相位置，報答君王知遇之恩。

（二）國家法政制度

1. 法律制度

〈申法〉篇中探討古今法律制度的不同，以及當時法律發生的種種弊端。蘇洵回顧以往先王立法本質及施法之道。他說：

> 先王之作法也，莫不欲服民之心。服民之心，必得其情。情然邪，而罪亦然，則固入吾法矣。而民之情又不皆如其罪之輕重大小，是以先王忿其罪而哀其無辜，故法舉其略，而吏制其詳。〔註45〕

舊時的法律，以官員來衡量罪行的輕重，能使民眾心服口服，所以社會能「簡而易治」。但是，到了宋朝社會有所轉變，法律制度和往昔不同。他表示：

> 今則不然，吏姦矣，不若古之良；民踰矣，不若古之淳。吏姦則以喜怒制其輕重而出入之，或至於誣執；民踰則吏雖以情出入，而彼得執其罪之大小以為辭。〔註46〕

「任吏不任法」在當代不可行，因為官員不像古代善良，無法做公正的審判；就連人民也學會遊走法律邊緣，致使法律制度遭受到通盤破壞。蘇洵舉五種宋朝社會的亂象：第一是度量衡失衡，第二是愛好奇貨者日增，第三是服裝制度不守禮法，第四是官員不法收購糧食，第五是官員經商害民。這些都是在踐踏法律制度，嚴重挑戰到天子的權威。他說：「夫法者，天子之法也。法明禁之，而人明犯之，是不有天子之法也，衰世之事也。」〔註47〕總而言之，就是法律「執行層面不落實」，使天子權威受到動搖，法律威信也隨著蕩然無存。

〈議法〉篇則探討「贖金制度」的缺失，因為宋朝有此不當制度，使得犯法之人日益增多。王公貴族有贖金保障之故，對於刑法視若無睹。蘇洵對刑法的觀點：

> 今也，大辟之誅，輸一石之金而免。貴人近戚之家，一石之金不可勝數，是雖使朝殺一人而輸一石之金，暮殺一人而輸一石之金，金不可盡，身不可困，況以其官而除其罪，則一石之金又不皆輸焉，

〔註45〕〔宋〕蘇洵：〈申法〉，見《嘉祐集箋注》，頁115。
〔註46〕〔宋〕蘇洵：〈申法〉，見《嘉祐集箋注》，頁115。
〔註47〕〔宋〕蘇洵：〈申法〉，見《嘉祐集箋注》，頁117。

是恣其殺人也。〔註48〕

刑法本來的立意是要使犯法者受到處罰，才能達到警惕效果，以減少犯罪的發生。因當時貴族有贖金制度，與所犯罪刑不相對比，殺人重罪卻可輕贖無罪，造成刑法原先立意時破壞。蘇洵提議以「加重贖金」來改善此弊端。他建議：

> 今欲貴人近戚之刑舉從於此，則非所以自尊之道，故莫若使得與疑
> 罪皆重贖。且彼雖號爲富強，苟數犯法而數重困於贖金之間，則不
> 能不斂手畏法；彼罪疑者，雖或非其辜，而法亦不至殘潰其肌體，
> 若其有罪，則法雖不刑，而彼固亦已困於贖金矣。〔註49〕

蘇洵認爲把輕贖制度改成「重贖」，讓貴族不敢任意犯罪，會有家財散盡的後果；罪證不足的犯人因增設贖金制度，免卻許多冤獄的問題。由此可知，蘇洵考量點較爲周嚴縝密，而最爲重要是確定刑法的權威性，以達成消彌犯罪的目的。

2. 政治制度

（1）建立新軍：〈兵制〉篇中討論養兵與田地關係，當士兵員額激增而田地有限，將會造成侵奪到平民的糧食，自然產生許多問題。不僅如此，龐大的士兵已非古代善良，對於百姓和政府而言，儼然成爲社會上新的隱憂。蘇洵建議以「田地制度」來改革兵制，他分析宋代由官府掌握田地，分爲「職分」與「籍沒」田兩類，先降低職分田的稅率，同時禁止販售因犯罪遭沒收的「籍沒」田，以作爲「建立新兵制」的準備。他言：

> 使之家出一夫爲兵，其不欲者，聽其歸田而他募。謂之新軍。毋黥
> 其面，毋涅其手，毋拘之營。三時縱之，一時集之，授之器械，教
> 之戰法，而擇其技之精者以爲長，在野督其耕，在陣督其戰，則其
> 人皆良農也，皆精兵也。〔註50〕

有購買到「籍沒」田地的百姓，要派任一成員來當兵，不願當兵者沒收其田地。然後採取「寓兵於農」的政策，在一年以春夏秋三季務農，冬季集合爲軍事訓練，變成是「農夫與士兵」雙重身分，改善宋代士兵不投入生產農作，又閒居在外的惹事生非。筆者認爲，蘇洵此想法是不太可行的作爲，但是以「寓兵於農」的構想，是解決宋朝冗兵過剩的新思考。

〔註48〕〔宋〕蘇洵：〈議法〉，見《嘉祐集箋注》，頁122。
〔註49〕〔宋〕蘇洵：〈議法〉，見《嘉祐集箋注》，頁122～123。
〔註50〕〔宋〕蘇洵：〈兵制〉，見《嘉祐集箋注》，頁128。

（2）限田制度：〈田制〉篇與上篇有所相關，只是本篇專論在「井田制度」上。蘇洵言自井田制度廢除後，田地成爲「私人專有」，發生土地分配不均的嚴重問題，他說：「田非耕者之所有，而有田者不耕也。」〔註51〕田地皆被富有之民到處收購，眞正勞力耕作的農民，反而沒有專屬田地，使得農民生活日益痛苦。因此，蘇洵提出對富豪限制田產的方法，以改善田地過分集中現象。他建議：

> 吾欲少爲之限，而不禁其田嘗已過吾限者，但使後之人不敢多占田
> 以過吾限耳。要之數世，富者之子孫，或不能保其地以至於貧，而
> 彼嘗已過吾限者，散而入於他人矣。或者子孫出而分之以無幾矣。
> 〔註52〕

「限田制度」以節制富者土地數量，防止肆無忌憚的收購，並期待富豪的衰敗和子孫分家，讓土地能重新回到市場交易中。筆者以爲，此一政策和〈兵制〉篇相同，仍然是缺乏具體。惟以「限田」約束土地的兼併，是稍微可解決土地集中的方法。

（3）重視遠地：〈重遠〉篇突顯宋朝在派員制度中，過度「重內輕外」的政策，偏遠地區的主官往往不加選擇。故此，蘇洵有著不同的解釋，以爲「邊境遠官」比起「中央近官」重要。他分析：

> 近之官吏賢邪，民譽之歌之，不賢耶，譏之謗之。譽歌譏謗者眾則
> 必傳，傳則必達於朝廷，是官吏之賢否易知也。……遠方之民，雖
> 使盜跖爲之郡守，檮杌饕餮爲之縣令，郡縣之民，羣嘲而聚罵者雖
> 千百爲輩，朝廷不知也。〔註53〕

因爲「中央近官」的施政成績，各種一舉一動的作爲，隨時被百姓和上級密切監視，官員的好壞就顯而易見。反觀「遠方官員」因天然地理阻隔及訊息不通原因，就難以掌控遠方的施政品質。

蘇洵再度舉出，宋朝忽略邊境的現況，實在是不當的政策，他指出遠地的重要性說：「河朔、陝右，二虜之防，而中國之所恃以安。廣南、川峽，貨財之源，而河朔、陝右之所恃以全。」宋朝只注重在河朔、陝右等重要地區，把廣南、川峽等偏遠地區給遺忘，加上用人不善的制度下，他說出好官不願外派現象：

〔註51〕〔宋〕蘇洵：〈田制〉，見《嘉祐集箋注》，頁135。
〔註52〕〔宋〕蘇洵：〈田制〉，見《嘉祐集箋注》，頁137。
〔註53〕〔宋〕蘇洵：〈重遠〉，見《嘉祐集箋注》，頁99～100。

> 凡朝廷稍所優異者，不復官之廣南、川峽，而其人亦以廣南、川峽
> 之官爲失職庸人，無所歸，故常聚於此。嗚呼！知河朔、陝右之可
> 重，而不知河朔、陝右之所恃以全之地之不可輕，是欲富其倉而蕪
> 其田，倉不可得而富也。〔註54〕

重要的偏遠邊境地區，派任上昏庸無能官員，無疑的是國力不振的要素，也是造成宋朝屬次禍亂及變動的溫床。蘇洵建議宋朝要注意「遠地治理」，並要擇選「適任官員」出任遠地，就能消彌「重內輕外」的局面。

（三）君臣相互關係

1. 要有腹心之臣

〈遠慮〉論述腹心之臣的重要，君王的身邊要有腹心之臣，方能與之商議國家大事。因爲君王常有機密之事，不便給一般的臣子參與討論，而要有信任大臣在左右爲他協助，他說：「腹心之臣者，不可一日無也。」〔註55〕蘇洵舉出歷史中名君爲例，身旁總是有個賢能腹心之臣，此腹心之臣的地位，其實也是等同宋朝的「宰相」。他舉例：

> 有機也，是以有腹心之臣。禹有益，湯有伊尹，武王有太公望。是
> 三臣者，聞天下之所不聞，知羣臣之所不知。……高祖之起也……
> 羣臣所不與者，惟留侯、鄮侯二人。唐太宗之臣多奇才，而委之深、
> 任之密者，亦不過房、杜。〔註56〕

因爲宋朝的相權旁落，宰相有名而無權，對於國家難以「盡其才能」，本篇可以〈任相〉篇相互配合，都是觸及到宰相問題。宰相在宋代時不受君王的尊重，蘇洵眞切的反應出來。他說：

> 君憂不辱，君辱不死。一人譽之則用之，一人毀之則舍之。宰相避
> 嫌畏譏且不暇，何暇盡心以憂社稷？數遷數易，視相府如傳舍。百
> 官泛泛於下，而天子惸惸於上，一旦有卒然之憂，吾未見其不顚沛
> 而殞越也。〔註57〕

歷代都有腹心之臣，只有宋朝沒有腹心之臣。爲何沒有腹心之臣？就是不重宰相原因。一旦國家社會發生問題，就沒有人替君王分憂解勞。至於如何任用腹心之臣，蘇洵又舉古代聖人爲例子：

〔註54〕〔宋〕蘇洵：〈重遠〉，見《嘉祐集箋注》，頁100。
〔註55〕〔宋〕蘇洵：〈遠慮〉，見《嘉祐集箋注》，頁81。
〔註56〕〔宋〕蘇洵：〈遠慮〉，見《嘉祐集箋注》，頁81。
〔註57〕〔宋〕蘇洵：〈遠慮〉，見《嘉祐集箋注》，頁82。

> 聖人之任腹心之臣也，尊之如父師，愛之如兄弟，握手入臥內，同
> 起居寢食，知無不言，言無不盡，百人譽之不加密，百人毀之不加
> 疎，尊其爵，厚其祿，重其權，而後可以議天下之機，慮天下之變。

〔註 58〕

雖然是說重視腹心之臣，其實也是在說「宰相」部分，要適當授權給腹心之臣，
君王待其優厚待遇，相信腹心之臣的能力，疑人不用，用人不疑，就能有投桃
報李的效用。從〈遠慮〉、〈任相〉兩篇中，一再反映蘇洵重宰相的思維。

2. 大臣諫言之道

〈諫論上〉和〈諫論下〉兩篇都是在探討諫言之道。〈諫論上〉說明古代
諫言的技巧言，他說：「古今論諫，常與諷而少直。其說蓋出於仲尼。吾以爲
諷、直一也，顧用之之術何如耳。」〔註 59〕蘇洵表達，不一定要用傳統的諷
喻的技巧，直接坦蕩的表示也是一種方式，重點是在於運用中的時機，並以
古代策士爲標榜的學習對象。遊說之士的「機智勇辯」技巧是可學習，但不
能有遊說策士的「狡猾機詐」，欲達成目的而不擇手段，內心要秉持著「忠心
爲主」的道德出發點。

〈諫論下〉則反之君王要使「臣子能勇於進諫」，以君王的立場立論。他
說：「夫臣能諫，不能使君必納諫，非眞能諫之臣；君能納諫，不能使臣必諫，
非眞能納諫之君。」〔註 60〕君臣兩者是要相互搭配的，臣能讓君王納諫，君
王使臣必諫，造就雙贏互助。站在君王的立場，針對「勇者、悅賞者、畏罪
者」三種不同性格臣，運用「刑賞」就能使之諫言。

蘇洵政論文內容是層層分明，先奠定「治國方針」從國家的整體局勢
談起，要改變成強政的國家。在對外交的政策，痛斥求和的金援外交，應
改用進攻的戰略。兩篇文章一內一外，是處理宋朝現況的特效藥方。再來
處理宋朝「軍事」問題，提出一系列武將、士兵、戰法、戰略等等改革，
強化宋朝的軍事能力，以抵抗外族的不斷侵略，回應外交上的主張。宋朝
弱政的趨勢，就是「內政」種種缺失，從討論法律制度、取才用人、官員
選派等等建議，都要改變政局衰弱的危機。所以，這種系統性的文章寫法，
表現出蘇洵見識力廣闊，能夠先著眼在整體國政大局，再思索出種種的對

〔註 58〕 〔宋〕蘇洵：〈遠慮〉，見《嘉祐集箋注》，頁 83。
〔註 59〕 〔宋〕蘇洵：〈諫論上〉，見《嘉祐集箋注》，頁 242。
〔註 60〕 〔宋〕蘇洵：〈諫論下〉，見《嘉祐集箋注》，頁 251。

策方法，且非常有系統的通盤考量，只可惜宋朝皇帝不能聽從建議，給予蘇洵施行政策的機會。

總而言之，寫好政論文並不簡單，譚興國《巴蜀文學史稿》認為：「第一，它要求作者學貫古今，有適見卓越，才能言人所未言，見人所未見，老是重複人所共知的事實和道理、毫無價值可言。其二，有為而發，有的放矢，切中時弊。其三，要有文采，構思新奇，文字優美，生動，形象，抒情，不然就落入「八股」，乾燥乏味。最後，簡潔、明快，通俗，才能發揮「實用」的效果。」〔註61〕蘇洵政論文都有著三點之特色，甚至是超過此三點，並且，蘇洵政論文是開拓後來學者效法的對象。

第二節　史論類古文

蘇洵史論類古文，同樣也是蘇洵文章中精彩之處。本節歸納將《嘉祐集》權書中：〈孫武〉、〈子貢〉、〈六國〉、〈項籍〉、〈高祖〉等五篇，加上雜論〈史論引〉、〈史論上〉、〈史論中〉、〈史論下〉、〈譽妃論〉、〈管仲論〉、〈三子知聖人汙論〉、〈辨奸論〉等七篇，總共十三篇，定為蘇洵「史論類」之古文範圍。

本章以此十三篇為主要基礎，並輔以其他相關之篇章引證，先探求史論文探討之主題類型，及主題是涉及何種範圍及議題，依其文章全面性闡述。再者，復進入史論文內容探討，以尋求史論文探討內容核心，以求取蘇洵在史論類古文中的特色。

一、論歷史人物與事件

論歷史人物及事件在一般史論文最為常見，歷史人物及事件常受其後代功過評斷，使人們心中留下一定印象，而人物與事件皆是相伴相隨，蘇洵則針對著名歷史人物及特定事件，提出自己對他們的看法，往往為異乎常人的見解，是為其高明與獨到之處。主要集中在以人物為標題的〈孫武〉、〈子貢〉、〈六國〉、〈項籍〉、〈高祖〉、〈譽妃論〉、〈管仲論〉、〈三子知聖人汙論〉、〈辨奸論〉等九篇，以下就其九篇探其文章篇旨大要：

1. 〈孫武〉〔註62〕篇中論孫武（前355～？）其書只為「言兵之雄」，而孫武本人在軍事實務上卻：「與書所言遠甚。」形成只會紙上談兵情況，行為

〔註61〕譚興國：《巴蜀文學史稿》（四川：四川人民，2001年8月），頁179。
〔註62〕〔宋〕蘇洵：〈孫武〉，見《嘉祐集箋注》，頁54。

與著書立說截然不同。接著舉出孫武作為與《孫子兵法》差異的三個例子，造成國家的加速敗亡，證明孫武：「夫以武自為書，尚不能自用以取敗北，況區區祖其故智餘論者而能將乎！」推翻孫武乃是軍事專家之稱號，認為《孫子兵法》不可深信不疑，並舉吳起（前440～前381）為例來比較，更顯示出孫子本身的多項缺點。

2. 〈子貢〉〔註63〕篇論子貢（前520～？）外交策略的失敗，子貢受孔子（前552～前479）之命令，為保障魯國安危，防止田常領齊兵來犯，近而造成齊國內亂及吳國被滅的局面。蘇洵認為子貢只是：「徒智可以成，而不可以繼也。」為了保障魯國的存在為第一目的，運用一時之功的「智謀」，卻沒有通盤考量日後局勢的發展，造成各國滅亡的不良後果。蘇洵提出當時子貢可採用，制服田常叛亂的計謀，只是可惜子貢不明。

3. 〈六國〉〔註64〕篇是蘇洵古文極具盛名的代表性作品，舉出：「六國破滅，非兵不利，戰不善，弊在賂秦。」為論點，加以六國之間互不團結，故：「不賂者以賂者喪，蓋失強援。」終究被秦國各自擊破，顛覆了傳統對六國的滅亡，是被秦國發動武力征伐的觀點。把六國間相繼失敗的問題，歸咎在害怕與秦國「交戰」心態，接連不斷的「賂秦」與「割地」來求「一夕安寢」，但是蘇洵說：「諸侯之地有限，暴秦之欲無厭；奉之彌繁，侵之愈急，故不戰而強弱勝負已判矣。」蘇洵針對六國歷史問題探討，能深入他人未知處，若無深熟歷史者，不能寫出此等翻案性文章。

4. 〈項籍〉〔註65〕篇論西楚霸王項羽（前232～前202）缺失，項羽在鉅鹿之戰時，蘇洵看見項籍：「見其慮之不長，量之不大，未嘗不怪其死於垓下之晚。」蘇洵觀察此戰的失當，確定必定失敗的結果。項羽應該要掌握時機，此時若能：「急引軍趨秦，及其鋒而用之，可以據咸陽，制天下。」就可有完全局勢。但是，在鉅鹿之戰結束後，表現：「徘徊河南、新安間，至函谷，則沛公入咸陽數月矣。」喪失奪取關中要地的重要時機。項羽老是「閉戶自守」心態，沒有開疆拓土的冒險勇氣，在狹小之地而裹足不前，注定項羽是必定失敗的命運，並類比三國時代諸葛孔明（181～234），同樣是犯下自守門戶錯誤。最後，總評項羽的一生：「有取天下之才，而無取天下之慮。」終究是以失敗收場。

〔註63〕〔宋〕蘇洵：〈子貢〉，見《嘉祐集箋注》，頁58。
〔註64〕〔宋〕蘇洵：〈六國〉，見《嘉祐集箋注》，頁62。
〔註65〕〔宋〕蘇洵：〈項籍〉，見《嘉祐集箋注》，頁66。

5.〈高祖〉〔註66〕篇論漢高祖（前202～前295）劉邦（前247～前295）過人計謀之處，因：「常先爲之規畫處置，以中後世之所爲，曉然如目見其事而爲之。」能在生前事先規畫預防，猶如仍然在世一樣，預測出呂氏之禍，安排周勃任爲太尉，來輔助劉氏王朝延續不祚。至於呂后（前241～前180）會有背叛的野心，爲何不先斬除爲快？劉邦考量到：「獨此可以鎮壓其邪心，以待子嗣之壯。」利用呂后照顧年幼惠帝，且能牽制群臣。至於卻要「斬除樊噲」（前？～前198）而不盡人情？是因高祖擔心他會協助呂后造反，兩者在狼狽爲奸、互相勾結下，將無人可抵擋此災禍。所以要先採取行動，斬殺樊噲，則：「呂氏之毒將不置於殺人。」使呂后專心輔助幼主漢惠帝，不受到樊噲在旁引誘而背叛。蘇洵認爲，高祖先斬樊噲是防範外族的勢力做大，再安排忠心的大臣周勃（？～前169）任爲太尉，是用來牽制呂氏之霸權。劉邦生前的處心積慮作爲，無非是要保障劉氏江山。是以，蘇洵說高祖是：「明於大而暗於小。」打破常人對高祖不擅「陰謀計畫」的評論，證明劉邦是具有「深謀遠慮」。

6.〈嚳妃論〉〔註67〕探討《史記》中記載，帝嚳元妃姜原和次妃簡狄，所發生之荒誕離奇的記載：「簡狄行浴，見燕墮其卵，取吞之，因生契，爲商始祖。姜原出野，見巨人跡，忻然踐之，因生稷，爲周始祖。」蘇洵以爲，把祖宗的產生記載由不祥之物而生，是必讓後世人引起不必要的懷疑。蘇洵指出，萬物的生成是要順乎「天理自然」，萬物是：「天地必將構陰陽之和，積元氣之英以生之。」才是合乎常理之解釋，指責司馬遷是「以不詳誣聖人」。由中得出蘇洵論史，採「合乎常理」之主張，對於荒誕離奇的傳言，是不可以輕言相信。

7.〈管仲論〉〔註68〕評論一代賢相管仲（前725～前645）之功過。蘇洵認爲，管仲之過大於功。他說：「則齊之治也，吾不曰管仲，而曰鮑叔；及其亂也，吾不曰豎刁、易牙、開方，而曰管仲。」顛覆傳統對管仲的讚揚印象，把管仲當爲晉國滅亡的罪人。蘇洵以《史記》所記載齊桓公（前685～前634）臨終之事，指責管仲是不能：「舉天下之賢者以自代。」之罪過，致使後世無賢能臣子，來輔佐未來的齊國，等到：「桓公之薨也，一亂塗地。」歸責管仲要負起最大的責任。

〔註66〕〔宋〕蘇洵：〈高祖〉，見《嘉祐集箋注》，頁72。
〔註67〕〔宋〕蘇洵：〈嚳妃論〉，見《嘉祐集箋注》，頁256。
〔註68〕〔宋〕蘇洵：〈管仲論〉，見《嘉祐集箋注》，頁261。

8.〈三子知聖人汙論〉〔註69〕論《孟子》中：「宰我、子貢、有若，知足以知聖人汙。」提出不同的觀點，反駁三人都不足以知曉「聖人」學問，只圖「下者」之粗淺學問，其中的理由是：三者皆過於「過度膨脹孔子」，使得夫子學問變了不同模樣，這是不好的現象，並非真正學習到聖人學問的內涵。蘇洵認為，真正聖人之道，每個人所得到的「學問」都有著深淺不同程度。所以蘇洵言：「夫子之道，有高而又有下，猶太山之有趾也。高則難知，下者易從，難知，固夫子之道尊；易從，故夫子之道行。」聖人之學問是各有上下高低不同，宰我、子貢、有若三人的過分誇飾，表示三人所學的內涵有限。

9.〈辨奸論〉言人要有「見微知著」的能力，蘇洵指出人的行為舉止，太過特立獨行，常常表現不近人情之人，在未來若受到君王重用，掌握國家的大權後，將會有大災禍發生。蘇洵希望他的推測不要成真，而這個被蘇洵批評之人，就是未來的政治明星王安石。

二、論外交及軍事戰略

在蘇洵之史論文中，特別愛提出外交及軍事戰略思想，尤以權書中的〈孫武〉、〈子貢〉、〈六國〉、〈項籍〉等篇章為要，除論述人物與事件外，在「外交及軍事戰略」思想上，同樣也是蘇洵史論文所欲表達之處。

〈孫武〉篇論《孫子兵法》和孫子作為不相同，造就孫武之失敗，批：「〈九地〉曰：『威加於敵，則交不得合。』而武使秦得聽包胥之言，出兵救楚，無忌吳之心。斯不威之甚，其失一也。」沒有注意到吳國之野心勃勃。又批：「〈作戰〉曰：『久暴師則鈍銳，屈力殫貨，則諸侯乘其弊而起。』且武以九年冬伐楚，至十年秋始還，可謂久暴矣，越人能無乘間入國乎？其失二也」，詳細討論到著書與作為不相符合。再批：「『殺敵者，怒也。』今武縱子胥、伯嚭鞭評王屍，復一夫之私忿以激怒敵，此司馬戌、子西、子期所以必死讐吳也。」此行為會造成敵軍群情激憤。以上三點都是軍事中嚴重缺失處，證明《孫子兵法》主張和作者本人相違。並以孫子和吳起（？～前378）來比較，但蘇洵以吳起（前535～？）的實際軍事作為，才真正對國家戰爭有助益，故吳起的貢獻勝於孫武一籌。證明出「兵書理論」和「將領實際」貢獻，是不可能毫無落差性的，對於兵書著作也非盡信無疑。

〈子貢〉篇替子貢提出軍事外交戰略，建議子貢：「莫若抵高、國、鮑、晏弔之，彼必愕而問焉，則對曰：田常遣子之兵伐魯，吾竊哀子之將亡也。」

〔註69〕〔宋〕蘇洵：〈三子知聖人汙論〉，見《嘉祐集箋注》，頁268。

觸動四人的內心深處，獻策讓四人以假伐魯國，卻真正誅殺田常的計謀，以此兩全其美方法，解除魯國陷入戰爭危機，同時亦化解「齊國」內亂，蘇洵為子貢不採此計而惋惜。蘇洵深知，在外交戰爭，要深謀遠慮之重要性，勿短視近利，否則，必定會因小失大。

〈六國〉篇，已提起「賄賂秦國」為六國失敗的主要因素，但卻有齊、燕、趙不行此道，卻最終難逃滅亡。蘇洵認為，因為此三國互不團結，各自為政：如「齊國」不幫助其他五國，「燕國」派出荊軻刺秦王，「趙國」三勝兩敗的戰績卻停戰，給秦國針對各國「自掃門前雪」的心態一一擊破。蘇洵建議六國：「向使三國各愛其地，齊人勿附於秦，刺客不行，良將猶在，則勝負之數，存亡之理，當與秦相較，或未易量。」韓、魏、楚三國停止以割地止戰，「抱薪救火」的求合外交，「齊人」不要自私自利的隔岸觀火，「趙國」繼續與秦國用兵爭戰，「燕國」要有遠大的守土方略，六國間互相團結抵抗秦國，都是具體可行的軍事建議。

〈項籍〉篇中陳述重大軍事戰略處，不再是傳統的「以守為攻」策略，三國時代的諸葛孔明，是困守四川的失敗例子，因蜀地是：「其守不可出，其出不可繼，兢兢自完而猶且不給，而何足以制中原哉？」所以要取得天下時，須先佔領「軍事要地」，才有控制天下本錢，只有「若夫秦、漢之故都，沃土千里，洪河大山，真可以控天下」，佔據天然的山川河流為屏障，與充沛的自然物產為後援，才可以提供「開國及復國」之根據地。所以，取得良好的根據地，是奠定勝利的根基。史論篇章除論人外，並結合軍事建議討論，可謂是配合得宜。

三、以事物成敗為主論

蘇洵論史時難免會以「成敗來論英雄」，即所謂自古「成者為王，敗者為寇」，在被討論的人物，處在歷史事件中常有缺陷，也常因某個缺失點，成為「成敗原因」的關鍵處，而蘇洵是喜愛「論古今之成敗」高手，往往能針對這點細微處，緊追不捨的加以發揮論述。故蘇轍說：「父兄之學，皆以古今成敗得失為議論之要。」〔註70〕蘇軾稱：「妄論利害，儳說得失。」〔註71〕但是，

〔註70〕舒大剛、曾棗莊主編：《三蘇全書·第 18 冊》（北京：語文，2001 年 11 月），〈歷代論並引〉，頁 140。

〔註71〕舒大剛、曾棗莊主編：《三蘇全書·第 12 冊》（北京：語文，2001 年 11 月），〈答李端叔〉，頁 481。

被討論者的行為舉止已成歷史，無法與評論人反駁，故蘇洵論史時有以「成敗」觀念來論斷。茅坤（1512～1601）發現到這一點說：「蘇氏父子往往按事後成敗立說，而非其至。」〔註72〕

　　事後立說，往往不能考慮到當時因素，國家的治亂興亡，人物的功過是非，並非只書面上幾點就可斷定，必是有許多的原因交會而成。在〈孫武〉、〈子貢〉、〈六國〉、〈項籍〉、〈管仲論〉等篇，卻有明顯的「事後立說」跡象。孫武只是實際軍事作為和《孫子兵法》上有差異，在實際軍事上是「失敗者」，在著書立說上是「成功者」，就引起蘇洵的連番批評。蘇洵沒有考慮到真正幕後原因為何，在作文與行為上難免有差異，在「言行」間很難合一。所以，歸有光《文章指南》言：「凡論古人之功罪，須要思量使我生此時，居此位，處此事，當如何處置，必有一長策方可，若只能責人，亦非高手。」〔註73〕

　　蘇洵在〈子貢〉篇也替他出謀劃策，卻沒想到子貢將「存魯」為當務之急，以完成孔子所交付的任務。蘇洵卻沒有周嚴考慮到，當時魯國本身就自顧不暇，在岌岌可危局勢中，他國的存亡就不重要，更何況未來局勢的演變。

　　〈項籍〉篇的「拒戶自守」也是一個失敗因素，但不可說是全部主因，當時各種主客觀條件，應該都要加以周詳的考慮。〈管仲論〉以管仲不能「舉賢自代」方式，是造成「齊國滅亡」的主因，可說較為片面且武斷，管仲以一人之力造成國家滅亡，似乎有待討論的空間。

　　總之，這些人皆為歷史事件上的「失敗者」，果然在失敗處就遭受批評。至於〈高祖〉則算是一個「成功者」，蘇洵對高祖另眼相待，把「斬樊噲」當成是高祖的深謀遠慮，能夠預料到未來事情變化。在此點之上茅坤又有意見：

> 雖非當漢成敗確論，而行文卻自縱橫可愛。又云：愚謂高帝死而呂后獨任陳平，未必不由斬噲一着。且噲不死，其助祿、產之叛亦未必。觀其誚羽鴻門與排闥而諫，噲亦似有氣岸而能守正者，豈可以屠狗之遽逆其詐哉！蘇氏父子兄弟往往以事後成敗摭拾人得失，類如此。〔註74〕

「事後成敗」確實是蘇洵史論文特點，雖然常會遭受不當非議，卻也突顯蘇

〔註72〕高海夫主編：《唐宋八大家文鈔校註集評‧老泉文鈔》（西安：三秦，1998年9月），頁4448。

〔註73〕〔明〕歸有光：《文章指南》（臺北：廣文書局，1991年7月），頁161。

〔註74〕高海夫主編：《唐宋八大家文鈔校註集評‧老泉文鈔》，（西安：三秦，1998年9月第1版）頁4439。

洵熟於歷史專長。在萬分複雜的人事物間，能把握住歷史事件的「某核心點」，運用自己獨特的見解論述，提出他人不能見到之處，探討出成敗的原因所在，令人不能不相信。更重要的是蘇洵會批評外，也會提出具體應變策略，使後人不得不接受。所以此種的特點在《中國古代文學史‧宋遼金元卷》言：「不僅文筆犀利，氣勢凌厲，有縱橫家的遺風。其論議也多像縱橫家一樣，慣於通過客觀形勢的分析來評價歷史上的是非成敗，提出某些應時的策略。」〔註75〕是一種縱橫家特色的發揮。

四、經與史本質為相同

經史關係是史論文的要點，章廷華（1872～1927）《論文瑣言》言：「作文宜以經為斷，以史為列，以道為衡」〔註76〕。蘇洵把經、史看成是「一體二用」，兩者是相互補充配合成，「經」所記錄的是道、法的範疇，「史」所專長的是在事、詞記載，所以兩者各有不同的功效。他說：

> 經以道、法勝，史以事、詞勝；經不得史無以證其褒貶，史不得經無以酌其輕重；經非一代之實錄，史非萬世之常法：體不相沿，而用實相資焉。〔註77〕

經書成為一種「道法上的準則」，在事物對錯善惡之間，經書有完善的訂定標準，如同法律之條文。至於史書，則是以「善於事詞」，來記載事務本末。所以經書是「缺乏實錄」的記載，史書則是「缺乏常法」之規範，兩者雖在體制上有異，但是道理相同。至於為何有這種見解，蘇洵引五經來說明：

> 夫《易》、《禮》、《樂》、《詩》、《書》，言聖人之道與法詳矣，然弗驗之行事。仲尼懼後世以是為為聖人之私言，故因赴告策書以脩《春秋》，旌善而懲惡，此經之道也。猶懼後世以為己之臆斷，故本《周禮》以為凡，此經之法也。〔註78〕

由於經書中的道法完整，但卻沒有詳細的實務記載，孔子就修訂《春秋》來記載事情，方可配合在經上，呈現出經的道理。至於法則遵照《周禮》的制度，使得「道、法」為經的要素，但是在「事、詞」上就不足。反觀「史」

〔註75〕馬積高、黃鈞：《中國古代文學史‧宋遼金元》（臺北：萬卷樓，1998年7月初版），頁84。
〔註76〕章廷華：《論文瑣言》，收錄於王水照主編《歷代文話‧第9冊》（上海：復旦大學，2007年11月初版），頁8394。
〔註77〕〔宋〕蘇洵：〈史論上〉，見《嘉祐集箋注》，頁229。
〔註78〕〔宋〕蘇洵：〈史論上〉，見《嘉祐集箋注》，頁229。

是以事、詞的詳細記載爲特色，在道法上只有「論贊」，需要參酌「經」之道、法補充。蘇洵又強調經史間關係，絕對不可以偏重一方。他說：

> 使後人不知史而觀經，則所褒莫見其善狀，所貶弗聞其惡實。吾
> 故曰：經不得史，無以證其褒貶。使後人不通經而專史，則稱謂
> 不知所法，懲勸不知所祖。吾故曰：史不得經，無以酌其輕重。
>
> 〔註79〕

經史爲何要「相互配合」，因爲單獨學習史與經都會有所偏差。只有讀經卻無學史，就不知道眞正事物記載，沒有實際的事物可以對照；只有通史而沒有讀經，就會不了解經書的法度，只有人物記載而不知「對錯」規範。清代楊繩武《論文四則》〔註80〕言：「史本于經，子長孟堅，史家開山，實爲于古文章大宗，故古人論文，以西漢爲最，此如康莊衢路，不可不由者，班馬而下蔚宗之，博瞻三國五代之謹嚴，六朝南北之名雋，《唐書》之鍊密，《宋史》之繁富，亦各有所長，獨《元史》蕪穢耳，然皆足以識治亂明，是非辨人才，知學術于文章，實有裨益至于以史証經。」從中可知，經史關係密切，本爲一家，蘇洵以「道法爲經，事詞爲史」主張，不單是深入經學中心，更能深發史學內涵，不只是「以史證經」，也能「以經證史」。

五、論史書得失及寫作

（一）史書得失

　　蘇洵論歷史著作主要在〈史論下〉〔註81〕篇中，前四史的作者：司馬遷《史記》、班固《漢書》、范曄《後漢書》、陳壽《三國志》，都成爲蘇洵筆下的討論範圍，蘇洵在批評前會以「先褒後貶」法，並舉例該書重點式缺失，以表明蘇洵對此書的評斷：

1. 司馬遷《史記》優點在：「遷之辭淳健簡直，足稱一家。」但在缺點卻有二處：第一是：「而乃獵取六經、傳、記，雜於期間，以破碎汨亂其禮。」引用太多上古經典的內容。第二是：「太史公遭李陵之禍，是與父無異稱也。」指出司馬遷和其父親司馬談，在尊稱上沒有分別，容易造成讀者混亂，不知是父或子所撰寫。

〔註79〕〔宋〕蘇洵：〈史論上〉，見《嘉祐集箋注》，頁229。
〔註80〕〔清〕楊繩武：《論文四則》，《叢書集成續編・199冊》（臺北：新文豐，1989年6月），頁710。
〔註81〕〔宋〕蘇洵：〈史論下〉，見《嘉祐集箋注》，頁237。

2. 班固《漢書》缺失：蘇洵說：「固贊漢自創業至麟趾之間，襲蹈遷論以足其書者過半。」班固犯下嚴重的抄襲《史記》問題。第二在寫人物時沒有：「且褒賢貶不肖，誠已意也，盡已意而已。」為寫作標準，在如寫作司馬遷、揚雄等人說：「皆取其〈自敘〉，屑屑然曲記其世系，故於他載，豈若是之備哉？」指責班固寫作人物上抄襲司馬遷過多，不敢勇於發表新見解的疏漏。

3. 范曄《後漢書》：蘇洵仍表示不滿之情。第一是列傳人物缺失，具體羅列舉出：「若〈酷吏〉、〈宦者〉、〈列女〉、〈獨行〉，多失其人。」許多人物的「是非功過」與以前史書的評定，做了巨幅度的變化，如：「董宣以忠義縶之〈酷吏〉，鄭眾、呂強以廉直縶之〈宦者〉，蔡琰以忍恥妻胡，縶之〈列女〉，李善、王忳以深仁厚義，縶之〈獨行〉。」會讓後代讀者有所懷疑，兩者為何有截然不同的差異。第二項為：「是非頗與聖人異。」把竇武、何進、張騫、班勇等人功過，違背前人對他們的認定。

4. 陳壽《三國志》也有重大之缺失：蘇洵批陳壽：「紀魏而傳吳、蜀。」是與實際情況不相符處，原因在：「三國鼎立稱帝，魏之不能有吳、蜀，猶吳、蜀不能有魏也。」同樣在體例上發生問題。

（二）史書寫作

　　蘇洵對於史書的「寫作方法」，在〈史論中〉〔註82〕篇提出深入見解，也就是蘇洵觀察《史記》和《漢書》間所得，分別是：「隱而章、直而覺、簡而明、微而切」四法，此四法的長久不傳於世間，造成後世的史學家不知史之所由，沒有得到「史書」的寫作方法。以下為四法說明：

　　第一法就是「隱而章」：就是把「功多過少」的人，忽略此種人小過失，將此小過失放在他傳，以免影響此種人的價值，舉以廉頗（？～？）、酈食其（？～前204）、周勃（？～前169）、董仲舒（前179～前104）為例子，在本傳中都書寫人物優點，他傳中才略為紀錄缺陷處，為何要用這種方法。他云：

　　　　苟列一以疵十，後之庸人必曰：「智如廉頗，辯如酈食其，忠如周勃，賢如董仲舒，而十功不能贖一過，則將苦其難而怠矣。」是故本傳晦之，而他傳發之。則其與善也，不亦隱而章乎？〔註83〕

〔註82〕〔宋〕蘇洵：〈史論中〉，見《嘉祐集箋注》，頁232。
〔註83〕〔宋〕蘇洵：〈史論中〉，見《嘉祐集箋注》，頁232～233。

不管此人之功過大小如何，只要是有一點功勞的事跡，就要在「本傳」中揚善，至於不好之處，用「隱惡法」放在「他傳」出現。此「揚善隱惡」的寫法，不會因爲一個小小的過失，抵銷掉原來建功立業的功勞，讓善人變成不善之人。

第二法就是「直而寬」：直而寬與隱而章之義剛好相反，對象變成「功小過大」之人，此種人雖有過大於功，但是小功上仍不能抹滅，並舉出蘇秦（～前284）、北宮伯子、張湯等人爲例：

> 苟舉十以廢一，後之凶人必曰：「蘇秦、北宮伯子、張湯、酷吏，雖有善不錄矣，吾復何望哉？是窒其自新之路，而堅其肆惡之志也。
> 故於傳詳之，於論於贊復明之。則其懲惡也，不亦直而寬乎？〔註84〕

有過錯之人也是有善良一端，在「贊」保存下善良的好紀錄，「傳」也要紀錄下眞實的全部，以期待後世惡人有悔改機會。直而寬法展現出「待人寬厚」的精神，本來是作惡犯奸之人，也有保留他們改過自新的道路。

第三法是「簡而明」：就是明「華夷之分」。蘇洵舉《史記》〈十二諸侯年表〉中，實際上有十三國，卻寫作十二諸侯年表，原因是沒有記載到吳國，因爲吳國不屬於中原正統，但是以前和中原曾有接觸過而保留。至於「越國」則屬於夷狄，從來沒有參加過「華夏聚會」，接受華夏文化洗禮，故可以全然排除在外。爲何要在史書上捨棄越國，他說：「將使後之人君觀之曰：『不知中國禮樂，雖勾踐之賢，猶不免乎絕與棄。則其賤夷狄也，不亦簡而明乎！』」〔註85〕簡而明才能保持著華夏文化正統，使外族也能樂於接受中國禮樂喜禮，是寫作史書者不可不注意之處。

第四法是「微而切」：舉出班固《漢書》王侯表體例，王子侯目分「號諡名」、「號諡姓名」兩目，因爲後者是王莽僞褒宗世而封，不具有正統合法性，爲何要有兩種區隔？蘇洵言：「將使後之人君觀之曰：『權歸於臣，雖同姓不能有名器，誠不可假人矣。則其防僭也，不亦微而切乎？』」〔註86〕由正統冊封和非正統冊封有別，對於竊位行爲要有特別記載，就是讓後代知道「國家名器」不能被濫用，縱使冊封同姓王也要有不同。防止外族的僭越禮法，讓後世讀者混淆不清。至於爲何要推廣四法，蘇洵有著很清楚交代說：

〔註84〕〔宋〕蘇洵：〈史論中〉，見《嘉祐集箋注》，頁233。
〔註85〕〔宋〕蘇洵：〈史論中〉，見《嘉祐集箋注》，頁234。
〔註86〕〔宋〕蘇洵：〈史論中〉，見《嘉祐集箋注》，頁233。

噫！隱而章，則後人樂得爲善之利；直而寬，則後人知有悔過之漸；
簡而明，則人君知中國禮樂之爲貴；微而切，則人君知強臣專制之
爲患。用力寡而成功博，其能爲《春秋》繼，而使後之史無及焉者，
以是夫。〔註87〕

這四種方法就是史書不傳的義法，每一點都代表史書中的用心處。「隱而章」
使後人能樂於行善，「直而寬」期待人有悔過的契機，「簡而明」知曉中國的
禮樂可貴處，「微而切」防止君王大權旁落。所以，寫史者若無法運用四種要
點，不知四法大要來寫作史書，將不是一部優良的史書。

六、論史學觀點及主張

（一）史學觀點

蘇洵對於史學問題之重視，展現在他在對史學人才的感慨，他在〈史論
引〉言：「史之難其人久矣。魏晉宋齊梁隋間，觀其文則亦固當然也。所可怪
者，唐三百年，文章非三代兩漢無敵，史之才宜有如丘明、遷、固輩，而卒
無一人可與范曄、陳壽比肩。」〔註88〕史學「人才不足」是造成史書委靡不
振的主因，在四史之後的史學家，卻沒有一個人能和前賢相互較量，是令蘇
洵替學界感到不足之處。

蘇洵對於史學的不滿，提出史學許多建議和實際方法，認爲史學是「憂
患意識」的產物。《史論上》開頭說：「史何爲而作乎？其有憂也。何憂乎？
憂小人也？憂小人之作也。何由知之？以其名知之。」憂患意識的對象是「小
人」，蘇洵舉出史書中例子：「楚之史曰檮杌。檮杌四兇之一也。君子不待褒
而勸，不待貶而懲；然則史之所貶勸者小人也。」史學立意作用以「懲戒小
人」專用，防範小人作怪亂國。

接著蘇洵把史學與經學來比較，以爲史與經是「相互補充」之關係，「經」
是行爲處事的法度，「史」是行爲的記載，兩者互爲而成。在史學之道法內涵
上，以《史記》、《漢書》兩本巨擘爲舉例，藏有前人所不傳的祕法，爲「隱
而章、直而覺、簡而明、微而切」，此是長久以來所不知的奧義。從史學的人
才缺乏，史經互爲表裏關係，加上史學義法等，蘇洵一系列提出完整史學與
史法觀點。

〔註87〕〔宋〕蘇洵：〈史論中〉，見《嘉祐集箋注》，頁234。
〔註88〕〔宋〕蘇洵：〈史論引〉，見《嘉祐集箋注》，頁227。

（二）史學主張

〈議修禮書狀〉文類歸屬在書牘體文章，但本文內容與史書有很大關係，故將該文附在此處，以求其完整之史學主張。本文是蘇洵奉旨修建禮書時，遇到同僚建議上級長官，對於祖先行為不當處要全然刪去，此舉引發蘇洵的不滿與異議。蘇洵表示：

> 然則洵等所編者，是史書之類也。遇事而記之，不擇善惡，詳其曲折，而使後世得知而善惡自著者，是史之體也。若夫存其善者，而去其不善，則是制作之事，而非職之所及也。〔註89〕

這段話代表蘇洵史學精神，在著史和修禮書的態度一樣，能夠反映出當時「實際」的情況，不管人物的善與不善，都要予以「實錄記載」，方始後代子孫知曉善惡。雖然「留善除惡」的對象是祖先，還是要一五一十清楚記載。他又說：

> 今先世之所行，雖小有不善者，猶與《春秋》之所書甚遠，而悉使洵等隱晦而不書，如此，將此後世不知其淺深，徒見當時之臣子至於隱諱而不言，以為有所大不可言者，則無乃欲益而返損歟？〔註90〕

先祖的小過和《春秋》中的大過差距甚遠，不記載先祖的小過，將會使後代人誤認為有「大過」而不敢記載，扭曲「為祖先隱晦」的立意，反而得不償失。故此，不如「實錄記載」為優。「實錄記載」才是真正為史之道，又舉出例子說：

> 《公羊》之說滅紀滅項，皆所以為賢者諱，然其所謂諱者，非不書也，書而迂曲其文耳。然則其實猶不沒也。其實猶不沒，非以彰其過也，以見其過之止於此也。今無故乃取先世之事而沒之，此大不便者也。班固作《漢志》，凡漢之事，悉載而無所擇。〔註91〕

蘇洵引用《公羊傳》、《漢書》的例子為證，「實錄記載」使得過錯有限，後世人會留意以防止，「刻意隱藏」則會無止盡加大，讓人對先祖有所懷疑揣測。就如〈譽妃論〉中的記載一樣，把先祖的母親記載是神話下的產物，使蘇洵心生不滿之情。他說：

> 燕墮卵於前，取而吞之，簡狄其喪心乎！巨人之跡隱然在地，走而避之且不暇，忻然踐之，何姜原之不自愛也？又謂行浴出野而遇之，是以簡狄、姜原為婬泆無法度之甚者。〔註92〕

〔註89〕 〔宋〕蘇洵：〈議修禮書狀〉，見《嘉祐集箋注》，頁434。

〔註90〕 〔宋〕蘇洵：〈議修禮書狀〉，見《嘉祐集箋注》，頁434。

〔註91〕 〔宋〕蘇洵：〈議修禮書狀〉，見《嘉祐集箋注》，頁434。

〔註92〕 〔宋〕蘇洵：〈譽妃論〉，見《嘉祐集箋注》，頁257。

沒有實錄的精神與誇張的情節，都不符合蘇洵「實錄」主張。從中得出，蘇洵本於史是「憂小人」而爲，小人就是害怕史書將來會留下紀錄，因此就達到史書的「預防懲誡」目的，至於祖先也是基於此理，有了「小過小失」被留下，讓後世不會懷疑歷史的眞假性，更增加史書之「警惕效果」。

蘇洵史論文，喜歡議論歷史人物及事件，尤其是討論和軍事有關問題，並專長以人物的最終功過得失，作爲事後批評或讚美取向。但有時也會用以反駁方式，推翻前人的觀點，顯示出個人見解的獨到觀點。蘇洵論歷史時，也注意到經書、史書間關係，把兩者看似無關聯的兩類，密切的聯繫起來，發掘出經史兩者是互爲補充的特性。至於史學觀點認爲，史學是用懲戒小人的產物，用來防範小人的興風作浪，在有史書的實際記載後，小人就不敢爲非作歹，懼怕被史書留下一筆。在史學主張是實錄精神，堅持把眞實的發生事情，一筆筆記載到文獻中，不要因害怕壓力而隨意竄改史料及史實。同時，蘇洵具體舉例批評四史上缺失，並提出史學的寫作方法，以供後人借鏡及參考。總之，蘇洵史論文不僅單單批評歷史人物功過，提出軍事建議主張而已，蘇洵是試圖建立一套史學的思想觀點，希望後代學者能依此建議改進，以解決蘇洵感嘆歷史人才不足的缺憾。

第三節　經論類古文

蘇洵《嘉祐集》中，有六篇專門探討經學的古文〈易論〉、〈禮論〉、〈樂論〉、〈詩論〉、〈書論〉、〈春秋論〉，簡稱爲《六經論》。蘇洵以自己獨到的觀點，重新解釋六經的內涵與意義，發掘出前人未有對六經的認識。在六經論上〈易論〉、〈禮論〉、〈樂論〉、〈詩論〉四篇視爲系統性文章，探討《禮》是由《易》、《樂》、《詩》三者相輔而成，維持《禮》的執行而運作不廢，至於〈書論〉研析風俗演化和聖人關係，〈春秋論〉則進入《春秋》中賞罰、褒貶大義之核心處，勾勒出孔子作《春秋》的用心。

六經論若照文章篇目而言，並非是專門經學之訓詁、解經之說，應是屬義理之學。以夏傳才解釋之義理學，則是：「根據自己的思想見解撰寫論文，或闡發自己的心得，或評述諸經內容，或專題提出某種哲學的社會的和政治的主張。這些論文大都採用義、記、論、說等名目⋯⋯至於論：就是分析和說明某一事理⋯⋯都撇開經義發揮自己的哲學思想和政治思想，已經突破了經學圈子。」從中有初步認識，蘇洵六經論已非經學之本質內，或爲超越了

經學框架，將六經義涵充分的擴大發揮。

一、重解五經之內涵

　　經學是中國學術間古老的學問，什麼是經？夏傳才《十三經講座》以為：「經是萬世不變的永恆真理，它放之四海而皆准，天地間無往而不通。就是「經」是永恆不變的真理，時至於今，經學的面貌有所改變，沒有往昔的巨大使命責任，現在談的「經」，是恢復它的本來面目，指的是古代儒家的幾部重要書籍。」〔註93〕而研討「經」的一門特殊學問稱為經學，李威熊教授《中國經學發展史論》〔註94〕說：

> 所謂經學，是指易、書、詩……等羣經之學的簡稱；凡成系統，有
> 條貫之學術，即皆謂之學，因此，把諸經看成一種學問，作系統研
> 究，如經學的名物訓詁，或剖析其義理，或探討羣經源流發展歷史，
> 以及經學上種種問題的研究等，都包括在經學的範疇。

故經學內容廣大無邊，有觸及經學問題都為經學，所以《六經論》亦包含在內。再者，古代重要的儒家典籍是經書，即《詩》、《書》、《禮》、《樂》、《易》、《春秋》。蘇洵的六經論中皆有加以討論，就連已亡佚的《樂》也在內。〔註95〕

　　若以五經書上的本質，王靜芝教授言：「《易》裡面所記載的，其實不過人類生活於宇宙之間的生活體驗……《書》就是從堯到秦穆公時的史書……《詩》所以藉之可以見到當時國家社會各種現象，從此可以察其得失，而獲得啟示。……《禮》就是『人類的行為規範』……《春秋》本就

〔註93〕夏傳才：《十三經講座》（桂林：廣西師範大學，2006年10月），頁22。
〔註94〕李威熊：《中國經學發展史論（上）》（臺北：文史哲，1988年12月），頁3。
〔註95〕夏傳才：《十三經講座》（桂林：廣西師範大學，2006年10月），頁11。以為《樂》的消失原因是：「即由於秦代的嚴禁，《樂》因不易口耳相傳而失傳，這是一個方面的原因；另一方面還有西漢的歷史條件和《樂》本身的原因。……人們評論說聽古樂想睡覺，聽新樂不知倦。古樂莊重平板，而且又必須有相當規模的樂隊，還要使用古老笨重的樂器，不如新樂活潑感人，演奏方便，所以在戰國時期古樂已經落後過時，傳習者逐漸減少。秦代焚書是儒經流傳的一大厄運，其中《樂》流傳的困難尤大……西漢統治階級「獨尊儒術」，是為發展和鞏固新興地主階級統一的封建專制國家服務的，在六經中的《詩》、《書》、《禮》、《易》、《春秋》五經，都可通過訓詁和義疏的重新解釋，發展改造為適用的上層建築，而樂譜沒有改造利用的可能與必要，因此無需費力收集整理，所以除了保存一部份殘文，內容和形式都已經落後過時的樂譜，就任憑它們自然淘汰了。」

是古代的歷史，孔子據魯史《春秋》，自寫一部《春秋》。」〔註 96〕此應是原始的五經面貌，沒有其他特殊色彩。若照六經表達內容的方式，自莊子、司馬遷、班固等各有其解釋〔註 97〕。總歸而出，對於六經（五經）之表達方式，胡楚生教授說：「《詩》是「借詩明義」，《書》是「借史明義」，《禮》是「借儀明義」，《易》是「借象明義」，《春秋》是「借事明義」，六經表達出孔子宣教之大義。」〔註 98〕

　　到了蘇洵論六經時，除了〈春秋論〉較忠於本色外，受到歷來學者的稱揚，餘者都或多或少，有重新解讀六經的本質，在對於六經內容表達方式中，都發生不同的變化，自立成為是「蘇門經學」一派。蘇洵探討下的六經，特別著重在六經的產生方式及人情關係討論，並多多著眼在聖人用「機權」上。故茅順甫評蘇洵言：「蘇氏父子於經術甚疎，故論六經處，大都渺茫不根，特其行文縱橫，往往空中布景，絕處逢生，令有淩雲御風之態。」〔註 99〕說明蘇氏論經是有不純正的特性。

　　蘇洵在〈禮論〉以為，禮是聖人所創造制定出來的儀式法則，用來區分貴、賤、尊、卑、老、少之分別，維持著社會上的倫理秩序安定性。〈易論〉則在輔助禮之中而生，一種神祕不可窺測的天機，所以是：「探之茫茫，索之冥冥，童而習之，白首不得其原。」俾使人能尊守禮而行。〈樂論〉以正樂入乎耳，在人民不守禮，要逾越法紀時，以音樂去感化及撼動人民之心，同樣是助禮施行的良方。〈詩論〉中以詩能排解人的怨忿之情，因而聖人有詩的產生，成為紓解民情的排解管道，維繫禮的作用於不壞。至於〈書論〉則以上古夏、商、周三代的歷史記載，發現人情風俗的劇烈變動，證明人心民情是日益趨薄，難以復返，聖人應當操控風俗之變，帶動人心的走向。

〔註 96〕王靜芝：〈經書本質略窺〉，收錄《王靜芝學術論文集（上）》（臺北：輔仁大學，2003 年 5 月），頁 49～52。
〔註 97〕見錢穆：《莊子纂箋》（臺北：東大圖書，2004 年 5 月 5 版），頁 275，〈天下〉篇：「《詩》以道志，《書》以道事，《樂》以道和，《易》以道陰陽，《春秋》以道名分。」〔日〕瀧川龜太郎：《史記會注考證》（臺北：萬卷樓，1996 年10 月），頁 1369，〈太史公自序〉言：「《禮》以節人，《樂》以發和，《書》以道事，《詩》以達意，《易》以道化，《春秋》以道義。」〔漢〕班固撰、〔唐〕顏師古注《漢書》（臺北：宏業書局，1996 年 3 月再版）頁 438，〈藝文志〉言：「《樂》以和神，仁之表也；《詩》以正言，義之用也；《禮》以明體，明者著見，故無訓也；《書》以廣德，知之術也；《春秋》以斷事，信之符也。五者，蓋五常之道，相須而備，而《易》為之原。」
〔註 98〕胡楚生：《經學研究論集》（臺北：臺灣學生書局，2002 年 11 月），頁 479。
〔註 99〕吳闓生：《吳評本古文辭類纂》（臺北：中華書局，1971 年），頁 66。

二、禮由《易》、《樂》、《詩》輔助

蘇洵之六經論中，闡述禮的重要價值，爲維持禮的運行不廢，於是又有《易》、《樂》、《詩》三者來協助。蘇洵將禮特別看重，成爲群經的領導地位，讓原本看似與禮不相干的《易》、《樂》、《詩》，四者能合而爲一。禮是什麼的東西，《十三經講座》言：

> 「禮」是指我國奴隸社會和封建社會的等級制度以及與此相適應的
> 一整套禮節儀式。「禮」的起源早在奴隸社會之前。在原始氏族社會
> 時期，在人們共同的生活中經過長久的歷史過程，由於風俗習慣而
> 形成某些大家共同遵守的禮節儀式，便是最早的禮儀。〔註100〕

由此可知，禮是古代流傳的風俗習慣，漸漸被百姓所遵守而成禮儀。但是，蘇洵在解釋禮時，當成是聖人創造出來的機權產物，是用來控制社會的風俗變化，以達到聖人教化與統治國家的目的。他說：

> 夫人之情，安於其所常爲，無故而變其俗，則其勢必不從。聖人之
> 始作禮也，不因其勢之危亡困辱之者以厭服其心，而徒欲使之輕去
> 其舊，而樂就吾法。不能也。〔註101〕

因此，聖人要去改變一般人所習慣的風俗，強制約束人民去遵照新禮儀，是件非常困難的事情，就以「人性的危亡困辱」作爲禮核心基礎。他說：

> 故無故而使之事君，無故而使之事父，無故而使之事兄；彼其初，
> 非如今之人知君父兄之不事則不可也，而遂翻然以從我者，吾以恥
> 厭服其心也。〔註102〕

禮之目的，是讓百姓能夠事父、事君、事兄，維持著禮法的運作制度。在危亡困辱之中，使人心具備著「知恥」本性，牢記聖人的教訓，方有長幼尊卑的秩序差別。不僅於此，聖人還要當成禮的示範者。他說：

> 古之聖人將欲以禮法治天下之民，故先自治其身，使天下皆信其言。
> 曰：此人也，其言如是，是必不可不如是也。故聖人曰：天下有不
> 拜其君父兄者，吾不與之齒。而使天下之人亦曰：彼將不與我齒也！
> 於是相率以拜其君父兄，以求齒於聖人。〔註103〕

〔註100〕夏傳才：《十三經講座》（桂林：廣西師範大學，2006年10月），頁205。
〔註101〕〔宋〕蘇洵：〈禮論〉，見《嘉祐集箋注》，頁147。
〔註102〕〔宋〕蘇洵：〈禮論〉，見《嘉祐集箋注》，頁148。
〔註103〕〔宋〕蘇洵：〈禮論〉，見《嘉祐集箋注》，頁148。

聖人要「身先士卒」作爲尊行禮法之表帥，讓百姓以聖人的所作所爲，當成
至高無上的學習榜樣。蘇洵論禮，由禮原本是古代的禮節紀錄書籍，禮是古
代風俗下演變禮則，解釋成另類的面貌，成爲聖人要操控運行的工具。所以
蘇洵說：

> 今之匹夫匹婦，莫不知拜其君父兄。乃曰：拜起坐立，禮之末也。
> 不知聖人其始之教民拜起坐立，如此之勞也。此聖人之所慮，而作
> 《易》以神其教也。〔註104〕

蘇洵認爲禮的外在形式，是起、立、拜、坐等動作表現。眞正禮所要教導的
內涵，是要求民眾知曉「長幼貴賤」的倫理秩序。這是蘇洵論禮，見人所不
見之處。但單純一個禮，仍不足以維持聖人立禮的用心，於是聖人再創造出
《易》以維持禮。他說：

> 聖人之道，得禮而信，得《易》而尊。信之而不可廢，尊之而不敢
> 廢，故聖人之道所以不廢者，禮爲之明而《易》爲之幽也。〔註105〕

禮和《易》兩者似乎毫不相干，但是蘇洵卻將兩者給聯繫，使得禮、《易》間
有密切的關係存在。因爲聖人推行禮，人民容易信服接受，若能順勢再推行
《易》，則使禮更會受到尊崇。〈易論〉說：

> 明則易達，易達則褻，褻則易廢。聖人懼其道之廢，而天下復於亂
> 也，然後作《易》。〔註106〕

聖人創造《易》的原因在於，禮是在外在儀式表現，日久終究會廢弛，百姓
不再如初期般信服禮，聖人預料國家社會秩序，在不久後會發生混亂。此時，
就需要《易》來維持禮。他云：

> 凡人之所以見信者，以其中無所不可測者也。人之所以獲尊者，其
> 中有所不可窺者也。是以禮無所不可測，而《易》有所不可窺，故
> 天下之人信聖人之道而尊之。〔註107〕

禮儀有固定的遵守模式，一規一矩使人民清楚，太過清楚會有弊端在，所以
加上《易》的神祕莫測感，來使人民都能尊服聖人的禮教。他說：「聖人不因
天下之至神，則無所施其教」。在「禮爲明」而「易爲幽」，人民自然不敢對
禮有所懷疑，禮儀自然就能維持住。

〔註104〕〔宋〕蘇洵：〈禮論〉，見《嘉祐集箋注》，頁149。
〔註105〕〔宋〕蘇洵：〈易論〉，見《嘉祐集箋注》，頁142。
〔註106〕〔宋〕蘇洵：〈易論〉，見《嘉祐集箋注》，頁143。
〔註107〕〔宋〕蘇洵：〈易論〉，見《嘉祐集箋注》，頁143。

　　禮儀要長久性的維持住，是件難以達成的艱鉅任務。他說：「禮之始作也，難而易行，既行也，易而難久。」施行和維持都是不易之事。蘇洵認為，禮在施行初期時，人人遵從無疑，但是隨著時日轉變後，就有不同之情景出現。他說：

> 雖然，百人從之，一人不從，則其勢不得遽至乎死。天下之人，不知其初之無禮而死，而見其今之無禮而不至乎死也，則聖人欺我。
> 〔註108〕

後世有人觸犯禮法時，沒有受到該有的處罰，依舊安然無恙之時，則禮法將難以長久維持住。於是，蘇洵指出聖人提出的《樂》來輔助禮，因為樂有神奇感人的魔力，同樣有扶助「禮」的功能。他解釋：

> 用莫神於聲，故聖人因聲以為樂。為之君臣、父子、兄弟者，禮也。禮之所不及，而樂及焉。正聲入乎耳，而人皆有事君、事父、事兄之心，則禮者固吾心之所有也，而聖人之說又何從而不信乎？
> 〔註109〕

因為聲音有神祕的特殊功能，能夠直傳在人們的內心，加以聖人因聲而成樂，讓人民心中能尊守禮法的重要性。禮是種外在形式的規範約束儀式，樂能夠直透到人心深處，故孔子說：「惡鄭聲之亂雅樂也。」注重正樂的重要性，《樂》有維持禮的效用。

　　禮在《易》、《樂》的協助下，仍然不足，於是又有《詩》來輔助。原因同樣是禮出現問題，禮法無法約束到人性，在人的「欲望」是無窮無盡。他說：

> 今也，人之好色與人之是非不平之心勃然而發於中，以為可以博生也，而先以死自處其身，則死生之機固已去矣。死生之機去，則禮為無權。〔註110〕

禮本來期許能完全約束人民，凡事皆能依禮法而行。不過人性難免會有各種慾望及抱怨，是難以全然壓抑不發，與其阻礙民之情，將會造成難以估計的災禍，不如思索兩全其美的方法。故此，聖人找到一個能疏通的管道，容許人民在情慾上發洩。他分析：

〔註108〕〔宋〕蘇洵：〈樂論〉，見《嘉祐集箋注》，頁151。
〔註109〕〔宋〕蘇洵：〈樂論〉，見《嘉祐集箋注》，頁152。
〔註110〕〔宋〕蘇洵：〈詩論〉，見《嘉祐集箋注》，頁155。

故天下觀之，曰聖人固許我以好色，而不尤我之怨吾君父兄也。許我
以好色，不淫可也；不尤我之怨吾君父兄，則彼雖以虐遇我，我明識
而明怨之，使天下明知之，則吾之怨亦得當焉，不叛可也。〔註111〕

有《詩》得以紓解民情，反映出民心趨向，聖人的禮法教化才可以鞏固。正
符合孔子所說：「《詩》可以興，可以觀，可以群，可以怨。」因爲《詩》有
很大的效用，《經學研究論集》言：「世人學習《詩經》，可以啓發人們的感情
意志，可以審察人們的感情意志，可以溝通人們的感情意志，也可以宣洩人
們的感情意志，而達到導正情志的目的。」〔註112〕蘇洵論詩，較爲注重在「群」、
「怨」兩者，把《詩》作爲因禮而生的緩衝管道。

三、以人情解釋六經

蘇洵在論六經時，有著重要的共同特點，就是把六經以人情層面去解
釋。不只是蘇洵一人，連大、小二蘇也都承接此傳統特色。曾棗莊《三蘇全
書》〔註113〕指出：

以人情解釋《六經》，是三蘇父子的共同特點。……蘇洵認爲，貪生
怕死，好逸惡勞，是人之常情，不承認這種人之常情是不現實的，
問題在於如何引導，始知不越軌。這可說是蘇洵《六經論》的中心
思想。

蘇洵論經以人情爲出發點，從〈易論〉、〈禮論〉、〈樂論〉、〈詩論〉、〈書論〉
中，都顯現以人情論述經典。聖人能洞悉人情的好惡，創立出六經來宣揚教
化，所以六經也成爲因人情而生。在《易論》時先談論禮形成的原因，蘇洵
把他追溯到遠古世代。他認爲：

聖人之始作禮也，其說曰：天下無貴賤，無尊卑，無長幼，是人之
相殺無已也。不耕而食鳥獸之肉，不蠶而衣鳥獸之皮，是鳥獸與人
相食無已也。有貴賤，有尊卑，有長幼，則人不相殺。食吾之所耕，
而衣吾之所蠶，則鳥獸與人不相食。〔註114〕

聖人基於人情考量下，制作出禮的規範準則，讓百姓來遵守此制度。而百姓

〔註111〕〔宋〕蘇洵：〈詩論〉，見《嘉祐集箋注》，頁156。
〔註112〕胡楚生：《經學研究論集》（臺北：臺灣學生書局，2002年11初版），頁479
　　　　～480。
〔註113〕曾棗莊、舒大剛主編：《三蘇全書‧第1冊》（北京：語文，2001年11月），
　　　　頁18。
〔註114〕〔宋〕蘇洵：〈易論〉，見《嘉祐集箋注》，頁142～143。

為何會奉行不悖，原因也在求得安定的生活，不用在荒郊野外奔走，冒著九死一生的打獵危險性。蘇洵又把此道理點出：

> 人之好生也甚於逸，而惡死也甚於勞，聖人奪其逸死而與之勞生，
> 此雖三尺豎子知所趨避矣。〔註115〕

聖人洞悉人情的所向，讓人民接受了「勞生」，而放棄掉會有死亡危險的「逸勞」，於是促成了禮法的運行。當然，此禮能夠推廣無礙，是百姓心中「趨勞避死」的先決因素。在〈禮論〉時，聖人以「恥」教化人民，仍然是人情考量。他說：

> 聖人知人之安於逸而苦於勞，故使貴者逸而賤者勞，且又知坐之為逸，而立且拜者之為勞也，故舉其君父兄坐之於上，而使之立且拜於下。明日彼將有怒作於心者，徐而自思之，必曰：此吾嚮之所坐而拜之，且立於其下者也。〔註116〕

凡人情皆有「好逸勿勞」本性，一直遵照聖人教化，難免會心生不滿以反抗，但在聖人以「恥」的教育後，百姓也有自我反省的心理產在，這個知錯的自我反省心，也是百姓「人情」的所在處。到了〈樂論〉時，蘇洵直接點出人情是「貪生怕死」的特點。他說：

> 嗚呼！聖人之所恃以勝天下之勞逸者，獨有死生之說耳。死生之說不信於天下，則勞逸之說將出而勝之。勞逸之說勝，則聖人之權去矣。〔註117〕

死生之說就是以「勞生」，人本性是趨向「逸生」，但在貪生怕死心理，才會選擇「勞生」。但是，日久若「逸生」勝於「勞生」時，禮法就會產生了動搖，所以〈樂論〉言正樂有神奇的動人功效，因人在聽到正樂雅音後，人情就將會有「驅善」的潛移默化效用，同樣又是消彌不滿的內心。蘇洵的「死生之說」、「樂」皆是在人情上著手。在〈詩論〉時，又點出人身上的各種情欲的展現。他云：

> 而人之情又不能皆然，好色之心驅諸其中，是非不平之氣攻諸其外，
> 炎炎而生，不顧利害，趨死而後已。〔註118〕

「好色之心」和「不平之氣」同樣是人情所在，這種人情依然會有破壞禮法

〔註115〕〔宋〕蘇洵：〈易論〉，見《嘉祐集箋注》，頁143。
〔註116〕〔宋〕蘇洵：〈禮論〉，見《嘉祐集箋注》，頁148～149。
〔註117〕〔宋〕蘇洵：〈樂論〉，見《嘉祐集箋注》，頁151。
〔註118〕〔宋〕蘇洵：〈詩論〉，見《嘉祐集箋注》，頁155。

的危險，是不能完全限制。若在完全禁止後，日後會如火山爆發出來，有不可收捨的後果。蘇洵說：

> 今吾告人：必無好色，必無怨而君父兄。彼將遂從吾言而忘其中心
> 所自有之情邪？將不能也。彼既已不能純用吾法，將遂大棄而不顧
> 吾法。〔註119〕

所以，這種不滿之情，要加以宣洩排解，不能夠強力阻擋，這也是以詩來輔禮的原因。從中，可看出蘇洵將人情之地位升高，證明人情是超越禮之上，側重人情的舒解發洩問題。在討論《書》時，蘇洵著眼歷史和人情的走向。他說：

> 人之喜文而惡質與忠也，猶水之不肯避下而就高也。彼其始未嘗文
> 焉，故忠質而不辭；今吾日食之以太牢，而欲使之復茹其菽哉？嗚
> 呼！其後無聖人，其變窮而無所復入，則已矣。〔註120〕

蘇洵以三代時，世俗風氣改變，由「忠」、「質」、「文」一路的發展，證明人情是不斷的變化，如流水似由高往下，終不可倒轉逆流，民情不再如往昔樸實。蘇洵以人情來看待歷史演變，證明《書》是人情變化中最好紀錄，有別於《書》只是記載上古事情的傳統見解。

四、聖人以機權作經

　　蘇洵「六經論」的另一個特色，即為探究六經形成的原因。蘇洵認為經的產生方式，有著聖人以「機權」作經見解。《唐宋文醇》曾說：「彼其觀聖人之經，無往不然則非六經乃六權也」〔註121〕。經不再是儒家教化的典籍，而成為聖人為達成某目的，用於制服或統治人民的方法，六經即是在聖人運用機權，配合著人情的要素，而誕生出來的典籍。以下探討「機權」所在處：

　　首先在〈易論〉上，先前已討論《易》為輔助禮而設，但在背後有著聖人的用心處，不是單純助禮而生，在〈易論〉說：

> 於是因而作《易》以神天下之耳目，而其道遂尊而不廢。此聖人用
> 其機權以持天下之心，而濟其道於不窮也。〔註122〕

《易》本是占卜紀錄的書籍，透過古代智慧，協助人們解決疑難。在這裡蘇洵說《易》的生成是聖人的機巧權謀，全然是輔助禮而產生，此則大異於常

〔註119〕〔宋〕蘇洵：〈詩論〉，見《嘉祐集箋注》，頁155。
〔註120〕〔宋〕蘇洵：〈書論〉，見《嘉祐集箋注》，頁158～159。
〔註121〕清高宗：《唐宋文醇（下）》（臺北：臺灣中華書局，1984年），頁227。
〔註122〕〔宋〕蘇洵：〈易論〉，見《嘉祐集箋注》，頁144。

人對《易》的認識。因為《易》中有機權，可以有：「天下視聖人如神之幽，如天之高，尊其人而其教亦隨而尊。」〔註123〕，使聖人的地位提高到不可窺測，是有利教化的推行。在探究禮的生成原因，前段已數論述用「恥」的內容。他說：

> 於是聖人者又有術焉，以厭服其心，而使之肯拜其君父兄。然則聖
> 人者果何術也？恥之而已。〔註124〕

但「恥」的立意處，仍舊是聖人的機權用心，「恥」是聖人運作下的奧妙權術。蘇洵也說明，制禮背後並不單純。他說：「彼聖人者，必欲天下之拜其君父兄，何也？其微權也。」〔註125〕形式上的各種儀式跪拜，其實是聖人操控的方法。所以，蘇洵反向論述三者的關係：

> 故聖人以其微權而使天下尊其君父兄。而權者，又不可以告人，故
> 先之以恥。〔註126〕

聖人有著凡人不可預測機權，機權的具體方法是「恥」，經由「恥」達成教化人民的目的。聖人要有機有權，而凡人不了解「知恥」心態，是聖人「制經」的機權處。蘇洵在討論《樂》的生成時，依然是秉持此聖人「機權」論調：

> 告語之所不及，必有以陰驅而潛率之。於是觀之天地之間，得其至
> 神之機，而竊之以為樂。〔註127〕

聖人把平淡無常的聲音，譜成了富有教化的正樂，是聖人不可告人的機謀處。所以《樂》也是聖人機權下產物。在〈書論〉，更是說明聖人運用機權，轉變世代風俗的見解。他說：

> 風俗之變，聖人為之也。聖人因風俗之變而用其權。聖人之權用於
> 當世，而風俗之變益甚，以至於不可復反。幸而又有聖人焉，承其
> 後而維之，則天下可以復治；不幸其後無聖人，其變窮而無所復入，
> 則已矣。〔註128〕

〈書論〉中反映出三代風俗的轉變性，聖人能知曉風俗的改變，操作不可告

〔註123〕〔宋〕蘇洵：〈易論〉，見《嘉祐集箋注》，頁148。
〔註124〕〔宋〕蘇洵：〈禮論〉，見《嘉祐集箋注》，頁148。
〔註125〕〔宋〕蘇洵：〈禮論〉，見《嘉祐集箋注》，頁148。
〔註126〕〔宋〕蘇洵：〈禮論〉，見《嘉祐集箋注》，頁149。
〔註127〕〔宋〕蘇洵：〈樂論〉，見《嘉祐集箋注》，頁152。
〔註128〕〔宋〕蘇洵：〈書論〉，見《嘉祐集箋注》，頁158。

人的機謀，源至「一代有一代聖人」的傳承，才能持續引導風俗轉變。聖人背後操作風俗的趨向，他說：「風俗之變而後用其權，權用而風俗成，吾安坐而鎮之。」〔註129〕因此，聖人能配合風俗，用背後不可告人的機權，控制整個社會的趨向性。

五、闡揚《春秋》義涵

〈春秋論〉是蘇洵在六經論中，較不奇特詭異之作品，與上述論五經時呈現出不同風貌。〈春秋論〉專就指討論《春秋》而言，脫去以《禮》為主的範疇，能直指春秋大義，加上嚴密完整的論證法則，不失為儒家談經的論調本色。故歷來所受評價為多，呂留良《晚村先生八家古文精選》〔註130〕言：「老泉六經論，唯春秋差純正博大，疊山極稱之。然視其他篇較少嶔崎峭之致。」並以為〈春秋論〉為學文時的典範，以下探求〈春秋論〉義涵：

（一）指出春秋之大義所在

《春秋》在歷代的諸賢認定：「《莊子》：『春秋道名分』，《史記》：『春秋道義』，《漢書》：『春秋斷事』」等〔註131〕，分別由各種不同的角度，說明《春秋》一書之價值內容。蘇洵〈春秋論〉則明指春秋之大義：

> 而《春秋》賞人之功，赦人之罪，去人之族，絕人之國，貶人之爵，
> 諸侯而或書其名，大夫而或書其字，不惟其法，惟其意；不徒曰此
> 是此非，而賞罰加焉。〔註132〕

這個大義是為春秋筆法，一字以褒貶，春秋筆法是：「通過敘述歷史，而為現實政治服務，在對歷史人物和史事的褒貶中，寄寓作者的政治理想，采善貶惡，明辨是非，秉筆直書，愛憎分明」〔註133〕。其中《春秋》中「一字褒貶」來代替賞罰的思想，是為《春秋》的核心價值。葉國良、夏長樸、李隆獻著《經學通論》〔註134〕，解釋春秋的微言大義，具體表現在：「一、明辨是非，確立禮儀。二、褒貶善惡，不畏強權。三、端正名分，尊王攘夷。

〔註129〕〔宋〕蘇洵：〈書論〉，見《嘉祐集箋注》，頁160。

〔註130〕高海夫主編：《唐宋八大家文鈔校註集評‧老泉文鈔》（西安：三秦，1998年9月），頁4297。

〔註131〕胡楚生：《經學研究論集》（臺北：臺灣學生書局，2002年11月），頁474。

〔註132〕〔宋〕蘇洵：〈春秋論〉，見《嘉祐集箋注》，頁162～163。

〔註133〕夏傳才：《十三經講座》（桂林：廣西師範大學，2006年10月），頁242。

〔註134〕葉國良、夏長樸、李隆獻：《經學通論》（臺北：大安出版社，2005年8月），頁224～229。

四、撥亂反正，治人治國。」更加說明《春秋》一書的特長，春秋筆法只是其中一點。至於孔子爲何作《春秋》，在《孟子》中說：「世衰道微，邪說暴行有作，臣弒其君者有之，子弒其父者有之，孔子懼，作《春秋》。《春秋》，天子之事也，是故孔子曰：知我者，其惟《春秋》乎！罪我者其惟《春秋》乎！」〔註135〕而蘇洵〈春秋論〉則云：

> 賞罰人者，天子、諸侯事也。夫子病天下之諸侯、大夫僭天子、諸侯之事而作。〔註136〕

蘇洵可謂延續孟子之說法，在那個社會價值極爲混亂的時代，孔子因爲要端正人心，建立社會之秩序，故有《春秋》一書產生，以作爲事物的辨正法則與是非標準。《史記》說：「《春秋》辨是非，故長於治人。」所以人之不法，是當時很大的問題，孔子在政治上無法解決，只有著作《春秋》來褒貶善惡，所以有著「孔子成《春秋》而亂臣賊子懼。」〔註137〕的效果，以《春秋》來代替實際的賞罰。

（二）以魯國來代替天子賞罰

《春秋》若以單純的層面來看，是以魯國爲主要觀點，記載春秋時代發生史事的歷史書籍。可是《春秋》非僅限傳統史書，是被孔子給別賦新義，產生極爲高尚的任務在。蘇洵認爲，《春秋》本爲孔子所作史書，但是在執行賞罰大義後，此書已被提升層級。他解釋：

> 然則，何足以爲夫子？何足以爲《春秋》？曰：夫子之作《春秋》也，非曰孔氏之書也，又非曰我作之也。賞罰之權不以自與也。曰：此魯之書也，魯作之也。有善而賞之，魯賞之也，有惡而罰之，魯罰之也。〔註138〕

後世人以爲，執行賞罰是孔子的事，由孔子來做爲定奪標準。然而，蘇洵揭示孔子藉以魯國名義，代替天子進行賞罰。至於蘇洵爲何有此說，簡言之，因爲魯國曾是周天子後嗣，在「孔子、魯國、周天子」三者間，有著濃厚密切的體系關係在。

〔註135〕〔宋〕朱熹：《四書章句集注》（北京：中華書局，1983 年 10 月），《孟子・滕文公章句下》，頁 272。

〔註136〕〔宋〕蘇洵：〈春秋論〉，見《嘉祐集箋注》，頁 163。

〔註137〕〔宋〕朱熹：《四書章句集注》（北京：中華書局，1983 年 10 月），《孟子・滕文公章句下》，頁 273。

〔註138〕〔宋〕蘇洵：〈春秋論〉，見《嘉祐集箋注》，頁 163。

（三）孔子《春秋》借魯國以代替周天子

　　孔子把賞罰之權歸屬魯國，其原因在於魯國正統性，並舉出周公曾假周天子之權，來輔助年幼周成王攝政爲例子，以確保周王朝的政權延續。他說：

> 魯，周公之國也，居魯之地者，宜如周公不得已而假天子之權以賞
> 罰天下，以尊周室，故以天子之權與之也。〔註139〕

因此，能行使賞罰大權的職責，就應該歸由「魯國」來執行，不宜輕易旁落在他人之手，就連孔子也不敢自居，只有「魯國」位居合法正統性，可以名正言順取得此大權。如同周公代替周王朝行使賞罰，魯國則要先效法周公的行爲，身先士卒成爲各國的學習榜樣。接著，蘇洵討論爲何要權歸魯國，不給齊桓公、晉文公的原因。他說：

> 有周公之心，而後可以行桓文之事，此其所以不與齊、晉而與魯
> 也。夫子亦知魯君之才不足以行周公之事矣，顧其心以爲今之天
> 下無周公，故至此。是故以天子之權與其子孫，所以見思周公之
> 意也。〔註140〕

因爲齊桓公、晉文公兩君居心叵測，不以匡復周王朝爲職志，尊崇在中央的周天子，反而千方百計來稱霸天下，展現出驕橫的霸權心態。故不宜再賦予兩國「賞罰」權力，否則中央會有被取代的危險。權力給予魯王並非看重才能，在於魯王爲周公後世正統性質。所以蘇洵明確性指出：

> 吾觀《春秋》之法，皆周公之法，而又詳內而略外，此其意欲魯法
> 周公之所爲，且先自治而後治人也明矣。〔註141〕

孔子希望魯國及魯君，能依照周公傳承法制，成爲各國之間的典範，爲亂世之中樹立標準。由此也看出孔子、魯國、周天子三者間關係性，孔子著《春秋》假魯國名號進行賞罰，原因在魯國曾是周天子的舊國，而周天子是代表中央正統性。所以，《春秋》中魯國賞罰，也等同是中央周天子的賞罰，只是當時中央權力不振，淪由魯國來代替周天子賞罰。

（四）鞏固天子之權

　　蘇洵十分看重天子之權位，認爲天子之權不宜輕易旁落，在天下有君的統一時期，禁止用「春秋之名」的書籍產生，若有此類之書，將會有許多問

〔註139〕〔宋〕蘇洵：〈春秋論〉，見《嘉祐集箋注》，頁164。
〔註140〕〔宋〕蘇洵：〈春秋論〉，見《嘉祐集箋注》，頁16。
〔註141〕〔宋〕蘇洵：〈春秋論〉，見《嘉祐集箋注》，頁164。

題隨之發生。他說：

> 後之效夫子作《春秋》者，吾惑焉。《春秋》有天子之權。天下有君，
> 則《春秋》不當作；天下無君，則天下之權，吾不知其誰與。天下
> 之人，烏有如周公之後之可與者？與之而不得其人則亂，不與人而
> 自與則僭，不與人、不自與而無所與則散。嗚呼！後之春秋，亂耶，
> 僭耶，散耶！〔註142〕

即使是在亂世時代，賞罰大權需下放時，也要精挑細選代替者，倘若是處理
不善，將會造成「亂、僭、散」的後果。從中可知，蘇洵相當讚揚孔子《春
秋》，因爲孔子作《春秋》時不敢自居，防止被後世人加上「僭位」名稱，以
平民身分進行天子賞罰，故與之周天子舊國的「魯」爲代表。在討論《春秋》
代表人問題，選擇不當人才會混亂。蘇洵認爲，孔子爲亂世中最適當的人才，
故有著能夠「撥亂反正」的責任。最重要是，若無適合「人才」及「代表」
在時代混亂時，承擔《春秋》的賞罰重責，此法就將要散亂不行，人倫秩序
也將要潰敗散亂。是故，蘇洵〈春秋論〉認爲，孔子作《春秋》藉用魯國爲
代表國，魯君爲代表人，假天子大權行使賞罰，是配合的天衣無縫。也唯有
蘇洵能細心察覺，孔子作《春秋》背後蘊藏的大義。

　　總而言之，對於蘇洵六經論的義涵，《唐宋文醇》〔註143〕中有獨到的見
解：「洵爲《六經論》，謂聖人制禮所以強人棄逸，而即勞以尊其君、父、兄，
皆聖人之微權也。恐告語之有所不及，乃爲《樂》以陰驅而潛率之；又恐其
久而易廢也，乃爲《易》以尊其道，使天下探之茫茫，索之冥冥，視聖人如
鬼神之幽而不可測；又恐人之嗜欲好之有甚於生，憤懣怨怒有不顧其死者，
而《禮》之權窮，乃爲《詩》以通人情，謂好色而不淫，怨其君父而不怒，
則亦聖人之所許，所以全天下之中人也。其於《詩》、《書》、《禮》、《樂》所
見如此。……其論《書》也，謂聖人因風俗之變而用其權，聖人之權用於當
世，而風俗之變益甚，武王、周公遂變而不復，反益爲謬論，惟此論〈春秋〉
篇特不詭於道，故錄之。」蘇洵《六經論》中，《唐宋文醇》獨對〈春秋論〉
有很的高贊揚，其餘五經則表示否定態度。

　　從出得知蘇洵論經書，重視在人情的特長，能夠把人情的各種心態變化，
配合成聖人欲達成的治國方法，寫出此種被人稱爲「離經叛道」的文章。因

〔註142〕〔宋〕蘇洵：〈春秋論〉，見《嘉祐集箋注》，頁164～165。
〔註143〕清高宗：《唐宋文醇（下）》（臺北：臺灣中華書局，1984年），頁227。

為聖人深知人情特長，制作出經書協助君王以治國，而人民也在人情考慮後，盤算著自己的安危著想，選擇遵守聖人的經書規範。所以，蘇洵此種見解，能見識到聖人的用心處，姑且不論是否特立獨行，能夠提出這種論點，是非常難人可貴，必定是在熟讀經書後，提出了一套不同以往的見解，讓讀者閱讀後頓然佩服。六經論可啟發後人在寫作文章時，不必限制在傳統舊思維內，要有著不同常人的新穎論點，文章自然能夠自成一家之言。

第四節　書牘類古文

蘇洵「奏議文」為蘇洵寫給朝廷的正式文章，除〈上皇帝書〉在寫時尚未任官職外，其餘三篇是蘇洵任官職後所為。〈上皇帝書〉是蘇洵表示年事已高，不願意再到京師接受朝廷考試，但不肯默默而不言，所以寫出十點國政方針。〈上六家謚法議〉為蘇洵修纂《謚法》，在完成後的報告。〈上韓昭文論山陵書〉反對群臣要厚葬宋仁宗政策。〈議修禮書狀〉表達在修禮書，應該用「據實以錄」的精神。

書信文主要為蘇洵寫給當朝的官員所為：包含韓琦：〈上韓樞密書〉、〈上韓丞相書〉。富弼：〈上富丞相書〉、〈謝相府啟〉。文彥博：〈上文丞相書〉。田況：〈上田樞密書〉。余靖：〈上余青州書〉。歐陽脩：〈上歐陽內翰第一書〉、〈上歐陽內翰第二書〉、〈上歐陽內翰第三書〉、〈上歐陽內翰第四書〉、〈上歐陽內翰第五書〉、〈賀歐陽樞密啟〉。王拱辰：〈上王長安書〉。張方平：〈上張仕郎第一書〉、〈上張仕郎第二書〉、〈上張益州書〉。韓絳：〈上韓舍人書〉。梅聖俞：〈與梅聖俞書〉。雷太簡：〈答雷太簡書〉、〈與雷太簡納拜書〉。吳中復：〈與吳殿院書〉。趙抃：〈謝趙司諫書〉。以上皆是致書當朝官員。只有楊節推：〈與楊節推書〉、孫淑靜：〈與孫淑靜〉兩篇，是朋友及學生間關係。其內容大意在第二章〈蘇洵古分類〉中有提及，此不再多加贅述。以下分析其內容：

一、奏議文

（一）朝政興革建議

1. 任免及考核

（1）去除冗官：蘇洵以為朝廷對待群臣太過寬厚，實施不必要的各項賞賜，並增加官員的編制人數，冗官充斥在國家各個機關，財務缺口將會擴大。

他說：

> 今陛下增秩拜官，動以千計，其人皆以爲己所自致，而不知戮力以
> 報上之恩。至於臨事，誰當效用？此由陛下輕用其爵祿，使天下之
> 士積日持久而得之……雖與之千萬，豈知德其主哉？〔註144〕

由於對臣子過於寵愛，以爲是靠著自己能力得來，就缺乏「報效國家」的情操。此種不良風氣影響到官員，連本來有能力辦事之人，也不願出力爲國解憂，只求任期內平安無事，把「求取高官」當爲第一目標。他說：

> 是以雖有能者，亦無所施，以爲謹守繩墨，足以自取高位。官吏繁
> 多，溢於局外，使陛下皇皇汲汲求以處之，而不暇擇其賢不肖，以
> 病陛下之民，而耗竭大司農之錢穀。〔註145〕

官員編制無限制擴充後，只有再增加國家的預算，百姓又要上繳更多稅金，來奉養「無所事事」的官員，最終傷害無辜老百姓，讓他們的負擔日益加重。故蘇洵提出解決辦法，在舉用人才必定要有「標準」。所以他說：「舉人者當使明著其迹曰：某人廉吏也，嘗有某事以知其廉；某人能吏也。嘗有某事以知其能。雖不必有非常之功，而皆有可紀之狀。」〔註146〕在舉薦任免人才時，負責舉薦與錄用單位，必定要了解「實際事跡或政績」，以建立取用與否的標準，去除冗官。

（2）加強考課：官員進入朝廷任職後，再來就是「官員考課」。並非把官員派用後就完成任務，而是要看「在位時」的成績表現，以作爲升遷與否的標準。他說：

> 蓋天下之官皆有所屬之長，有功有罪，其長皆得以舉刺。如必人人
> 而課之於朝廷，則其長爲將安用。惟其大吏無所屬，而莫爲之長也，
> 則課之所宜加。〔註147〕

蘇洵建議，由直屬「長官」來爲部屬打考績，不用每事皆由「中央朝廷」評定，全權給主管來負起責任。此種論點具有企業管理概念，讓各部門長官分權負責，天子只要掌握幾個人，就能達成垂拱而治目標。此外，蘇洵還建議朝廷設「考課之法」及「考課單位」。他建議：

〔註144〕〔宋〕蘇洵：〈上皇帝書〉，見《嘉祐集箋注》，頁282。
〔註145〕〔宋〕蘇洵：〈上皇帝書〉，見《嘉祐集箋注》，頁282。
〔註146〕〔宋〕蘇洵：〈上皇帝書〉，見《嘉祐集箋注》，頁283。
〔註147〕〔宋〕蘇洵：〈上皇帝書〉，見《嘉祐集箋注》，頁285。

> 臣愚以為可使朝臣議定職司考課之法，而於御史臺別立考課之司。
> 中丞舉其大綱，而屬官之中，選強明者一人，以專治其事。以舉刺
> 多者為上，以舉刺少者為中，以無所舉刺者為下……使職司知有所
> 懲勸。〔註148〕

御史臺不僅要諫爭皇帝過失，還要設立常設的考課單位，猶如今日專門監察與政風機構，負起監察百官的責任。此法可避免百官過度鬆怠，做出許多違法亂紀，背離百姓的施政行為，以防範於未然。

（3）取消任子：宋朝的「任子為官」制度，同樣是形成冗官的要因，在此種「傳子不傳賢」的保障制度，官員的素質勢必會低落無比。因為：「其父兄之資以得大官，而又任其子弟，子將復任其孫，孫又任其子，是不學而得者常無窮也。」〔註149〕正是所謂「一人得道，雞犬升天」，藉著長輩的努力成果，庇蔭子孫的仕途，自然不加愛惜，以為理所當然。他分析：

> 夫所謂任子者，亦猶曰信其父兄而用其子弟云爾。彼其父兄固學而得
> 之也，學者任人，不學者任於人，此易曉也。今之制，苟幸而其官至
> 於可任者，舉使任之，不問其始之何從而得之也。且彼任於人不暇，
> 又安能任人？此猶借資之人，而欲從之句貸，不已難乎？〔註150〕

蘇洵循本溯源討論後，任子制度應當廢除。父兄間的學問或政績，不代表著子孫輩都能繼承。最嚴重是，子孫未必如父兄之賢能，在子子孫孫的傳承下，冗官問題將永無止境，若廢止「任子」制度，則會：「天下之冗官必大衰少，而公卿之後皆奮志為學，不待父兄之資。」〔註151〕

（4）恢復武舉：宋朝長期「重文輕武」的關係，故對於武將不太重視。具有武藝之人無所出路，長間流竄在民間後，將會造成惹事生非的根源。不僅於此，昔日為國家開疆拓土，驍勇善戰的武將，隨著年齡增長而凋零殆盡，所以蘇洵提出「恢復武舉」。蘇洵點出舊時「武舉」的缺失，他指出：

> 且昔之所謂武舉者蓋疎矣，其以弓馬得者，不過挽強引重，市井之
> 粗材；而以策試中者，亦皆記錄章句，區區無用之學……故其所得
> 皆貪汙無行之徒，豪傑之士恥不忍就。〔註152〕

〔註148〕〔宋〕蘇洵：〈上皇帝書〉，見《嘉祐集箋注》，頁285。
〔註149〕〔宋〕蘇洵：〈上皇帝書〉，見《嘉祐集箋注》，頁284。
〔註150〕〔宋〕蘇洵：〈上皇帝書〉，見《嘉祐集箋注》，頁284。
〔註151〕〔宋〕蘇洵：〈上皇帝書〉，見《嘉祐集箋注》，頁284。
〔註152〕〔宋〕蘇洵：〈上皇帝書〉，見《嘉祐集箋注》，頁287。

因為考試時的不得要領，錄取者都是「紙上談兵」或「四肢發達」之輩，即所謂的「貪污無行之徒」，真正是「豪傑之士」反而不願意屈就考試。所以，蘇洵建議恢復武舉，要建立正常的制度，由國家機關尋找人才，並檢討測試的科目及方法，以取得真正堪用的大將。

（5）科舉不足取：蘇洵本身是科舉的失敗者，使得對科舉制度有著深刻認識。蘇洵指出，科舉考試的嚴重弊端，正所謂「十年寒窗無人問，一舉成名天下知」，背後所延伸的種種問題。他認為：

> 人之不可以一日而知也久矣。國家以科舉取人，四方之來者如市，一旦使有司第之，此固非真知其才之高下大小也，特以為姑收之而已。將試之為政，而觀其悠久，則必有大異不然者。〔註153〕

蘇洵以為，以短暫時間的場屋考試，根本測不出人才優劣。考試成績優良，不代表是真是人才。考試成績差，也許是個人才，只是較不會考試。真正堪用人才，是要經歷時間及事物的考驗下而出現，此「一日而知」制度，正是扼殺人才的淵藪。並且，蘇洵討論到經由考試得功名者，以為盡是靠自己努力而來，非是朝廷的厚愛因素。他說：

> 苟非有大功與出羣之才，則不可以輕得其高位。是故天下知有所忌，而不敢覬覦。今五尺童子，斐然皆有意於公卿，得之則不知愧，不得則怨。〔註154〕

上述可為上榜者和落榜者心理寫照。考上者不知感恩朝廷的恩澤厚愛，落榜者怨恨朝廷識人不明，如此使得朝廷「威信」掃地。最後只對專精一日考試者，獲取最大的利益，卻也造成無法收錄真正人才。

2. 國家制度的建議

（1）兩府互相往來：宋朝設有「樞密院」與「中書院」兩機構，分別掌握文、武二權柄，法制上規定兩者不能互相來往，以防止共同勾結營私。但是，蘇洵認為是不信任大臣規定，應當要解禁，他建議：

> 夫兩府與兩制，宜使日夜交於門，以講論當世之務，且以習知其為人，臨事授任，以不失其才。今法不可以相往來，意將以杜其告謁之私也。君臣之道不同，人臣惟自防，人君惟無防之，是以歡欣相接而無間。〔註155〕

〔註153〕〔宋〕蘇洵：〈上皇帝書〉，見《嘉祐集箋注》，頁289。
〔註154〕〔宋〕蘇洵：〈上皇帝書〉，見《嘉祐集箋注》，頁289。
〔註155〕〔宋〕蘇洵：〈上皇帝書〉，見《嘉祐集箋注》，頁288。

開放後讓兩重要機關能互相往來，加強文武機關的橫向聯繫，洞悉兩機關有何人才可舉用。故不用預先假設立場，以爲兩機關會胡作非爲，因爲法條雖強制禁止，卻難以約束私下的各種會見，故不如給予充份授權與信任，若有問題發生時則：「誅一二人，可以使天下奸吏重足而立。」〔註156〕。

（2）取消大赦制度：宋朝廷慣例在國家祭典時，舉行大赦犯人行動。蘇洵認爲此是不良的制度，在古代時要舉辦大赦，都是有特定的時空背景。他說：

> 自三代之衰，始聞有肆赦之令，然皆因天下有非常之事，凶荒流離
> 之後，盜賊垢汙之餘，於是有以沛然洗濯於天下，而猶不若今之因
> 郊而赦，使天下之凶民，可以逆知而僥幸也。〔註157〕

今日定時的「因郊而赦」，使賊寇估計何時犯罪有利，即使失風被捕後，不久即會被赦免，不但賺取到犯罪所得，又不用接受法律制裁，可謂是一舉兩得。結果造成「當郊之歲，盜賊公行，罪人滿獄，爲天下者將何利於此？」〔註158〕本來是個美德，卻變成提高犯罪率上升主因。蘇洵建議「今而後赦不於郊之歲，以爲常制。」〔註159〕效法古代的赦免罪人方式，方能使犯法百姓沒有「僥倖心態」，保障守法民眾的權益。

（3）**重視宦官問題**：自古宦官是封建時代大患，輕者挑撥離奸，結黨營私，忠貞官員受迫害，大者造成政局混亂，以致於國家滅亡。由於宦官特殊性質，長期親近服侍在皇帝左右，日久自然深得皇帝的信任。假設有心術不正的宦官，從中就能獲取不當利益，百官也相繼拉攏宦官，宦官成爲擅用「旁門左道」的奸臣傳聲筒，阻礙善良忠臣升遷門路，最後對國家的政局埋下隱疾。蘇洵以爲，宦官是「禍國敗政」的惡瘤，建議皇帝要防範宦官弄權坐大，不可超越本身的職權。他認爲：

> 刀鋸之余必無忠良，縱有區區之小節，不過闈閭掃灑之勤，無益於
> 事。惟能務絕其權，使朝廷清明，而忠言嘉謨易以入，則天下無事
> 矣。〔註160〕

「掃灑之勤」才是宦官的本職，超過就有越權的問題。蘇洵深知宦官危害之

〔註156〕〔宋〕蘇洵：〈上皇帝書〉，見《嘉祐集箋注》，頁288。

〔註157〕〔宋〕蘇洵：〈上皇帝書〉，見《嘉祐集箋注》，頁290。

〔註158〕〔宋〕蘇洵：〈上皇帝書〉，見《嘉祐集箋注》，頁290。

〔註159〕〔宋〕蘇洵：〈上皇帝書〉，見《嘉祐集箋注》，頁291。

〔註160〕〔宋〕蘇洵：〈上皇帝書〉，見《嘉祐集箋注》，頁292。

大，可爲洞察先機者，明代黃宗羲在《明夷待訪錄》〈宦官〉篇，同樣也針貶宦官禍害。只是歷來許多帝王，不察明宦官的禍害，讓宦官干政弄權，致使國政動盪不安。

（4）重視外交使者選派：宋朝輕視外交使者，蘇洵認爲應當重視。使者在外是代表國家的主權及立場，絕非是個「傳言遞書」的小官職。他說：「敵國有事，相待以將，無事，相觀以使。」〔註161〕。但是，宋朝對使者不得要領。蘇洵說：

> 今之所謂使者亦輕矣，曰此人也，爲此官也，則以爲此使也。今歲
> 以某，來歲當以某，又來歲當以某，如縣令署役，必均而已矣。人
> 之才固有所短，而不可強，其專對、捷給、勇敢，又非可以學致也。

〔註162〕

蘇洵主張，對使者不應當輕忽，隨意的派任使者，成爲是「輪流」下的職缺。因爲能擔任使者，是本身具有特殊專長在，才有辦法在爾虞我詐的外交場合，爲國家爭取到最大利益。蘇洵建議，使者要有專門的官員擔任。並且，能夠稍微放寬一些權力給使者，不該處處監督著使者一舉一動，讓使者在與外國談判應對時，多一點彈性及緩和空間，以便達成國家交付的任務。

（5）注重基層縣官：蘇洵重視地方縣官的重要性。縣官肩負起一個地方的發展，主宰所有大小之政事，是國家中的基層單位，若都治理不善，遑論國家能進步。他反應：

> 奈何使州縣之吏，趨走於太守之庭，不啻若僕妾，唯唯不給。故大
> 吏常恣行不忌其下，而小吏不能正，以至於曲隨諂事，助以爲虐。
> 其能中立而不撓者，固已難矣。此不足怪，其勢固使然也。〔註163〕

太守常將縣官當成僕人，讓縣官完全沒有爲官權力尊嚴，完全遵照太守的意思而爲，以致於兩者最後狼狽爲奸。蘇洵指出，縣官仍是相當重要，不用受到太守處處約束。他主張說：

> 夫縣令官雖卑，其所負一縣之責，與京朝官知縣等耳……臣愚以爲
> 州縣之吏事太守，可恭遜卑抑，不敢抗而已，不至於通名贊拜，趨
> 走其下風。所以全士大夫之節，且以儆大吏之不法者。〔註164〕

〔註161〕 〔宋〕蘇洵：〈上皇帝書〉，見《嘉祐集箋注》，頁289～290。
〔註162〕 〔宋〕蘇洵：〈上皇帝書〉，見《嘉祐集箋注》，頁289～290。
〔註163〕 〔宋〕蘇洵：〈上皇帝書〉，見《嘉祐集箋注》，頁286。
〔註164〕 〔宋〕蘇洵：〈上皇帝書〉，見《嘉祐集箋注》，頁286～287。

過度在太守前卑下逢迎，實在有失縣官的身分，只要是合乎倫理禮節即可。從中蘇洵想藉由縣官，來相互制衡太守的權力，太守不再是高高在上。蘇洵重視基層官員的理念，在〈廣士〉篇也有此等論調，需要提拔「胥吏」等基層官員。

（二）任官時上奏主張

1. 諫爭時據理力爭

〈上韓昭文論山陵書〉表達出蘇洵仁民愛物表現，諫爭問題時「據理力爭」。建議取消宋仁宗大規模葬禮，以免除百姓生活上的痛苦。蘇洵清楚此建議是萬分困難，因厚葬宋仁宗成爲大官們的共識，區區的小官意見，恐怕是無人會採納。故此，蘇洵舉出宋仁宗生前「樸實儉約」作風，表示厚葬是宋仁宗所不願意。他云：

> 竊見先帝以儉德臨天下，在位四十餘年，而宮室遊觀無所增加，幃簿器皿弊陋而不易，天下稱頌，以爲文、景之所不若。今一旦奄棄臣下，而有司迺欲以末世葬送無益之費，侵削先帝休息長養之民，掇取厚葬之名而遺之，以累其盛明。〔註165〕

用先帝實際行爲來反諷高官，過當的厚葬是違背宋仁宗作風，使蘇洵的意見得到有力支持。蘇洵再次揣測宋仁宗的生平用心後，方就能持之有理，不至於落入批評上司罪過，整體的文章高度將提升。他指出：

> 竊惟先帝平昔之所以愛惜百姓者如此其深，而其所以檢身節儉者如此其至也，推其平生之心而計其既沒之意，則其不欲以山陵重困天下，亦已明矣。而臣下乃獨爲此過當逾禮之費，以拂戾其平生之意，竊所不取也〔註166〕。

蘇洵屢次以「先帝」行爲，來證明厚葬的不當，成爲反對厚葬的有力依據。蘇洵上書的據理力爭，巧妙運用先皇行事，全然不畏高官貴族壓力。本文雖重在宋仁宗節儉爲主，但是背後卻透露出「關心百姓」思考，舉行厚葬後定會使稅賦增加，對人民生計衝擊過大，不得不出面上書以反對厚葬。

2. 實錄主張的堅持

由於蘇洵負責修纂禮書，據實和實錄記載的堅持，同樣反映在蘇洵奏議文，也是蘇洵史論文的主張。〈議修禮書狀〉言：「遇事而記之，不擇善惡，

〔註165〕〔宋〕蘇洵：〈上韓昭文論山陵書〉，見《嘉祐集箋注》，頁 355～366。
〔註166〕〔宋〕蘇洵：〈上韓昭文論山陵書〉，見《嘉祐集箋注》，頁 356。

詳其曲折。」發揮史學據實記載的精神，對於上位者的壓力無所畏懼逃避，更富有春秋史官嚴謹態度，不替任何人包庇歷史真相。而蘇洵爲何有此堅持，下文詳述其觀點：

> 今無故乃取先世之事而沒之，後世將不知而大疑之，此大不便者也。班固作〈漢志〉，凡漢之事，悉載而無所擇。今欲如之，則先世之小有過差者，不足以害其大明，而可以使後世無疑之之意，且使洵等爲得其所職，而不至於侵官者。〔註167〕

實錄觀念來自於對於後世負責，不要讓後代人發生不當質疑，反而會陷害先皇不義。並且，蘇洵位居此官，就要對此官職擔任職責，不隨其他不明事理，只會逢迎附會的奸臣起舞，監持自己的修書的作法是正確。

二、書信文

蘇洵所作之書信文，主要集中在 47 歲以後。此時二子欲參加科舉考試，而蘇洵也要會見大臣求仕，故有著爲數頗多的系列文章。其中在嘉祐元年（1056）48 歲到嘉祐二年（1057）49 歲，所寫下十二篇的書信文章，可爲「第一階段」的書信文，主要是在「拜謁」當朝政治要員。發表許多政治改革言論，以認識蘇洵的才識學問，希望有謀求一官半職的機會。後來因爲喪妻，在（1057）五月遂倉卒返家。

第二階段是嘉祐三年（1058）50 歲後，此時的蘇洵已返回故鄉，雖因求官不遂加上喪妻而閒居在家，但仍與朝廷要員保持書信往來，主要是在批評朝廷的「行政延遲」，爲何舉薦一事石沉大海，或者對於科舉制度的深惡痛絕，並時常徘徊在「進與退」中抉擇，但仍表現「出仕」爲首要的理想。

蘇洵書信文對象涵蓋廣泛，當朝重要人物皆有涉及，計有：歐陽脩五篇，張方平三篇爲最多者。其餘爲王拱辰（王長安），韓綺（韓樞密），富弼（富承相），文彥博（文丞相），田況（田樞密），韓絳（韓舍人），吳中復（吳殿院），雷簡夫（雷太簡），梅聖俞等各 1 篇。以下就其內容大要分析書信文：

（一）表達出仕之心願

蘇洵在京師欲求拜會公卿大臣，自然要寫出拜謁的書信，以作爲見面前的先驅。而寫書信文目的，是希望能夠有他們的舉薦。故「表達出仕之心願」，是蘇洵書信文重要的特色。張方平對蘇洵有知遇之恩，兩人交往互動密切，

〔註167〕〔宋〕蘇洵：〈議修禮書狀〉，見《嘉祐集箋注》，頁 434～435。

張方平在四川爲官時，明瞭境內有出類拔萃人才，就主動向朝廷舉薦蘇洵，使得蘇洵受寵若驚，特別寫信感謝推薦之恩。他說：

> 里中大夫皆謂洵曰：「張公，我知其爲人。今其來必將有所舉，宜莫若子；將求其所以爲依，宜莫如公。」洵笑曰：「我則願出張公之門矣，張公許我出其門下哉？」居數月，或告洵曰：「張公舉子。」聞之愀然自賀：「吾知免矣。」〔註168〕

蘇洵以爲有張方平的推薦，舉官則會水到渠成，未料仍遲遲無佳音。故張方平力勸蘇洵前往京師，去拜訪當朝的要員，則較有舉薦的機會，若長居四川則老死無聞。因此，蘇洵決定動身前往京師，於是再寫信給張方平，希望也能提攜蘇軾、蘇轍二子。他寫出：

> 洵有二子軾、轍，齠齔授經，不知他習，進趨拜跪，儀狀甚野，而獨於文字中有可觀者……年少狂勇，未嘗更變，以爲天子之爵祿可以攫取。聞京師多賢士大夫，欲往從之游，因以舉進士……惟此二子，不忍使之復爲湮淪棄置之人……有明公以爲主，夫焉往而不濟？
> 〔註169〕

在這段文字中眞情流露，寫出父親對兒子的前景擔憂，害怕二子步入自己後塵，年過半百仍一事無成。父子之間是很好的對比，二子年少氣盛，目中無人，以爲功名垂手可得；蘇洵屢試不第，爲兒子憂心如焚，兩者心態是截然不同。蘇洵年少時，概有如二子不可一世傲氣，只是隨著年紀增長，又功名無聞而喪失殆盡。到了京師後，蘇洵求官依舊不順，想起是張方平勸他前來，希望張方平能夠從中助益。他說：

> 洵也與公有如此之舊，適在京師，且未甚老，而猶足以有爲也……
> 私自傷至此，伏惟明公所謂潔廉而有文，可以比漢之司馬子長者，
> 蓋窮困如此，豈不爲之動心而待其多言邪！〔註170〕

本段表示蘇洵十分濃厚「出仕心願」，只是朝廷仍然漠視蘇洵，令蘇洵十分之痛心。從中發現，讀書人若不出仕，在現實的生活考量下，將會萬分辛苦。若能有出仕機會，不但免除生計之困惱，更能施行心中滿腔抱負。張方平與蘇洵交情甚深，故蘇洵三次致書表達心願，倘若是交情泛泛之人，求推薦時較爲曲折許多，爲文時喜歡以旁徵博引，在泛論各種事務後，最後才切入文

〔註168〕〔宋〕蘇洵：〈上張益州書〉，見《嘉祐集箋注》，頁484。
〔註169〕〔宋〕蘇洵：〈上張侍郎第一書〉，見《嘉祐集箋注》，頁346。
〔註170〕〔宋〕蘇洵：〈上張侍郎第二書〉，見《嘉祐集箋注》，頁348。

章主題之中。

在〈上王長安書〉中，蘇洵談論到「天子、士大夫、士」間關係，三者是密切配合，有相生相滅的功效，突顯出「士」是不可忽略，而非只著重在上層天子，到最後才說出本文重點出來。他云：

> 當今之世，非有賢公卿不能振其前，非有賢士不能奮其後。洵從蜀
> 來，明日將至長安見明公而東。伏惟讀其書而察其心，以輕重其禮。
> 幸甚幸甚！〔註171〕

蘇洵暗喻自己是賢士，王拱辰爲賢士大夫，希望能見到王拱辰，以賢士大夫引進賢士，比喻得宜而不失格。在與歐陽脩書信，同樣也有此手法，如在〈上歐陽內翰第二書〉，筆者以爲尚未與歐陽脩深交，又期待能夠引薦。他暗示說：

> 且夫以一能稱，以一善書者，皆不可忽，則其多稱而屢書者，其爲
> 人宜尤可貴重。奈何數千年之間，四人而無加，此其人宜何如也？
> 天下病無斯人，天下而有斯人也，宜何以待之？〔註172〕

蘇洵把孟子、荀子、揚雄、韓愈尊稱爲四賢人，直到韓愈後無人再傳。但是，歐陽脩卻宣稱蘇洵文章如同荀子、司馬遷等人，雖然把蘇洵的文章稱善至極，卻沒有受到像古代文士所應享有的待遇，是種「言行不一」舉動。言下之意，希望歐陽脩能推薦，不要知才而不用。在與〈上富丞相書〉中，一連說出對富弼新政由「期待、懷疑而失望」的心境。以：「蓋古之君子，愛其人也則憂其無成。」爲開頭，道盡對富弼新政殷殷期許，也是希望富弼丞相能注意到，蘇洵這個目前「無成」之人，多一點關愛在蘇洵身上，最後說出：「洵，西蜀之人也，竊有志於今世，願一見於堂上。」〔註173〕的心願

寫給文彥博〈上文丞相書〉，先討論到古代「取士用人」的問題，應採用「略於始，精於終」，多蒐集各種人才，再來嚴加選擇淘汰。如同在〈上皇帝書〉，對科舉上榜者是「孤收之」論述。蘇洵說：

> 洵西蜀之人，方不見用於當世，幸又不復以科舉爲意，是以肆言於
> 其間而可以無嫌。伏惟相公慨然有憂天下之心，征伐四國以安天
> 下……於其平生之所望無復慊然者。惟其獲天下之多士而與之皆樂
> 乎此！。〔註174〕

〔註171〕 〔宋〕蘇洵：〈上王長安書〉，見《嘉祐集箋注》，頁344。
〔註172〕 〔宋〕蘇洵：〈上歐陽內翰第二書〉，見《嘉祐集箋注》，頁334。
〔註173〕 〔宋〕蘇洵：〈上富丞相書〉，見《嘉祐集箋注》，頁309。
〔註174〕 〔宋〕蘇洵：〈上文丞相書〉，見《嘉祐集箋注》，頁314。

蘇洵以和文彥博討論人才制度為由，說出在此制度的「遺珠之憾」，身為上位者應該明瞭，設法給予「補救制度」的機會。本文在經過千迴百折的討論後，才渴望位高權重的文彥博能引進蘇洵。

〈上田樞密書〉為寫給樞密使田況，在前述文章上都顯得較為保守，平民寫給高官皆有保持禮儀，不太敢「肆無忌憚」的一定要請求推薦，但此篇有別向來謙卑的態度而轉為強烈，文章中充滿自信滿滿的色彩。他說：

> 執事之名滿天下，天下之士用與不用在執事……度執事與之朝夕相
> 從而議天下之事，則斯文也其亦庶乎得陳於前矣，若夫其言之可貴
> 與否者，執事事也，執事責也，於洵何有哉！〔註175〕

蘇洵在本篇以珍惜天生之才，宜報效國家，盡己之力，直接點出「錄用與否」關鍵，就是田況本身，用這種方法激起田況對蘇洵注意。筆者以為，此種不同以往的強烈反映，是蘇洵屢次致書不果的原因，態度上才會一轉強烈。

〈上韓舍人書〉為蘇洵得知，韓絳有要會見蘇洵之意，蘇洵因而先行寫下此書，表示對韓絳重視人才的感謝，在整體態度與前篇不同。他說：「王公大人苟能無以此求之，使得從容坐隅，時出其所學，或亦有足觀者。今君侯辱先求之，此其必有所異乎世俗者矣。」〔註176〕不外乎希望韓舍人能提攜蘇洵。

經過幾篇文章分析後，蘇洵書信文主要是以「求仕」為主，因為蘇洵年近五十歲，歷經科舉下的痛苦折磨，不願也不想回到此種制度，衷心希望這些王官大臣賞識蘇洵，能有直接任官的行動，所以曾鞏在〈蘇明允哀詞〉〔註177〕說：「概能有志於功名者也。」在書信文中便能一窺無疑。

（二）提出國政之建議

書信文的對象是達官顯貴的政要，蘇洵自然投其所好，發揮「善於政論」專長，使高官能易於接受，蘇洵這個毛遂自薦的人才。首先是談論政局上「觀察和變化」，蘇洵雖身為一介布衣，卻能夠清楚時局上的狀況。在〈上韓舍人書〉中，一開頭就分析出宋朝整體局勢概況。他分析：

> 方今天下雖號無事，而政化未清，獄訟未衰息，賦斂日重，府庫空
> 竭，而大者又有二敵之不臣，天子震怒，大臣憂恐。自兩制以上宜

〔註175〕〔宋〕蘇洵：〈上田樞密書〉，見《嘉祐集箋注》，頁319。
〔註176〕〔宋〕蘇洵：〈上韓舍人書〉，見《嘉祐集箋注》，頁350。
〔註177〕〔宋〕曾鞏：〈蘇明允哀詞〉，見《嘉祐集箋注》，頁524。

　　皆苦心焦思，日夜思念，求所以解吾君之憂者。〔註178〕

此爲宋朝「太平盛世」下所潛在的問題，在國防上外族蠢蠢欲動，內政中充滿衰敗景象。蘇洵一語道破宋朝現況的危機，使得韓舍人能深刻認識，蘇洵是個忠君愛國的高士，識野非凡，有辦法替國家解決政局上紛擾。

　　在〈上歐陽內翰第一書〉，蘇洵以自身的學習狀況，來和朝廷革新派要員的起落變化，兩者互爲搭配應和，呈現對歐陽脩等改革派要員關心，也說明自己努力求學過程。他回憶說：

> 往者天子方有意於治，而范公在相府，富公爲樞密副使，執事與余公、蔡公爲諫官，尹公馳騁上下，用力於兵革之地。……。而洵也，……，幸其道之將成，而可以復見於當世之賢人君子。不幸道未成，而范公西，富公北，執事與余公、蔡公分散四出，而尹公亦失勢，奔走於小官。〔註179〕

蘇洵緩緩道來改革派，由「興而衰」、「衰再興」的狀態，把范仲淹、余靖、蔡襄、尹洙等，同屬歐陽脩改革派人士推崇至極，對於朝廷政事觀察深切。且又結合自己學業所成與否，當時學業尙未成功，范仲淹新政又失敗，讓蘇洵更加在學問中努力，以等待改革派的復興。他云：

> 退而處十年，雖未敢自謂其道有成矣，然浩浩乎，其胸中若與曩者異。而余公適亦有成功於南方，執事與蔡公復相繼登於朝，富公復自外入爲宰相，其勢將復合爲一。喜且自賀，以爲道既已粗成，而果將有以發之也。〔註180〕

經過十年來的學習成長，學業上已有所成就，恰好革新派人士再重回中央，蘇洵以爲此是「施行抱負」的最好時機。此節中，蘇洵把晚學的歷程，配合著革新派在朝廷起落，無疑說明是革新派的支持者，也是諸公卿的仰慕者。以上可證明，蘇洵雖是布衣之身，仍善於「觀察政局」的各種瞬息萬變的情況。

　　第二是談論「軍事」士兵問題。書信文承接政論文軍事思想，對於「冗兵、驕兵」問題多加發揮。在〈上韓樞密書〉針對士兵之害，有不同常人的看法。其中最主要的觀點，是在太平盛世的時代，龐大的士兵「無所事事」。他指出：

> 雖然，天下無變而兵久不用，則其不義之心蓄而無所發，飽食優游，

〔註178〕〔宋〕蘇洵：〈上韓舍人書〉，見《嘉祐集箋注》，頁349。

〔註179〕〔宋〕蘇洵：〈上歐陽內翰第一書〉，見《嘉祐集箋注》，頁327。

〔註180〕〔宋〕蘇洵：〈上歐陽內翰第一書〉，見《嘉祐集箋注》，頁328。

求逞於良民。觀其平居無事，出怨言以邀其上。一日有急，是非人
得千金，不可使也。〔註181〕

蘇洵由本身的所見所聞經驗中，發覺到「士兵問題」的嚴重性，整個兵役制
度非但不公平，連朝廷命令給士兵的修建工程任務，士兵總是達不成要求，
在態度上也驕橫無比。他看到士兵的實際情況：

凡郡縣之富民，舉而籍其名，得錢數百萬，以爲酒食饋餉之費。杵
聲未絕，城輒隨壞，如此者數年而後定。卒事，官吏相賀，卒徒相
矜，若戰勝凱旋而待賞者。比來京師，游阡陌間，其曹往往偶語，
無所諱忌。〔註182〕

本來保家護國的士兵，不但沒有基本軍事戰鬥力，連執行能力都低落無比，
甚至基本服從心都將動搖。蘇洵希望主管軍事的韓樞密，能夠好好處置士兵
問題，若不能處理妥當，日積月累下，勢必造成國家社會的隱憂。

第三是朝廷「取士用人」問題。首先在〈上王長安書〉，討論「士」的重
要性，朝廷長期不重視底層的士，使得士的地位低落無比。蘇洵以爲士是未
來國家的棟樑，在未當官之前，皆是由讀書人而來，更是國家能長治久安的
關鍵。他說明三者關係：

天下無事，天子甚尊，公卿甚貴，士甚賤。從士而逆數之，至於天
子，其積也甚厚，其爲變也甚難。是故天子之尊至於不可指，而士
之卑至於可殺……故夫士之貴賤，其勢在天子。天子之存亡，其權
在士。〔註183〕

天子、公卿的尊貴地位，是在能夠得到「士」的支持。換言之，要注意士的
人才蒐集，天子、公卿間需要士的出謀獻策。因此，天子對「士」要多所尊
重，提拔可用人才爲官，是鞏固國家進步發展的重要基石。

最後爲「取仕用人」的建議，在〈上文丞相書〉中，蘇洵指出宋朝用人
制度有問題，要進入仕途時十分困難，等到任職後的「考核」又過度鬆散，
所以建議「略始精終」的方式，先取用各式各樣的人才，再強化不良人才的
淘汰，並注意當官後的實際考績，猶如〈上皇帝書〉中「考課法」建言。蘇
洵以古爲例指出：

〔註181〕〔宋〕蘇洵：〈上韓樞密書〉，見《嘉祐集箋注》，頁302。
〔註182〕〔宋〕蘇洵：〈上韓樞密書〉，見《嘉祐集箋注》，頁302～303。
〔註183〕〔宋〕蘇洵：〈上王長安書〉，見《嘉祐集箋注》，頁343。

> 竊觀古者之制，略於始而精於終，使賢者易進，而不肖者易犯。夫
> 易犯故易退，易進故賢者眾，眾賢進而不肖者易退，夫何患官冗？
> 〔註184〕

擠進仕途後就可高枕無憂，結果導致「冗官」越來越多，是因缺乏考核制度造成。因此，蘇洵建議文丞相，對於官員錄用應效法古代，注意任官後的施政表現，方能去蕪存菁的留下好官員，改善宋朝冗官充斥的問題。

（三）評論文家之特色

蘇洵在書信文，評論到歷代文學家的文章特色。蘇洵對這些文學家的見解，通常能夠精闢評論特色。可知，必有一段深入體驗的用心處，否則將無法能獨步他人。所以，有辦法評斷文章者，必定熟讀文家作品，這些作品通常也是影響蘇洵的關鍵處。〈上歐陽內翰第一書〉為寫給歐陽脩第一封信，收信者是當時的古文大家，蘇洵自然也要投其所好，來引起他的注意力，證明蘇洵是滿腹才學，而非泛泛之輩。首先談論到先秦孟子、唐代韓愈文章說：

> 孟子之文，語約而意盡，不為巉刻斬絕之言，而其鋒不可犯。韓子
> 之文，如長江大河，渾浩流轉，魚黿蛟龍，萬怪惶惑，而抑遏蔽掩，
> 不使自露；而人自見其淵然之光，蒼然之色，亦自畏避，不敢迫視。
> 〔註185〕

對於孟子和韓愈文章，兩者皆有「氣勢萬千」取勝的共通特點。孟子文章鋒芒畢露，而韓愈繼承此特點，又呈現獨特風格。蘇洵評論的非常切當，接著蘇洵轉向歐陽脩文章，收信者和被評論者同是一人，可見得蘇洵的自信滿滿，是對歐陽脩文章有深入體驗。他表示：

> 執事之文，紆餘委備，往復百折，而條達疏暢，無所間斷；氣盡語
> 極，急言竭論，而容與閒易，無艱難勞苦之態。此三者，皆斷然自
> 為一家之文也……而執事之才，又自有過人者。蓋執事之文，非孟
> 子、韓子之文，而歐陽子之文也。〔註186〕

蘇洵把歐陽脩文章分析極為深刻，保有孟子、韓愈之氣勢延續，卻有文章「暢達和易」的特色，讓讀者亦於接受歐文。周振甫《中國文章學史》〔註187〕言：

〔註184〕〔宋〕蘇洵：〈上文丞相書〉，見《嘉祐集箋注》，頁314。
〔註185〕〔宋〕蘇洵：〈上歐陽內翰第一書〉，見《嘉祐集箋注》，頁328。
〔註186〕〔宋〕蘇洵：〈上歐陽內翰第一書〉，見《嘉祐集箋注》，頁328～329。
〔註187〕周振甫（1911～2000）：《中國文章學史》（南京：江蘇教育，2006年4月），
　　　　頁215。

「歐陽修的散文，與唐代韓愈、柳宗元的古文又有不同，他的特點，即更明白曉暢。」不僅有孟子、韓愈兩家的文章精神，亦有自己特殊的風格，十分尊崇歐陽脩在宋朝文壇上地位。接著，蘇洵指出所閱讀的典籍風格：

> 數年來退居山野，自分永棄，與世俗日疏闊，得以大肆其力於文章。
> 詩人之優柔，騷人之精深，孟、韓之溫淳，遷、固之雄剛，孫、吳
> 之簡切，投之所嚮，無不如意。〔註188〕

《詩經》的和平寬舒，《楚辭》的精微深奧，孟子、韓愈文章的樸實純厚，史書的雄健剛勁，兵書上簡明切要，分別代表著各類文體的精要象徵，這些都是蘇洵在學習中所汲取的素材，也是促進蘇洵文章成功的進步元素。

（四）回顧讀書之過程

　　蘇洵在〈上歐陽內翰第一書〉時，第二段陳述個人讀書過程，由於此文是第一次寫信給歐陽脩，受信人必定不知蘇洵所學為何，蘇洵便向歐陽脩作個讀書與學習上的過程介紹。他說：

> 洵少年不學，生二十五年，始知讀書，從士君子游。年既已晚，而
> 又不遂刻意屬行，以古人自期。而視與己同列者，皆不勝己，則遂
> 以為可矣。其後因益甚。〔註189〕

此段說明蘇洵晚學生平，到二十五歲才努力讀書，已經落後常人一段時間，未料蘇洵仍未用心在學問上，草草泛讀就終止，致使功名而沒沒無聞。但是，蘇洵發現問題所在，要堅持著學習心和好的教材。他寫道：

> 然後每取古人之文而讀之，始覺其出言用意，與己大異。時復內顧，
> 自思其才則又似夫不遂止於是而已者。由是盡燒囊時所為文數百
> 篇，取《論語》、《孟子》、《韓子》及其他聖人、賢人之文，而兀然
> 端坐，終日以讀之者七八年矣。〔註190〕

從「則遂以為可矣」到「兀然端坐，終日以讀之者七八年」，看到蘇洵求知上的進步，主要是在「專心學問」上。又燒掉昔日寫下百篇文章，表示著有重新學習的決心過程，並且取用真正「聖人文章」為教材。接著表示數年來的讀書心得：

> 方其始也，入其中而惶然；博觀於其外，而駭然以驚。及其久也，

〔註188〕〔宋〕蘇洵：〈上田樞密書〉，見《嘉祐集箋注》，頁319。
〔註189〕〔宋〕蘇洵：〈上歐陽內翰第一書〉，見《嘉祐集箋注》，頁329。
〔註190〕〔宋〕蘇洵：〈上歐陽內翰第一書〉，見《嘉祐集箋注》，頁329。

讀之益精，而其胸中豁然以明，若人之言固當然者，然猶未敢自出
其言也。時既久，胸中之言日益多，不能自制，試出而書之，已而
再三讀之，渾渾乎覺其來之易矣。〔註191〕

此段就是蘇洵「積累」的功力，在累積七、八後而再發言，自然所寫文章能
非同凡響，一鳴驚人，有別於未學時的文章。這段刻苦銘心的求學過程，寫
成文字和歐陽脩共同分享，身為文壇領袖的歐陽脩，一定會有所內心共鳴，
肯定蘇洵晚始向學，努力求知的精神，有助於朝廷能錄用蘇洵，加深對蘇洵
的良好印象。

（五）不滿行政及科舉

蘇洵雖然在京城期間，和二子同時名聞一時，加上多次致書給王官大臣，
並與之相交往，但是仕途上仍然受阻礙。朝廷雖有注意到蘇洵之才，卻未有
實際網羅人才行動，在京師中仍舊是「布衣身分」和卿大夫論政，後因程夫
人過世後匆匆回家奔喪，自覺可能一生中將永無仕途的希望。所謂皇天不負
苦心人，富有才學的蘇洵終不會埋沒，在返回蜀地經過漫長的二年等待後，
朝廷終於想要測試蘇洵才學，發出詔令要蘇洵再前往京師，此舉卻引起蘇洵
的不悅，寫下〈上皇帝書〉表示不去舍人院測試。第一是對朝廷「拖延態度」
的不滿，他說：

始公進其文，自丙申之秋至戊戌之冬，凡七百餘日而得召。朝廷之
事，其節目期限，如此之繁且久也。〔註192〕
自離京師，行已二年，不意朝廷尚未見遺，以其不肖之文猶有可者，
前月承本州發遣赴闕就試。……。今乃以五十衰病之身，奔走萬里
以就試，不亦為山林之士所輕笑哉？〔註193〕

蘇洵用年近知天命的年齡，在身體狀態上已經衰弱為藉口，不想千里迢迢去
京師考試。其實，是對朝廷行政拖延不滿，猜不透朝廷是在考慮什麼，一個
簡單的舉才行政流程，要拖延許久。所以，蘇洵也預料到達京師後，求仕之
途必定是「曠日費時」。他說：

使洵今日治行，數月而至京師；旅食於都市以待命，而數月間得試
於所謂舍人院者；然後使諸公考其文，亦一二年；幸而以為不謬，

〔註191〕〔宋〕蘇洵：〈上歐陽內翰第一書〉，見《嘉祐集箋注》，頁329。
〔註192〕〔宋〕蘇洵：〈上歐陽內翰第四書〉，見《嘉祐集箋注》，頁339。
〔註193〕〔宋〕蘇洵：〈與梅聖俞書〉，見《嘉祐集箋注》，頁360～361。

> 可以及等而奏之，從中下相府，相與擬議，又須年載間；而後可以
> 庶幾有望於一官。如此，洵固以老而不能爲矣。〔註194〕

可知宋朝行政效率的牛步化，是否錄用蘇洵要考慮兩年時間，即便到了京師後，還要經過層層關卡測試，蘇洵自思希望渺茫，恐怕會老死在京師。

第二個「對科舉制度失去信心」，並且感受到朝廷對他有所疑慮。在〈與梅聖俞書〉說出：「聖俞自思，僕豈欲試者？惟其平生不能區區附合有司之尺度，是以至此窮困。」〔註195〕蘇洵到五十歲仍功名不顯，就是不擅長「科舉考試」，才會有今日的落魄窘境。尤其回想到年少時，數次進京趕考的情況，讓他心中有種難以抹滅的痛苦記憶，使蘇洵對科舉裹足不前。他回憶說：

> 自思少年嘗舉茂才，中夜起坐，裹飯攜餅，待曉東華門外，逐隊而
> 入，屈膝就席，俯首據案。其後每思至此，即爲寒心。今齒日益老，
> 尚安能使達官貴人復弄其文墨，以窮其所不知邪？……今千里召僕
> 而試之，蓋其心尚有所未信，此尤不可苟進以求其榮利也。〔註196〕

此外，蘇洵在旅居京師近二年時間，曾會面過多位當朝政要，其才學的虛實有無，應該會有一定的認識。現在，還要到京師去考試評定，分明是對蘇洵才學「充滿懷疑」。蘇洵更點出這種考試是有問題，他說：「苟朝廷以爲其言之可信，則何所事試？苟不信其平居之所云，而其一日倉卒之言，又何足信？恐復不信，秪以爲笑。」〔註197〕所謂相信一時考試時間的言論，卻不相信平日的表現所爲，實爲考試最大的弊病。

由書信文中得知，宋朝行政效率不彰，推薦人才到準備測試，行政流程耗時兩年，在號稱公平的科舉制度下，卻背後隱藏很大的問題，對於不擅長短時間考試的人，將永遠泯沒在世間中。時至於今，考試制度堪稱健全，依舊難以解決此問題。蘇洵能在千餘年前事先發現，原因在於他是受害者，所以感受最爲深刻，表達考試缺失最爲眞切。

所以，「奏議文」中，表現出蘇洵政論的精要處，尤其以〈上皇帝書〉爲代表，又特多著重在討論用人取士，因爲蘇洵是此制度受害者，而特別用力在此。另外，突顯蘇洵出不怕強權的一面，朝廷施政有不合民心處，蘇洵會

〔註194〕〔宋〕蘇洵：〈上歐陽內翰第四書〉，見《嘉祐集箋注》，頁339。
〔註195〕〔宋〕蘇洵：〈與梅聖俞書〉，見《嘉祐集箋注》，頁360。
〔註196〕〔宋〕蘇洵：〈與梅聖俞書〉，見《嘉祐集箋注》，頁361。
〔註197〕〔宋〕蘇洵：〈答雷太簡書〉，見《嘉祐集箋注》，頁362。

無畏強權的上書諫言。「書信文」多是要拜會見面所寫，蘇洵通常在議論各種事物後，最後才轉入信中目的，對於受信者是擔任的不同職務，可與他言不同的議題，以引起官員們注意力。

整體而言，「奏議文」較爲端正嚴謹，文章整體四平八穩，據事論理，秉持眞理諫言。「書信文」則較有私人情感存在，看出蘇洵學習過程的遭遇，以及於文學特色上見解，也會提出國政上的建議等等。雖然，常書寫請求高官的拜謁文，但是仍舊保有一定風範骨氣，不落入只對收信者歌功頌德，有缺失的地方仍然具體寫出。

第五節　其他類古文

一、喪祭文

在蘇洵喪祭文中，有墓誌銘〈丹稜楊君墓誌銘〉一篇，其餘祭文有〈祭史彥輔文〉、〈祭任氏姊文〉〈祭亡妻文〉、〈祭姪位文〉、〈祭史親家祖母文〉等五篇，以下討論喪祭文內容。

（一）寫作態度嚴謹

關於墓誌銘之作法，吳曾祺以爲其體例說：「蓋於葬時述其人世系、名字、爵里、行治、壽年、卒葬年月，與其子孫之大略，勒時加蓋，埋於壙前三尺之地，以爲異時陵谷變遷之防，而謂之誌銘；其用意深遠，而於古意無害也。」今觀〈丹稜楊君墓誌銘〉，雖然文字簡短，記載墓主方面較爲缺略，餘者皆能符合之體例。本篇是蘇洵受友人楊節推所委託，爲楊父之葬而書寫的作品，故有些交代不清楚地方，如：「楊君諱某，字某……曾大父諱某，大父某，父某……嘉祐二年某月某日，君卒，享年若干……四年十一月某日，葬於某鄉某里。」皆曰爲『某』以取之，或可爲此某由子孫所塡寫。本篇如果不用在楊君之上，略爲修改，將其名字轉換至他者，足爲一篇簡易通用性墓誌銘。

蘇洵說明本篇是不得以之作，他向楊節推表示：「洵於子之先君，耳目未嘗相接，未嘗輒交談笑之歡。夫古之人所爲誌夫其人者，而閔其不幸以死，悲其後世之聞，此銘之所爲作也。」但因蘇洵「既已許之，而又拒之，則無以恤乎其心。」但對於行狀所說各種事蹟，蘇洵認爲缺乏可信度而不錄，透露不輕易爲文的嚴整個性。正沒有明朝徐師曾所言：「迨乎末流，乃有假手文士，以謂可以信今傳後，而潤飾太過者，亦往往有之，則其文雖同，而意斯

異矣。然使正人秉筆,並不肯徇人以情也。」〔註198〕蘇洵只有寫下自己所知道地方,不踵事增華。

(二)感情真摯流露

蘇洵喪祭文中感情真摯流露,反映出和亡者間,有著極為深厚感情存在,絕非是為文而造情,言過而其實,字字句句,皆是真實的感受。充滿對亡者的悼念追憶,尤善於敘述亡者在生前和蘇洵互動交誼,從生前中看出感情真摯。他寫出:

> 憶子大醉,中夜過我,狂歌叫讙。予不喜酒,正襟危坐,終夕無言。
> 他人竊驚,宜若不合,胡為甚歡?嗟人何知,吾與彥甫,契心忘顏。
> 飛騰雲霄,無有遠爾,我後子先。擠排澗谷,無有嶮易,我溺子援。
> 破窗孤燈,冷灰凍席,與子無眠。旅遊王城,飲食窹寐,相恃以安。

〔註199〕

這段說出蘇洵和史彥輔,在昔日共同遊學京師的過程記錄,一點也沒有浮濫繁華的文字,只有兩人相交甚歡的平實情景紀錄。用這種真誠手法,書寫在哀愁的祭文中,顯示作者內心是非常之傷痛。在〈祭亡妻文〉中,同樣也是如此:

> 教以學問,畏其無聞。晝夜孜孜,孰知子勤?提攜東去,出門遲遲。
> 今往不捷,後何以歸?二子告我:母氏勞苦。今不汲汲,奈後將悔。

〔註200〕

蘇洵藉由二子的口中,說明程夫人教子的辛勞,勉勵應該努力向學,表明出母愛之偉大。本段同樣是感情的流露,並把感情擴及到二子上,二子同樣也要與蘇洵努力學習。對於程夫人驟然去世,蘇洵十分哀戚不捨。他感嘆:

> 嗟予老矣,四海一身。自死之逝,內失良朋。孤居終日,有過誰
> 箴?⋯⋯,鳴呼死矣,不可再得!〔註201〕

這種相夫教子的所作所為,一一的記錄下來,可見夫妻感情和睦,母子之情深。直到祭文最後段言:「鑿為二室,期與子同。骨肉歸土,魂無不之。我歸舊廬,無不改移。魂兮未泯,不日來歸。」有一嘆三詠之情感,無限之思懷

〔註198〕〔明〕徐師曾:《文體序說三種・文體明辨序說》(臺北:大安,1998年6月)頁108。
〔註199〕〔宋〕蘇洵:〈祭史彥輔文〉,見:《嘉祐集箋注》,頁424〜425。
〔註200〕〔宋〕蘇洵:〈祭亡妻文〉,見《嘉祐集箋注》,頁429。
〔註201〕〔宋〕蘇洵:〈祭亡妻文〉,見《嘉祐集箋注》頁429〜430。

程夫人。在《劍溪說詩又編》〔註202〕也肯定此文說：「老泉〈祭亡妻文〉，但言教子學問要以文稱，及箴己過，憂己泯沒。其逮事舅姑、不逮事舅姑，終篇無一語及之，正是《春秋》常事不書之異耳。」

（三）突顯人生無常

蘇洵所作之祭文，有著人生無常之感嘆，此爲其他文類中較少出現。大概是凡人遭遇到親友死生之際，面臨這種悲歡離合局面中，爲其撰寫追悼之祭文，難免會透露出人生在世，事事皆爲無常之感嘆，也添加一股對死者之追思，例如：

> 嗟人之生，其久幾何？百年之間，逝者如麻。反顧而思，可泣以悲。
> 〔註203〕
>
> 嗟夫！數十年之間，與汝出處參差不齊，曾不如其幼之時。方將與汝旅於此，汝又一旦而歿。人事之變，何其反覆而與人相違？〔註204〕
>
> 嗚呼！與子相好，相期百年。不知中道，棄我而先。我徂京師，不遠當還。嗟子之去，曾不須臾。〔註205〕

在作〈祭史親家祖母文〉時，蘇洵因陸續喪失許多親友，而有發出此種人生無常之嘆息。在〈祭姪位文〉、〈祭亡妻文〉亦同，先回憶到和亡者互動，而感嘆驟然去逝之悲。從三者引文之間發現，蘇洵感嘆出人生之短暫，突顯出個人對生命難以掌握的無奈感。

二、記敘文

蘇洵之記敘文，以《嘉祐集箋注》中有「記」爲名者：〈張益州畫像記〉、〈彭州圓覺禪寺記〉、〈極樂院造六菩薩記〉、〈木假山記〉與〈老翁井銘〉共五篇。

（一）記事詳實清楚

蘇洵記敘文對於記載事物詳實，能把一件事情的本末完整交代，縱使讀者不在現場，也能夠深入其境之中，發揮記體之特長。在以下三個例子中，都可以看到此點，他記載：

〔註202〕曾棗莊、舒大剛主編：《三蘇全書・第六冊》，（北京：語文，2001 年 11 月），頁 276。

〔註203〕〔宋〕蘇洵：〈祭史親家祖母文〉，見《嘉祐集箋注》，頁 432。

〔註204〕〔宋〕蘇洵：〈祭姪位文〉，見《嘉祐集箋注》，頁 431。

〔註205〕〔宋〕蘇洵：〈祭亡妻文〉，見《嘉祐集箋注》，頁 429。

至和元年秋，蜀人傳言有寇至，邊軍夜呼，野無居人，妖言流聞，京師震驚。方命擇帥……明年正月朔旦，蜀人相慶如他日，遂以無事。〔註206〕

〈張益州畫像記〉記載蜀地不安情況，中間由作亂之發生、應變到結束等，蘇洵皆能清楚交代事件始末，表彰天子和張方平的處理事件得宜，消弭人心惶恐不安局勢。在〈極樂院造六菩薩記〉也善於記事。他細數：

自長女之夭，不四五年而丁母夫人之憂，蓋年二十有四矣。其後五年而喪兄希白，又一年而長子死，又四年而幼姊亡，又五年而次女卒。至于丁亥之歲，先君去世，又六年而失其幼女，服未旣而有長姊之喪。〔註207〕

〈極樂院造六菩薩記〉交代蘇氏親族相繼凋臨，人事間變化無常的狀況，讓讀者深刻體悟到，蘇洵爲何要去塑造六菩薩原因。蘇洵按時間先後去排序，數十載間親人們先後天人永隔，對死者有種深切無比的懷念在。〈木假山記〉同樣有善於記載之長。他寫道：

木之生，或蘗而殤，或拱而夭。幸而至於任爲棟梁則伐；不幸而爲風之所拔，水之所漂，或破折，或腐；幸而得不破折，不腐，則爲人之所材，而有斧斤之患。其最幸者……則爲好事者取去，強之以爲山，然後可以脫泥沙而遠斧斤。〔註208〕

一塊經自然形成似山峯的木頭，蘇洵透過他善於深思的筆，寫下木假山在形成前，所可能遇到的各種狀態的推測。這種善於描繪及寫實，正符合記敘文之特點，將事情有條不紊的記載。

（二）世間感嘆抒懷

蘇洵的記敘文，帶有對世間感歎抒懷，此爲政論、經論、史論三類文章所不常見。〈彭州圓覺禪寺記〉雖是替和尚所作之記，不過在內容主是對世間風氣感嘆，暗批出當時的出家人心不在佛，或者隱居的人心不在山野間。他云：

自唐以來，天下士大夫爭以排釋老爲言，故其徒之欲求知於吾士大夫之間者，往往自叛其師以求其容於吾。而吾士大夫亦喜其來而接之以禮。靈師、文暢之徒，飲酒食肉以自絕於其教。嗚呼！歸爾父

〔註206〕〔宋〕蘇洵：〈張益州畫像記〉，見《嘉祐集箋注》，頁394。

〔註207〕〔宋〕蘇洵：〈極樂院造六菩薩記〉，見《嘉祐集箋注》，頁401。

〔註208〕〔宋〕蘇洵：〈木假山記〉，見《嘉祐集箋注》，頁404。

子，復爾室家，而後吾許爾以叛爾師。〔註209〕

蘇洵看不起掛羊頭賣狗肉，且又背離師門的和尚，成天與世大夫相互交友作樂，是有違「士大夫不相交」的禮法，稱許保聰法師不同世俗，有著傲然的風骨。〈極樂院造六菩薩記〉充滿著感傷情懷。他回憶說：

> 始予少年時，父母俱存，兄弟妻子備具，終日嬉游，不知有死生之
> 悲……悲憂慘愴之氣，鬱積而未散，蓋年四十有九而喪妻焉。嗟夫，
> 三十年之間，而骨肉之親零落無幾！〔註210〕

蘇洵以短暫三十年時間，人事變化的劇烈莫測，對比年少時嬉遊遊樂，感嘆出昔日不珍惜親人，現在卻後悔莫及的無奈感。記敘文加入自己的感情在，使記敘文中注入一股活力在，讓文章更有血有肉。

（三）暗喻己才不遇

　　蘇洵由於經歷三次科舉不第，在記敘文中頗有暗喻懷才不遇，通常經過某物品以爲代表，其實這個人物或事物，可謂是自己的投射或化身。在〈木假山記〉的後段，描寫此木假山的三峯，各有自己獨特的風貌。他寫道：

> 予見中峯魁岸踞肆，意氣端重，若有以服其旁之二峯。二峯者莊栗
> 刻峭，凜乎不可犯，雖其勢服於中峯，而岌然決無阿附意。吁！其
> 可敬也夫！其可以有所感也夫！〔註211〕

這三座山峯剛好代表著三蘇父子，各有特殊才華而互不相讓，其中所蘊藏的大意在，木假山能形成，是經過千辛萬苦出現，歷經非常多的波折，暗喻出人才形成的難得性，極需有「好事者」來發現，林雲銘《古文析義合編》認爲這是本篇大意處〔註212〕。在〈老翁井銘〉中亦有此等表示：

〔註209〕〔宋〕蘇洵：〈彭州圓覺禪寺記〉，見《嘉祐集箋注》，頁399。

〔註210〕〔宋〕蘇洵：〈極樂院造六菩薩記〉，見《嘉祐集箋注》，頁401。

〔註211〕〔宋〕蘇洵：〈木假山記〉，見《嘉祐集箋注》，頁405。

〔註212〕林雲銘：《古文析義合編》（臺北：廣文書局，1989年元月7版），頁768。評〈木假山記〉云：「老泉自以少學而棄去，壯復發憤，其於成材，甚費周折，有類於木不殤天，至於棟梁也，其後困益甚，有類於風拔水漂，不破折，不腐也。蓋燒爨時所爲文，讀聖賢文七八年，備歷刻苦，有類於湍沙間，激射齧食也。晚同二子，受知盧陵，有類爲好事者取去，脫泥沙而遠斧斤也。藉令不得盧陵，布衣終老，遇合之數雖難，然聲氣之應求，非偶然之理，己之所學，既可以服二子，而二子亦各成一家。盧陵之愛且敬，所謂惟其有之，是以似之，亦有類於三峯獨爲己有也。人知下段老泉自況，而不知上段己句句自況，以上歐陽書參看，則知其借題自寫，他人移用不得。」

因為作亭於其上，又礱石以禦水潦之暴，而往往優游其間，酌泉而
飲之，以庶幾得見所謂老翁者，以知其信否。然余又閔其老於荒榛
巖石之間，千歲而莫知也，今乃始遇我而後得傳於無窮。〔註213〕

〈老翁井銘〉寫在蘇洵名震京師，但是求仕不成，卻因程氏過世趕回四川後，故有想隱退又不願埋沒的困境，同時有〈老翁井〉詩：「井中老翁務年華，白沙翠石公之家。公來無蹤去無蹤，井面團團水生華。公今與世兩何預，無事紛紛驚牧豎。改顏易服與世同，毋使世人知有翁。」井中富有傳奇色彩般老翁，長期隱沒在水井中，已不為人知許久，今有蘇洵來傳之後代，就不會讓後世遺忘老翁。所以，蘇洵自比如同老翁般，埋沒在四川眉山，同樣需要有人來傳之無窮。

三、雜文

蘇洵雜文類別廣泛，說文有：〈仲兄字文甫字說〉、〈名二子說〉。引文有：〈送吳侯職方赴闕引〉、〈送石昌言使北引〉。贊文有：〈王荊州畫像贊〉、〈吳道子五星贊〉。三者皆歸類為雜文，以便於討論。以下討論此類主要內容：

（一）具有議論性色彩

所謂引這種題材本為序，〔註214〕而宋人序多雜入議論色彩，蘇洵自然不是例外。〈送石昌言使北引〉中，蘇洵前半部份皆是回憶，幼時對石昌言交往印象，在後半段中轉入議論中，論述擔任使節的重要性質，以及對外族的觀察。他建議：

往年彭任從富公使還，為我言，既出境，宿驛亭，聞介馬數萬騎馳
過，劍槊相摩，終夜有聲，從者怛然失色。及明，視道上馬迹，尚
心掉不自禁。凡虜所以夸耀中國者多此類，中國之人不測也。故或
至於震懼而失辭，以為夷狄笑。〔註215〕

最後證明出匈奴計量是「無能為也」，祈勉石昌言在出使時，要查覺外族先聲

〔註213〕〔宋〕蘇洵：〈老翁井銘〉，見《嘉祐集箋注》，頁407。

〔註214〕徐師增：《文體序說三種‧文體明辨序說》（臺北：大安，1998年6月），頁90～91。按《爾雅》云：『序，緒也。』字亦作『敘』，言其善敘事理次第有序若絲之序也。又謂之大序，則對小序而言也。其為體有二：一曰議論，二曰敘事。宋、真氏嘗分列于《正宗》之編，故今慊其例而辯之。其序事又有正、變二體。其題曰某序，曰序某：字或作序，或作敘，惟作者隨意而命之，無異議也。至唐、柳氏又有序略之名，則其題稍變，而其文益簡矣。」

〔註215〕〔宋〕蘇洵：〈送石昌言使北引〉，見《嘉祐集箋注》，頁420。

奪人的計謀，以不辱君命。至於〈送吳侯職方赴闕引〉，同樣是前半部是議論色彩，議論仁、義間的關係。他議論：

> 夫不忍而謂之仁，忍而謂之義。見蹈水者不忍而拯其手，而仁存焉，見井中之人，度不能出，忍而不從，而義存焉。無傷其身而活一人，人心有之。不肯殺其身以濟必不能生之人，人心有之。有人焉，以爲人心之所自有，而不足以驚人也，乃曰：「殺吾身雖不能生人，吾爲之。」此人心之所自有邪？強之也。〔註216〕

一大段的議論說明仁、義爲根本，證明吳侯職方非特立獨行之輩，而是一個篤實的君子，不做些「驚人駭世」行爲。由於吳侯職方具備此人格上特質，能夠對出仕、入仕間超然看透，蘇洵才對他十分佩服敬重。不過也因安貧樂道性質，所以才會：「吳侯有名於世三十年，而猶於此爲遠官。」蘇洵對他的受命外派，充滿著不捨的心情。

（二）崇尚自然的理論

崇尚自然的理論是蘇洵另一個特點。首先在對於器物的生成上，蘇洵以爲眾人對於自然而成之物過於不重視，故有人以追求標新立異爲尚，製造出不合乎自然的器物，在〈送吳侯職方赴闕引〉需要「因物之自然以成物」，是蘇洵崇尚自然的目標。〈仲兄字文甫字說〉亦有與此說相似，對於自然之說更加闡發，由「風生水起」之說來探討文章之成，此論是蘇洵文論代表作，證明蘇洵對作文的看法，是重在「因自然已成文」，有別一般「重道不重文」觀點，文章是出自自然而生，非是刻苦追求能得。〔註217〕

（三）善於預言觀察事物

蘇洵雜文有善觀察事物之長，在〈仲兄字文甫字說〉由風水相生之故，引發出一篇文論，或說是蘇洵真正看過此狀態，故能由實景聯想到文章形成狀況。〈送石昌言使北引〉中，蘇洵也觀察外族行動，是如何虛張聲勢計謀，常讓使者驚心膽破的原委，皆是善於觀察事物，並有豐富的經驗。更進一步而言，蘇洵有預言人事的能力。他說：

> 輪輻蓋軫，皆有職乎車，而軾，獨若無所爲者。雖然，去軾，則吾未見其爲完車也。軾乎，吾懼汝之不外飾也。天下之車莫不由轍，而言車之功者，轍不與焉。雖然，車仆馬斃，而患亦不及轍。是轍

〔註216〕〔宋〕蘇洵：〈送吳侯職方赴闕引〉，見《嘉祐集箋注》，頁 417。
〔註217〕蔡定芳：《北宋文論研究》（臺北：文史哲，2002 年 12 月修訂初版），頁 133。

者，善處乎禍福之間也。轍乎，吾知免矣。〔註218〕

所謂，知子莫如其父，蘇洵在大蘇11歲、小蘇8歲時，作〈名二子說〉預言出二子個性上差別，甚至連終身境遇皆被提示。可見，蘇洵善於觀察二子日常行為，平日軾、轍截然不同的個性，才能有大膽與精確的判斷，正恰好也是後人以「汪洋洪肆」、「汪洋淡泊」來評二蘇古文的先兆。所以，蘇洵「其他」類文章異於議論類文章，較無討論國政上的內容，整體中感情較為豐富流露，在記事上能清楚無疑。

整體而言，「政論文」是為拯救宋朝中期，積弱不振的國政缺失所為，希望宋朝廷能採納蘇洵的建議。「史論文」藉由議論古代人事物，表達蘇洵對軍事的見解，對人物是非的評定，且建議史書的寫作標準。「經論類」提出一套聖人掌握人情，建立六經方式的論調，富有蘇洵蜀學之特色。「書牘類」文章中：「奏議文」表達蘇洵為官後，直言無懼的性格，關懷百姓愛護人民的主張。「書信文」得出欲求仕心切，及對各種人事物主張的看法等。經由以上對蘇洵古文內容分析後，有著加深認識蘇洵古文的效用。對蘇洵《嘉祐集》能有初步又完整的認識，以奠定本研究的基礎。

〔註218〕〔宋〕蘇洵：〈名二子說〉，見《嘉祐集箋注》，頁415。

第五章　蘇洵古文之表現方式

　　《文心雕龍・鎔裁》篇有撰著「三準」之說：「履端於始，則設情以位體；舉正於中，則酌事以取類；歸餘於終，則撮辭以舉要。」〔註1〕即建立中心思想，選擇適當的材料，下筆寫出中心思想，故分成命意、謀篇、修辭三部分。〔註2〕劉師培在《漢魏六朝專家文》〔註3〕言：「文章構成，須歷命意、謀篇、用筆、選詞、鍊句五級。必先樹意已定篇，始可安章而宅句。若術不素定，而委心遂辭，異端叢至，駢贅必多！」姚永樸《文學研究法》〔註4〕亦言：「大抵諸類之體雖殊，雖必命意、布局、行氣、遣詞則一。」本研究依歷來文家之說，分別由似命意、謀篇、修辭三大部分，依序來分析蘇洵作文時之方法技巧，以一窺蘇洵古文之奧妙處。

第一節　命意爲先

　　宋文蔚《評註本文法津梁》認爲作文時，造意第一：「作文造意，爲一篇之幹，全在平時學有心得，則題目到手，自能感觸而生意思，然非將題目反覆涵泳，則意亦無從感觸，知此，則審題爲要矣。題目有宜注意之處，尤不可忽略看過，必須從此生出意思，然後謀篇、布局、修詞、運典，一一與題

〔註1〕〔梁〕劉勰：〈鎔裁〉，見范文瀾注《文心雕龍注》（臺北：開明書店，1985年10月），卷七，頁5。

〔註2〕林伯謙：《古典散文導論》（臺北：秀威資訊，2005年2月），頁78。

〔註3〕劉師培（1884～1919）：《中國中古文學史講義》（上海：上海古籍，2006年6月初版），頁113。

〔註4〕姚永樸（1862～1939）：《文學研究法》，收錄王水照主編《歷代文話・第七冊》（上海：復旦大學，2007年11月初版），頁6904。

相合，即結調、鍛句、練字，亦能處處相關照，若意不切題，則餘皆不足觀矣。」〔註5〕此說法與上述文家論作文順序相似，仍是以立意為起首，在立意確定之後，方能夠進行文章的寫作。故立意實為作文的第一要素。

蘇洵準備臨筆寫作時，必定有所意思在，到底本篇是要寫什麼或表達什麼事情，當意思在腦中想定清楚後，才能夠下筆作文。此意思就是作文時的核心，欲表達所言的主旨中心，也是統設全篇的關鍵處，此意思要先立定，故有言：「文分綱目，全在命意立格」〔註6〕。當立意一定，方能統一文中之思想，表現作者之思想而無往不利。吳曾祺在《涵芬樓文談》說：

> 作文之法，辭句未成，而意已立；既立之後，於是乎始，於是乎終，於是乎前，於是乎後，百變而不離其宗。如賈生作〈過秦論〉，只重「仁義不施」四字；柳子厚作〈梓人傳〉，祇言「體要」二字；韓文公作〈平淮西碑〉，祇主一「斷」字；蘇長公作〈司馬溫公神道碑〉，祇用「誠一」一字。雖其一篇之中，波瀾起伏，變化不窮，而大意總不出乎此。〔註7〕

有立意就能夠百變不離其宗，不管在文前、文中、文後，都能夠全力發揮文章思想。故有說：「一篇有一篇之格。蓋欲謀篇，必製局；欲製局，必立格。」〔註8〕作文的立意決定通篇的格局，帶領文章格局的方向。蔣建文《從作文原則談作文方法》〔註9〕言：「在題目範圍內，搜尋各種有關思想，在各種思想中，必定有一個中心思想，就把它作為題的主旨，這樣就可把其他有關思想貫串起來，使內容達到統一」。所以，蔣建文認為立意不僅能決定格局大小，能夠確立文章的主旨，且有著統一中心思想，引領全篇內容走向之功效，把立意效用交代非常明白。

吉梁在《文法精論》對於立意有著很好的說明：「作文的立意，猶如鄉下人推磨，中心軸屹然不動。只有磨石環繞軸心，旋轉不已，此就橫的方面立

〔註5〕宋文蔚：《評註文法津梁》（高雄：復文書局，1993年2月修訂2版），頁1。

〔註6〕林紓（1852～1924）：《文微》，收錄王水照主編《歷代文話・第七冊》（上海：復旦大學，2007年11月初版），頁6529。

〔註7〕〔清〕吳曾祺著、楊承祖點校：《涵芬樓文談》（臺北：臺灣商務，1998年6月臺二版），頁29。

〔註8〕姚永樸：《文學研究法》，收錄王水照主編《歷代文話・第七冊》（上海：復旦大學，2007年11月初版），頁6962。

〔註9〕蔣建文：《從作文原則談作文方法》（臺北：臺灣商務，1995年12月增訂三版），頁116。

喻。作文的立意，又如串珠，先要將中心絲線提起，然後將珍珠的各個小孔，一立一位，由線頭穿進去，這樣一粒疊一粒，最後自然成爲一根美麗的串珠了，中心線始終不變，上下位置變動的，衹是一粒一粒的珍珠罷了，這中心線，就等於作文中的主意了。」〔註10〕此說以生動的譬喻方式，明白解釋立意之重要，立意可貫穿文意的一致性。

至於如何立意，吳曾祺又言：「命意之法，凡一題到手，必先明其注意之處；譬之連山千里，必有主峰；匯水百川，必有正派。由此著想，則陳義能見其大，而不至常落邊際。而其餘所兼及者，不過枝葉鱗爪；而一篇所著力者，不在乎此；此爲講命意之第一義。」〔註11〕立意是文章的樹幹主流，餘者皆是輔助主流的枝幹。蘇洵的古文的命意特點，依馮永敏在《散文鑑賞藝術探微》〔註12〕專書，本研究欲分成「意新、意深、意寓、意貫」等四點討論，此四點實爲命意所延伸而出，只是文章中以偏向某一點爲重。本節將蘇洵古文立意予以分析，有符合此四點之特色。

一、意新

立意需要有新解與新意，而不是永遠依循著前人之觀點，若是打破前人之觀點，建立自己獨特的新穎論點，文章必定不會落入俗套，呈現出前所未有的新意。賦予新意義的文章，讀者會難以掌控作者，就如同閱讀文學小說般，看了部分內容即可預料整體結局，則不是成功的好小說。所以馮永敏言〔註13〕：「我國歷來文家非常注重文章的獨創性，極力反對依傍古人，蹈襲前人，強調：『情新因意勝，意勝逐情新。』又說：『文章有眾人不下手而我偏下手者，有眾人下手而我不下手者。』作者莫不自覺地把立意新，創作獨具特色的作品，視爲文章的生命力之所在。」可見文章新穎性之重要。

蘇洵在論古代歷史人物時，善於用新穎獨到之觀點，來探討歷史人物之成敗。這種超乎常人的觀點，讓蘇洵論人物的是非功過，能無往不利，此點近似文論家所提出「駕空立意」法，爲：「議論當出新意，故有時須架空立意，此縱橫家之遺，後之作史論者，多用此法。」〔註14〕此種論史與論人的方法，

〔註10〕吉梁：《文法精論》（臺北：世紀書局，1979 年 9 月），頁 7。

〔註11〕〔清〕吳曾祺著、楊承祖點校：《涵芬樓文談》（臺北：臺灣商務，1998 年 6 月臺二版），頁 30。

〔註12〕馮永敏：《散文鑑賞藝術探微》（臺北：文史哲，1998 年 2 月初版）。

〔註13〕馮永敏：《散文鑑賞藝術探微》（臺北：文史哲，1998 年 2 月初版），頁 148。

〔註14〕謝无量：《實用文章義法》（臺北：華正書局，1979 年 6 月），頁 32。

實爲蘇氏父子寫作上的一大特色。

〈孫武〉篇從《史記・孫子吳起》列傳：「能行之者未必能言，能言者未必能行。」〔註15〕來立意，到了「用而不窮者，吾未之見也」，證明出孫子的實際軍事作爲，和《孫子兵法》的著書立論，有著南轅北轍的差異性。蘇洵單單以「言行不一」觀點針貶，可謂是立意新鮮，言行對照上十分有力，推翻孫子是在人們心中，是兵法祖師的地位。

〈管仲論〉〔註16〕篇立意仍是非常新鮮，本篇以「舉賢自代」爲立意，推翻了管仲輔助齊國稱霸的功勞，塑造成「成也管仲，敗也管仲」。把齊國的敗亡原因，通通歸咎在管仲個人。雖然，如此立意有失公允客觀，一人的力量難以扭轉國家成敗興滅，卻也非常成功的改變了讀者，昔日對管仲有「九和諸侯」、「尊王攘夷」的稱許，管仲成爲是「過大於功」之人。蘇洵以此立意能不拘俗套，敢言人所未言之處。

〈六國〉篇以「敝在賂秦」爲本篇立意點。六國間採取賂秦者逐漸力虧，堅持不賂秦者頓失後援，以至於六國皆因「賄秦」政策，不相互合作的抵抗秦國，最後相繼的被秦國給併吞。蘇洵以此立意新穎不凡，不僅暗諷宋朝猶如六國翻版，更是改變讀者對六國的滅亡，是因爲戰敗秦國的原因，轉而支持是「賄賂」的影響，達到文章中要傳遞的意思，要取消北宋對外族的賄賂政策。

二、意深

所謂意深，就是文章要有深度，有廣度，能夠見人所不見，識人所不明處，揭發出文中之大意，提出某種他人未能提出主張來，讓讀者能認識此一課題之重要性。明朝唐順之曰：「需有一段千古不磨之見是也，胸中有此一段不可磨滅之見，然後能勦絕古今，獨立物表。」〔註17〕清朝魏際瑞在《伯子論文》云：「文章首貴識次，貴議論，然有識則議論自生，有議論，則詞章不能自己，何者，人得一見，必伸其說，發之未罄，說必不得止也。」〔註18〕故文章能見識非凡，自然不同凡響，擲地有聲。

〔註15〕〔日〕瀧川龜太郎：《史記會注考證》（臺北：萬卷樓，1996年10月），頁864。
〔註16〕〔宋〕蘇洵：〈管仲論〉，見《嘉祐集箋注》，頁261。
〔註17〕謝无量：《實用文章義法》（臺北：華正書局，1979年6月），頁11。
〔註18〕〔清〕魏際瑞：《伯子論文》，收錄《叢書集成續編・204冊》（臺北：新文豐，1988年6月），頁656。

　　至於如此讓文章意深，就是要提高自己的見識力，吳曾祺言：「文之大者，自宜以識爲主，使胸次廓然，常有俯仰今古之概。每論一事，而識解固自不凡；一切迂庸腐陋之談，可以一掃而盡」〔註19〕蘇洵經過近十年的苦讀深思，熟讀國學上的各種典籍，考察古今成敗歷史源由，加以喜歡四處遊歷天下的個性，深查百姓的生活實際狀況，補充書本上不足之處，已經有充分的「儲材」準備，所以文章能言人所未及，此點表現在蘇洵論政的文章上。以下文章皆能看出蘇洵見識不凡：

　　〈審勢〉篇以：「治天下者定所上。」爲開端，立定文章的主旨，明確的剖析宋朝的國政問題，其國勢是在強而不在弱，在於勢強而不知用罰，以致於有「外強中乾」問題，所以要建立一套國家的發展綱領，作爲立國的根本，並適時機的再調整取得平衡。〈審敵〉篇以：「憂在內者，本也；憂在外者，末也。」爲出發，反對討好在邊境作亂的外患，因賂敵政策已經影響到內政，建議宋朝「天下大計，不如勿賄」，防止外族背後是「志不在犯邊境」的陰謀，改用軍事作戰的強硬政策。

　　這兩篇是互爲搭配，欲要拯救宋朝的危機，故一篇主外一篇主內，內外大局應先行處理，可見蘇洵有高度的見識能力，故茅坤說〔註20〕：「揣料匈奴脅制中國之狀，極盡事理，非當時熟識而輕籌者，安能道此？」因爲蘇洵的識力高深，外族的心思舉動都難逃。其他如〈重遠〉篇，重視遠地之官員治理派遣，實是穩固中央政府的基石。〈上皇帝書〉羅列宋朝十件要事，包含內政、外交、國防、用人等多方面，都能曲盡事務，識力深厚，眼光遠大。

三、意寓

　　文字所表現出來的，只是文字表面的外在層面，但在深入思考作者意思後，卻發覺作者有深層的內在意寓。文章富有深刻性的寓意在，給讀者能夠深入去思考，此篇立意外的涵義是爲何，有什麼寄託或隱藏的意思。運用意寓方式表達，可讓文章更爲婉轉。蘇洵文章在立意時，同樣有蘊藏著深刻寓意，有些蘇洵會稍微暗示，而不直接點出，有的雖然同樣是寓意，但是在表達時較爲清楚。

〔註19〕〔清〕吳曾祺著、楊承祖點校：《涵芬樓文談》（臺北：臺灣商務，1998 年 6月臺二版），頁 4。

〔註20〕曾棗莊、金成禮箋注：《嘉祐集箋注》（上海：上海古籍，1993 年第 1 版），頁 24。

〈老翁井銘〉〔註21〕寫出以：「閔其老於荒榛石之間，千歲而莫知也。」為立意，其意表層雖是憐憫老翁不為人知，其實是暗喻蘇洵己才不遇的感嘆，因科舉考試屢次落第，年近五十仍無一官半職，預估最終會老死在四川。急待像是蘇洵發現井中老翁，猶如貴人來發掘蘇洵之才，不至於隱沒無聞。〈木假山記〉〔註22〕同樣有這種手法，寫出木假山形成之難得，是要經年累月的自然演變而來，文中的立意希望能有「好事者取去」，意寓蘇氏父子三人，各具才學，只是缺乏伯樂引進，貴人相助提拔。以上是屬「暗示方法」而不直接點出。

屬「直接說明」方面，如〈辨奸論〉〔註23〕以：「凡事不近人情，鮮不為大奸慝。」為立意，舉出該人行為舉止之超乎常理，更勝於古代矯揉做作的案例，日後恐怕會是禍害國家的元兇，在上位者卻無法能察覺此狀。蘇洵更以「特立行為」直接暗示出，該人為日後朝政明星～王安石。又如〈名二子說〉〔註24〕以車子的零件「軾」、「轍」為意寓，並警示日後應要注意之處，可為二子人生的座右銘。

四、意貫

文章立意需要前後連貫，不管是在文前或文後，都能夠顯示出要義，使得文章內容能緊緊相扣，連貫發揮在文章主旨，不會有離題而一去不返的缺失。謝无量《實用文章義法》〔註25〕提出立意貫說：「唐宋大家為文，有提出一意，貫說全篇者。歸震川曰：『作文須立大頭腦，立得意定，然後遣詞發揮，方見氣象渾成。』」蘇洵古文多能文意連貫，使文章能有條不紊，井然分明，主旨顯明可見。以下舉例幾篇說明：

〈強弱〉〔註26〕篇主旨在：「知有所甚愛，知有所不足愛。」通篇依據此點而論說，舉出古代的賢臣名將為例子，以連貫全文所提出的主張，使將領能夠明白，軍隊士兵是有「強中弱」分別，能善於運用士兵強弱，才有取得最後勝利的機會。〈攻守〉〔註27〕篇以：「攻敵所不守，守敵所不攻。」為出

〔註21〕〔宋〕蘇洵：〈老翁井銘〉，見《嘉祐集箋注》，頁407。
〔註22〕〔宋〕蘇洵：〈木假山記〉，見《嘉祐集箋注》，頁404。
〔註23〕〔宋〕蘇洵：〈辨奸論〉，見《嘉祐集箋注》，頁272。
〔註24〕〔宋〕蘇洵：〈名二子說〉，見《嘉祐集箋注》，頁414。
〔註25〕謝无量：《實用文章義法》（臺北：華正書局，1979年6月），頁30。
〔註26〕〔宋〕蘇洵：〈強弱〉，見《嘉祐集箋注》，頁39。
〔註27〕〔宋〕蘇洵：〈攻守〉，見《嘉祐集箋注》，頁43。

發，全篇以此立論，以正道、奇道、伏道關係，分析出三道的利弊得失，總結以奇道及伏道爲優。認爲帶兵者需熟知三道特性，並建議以「奇道、伏道」是致勝的關鍵以連貫立說。

〈廣士〉篇以：「夫賢之所在，貴而取焉，賤而取焉。」〔註28〕爲立意，通篇文章盡在發揮此說，以古代重賢才和當代不重賢才對比，呼籲宋朝應當重視鄉野賢才，拓廣取仕用人的門徑，使得天下之間無賢才流落，盡皆受到朝廷的重用。〈諫論上〉篇以：「吾以爲諷、直一也，顧用之之術如耳。」〔註29〕來連貫整篇，舉出如何讓君王接受臣下的諫言，運用各種術略，來維持臣子忠心和諷喻的成效性。是故，吳闓生言：「凡作文每篇必有一定主意，主意既定，通篇議論，均必與其本義相發，乃不背繆枝蔓，所謂一意到底，所謂線索牢也。」〔註30〕蘇洵文章的立意連貫，能夠在前後左右，無往不利，暢所欲言，把文章的主題都暢明無礙。

作文命意實爲第一要件，不管是偏重在上述四點何處。吳闓生又言：「凡作文建主意，最要拏定，最要明顯，讀他人文字，連盡數行，茫然不知其命意所在，最足令人煩悶。」〔註31〕把立意當爲作文首要。蘇洵古文命意有著上述四點的特色，此四點雖像是各自獨立，其實也是息息相關，蘇洵文章也有兩種以上者，把四者能夠融會貫通的使用。

第二節　篇章結構

一、抑揚法

抑揚法是歷代文家擅長的寫作法，抑揚法通常用在「論人物」寫作時，可在整篇篇法，亦可在整段章法時的使用。日人兒島獻吉郎《中國文學通論》說：「蓋作者欲就某一人或某一事，大大地推獎，故意先抑壓，到了後段，卻氣勢奕奕，光燄逼人。故古來文人皆好用抑揚法。」〔註32〕清朝唐彪《讀書作文譜》言：「凡文欲發揚，先以束語束抑，令其氣收斂，筆情屈曲，故謂之

〔註28〕〔宋〕蘇洵：〈廣士〉，見《嘉祐集箋注》，頁104。
〔註29〕〔宋〕蘇洵：〈諫論上〉，見《嘉祐集箋注》，頁242。
〔註30〕吳闓生：《桐城吳氏古文法》（臺北：文津，1979年4月），頁44。
〔註31〕吳闓生：《桐城吳氏古文法》（臺北：文津，1979年4月），頁10。
〔註32〕〔日〕兒島獻吉郎著、孫俍工譯：《中國文學通論》（臺北：臺灣商務，2004年5月臺一版），頁131。

抑，抑後隨以數語振發，乃謂之揚，使文章有氣有勢，光焰逼人。」〔註33〕是故，抑揚法有增加氣勢，人物比較生動真切的功效。

〈孫武〉〔註34〕通篇採用抑揚法，從：「孫武十三篇，兵家舉以為師。」為「揚」開始，稱善孫武為論兵始祖，必有過人之特長。接著以：「不知武用乃不能必克。」轉入「抑」，開始批評孫武軍事上缺失。第三節整段使用「抑」，列出三種言行不一的實例。到第四節時，加入了同是軍事家的吳起來比較，先「揚」孫、吳兩人在兵法書上是不分軒輊，接著「抑」吳起在統領兵馬及兵書寫作時不如孫武，但是，「揚」吳起的實際軍事戰功，是大大超越孫武的作為。通篇都是採用「抑揚反覆」方式，在整篇中有抑揚，在章中也有抑揚，並且加入孫武、吳起兩人來抑揚比較，兩者的優劣高低態勢自然出現，推翻了孫子在兵學上的地位。

在整篇使用抑揚法者，如〈高祖〉篇首段言：「漢高祖挾數用數，以制一時之利害……而高帝乃木彊之人而止耳。」〔註35〕先用「抑」法，說明漢高祖給人傳統的刻版印象，是那種看似「不黯計謀」君王，與奸詐的謀士是畫不上等號。再來說：「然天下已定，後世子孫之計。陳平、張良之所不及，則高帝常先為之規畫處置，以中後世之所為，曉然如目見其事而為之者。蓋高帝之智，明於大而暗於小，至於此而後見也。」後來全用「揚」法，申述漢高祖讓凡夫俗子，所不為人知的特長，是真正大智若愚的君王，並引證說明漢高祖過人計謀安排，即所謂的「揚」處，扭轉首段漢高祖缺少計謀的見解。所以，本篇是「先抑後揚」的寫作法。

抑揚法通常適合在人物傳記上的寫作，在先貶而褒的人物會有很好的效果性，在兩相對比的效果下，人物的特長及優處就顯現。

二、總提分應法

總提分應法，大抵首段提出主張，中間逐段給予疏說，後段再回應總結前段所言。謝无量《實用文章義法》言：「文章有總提大意在前，中間逐段分應者，其行文次第，又略異於前，章法尤覺整齊。」〔註36〕宋文蔚《評註文法津梁》又稱為總提分疏法：「議論題中，有事理須條分縷析者，行文時於首段總挈大綱，先立一篇之局，以下即承首段，逐層分說，如此則眉目清楚，

〔註33〕〔清〕唐彪：《讀書作文譜》（臺北：偉文圖書，1976年11月），頁89。
〔註34〕〔宋〕蘇洵：〈孫武〉，見《嘉祐集箋注》，頁54。
〔註35〕〔宋〕蘇洵：〈高祖〉，見《嘉祐集箋注》，頁72。
〔註36〕謝无量：《實用文章義法》（臺北：華正書局，1979年6月），頁121。

事理明晰，惟逐段自爲首尾，文法易於板滯，通篇脈絡，仍須一氣貫通，不以分段而致隔絕，斯爲善於布局者。」〔註37〕兩人將此法特點解釋。蘇洵文章中多有此種篇法，〈攻守〉、〈史論中〉、〈史論下〉等爲代表作。

〈攻守〉說明戰場上攻守的要點，在首段的末句提出：「攻敵所不守，守敵所不攻。」爲戰爭時的要訣。第二段分述正道、奇道、伏道之戰場特性，接著，說明三道中的不同特色。第三段以盜賊比喻三道中的性質：正道如破門盜賊，奇道如進空門盜賊，伏道是進入無防備家的盜賊。第四段舉出歷史人物和史實，來對照三道中的用法優劣。在最末段時又總結回應首段，爲將領者需知此三者的靈活應變，要會：「攻敵所不守，守敵所不攻。」儲欣在《評注蘇老泉集》說：「言兵者多知此三道，而證據鮮明，如畫圖之易曉。」〔註38〕說明蘇洵把三道解釋的清楚。所以，運用此法使事理明晰，讀者易於了解作者寫作架構。

〈史論中〉篇同樣是用「總提分應法」來成篇，說明史書寫作的四項難以人知，及隱而不傳的史書法則。首段提出研究史書上的心得是：「隱而章、直而寬、簡而明、微而切」〔註39〕四種。接下來的四段文章之中，各自分應四種特長的原因探討，要如何去達成此四法的要素，並舉出《史記》、《漢書》實際案例，來證明是有所根據，不是憑空出現。在文章的結尾，總結著四種方法的原因，皆能有著「勸人爲善」的效果，是爲史書中久而不傳法則。整篇文章使用「總、分、總」的總提分應方式，史書四種特點就了解，至於史書的「勸人爲善」、「勸惡規善」的精神也被發揚。

〈史論下〉〔註40〕仍有此篇之法，但是本篇是說明史書「缺陷處」。首段說司馬遷《史記》和班固《漢書》，依舊無法盡善盡美，符合蘇洵所要的史書期望。第二、三、四、五段在分應首段，是蘇洵不滿史書的缺點舉例，只是再把範圍給擴大到四史。第二段指出《史記》說：「裂取六經、傳、記，雜於期間，以破碎汨亂其禮。」第三段稱《漢書》說：「襲蹈遷論以足其書者過半。」第四段評《後漢書》缺點，第五段言《三國志》是重魏國而輕吳蜀。最後段表現出史書有：「一代不如一代。」的趨勢，以回應首段史書有著「缺陷處」，史學的人才不足與不得其法是越來越嚴重。本篇採用「總提分應法」成篇，

〔註37〕宋文蔚：《評註文法津梁》（高雄：復文書局，1993年2月修訂2版），頁71。

〔註38〕見《嘉祐集箋注》，蒐錄儲欣《評注蘇老泉集》集評，頁49。

〔註39〕〔宋〕蘇洵：〈史論中〉，見《嘉祐集箋注》，頁232。

〔註40〕〔宋〕蘇洵：〈史論中〉，見《嘉祐集箋注》，頁237。

先說明四史是有種種缺陷，中間舉出以分應缺失處，最後段期勉著後代著作史書者，不要再犯上四史的種種錯誤。

是故，採用「總提分應」的寫作篇法，能夠把一事由小而大論述，再由大而小來總結。以此謀篇見到作者的見識之廣大，條理思路之清晰，以多角度分析支撐文章，最後提出一種新的觀點或回應首段論點。唐彪《讀書作文譜》〔註41〕言：「文章有總有分，則神氣清而力量勝，故前總發者，後必分敘，前分敘者，後必總發，又有迭總迭分錯綜變化者，此又古文中之化境也。」是用此法的技巧與特色的所在，其中「總發、分敘」是總提分應法的關鍵處。

三、逐事條陳法

明朝歸有光《文章指南》言：「諸葛孔明〈後出師表〉，通篇條陳時務，雖是奏書之體，然布置嚴整，學者熟之，非惟長於策論，而他日必優於奏疏矣。」〔註42〕謝无量《實用文章義法》說：「文章逐事條陳，井然不亂，使利害洞見。」〔註43〕蘇洵的古文篇法，有運用逐事條陳者，使文章能夠條列完整，一條一條的詳細交代說明，是相當具有科學性的方法，至今仍可沿用到各項事物的探討上，優劣得失可以分明。今觀察蘇洵〈上皇帝書〉〔註44〕使用此法寫作，並且在每段開頭處，總能「總攝」該段的大綱在，接著申說其意旨為何：

> 其一曰：臣聞利之所在，天下趨之。……其二曰：臣聞古之者之制爵錄。……
>
> 其三曰：臣聞自設官以來，皆有考績之法。……其四曰：臣聞古有諸侯，臣妾其境內，而卿大夫之家亦有臣。……其五曰：臣聞為天下者，必有所不可窺。……其六曰：臣聞法不足以制天下，以法而制天下，法之所不及，天下斯欺之矣。……其七曰：臣聞為天下者可以名器授人，而不可以名器許人。……其八曰：臣聞古者敵國相觀，不觀於其山川之險，士馬之眾，相觀於人而已。……其九曰：臣聞刑之有赦，其來遠矣。……其十曰：小人之根本未去也。

〈上皇帝書〉用一事一條陳，把對宋朝政治上的各種建議條列，涵蓋著外交、

〔註41〕〔清〕唐彪：《讀書作文譜》（臺北：偉文圖書，1976 年 11 月），頁 93。

〔註42〕〔明〕歸有光：《文章指南》（臺北：廣文書局，1991 年 7 月），頁 13。

〔註43〕謝无量：《實用文章義法》（臺北：華正書局，1979 年 6 月），頁 1。

〔註44〕〔宋〕蘇洵：〈上皇帝書〉，見《嘉祐集箋注》，頁 281。

內政、取士、用人等等，即使此文長達五千多字，讀者依舊不覺得龐雜厭煩，冗長無意，反而看到蘇洵對國政見解之深，實爲蘇洵事先謀篇之效。在〈蘇氏族譜亭記〉〔註45〕，則是偏向於小段的章法上，蘇洵痛斥程正輔父子的行爲，段段都代表此人罪不可赦，種種的惡行躍然紙上。文中曰：

> 自斯人之逐其兄之遺孤子而不恤也，而骨肉之恩薄；自斯人之多取其先人之貲田而欺其諸孤子也，而孝弟之行缺；自斯人之爲其諸孤子之所訟也，而禮義之節廢；自斯人之以妾加其妻也，而嫡庶之別混；自斯人之篤於聲色，而父子雜處，驩嘩不嚴也，而閨門之政亂；自斯人之瀆財無厭，惟富者之爲賢也，而廉恥之路塞。此六行者，吾往時所謂大懟而不容者也。

蘇洵每段以「自斯人」來陳述程家的惡行惡狀，幾乎把程氏父子描寫成十惡不赦的地步，用條陳法讓「惡行惡狀」更加完整，並有著修辭法中的排比句式，讓讀者接受到強烈的氣勢，控訴程家父子兩人的敗行劣跡，是造成蘇洵幼女鬱鬱而亡的原因。另外，在〈洪範中〉〔註46〕篇的中段，批評劉歆、劉向的解釋〈洪範〉的五種缺失，也採用逐事調陳。因此，此法運用在上書、記文、議論文等，都有非常良好的效果在。

四、先序後議法

宋文蔚《評註文法津梁》〔註47〕：「先立案，後發議是謂先序後議。立案處，必預爲下半篇發議地步，發議處，又必與前半篇立案相應，務令前後互相照應，乃或篇法。」蘇洵〈送石昌言使北引〉、〈張益州畫像記〉二篇，皆是採用「先序後議」法，在不算是議論性文章中，也能有著議論性的色彩，正符合宋人常「以序爲議」的寫作方式。前段的敘述讓後面議論更有力量，前面的說明是成爲後面議論的基礎。

〈送石昌言使北引〉用「先序後議」法，全文可分成兩大段落，首段說明蘇洵和石昌言數十年間的親情狀況，及蘇洵的學習進步過程，文中表達兩人由小到大的感情：

> 昌言舉進士時，吾始數歲，未學也。憶與羣兒戲先府君側，昌言從旁取棗栗啖我，家居相近，又以親戚故甚狎。昌言舉進士，日有名。

〔註45〕〔宋〕蘇洵：〈蘇氏族譜亭記〉，見《嘉祐集箋注》，頁390。
〔註46〕〔宋〕蘇洵：〈洪範論〉，見《嘉祐集箋注》，頁204～222。
〔註47〕宋文蔚：《評註文法津梁》（高雄：復文書局，1993年2月修訂2版），頁78。

吾後漸長，亦稍知讀書，學句讀、屬對、聲律，未成而廢。昌言聞
吾廢學，雖不言，察其意甚恨。後十餘年，昌言及第第四人，守官
四方，不相聞。吾以壯大，乃能感悔，摧折復學。又數年，游京師，
見昌言長安，相與勞苦如平生歡，出文十數首，昌言甚喜稱善。吾
晚學無師，雖日為文，中甚自慚，及聞昌言說，乃頗自喜。今十餘
年，又來京師，而昌言官兩制，乃為天子出使萬里外強悍不屈之虜
庭，建大旆，從騎數百，送車千乘，出都門意氣慨然。自思為兒時，
見昌言先府君旁，安知其至此！

富貴不足怪，吾於昌言獨有感也。丈夫生不為將，得為使折沖口舌
之間足矣。往年彭任從富公使還，為我言，既出境，宿驛亭，聞介
馬數萬騎馳過，劍槊相摩，終夜有聲，從者怛然失色。及明，視道
上馬迹，尚心掉不自禁。凡彼所以誇耀中國者多此類。中國之人不
測也。故或至於震懼而失辭，以為遠方笑。嗚呼！何其不思之甚也！
昔者奉春君使冒頓，壯士、大馬皆匿不見，是以有平城之役。今之
匈奴，吾知其無能為也。《孟子》：曰「說大人者，藐之。」請以為
贈。〔註48〕

後段說出本文的重點：石昌言準備出使外族，及對他任大官的羨慕之情。在
末段以：「丈夫生不為將，得為使折沖口舌之間足矣。」生出一大段的「議論」，
和前段只用敘述不同。從前人的實際經驗議論外族特性，常常使用各種嚇人
的計謀，建議石昌言不要因此害怕，期勉要達成天子交辦的任務。

〈張益州畫像記〉〔註49〕同樣採用此法，首段言蜀地將發生動亂的情
況，從邊境情況、京時震動、天子擇將、採用謀略到平定狀況，把整個經過
始末快速回顧。在中後段，則轉入準備要「造像」、「治遠地」的議論中，探
討歷來的統治者，對蜀地採用不信任心態，所以動亂情勢層出不窮。張方平
採取不同往昔政策，讓蜀地的動亂能迅速消彌。若沒有前段事件的經過說
明，就無法產生後段的種種議論，突顯出張益州的超乎常人，善於處理政事
的能力。

如何運用「先序後議法」，宋文蔚言：「凡作記序文，必先提其大綱，蓋
舉大可以概其小節，綱舉而目即隨之，此定法也，至於發議處，則取其一二

〔註48〕〔宋〕蘇洵：〈送石昌言使北引〉，見《嘉祐集箋注》，頁419。
〔註49〕〔宋〕蘇洵：〈張益州畫像記〉，見《嘉祐集箋注》，頁394。

端足以爲世所取法者，或足以諷世者論之，務要抑揚往復，言有盡而意無窮，方爲合法。」〔註50〕〈送石昌言使北引〉前段以：「昌言官兩制，乃爲天子出使萬里外強悍不屈之虜庭。」爲綱目，後段則以此爲發議之處，不要正中外族驚嚇使節的計謀。又如〈張益州畫像記〉第一段以：「毋養亂，毋助變。眾言朋興，朕志自定。外亂不作，變且中起，不可以文令，又不可以武競。」後段則議論張方平能採用懷柔政，達成天子所交付的職責，皆符合此法之要。

五、先議後序法

「先議後序法」與前者是相反。在文章前半部，先起一段的議論，實爲後半部敘事的根基點，在論說中的人、事、時、物等等，即爲後半部「序說」時的影射或對照，只是不直接說明。蘇洵在〈彭州圓覺禪院記〉、〈送吳侯職方赴闕引〉皆有此種寫作法。

〈彭州圓覺禪院記〉〔註51〕共有三段，第一段議論：「人之居乎此也，其必有樂乎此也。」選擇隱居卻不樂的人，並非是眞正君子，是個心中極「好名愛利」之人。第二段議論唐朝以來的士大夫，有排斥佛老之學的風氣，但卻有出家人爲求交往士大夫，因而背叛佛門制度，就是首段中「居此，不樂此」的人。第三段才進入本篇主題，敘述保聰法師和前述之人是有差別。若無前兩大段之論說，無法突顯保聰法師，是有「居此必有樂此」的精神態度，以及保有佛徒重師的傳統。

〈送吳侯職方赴闕引〉〔註52〕同樣是用三段，首段議論「度、量、衡」是由聖人所規範事物，到了後世卻從中製造奇怪的器物，是不符合「自然之物」的道理。第二段在議論仁義之間的合理範圍，對於那種：「殺吾身雖不能生人，吾爲之。」的人，認爲是超乎尋常人的不合理行爲。在第三段則進入敘說中，說明吳侯職方的內心中是：「泊然無崖岸限隔。」回應首段是善處「自然之間」的心胸，接續以：「無翹然躍然務出奇怪之操。」反映吳侯職方是沒有前半段「與常人異」的言行舉止。所以蘇洵以前兩段的議論，再以後段敘說來總結回覆，吳侯職方的行爲是不特立獨行，能順乎天地自然間的變化，才是眞正的君子。

〔註50〕宋文蔚：《評註文法津梁》（高雄：復文書局，1993年2月修訂2版），頁77。
〔註51〕〔宋〕蘇洵：〈彭州圓覺禪院記〉，見《嘉祐集箋注》，頁398。
〔註52〕〔宋〕蘇洵：〈送吳侯職方赴闕引〉，見《嘉祐集箋注》，頁417。

六、古今互論法

蘇洵寫作時喜以「古今互論法」來成篇，在討論某一種事情、事務時，先舉出「古代」的各種例子，再對照「當代」時的行為，在兩兩的相互對照之下，就能知道古今的異同，顯示出各種制度上的優劣得失。今觀察〈廣士〉、〈申法〉、〈議法〉三篇，都是使用「古今互論法」成篇。

〈廣士〉〔註53〕言朝廷取士要不分貧富貴賤，通篇盡是採用「古今互論法」。首段，先談論古代取士的方法是：「夫賢之所在，貴而貴取焉，賤而賤取焉。」古代朝廷重視各種人才而不分貴賤。第二段以「古者」說明如管仲之治國賢才，仍然會舉用盜賊為官員，完全沒有顧及人才前科，後以「今有」非盜賊夷狄而不用，暗諷宋朝用人重視門第。第三段用「夫古之用人，無擇於勢」是以才為主的用人，後用「今也」趨於勢而用人的不當性，只看有背景勢力之人。第四段則全論「昔者」，舉例歷史上的賢君明主，是如何用人取士。第五段則全論「今也」，即宋朝的朝廷，皆不會用人取士。蘇洵以此「古今對比」方式謀篇，無不證明「今不如古」，宋朝選人取才上是有很大的缺點，需要學習古代的各種制度改善。

〈申法〉〔註54〕篇言「古今法律」的繁簡不同。首段言古今法律差異，有著今法繁複而古法簡略的分別，今法是法律條文眾多，古法是簡單幾條而明確。第二段以「先王之作法也」，是任吏而不任法，著重在官員對法律的審判解釋，而「今之法」則為任法不任吏，官員只能遵守法律條文。最後說「古之法若方書」、「今之法若鬻屨」比喻兩者的不同性。第三段反問今之法不劣於古，卻仍有許多弊端的原因，因為「古代」的法律是執行確實，能夠有強而有力的約束性。而「今也」法律執行不落實，官員帶頭違法。總歸而言，宋朝法律不能落實施行，所以弊端叢生。蘇洵以「古今先後」的對照，脈絡自然通順，今法劣古法的態勢能井然分明。

〈議法〉〔註55〕篇也是採用古今互論法，但是和以上兩篇的稍有不同。首段言法律制度的演進狀態，由上古三代、兩漢、唐朝到宋朝，可看出法律制度的變遷，及有缺失時的各種補救方式。第二段言宋朝設有「重贖制度」來補救，只要貴族犯錯就能以金錢來贖罪。第三段討論宋代重贖制度的缺失，變成貴族犯罪者肆無忌憚。第四段探討古代的重贖，是真正散盡家財、耗盡

〔註53〕〔宋〕蘇洵：〈廣士〉，見《嘉祐集箋注》，頁104。
〔註54〕〔宋〕蘇洵：〈申法〉，見《嘉祐集箋注》，頁114。
〔註55〕〔宋〕蘇洵：〈議法〉，見《嘉祐集箋注》，頁121。

千金，宋代時則是對貴族「輕贖輕放」，喪失「重贖」制度的本意，故應當改用古代的「重贖」制度，可有效防止貴族的一再犯錯，並且把「重贖」制度延伸到百姓，使非貴族能獨享的專利，而真正被冤枉的人，也能獲得解救機會。蘇洵古今來互相比較後，今劣於古的比較又顯然可見。

不管是篇中的用古今比較法，或一小章中的使用古今比較法，兩者在互相比較之後，優劣得失自然會不言自明。然而，使用此法需要有很好見識力，方能夠能引用大量典籍資料來對照比較。

七、引書立論法

引書立論法，即引用古代書籍上的史事，來證明己所申論之事。至於如何能引書立論，爲賴平時要多讀書，多積累的功夫。所謂：「書即典也，平時讀書既多，義理之積於胸中者日益深，臨時作文，隨手拈來，即成妙蹄，引以立論，自能使書中之意，與吾意相赴，而脫去陳腐之跡。引書最忌陳腐，惟讀書有心得者。乃能於陳腐中化出新奇，其法或從書中之意，翻進一層，或從言外之意，推開一層，發出議論，如此運典，是謂以我用書，而不爲書所用，然非善於領悟者不能也。」〔註56〕蘇洵〈強弱〉、〈諫論上〉兩篇，是用此種方法來成篇。通篇使用前人之言，再加上個人的感想見解，申述成一篇新穎的文章。

〈強弱〉〔註57〕爲證明：「知有所甚愛，知有所不足愛。」來證明兵有上、中、下之分。第二段引用孫臏賽馬之說：「以君下駟與彼上駟，取君上駟與彼中駟，取君中駟與彼下駟」，故兵有分上、中、下三等，接著爲證明孫臏此說是戰略。第三段採管仲之說，再引用蕭何、韓信、秦國、孔明爲佐證。第四段再引范蠡曰、季梁曰、唐太宗曰等爲例證。本篇都在用「古人之言」來立論及證明。故茅坤言〔註58〕：「通篇將古人行事立言，而經緯成文」。

〈諫論上〉〔註59〕在說明諫言之道，如何做到：「參乎權而歸乎經者也。」要臣子達成諫言目的，而沒有策士的狡猾奸詐。中間舉出的五種方法：理論之、勢禁之、利誘之、激怒之、引諷之，此五項通通引用古代爲史實例子，包含《戰國策》、《史記》、《漢書》等，來證明蘇洵此論是無懈可擊的，古代

〔註56〕宋文蔚：《評註文法津梁》（高雄：復文書局，1993 年 2 月修訂 2 版），頁 226。
〔註57〕〔宋〕蘇洵：〈強弱〉，見《嘉祐集箋注》，頁 39。
〔註58〕高海夫主編：《唐宋八大家文鈔‧老泉文鈔》（西安：三秦，1998 年 9 月 1 版），頁 4405。
〔註59〕〔宋〕蘇洵：〈諫論上〉，見《嘉祐集箋注》，頁 242。

的臣子早已有人使用，且有著很好的成效。

　　蘇洵舉用系列的歷史典故資料，加以相互聯繫修改後，提出其中深藏的心得所在，可成爲一篇強而有力的文章。

八、逐段問難法

　　逐段問難法，是每段提出一個問題爲先，然後隨即用己意給予申說解釋。來裕恂《漢文典・文章典》稱爲問難法：「凡作辨論文字，須設爲問難，以己意分解之。如此，義方明，理方透，文亦精蘊宣昭，神采煥發。若〈漢罷鹽鐵議〉、歐陽脩〈春秋論〉、蘇洵〈春秋論〉是也。」〔註60〕吉樑《文法精論》稱爲逐層申論法：「宜於論述事理，剖析利害一類的文章，因爲逐層申論，猶如剝蕉抽繭，層出不窮，義理闡明，而題旨自出矣。」〔註61〕運用此種的方法謀篇寫作，在蘇洵的文章中常常可見到，以一問一答後，事物清楚而無疑。

　　首先是〈審敵〉〔註62〕篇中，首段即以：「本既固矣，盍釋其末以息肩乎？」探討內憂外患的所在。第二段討論匈奴爲何不能「有尺寸之地」是「何則？」，第三段：「數十年之間，能以無大變者，何也？」論說匈奴的志向是不少，接著：「然今十數年間，吾可以必無犯邊之憂。何也？」其志向是不只有侵犯邊境，再以：「然而驕傲不肯少屈者，何也？」其意在威脅而後鞏固勢力。到第四段則延伸前三段之說，舉出鼂錯的史事爲例子，證明要勿略才是長遠之計。第五段：「雖然，錯之謀猶有遺憾也？」申說鼂錯之失在於爲國家擔憂，卻沒替自己著想，並說出應變外族的各種方法。所以，整篇都是用「逐段問難法」成篇，層層分析外族的想法爲何，就是要慢慢削弱宋朝的勢力，最後一舉併吞宋朝自居。

　　〈春秋論〉〔註63〕也使用層層問難法方式，來說明孔子如何假天子之權，以《春秋》的褒貶來賞罰。第二段開始：「夫子病天下諸侯、大夫僭天子、諸侯之事而作《春秋》，而已則爲之，其何以責天下？」申述孔子賞罰是沒有實權。第三段接續上段：「然則，何足以爲天子？何足以爲《春秋》？」接著說是用魯賞、魯罰，孔子假魯國以賞罰。第四段承著上段：「何以知之？」賞罰之權是在魯國。第五段言：「魯之賞罰不出境，而以天子之權與之，何也？」

〔註60〕來裕恂（1873～1962）：《漢文典・文章典》收錄於王水照主編《歷代文話・第9冊》（上海：復旦大學，2007年11月初版），頁8566。

〔註61〕吉樑編：《文法精論》（臺北：世紀書局，1979年9月初版），頁132。

〔註62〕〔宋〕蘇洵：〈審敵〉，見《嘉祐集箋注》，頁13。

〔註63〕〔宋〕蘇洵：〈春秋論〉，見《嘉祐集箋注》，頁162。

回答出因魯國承續周公的道統在。第六段言：「假天子之權宜如何？」不可以學齊、桓兩王，再問：「夫子欲魯如齊桓、晉文，而不遂以天子之權與齊、桓者，何也？」因爲兩王都想要富國稱霸，非是眞正想要保護周氏王朝，在最後兩段總結其說。所以本篇採用一問一答，在每段提出問題，隨後立即回答，孔子著《春秋》的大意能清楚。宋朝謝疊山（1226～1289）《正續文章軌範》〔註64〕引胡思泉評：「此論有六辯六解，每辯中先立公案，然後起辯解，則隨辯而解之也，既解完又起辯，又起別解，似庖丁解牛。」非常具體說出此種方法的特色。

〈田制〉〔註65〕仍是用一問一答法，解析古今田地稅賦的制度變化，只是沒有如前兩篇的段段問答。首段先設問：「古之稅重乎？今之稅重乎？」隨後解答三代與宋朝之稅制是差距不大。第二段問：「周之稅如此，吾之稅亦如此，而其民之哀樂何如此之相遠也？」是有所原因。第三段、第四段回答此一原因在井田廢除，加上土地兼併的原因。第五段：「吾以爲不然，……，其勢亦不可得。何則？」討論井田制度是在宋朝難以恢復，又再問：「古者井田之與，其必始於唐虞之世乎？」說明井田制度，是非一朝一夕能夠完成。在最後提出「限田制度」是解決宋朝田地集中的最好對策。

蘇洵行文採用「逐段問難法」布局，有如層層剝筍般，由外圍的問題能再深入內在核心點。在一問一答之後，最後能解決各種的大小問題處，化解讀者心中的懷疑處，信服作者所提出解決之道。

九、預伏法

預伏法在文章中設下某事點，接著不管在前後中段，都是在此問題之下探討的。以此法來寫作謀篇，方能通篇連續主意發揮，猶如一個隱形的脈絡在流通。唐彪《讀書作文譜》〔註66〕言：「有預伏法，如一篇文中所載，不止一事與一意，或此一事一意，不能於篇首即見，而見於中幅，或見於後幅，作者恐後突然而出，嫌於無根，則於篇首預伏一二句以爲張本，則中後文章皆有脈絡。」今觀〈遠慮〉、〈任相〉、〈詩論〉、〈禮論〉都是近似此法。

〈遠慮〉〔註67〕即在首段探討，君主要有「機者」，就要有「腹心之臣」，預伏下這兩個論點，接著此篇都依此論述。第二段說明「無機不能」，第三段

〔註64〕　〔宋〕謝疊山：《正續文章軌範》（臺北：廣文書局，1970年12月），頁120。
〔註65〕　〔宋〕蘇洵：〈田制〉，見《嘉祐集箋注》，頁134。
〔註66〕　〔清〕唐彪：《讀書作文譜》（臺北：偉文圖書，1976年11月），頁91。
〔註67〕　〔宋〕蘇洵：〈遠慮〉，見《嘉祐集箋注》，頁80。

爲「有機者，是以有腹心之臣」，舉出許多古代爲例子。第四段以「有機」和「無機」的差別，有機是以有「腹心之臣」，第五段反論在守成太平盛世，仍要有著腹心之臣。第六段說丞相即爲腹心之臣重要，第七段喻宋代君王對待丞相之缺陷，第八段總結要待腹心之臣的重要性。因此，本篇都在首段所設下「機者」、「腹心之臣」，後段全部申說此兩點的重要性，這兩點伏流就在此篇文章中延續。

〈任相〉〔註68〕首段言相重於將，第二段再言將、相兩者的不同，相是要用「好禮」，是爲本篇所預伏的伏點。第三段待丞相要：「接之以禮，然後可以重其責而使無怨言；責之重，然後接之以禮而不爲過。」延續著第二段的用禮見解。第四段言宋代對待丞相是無禮。到第五、六段以：「待之如禮，而後可以責之如法也。」在最後一段總結本篇，用禮讓丞相「自效以報其上」，希望宋朝廷能改變「輕禮待相」的傳統。綜觀全篇都在一個「禮」字發揮。

〈禮論〉〔註69〕篇在首段埋伏一個「恥」字，後面依照此法論述而下，探討聖人用不可告人的「恥法」，來控制天下的百姓。又〈詩論〉〔註70〕第二段言「色」、「怨」是人之常情，也是文章的埋伏之處，而聖人用《詩》能夠排解色、怨的不滿之情，百姓就不會超越守聖人制定禮法。

所以，林紓《文微》言：「當使伏流在內，一綫到底，此甚緊要。」〔註71〕「爲文當有關有鎖，有首有尾，有伏有應。」〔註72〕使用「預伏法」有著爲後面建立基礎的成效。

十、翻空出奇法

翻空出奇是蘇洵文章一大特色，能夠將史事的中一小段事件，經過己意的判斷連接，衍伸出新穎道理出來。來裕恂《漢文典・文章典》稱爲翻案法：「翻案者，力翻成說，自出新義，言之確有是理者。」〔註73〕且此法大都用在「史論」題目方面，宋文蔚言：「若史論題目，能用己意，將古人事實，翻

〔註68〕〔宋〕蘇洵：〈任相〉，見《嘉祐集箋注》，頁94。

〔註69〕〔宋〕蘇洵：〈禮論〉，見《嘉祐集箋注》，頁147。

〔註70〕〔宋〕蘇洵：〈詩論〉，見《嘉祐集箋注》，頁155。

〔註71〕林紓（1852～1924）：《文微》，收錄於王水照主編《歷代文話・第7冊》（上海：復旦大學，2007年11月初版），頁6530。

〔註72〕林紓：《文微》，收錄於王水照主編《歷代文話・第7冊》（上海：復旦大學，2007年11月初版），頁6538。

〔註73〕來裕恂（1873～1962），《漢文典・文章典》收錄於王水照主編《歷代文話・第9冊》（上海：復旦大學，2007年11月初版），頁8568。

空立論，則用意既新，局法自能舒卷自如不爲題窘……古人事實，何以能翻空，仍須從題中得間而入，如張子房受書於圯上老人，蘇東坡看出老人是秦之隱君子，故能將黃石公一段，全然翻空，而用己意證實。」〔註74〕引文中已揭示此法的妙處特色，憑己意以翻空會有很好成效。

　　今觀〈高祖〉、〈子貢〉、〈項籍〉，爲採用此法來寫作，此種方法的思想在於，本研究第四章第二節「以事物成敗爲主論」上面。

　　〈高祖〉〔註75〕篇反駁常人對漢高祖只懂得爭戰，卻是不善計謀的評價。綜觀全篇之論調，只在：「周勃厚重少文，然安劉氏必勃也。可令爲太尉。」接著說出呂后不除，是因爲保護幼主漢惠帝，必斬樊噲是擔憂助長呂后叛變，安排周勃是來制衡呂后之權。以上都是憑己意與史實的事件發展融合，來證明高祖是個「有遠謀」的人物。由上面的周勃爲太尉史事中，就能和史實來互相牽引搭配，揣摩出漢高祖的各種作爲，是在保障漢朝長遠發展，故文章有「翻空出奇」的效用。

　　〈子貢〉〔註76〕篇以：「徒智可以成也，而不可以繼也。」主張要「智信」合一。接著論子貢是形成「亂齊、滅吳、存魯」的原因。蘇洵因而獻策子貢處置此難題計謀，能解決田常之亂卻又不損害他國。本篇仍是用「翻空出奇法」，紙上談兵的應對各國間關係。但是，蘇洵沒有想到在當時環境下，子貢以「保魯」爲目的，根本難以環環相扣的全盤考量。再者，蘇洵所提供的方法，也不一定百分百可行。不過此法一出後，子貢自然成爲被指責對象。

　　〈管仲論〉〔註77〕篇同樣也是「翻空出奇」，把齊國富強原因歸入鮑叔，到衰敗破滅時全歸入管仲，原因都只在「舉賢以自代」一事，讓豎刁、易牙、開方乘機作大，管仲成爲千夫所指對象，揹下齊國破滅亡國的責任。雖然，此種責任不能全算在管仲一人，仍有上篇的疏於客觀形勢缺憾。但是以寫作方法而言，同樣是有非常高超的技巧。

　　林雲銘《古文析義合編》言：「蘇家立論，多自騁筆力，未必切當事情，惟文字高妙，層層翻駁不窮，確是難得。」〔註78〕此法的優劣點就在此。並且，此法造成文章有翻騰氣象，張湘《古今文綜》言：「得問之意，扼要之理，

〔註74〕宋文蔚：《評註文法津梁》（高雄：復文書局，1993年2月修訂2版），頁98。
〔註75〕〔宋〕蘇洵：〈高祖〉，見《嘉祐集箋註》，頁72。
〔註76〕〔宋〕蘇洵：〈子貢〉，見《嘉祐集箋註》，頁58。
〔註77〕〔宋〕蘇洵：〈管仲論〉，見《嘉祐集箋註》，頁261。
〔註78〕林雲銘：《古文析義合編》（臺北：廣文書局，1989年1月7版），頁229。

驅之以銳氣，鑄之以偉詞，遂使軒然大波，起於尺幅，此亦天下之詭觀之，賈蘇自是大宗。」〔註 79〕此法也爲蘇氏善長的法則。以上歸納蘇洵古文的寫作法，把使用較多的方法予以分析，在其他方面還有開闔法、擒縱法、波瀾法等等，礙於例子較少而不一一說明。

第三節　段落技巧

一、開頭

歐陽脩〈醉翁亭記〉之起，初說滁州四面有山，凡數十字，末後乃以「環滁皆山也」五字定之，苦心經營修改，以見開頭重要。《文心雕龍》亦言：「凡文設情位體，以履端於始爲難，蓋起勢不立，文則無本，欲其本立，則宜慎始。」〔註 80〕因此有說：「凡爲文最爭起筆。」〔註 81〕，一篇文章的開頭起筆處，是值得加以研究分析。

蘇洵的古文在落筆開頭時，常有「石破天驚」之勢態，短短的起首幾句，就有突顯全篇之主腦，讓讀者如在睡夢中赫然驚醒。同時，起首處是作者的大意所在，也可爲文章的關鍵之處。在文章之後來的各種申說、引證或立論等，都是再延續開頭提出或設下的觀點，再來依此申說發揚。以下由文章類別看蘇洵的起筆開頭。

在「政論文」的起筆處，能夠相應篇旨所在，首句看出全篇要旨：

> 治天下者定所上。所上一定，至於萬千年不變，使民之耳目純於一，
> 而子孫有所守，易於爲治。〔註 82〕

> 中國內也，四夷外也。憂在內者，本也；憂在末者，末也。〔註 83〕

〈審勢〉言國家定所「上」重要，宋朝則是所「上」不明。〈審敵〉以內外之分，失內在國本勝過外本，宋朝過度恐懼四夷外在威脅，用賄賂求合的外交政策，已嚴重影響到內在的國政，以上兩篇的起句，都能明示大義。在討論「軍事作戰」的篇章：

〔註 79〕張湘：《古今文綜》（臺北：臺灣中華書局，1962 年版），第 2 冊，第 31 頁。

〔註 80〕〔梁〕劉勰：〈鎔裁〉，見范文瀾注《文心雕龍注》（臺北：開明書店，1985 年 10 月），卷七，頁 5。

〔註 81〕吳闓生：《桐城吳氏古文法》（臺北：文津，1979 年 4 月），頁 79。

〔註 82〕〔宋〕蘇洵：〈審勢〉，見《嘉祐集箋注》，頁 1。

〔註 83〕〔宋〕蘇洵：〈審敵〉，見《嘉祐集箋注》，頁 13。

爲將之道，當先治心。〔註84〕

知有所甚愛，知有所不足愛，可以用兵矣。〔註85〕

古之善攻者，不盡兵以攻堅城；善守者，不盡兵以守敵衝。〔註86〕

〈心術〉強調爲將者「治心」的重要，後段所言戰爭七事都和「心」關聯。〈強弱〉言有「所甚愛」及「不足愛」，延伸出士兵有「強、中、弱」三種的戰場應用。〈攻守〉的「不盡兵」以攻守，士兵的多寡非勝負關鍵，強調「以奇致勝」重要性。所以在軍事篇章中開頭，是爲該篇談論戰法或戰術的總綱。

「史論文」欲要討論人物事件時，同樣是開頭不凡，能直指歷史核心處，例如：

君子之道，智信難。〔註87〕

六國破滅，非兵不利，戰不善，弊在賂秦。〔註88〕

吾嘗論項籍有取天下之才，而無取天下之慮。〔註89〕

事有必至，理有固然，惟天下之靜者乃能見微而知著。〔註90〕

管仲相桓公，霸諸侯，攘諸侯，終其身齊國富強，諸侯不叛。管仲死，豎刁、易牙、開方用，桓公薨於亂，五公子爭立，其禍蔓延，訖簡公，齊無寧歲。〔註91〕

〈子貢〉言「智信」難以兼顧，而子貢爲「重智略信」實例。〈六國〉歸咎六國破滅總因在「賂秦」。〈項籍〉說項籍有取「天下之才」，卻無「天下之慮」的打算，沒有野心成爲項羽失敗的關鍵。〈辨奸論〉以「事有必至，理有固然」，言王安石的不近人情，不合乎尋常之事理，只有「見微而知著」之人，才可以看透。〈管仲論〉以生前「相桓公」政績，再言「管仲死」後的局勢，成敗維繫管仲一人。因此，在史論文開頭的首句，歷史事件或人物是非功過，十之七八清楚未來趨向。

在談論「國家內政」時亦同，首句指出該篇大要：

〔註84〕〔宋〕蘇洵：〈心術〉，見《嘉祐集箋注》，頁29。

〔註85〕〔宋〕蘇洵：〈強弱〉，見《嘉祐集箋注》，頁39。

〔註86〕〔宋〕蘇洵：〈攻守〉，見《嘉祐集箋注》，頁43。

〔註87〕〔宋〕蘇洵：〈子貢〉，見《嘉祐集箋注》，頁58。

〔註88〕〔宋〕蘇洵：〈六國〉，見《嘉祐集箋注》，頁62。

〔註89〕〔宋〕蘇洵：〈項籍〉，見《嘉祐集箋注》，頁66。

〔註90〕〔宋〕蘇洵：〈辨姦論〉，見《嘉祐集箋注》，頁271。

〔註91〕〔宋〕蘇洵：〈管仲論〉，見《嘉祐集箋注》，頁261。

　　　古之善觀人之國者，觀其相何如人而已。〔註92〕

　　　古之取士，取於盜賊，取於夷狄。〔註93〕

　　　武王不泄邇，不忘遠。〔註94〕

　　　古之法簡，今之法繁。簡者不便於今，而繁者不便於古。〔註95〕

　　　夫人之所爲，有可勉強者，有不可勉強者。〔註96〕

　　　人君御臣，相易而將難。〔註97〕

〈任相〉以「相何如人」，宰相表現出國家盛衰情況。〈廣士〉言古代「取於
盜賊，取於夷狄」，用人是要不拘門第貴賤的限制。〈重遠〉以武王治國時「不
忘遠」，警示宋朝的重內輕外政策。〈申法〉點出古今法律「繁簡」明顯差別。
以上，首句將篇題解釋，是文章的濃縮提要。〈養才〉述「不可勉強者」是
眞正難得的人才。〈御將〉言「武將」難在領導。從中蘇洵開頭喜以「古代」
爲例子，古代是如何制度，對比到宋朝之缺失。從以上開頭，也看出文章要
領。

　　蘇洵在談論「六經時」，首句仍是引領整篇：

　　　聖人之道，得禮而信，得《易》而尊。〔註98〕

　　　夫人之情，安於其所常爲，無故而變其俗，則其勢必不從。〔註99〕

　　　禮之始作也，難而易行。既行也易而難久。〔註100〕

　　　人之嗜欲，好之有甚於生；而憤憾怨怒，有不顧其死，於是禮之權

　　　又窮。〔註101〕

〈易論〉以得《易》而尊，引出《易》有輔助禮的功效。〈禮論〉的內涵是在
「變其俗」，給人守禮而棄俗。〈樂論〉是維護《禮》恆久不墜的支柱。〈詩論〉
言人有「憤憾怨怒」，故要有《詩》宣洩。觀察首句即可發現，此經典爲何要
被聖人創造的原因，《詩》、《樂》、《易》是協助禮的運作。在「書信文」的寫

〔註92〕〔宋〕蘇洵：〈任相〉，見《嘉祐集箋注》，頁94。

〔註93〕〔宋〕蘇洵：〈廣士〉，見《嘉祐集箋注》，頁104。

〔註94〕〔宋〕蘇洵：〈重遠〉，見《嘉祐集箋注》，頁99。

〔註95〕〔宋〕蘇洵：〈申法〉，見《嘉祐集箋注》，頁114。

〔註96〕〔宋〕蘇洵：〈養才〉，見《嘉祐集箋注》，頁110。

〔註97〕〔宋〕蘇洵：〈御將〉，見《嘉祐集箋注》，頁88。

〔註98〕〔宋〕蘇洵：〈易論〉，見《嘉祐集箋注》，頁142。

〔註99〕〔宋〕蘇洵：〈禮論〉，見《嘉祐集箋注》，頁147。

〔註100〕〔宋〕蘇洵：〈樂論〉，見《嘉祐集箋注》，頁151。

〔註101〕〔宋〕蘇洵：〈詩論〉，見《嘉祐集箋注》，頁155。

作上，起筆仍就能點出欲表達的中心點，開展文章寫作的脈絡，如以「討論國家制度」爲起句：

> 昭文相公執事：天下之事，制之在始；始不可制，制之在末。〔註102〕

> 判府左丞閣下：天下無事，天子甚尊，公卿甚貴，士甚賤。〔註103〕

> 舍人執事：方今天下雖號無事，而政化未清，獄訟未衰息，賦斂日重，府庫空竭，而大者又有二虜之不臣。〔註104〕

〈上文丞相書〉言「始末」之問題，談論著宋朝用人取才上缺陷。〈上王長安書〉言「天子、公卿、士」是環環相扣，導出三者以「士」最重要。〈上韓舍人書〉指出當今有許多「內憂外患」問題，值得爲官者去深思。以上三篇皆由「國家制度」切入討論，吸引受信者是政要的留意，繼續閱讀蘇洵所反映的政事。

以下開頭法轉向自己或受信者，和上述討論外在制度上有所變化：

> 太尉執事：洵著書無他長，及言兵事，論古今形勢，至自比賈誼。
>
> 〔註105〕

> 內翰諫議執事：士之能以其姓名聞乎天下後世者，夫豈偶然哉！
>
> 〔註106〕

> 相公閣下：往年天子震怒，出逐宰相，選用舊臣堪付屬以天下者，
>
> 使在相府，與天下更始，而閣下之位實在第三。〔註107〕

〈上韓樞密書〉以蘇洵特長「言兵事，論古今形勢」，說明自己的專長在論兵，引發韓太尉的興趣。〈上歐陽內翰第二書〉以爲文名遠傳是「豈偶然哉」，表示過度稱揚蘇洵的文章，卻沒有實際的具體行動，兩文都是以自己爲主的起首。〈上富丞相書〉言天子求新政急切，富弼身居高位，卻無動於衷之憾。先探討富弼的進退狀況，使他備覺貼切，以上皆在說明兩者相關事物爲開頭。在「請求引薦」的書信文方面，起句指出該篇書信目的，不管是在明說或暗說：

> 侍郎執事：明公之知洵，洵知之；明公知之，他人亦知之。〔註108〕

〔註102〕〔宋〕蘇洵：〈上文丞相書〉，見《嘉祐集箋注》，頁313。

〔註103〕〔宋〕蘇洵：〈上王長安書〉，見《嘉祐集箋注》，頁343。

〔註104〕〔宋〕蘇洵：〈上韓舍人書〉，見《嘉祐集箋注》，頁349。

〔註105〕〔宋〕蘇洵：〈上韓樞密書〉，見《嘉祐集箋注》，頁301。

〔註106〕〔宋〕蘇洵：〈上歐陽內翰第二書〉，見《嘉祐集箋注》，頁333。

〔註107〕〔宋〕蘇洵：〈上富丞相書〉，見《嘉祐集箋注》，頁307。

〔註108〕〔宋〕蘇洵：〈上張侍郎第一書〉，見《嘉祐集箋注》，頁345。

省主侍郎執事：洵始至京師時，平生親舊，往往在此，不見者蓋十
年矣，惜其老而無成。〔註109〕

洵年老無聊，家產破壞，欲從相公乞一官職。非敢望如朝廷所以待
賢俊，使之志得道行者；但差勝於今，粗可以養生遺老者耳。〔註110〕

〈上張侍郎第一書〉以張方平「知之」蘇洵，蘇洵「知之」張方平，故蘇洵
敢斗膽請求推薦。〈上張侍郎第二書〉以蘇洵自己「惜其老而無成」，作為請
求張方平再推薦。〈上韓丞相書〉言「養生遺老者耳」者，暗示身居小官是難
以發揮。以上是「請求引薦」的文章，開頭清楚點出此信的來意。

在其他篇章中開頭中，同樣是說該篇的總綱：

史何為而作乎？其有憂也。何憂乎？憂小人也。〔註111〕

古之諫論，常與諷而少直，其說蓋出於仲尼。吾以為諷、直一也，
顧用之之術何如耳。〔註112〕

夫臣能諫，不能使君必納諫，非真能諫之臣；君能納諫，不能使臣
必諫，非真能納諫之君。〔註113〕

始予少年時，父母俱存，兄弟妻子備具，終日嬉游，不知有死生之
悲。〔註114〕

右洵先奉敕編禮書，後聞臣寮上言，以為祖宗所行不能無過差；不
經之事，欲盡芟去，無使存錄。〔註115〕

〈史論上〉以問答法開頭，言作史目的在「憂小人」，使小人留下萬世之惡
名。〈諫論上〉要臣下有「諷直合一」的心，再用「術」的方法達成諫言。〈諫
論下〉從另一方向思考，第一句說出〈諫論上〉大意，第二句則說明，君王
需驅使臣子提出諫言。首句依舊指出了篇章大意。〈極樂院造六菩薩記〉先
以少年的家庭圓滿和樂，點出未來是「死生之悲」的無常變化，成為本篇之
要。〈議修禮書狀〉言群臣要求修書體例「記善刪惡」，後段順著此點而加以
反駁建議。

〔註109〕〔宋〕蘇洵：〈上張侍郎第二書〉，見《嘉祐集箋注》，頁347。

〔註110〕〔宋〕蘇洵：〈上韓丞相書〉，見《嘉祐集箋注》，頁352。

〔註111〕〔宋〕蘇洵：〈史論上〉，見《嘉祐集箋注》，頁229。

〔註112〕〔宋〕蘇洵：〈諫論上〉，見《嘉祐集箋注》，頁242。

〔註113〕〔宋〕蘇洵：〈諫論下〉，見《嘉祐集箋注》，頁251。

〔註114〕〔宋〕蘇洵：〈極樂院造六菩薩記〉，見《嘉祐集箋注》，頁401。

〔註115〕〔宋〕蘇洵：〈議修禮書狀〉，見《嘉祐集箋注》，頁433。

因此，蘇洵古文的起筆開頭，經由上文的條例分析後，是有引領全篇的關鍵之處，說明出了該篇章的大意處。蔣建文《從作文原則談作文方法》〔註116〕言：「通常開端要能敘明情由，引人入勝，所以應用簡略平易筆法，以及說得自然動聽。」所以，蘇洵文章的開頭首句，大都是該篇文章的小提綱，近似「開門見山法」為多。運用此法，就無拖泥帶水或涵意不清之病，讀者在看到開頭後，十之八九清楚本篇的討論主旨，及背後的寫作用意。

二、轉折

文章無一氣直行之理，若是一氣直行而下，則氣勢一泄不復返，無法百折迴繞，蘊藏氣勢再生，道理上難說明齊全，因此文章需要轉折。《讀書作文譜》〔註117〕言轉折法：「文章說到此理已盡，似難再說，拙筆至此，技窮矣，巧人一轉彎，便又另是一番境界，可以生出許多議論，理境無窮，若欲更進，未嘗不可再轉也，凡更進一層，起一論者，皆轉之理也。」此為轉法的重要性，能在議論時別開生面，更進一步。在折法上則稍有差異性，唐彪又說：「折則有迴環反復之致焉，從東而折西，或又從西折東也其間有數十句中，四五折者，有三四句，一句一折者，大都四五折後，即不可復折，其往復合離，抑揚高下之致，較之平敘無波者，自然意味不同也，比折之理也。」〔註118〕用折法能在同一事情中，上下左右以曲盡事物，迴環反復。不管是轉或折，使用轉折法能使文章別開新境，有「山窮水盡疑無路，柳暗花明又一村」效果。以下探討蘇洵文章中的轉折法：

〈送石昌言使北引〉〔註119〕前半部敘述和石家的交往情況，有著峰迴路轉的變化性，同時代表著蘇洵學習成長，及石昌言對蘇洵的深切期待情感。兩者由於是親戚的關係，所以在年幼時是兩人「甚狎」親近，後來石昌言進士及第，蘇洵卻是到處遊蕩不學，蘇洵察覺石昌言對他態度是「甚恨」疏遠。最後石昌言外出任官不相聞，直到蘇洵到京師時，呈上經發奮學習過後的文章，石昌言轉而「甚喜稱善」的鼓勵，化解蘇洵晚學無師，所以「中甚自慚」的自卑心態。從石昌言的態度的轉化，證明蘇洵努力讀書是沒有白費。此篇

〔註116〕蔣建文：《從作文原則談作文方法》（臺北：臺灣商務，1995 年 12 月增訂三版），頁 133。

〔註117〕〔清〕唐彪：《讀書作文譜》（臺北：偉文圖書，1976 年 11 月），頁 86。

〔註118〕〔清〕唐彪：《讀書作文譜》（臺北：偉文圖書，1976 年 11 月），頁 86。

〔註119〕〔宋〕蘇洵：〈送石昌言使北引〉，見《嘉祐集箋注》，頁 419。

引文可說善於轉折，經轉折後而情韻不斷，文章更是餘波蕩漾，收信者將有不同感觸，倍覺兩人是親切無比。

在〈木假山記〉〔註 120〕篇偏向用折法，第一段：「幸而至於任爲棟樑則伐；不幸而爲風之所拔，……，幸而得不破折，………，其最幸者，……。」用了一個「幸」、「不幸」情況，而「最幸者」是蘇洵要強調的。整段在述說一個木頭之變化，經過轉折三次之後，各種的假設情況都出現。等到轉向家中的三峯時，等於是再重覆上一段說法，仍是再一次用轉折法，他說：「且其蘖而不殤，拱而不夭，任爲棟樑而不伐，風拔水漂而不破折，不腐；不破折，不腐，而不爲人所材。」上段是用「幸」字，到此段改成「不」字，從不殤、不夭、不伐、不破折、不腐等，本來一塊自然形成的木頭，在轉折五次後，就有著高低起伏的變化，讓讀者知道木假山形成的困難重重，暗喻蘇洵父子的人才難得。

〈上歐陽內翰第一書〉雖只有三大段，但在仔細觀察後發現：每段都是先從他人再轉到自己，「他人」是歐陽脩等新黨集團的掌權狀態，「自己」爲蘇洵學習轉變的過程，把兩者本是互不相干的事情，經轉折法後連接在一起。在第一段先說新黨興起之狀態，接著轉入：

> 而洵也，自度其愚魯無用之身，不足以自奮於其間……不幸道未成，而富公北，執事與余公、蔡公分散四出……洵時在京師，親見其事……退而處十年，雖未敢自謂其道有成矣，然浩浩乎，其胸中若與曩者異。而余公適亦有成功於南方……喜且自賀，以爲道既已粗成，而果將有已發之也。〔註 121〕

在第一段轉折三次：一、新黨得勢而自己尚未成功，二、至新黨失勢，自己回鄉發憤讀書，三、新黨重取回政權時，自己已學成而等待新黨人士提拔。在第一段時運用轉折法高妙。在本篇文章第二段時，有別於前段是討論新黨與自己狀況，忽然轉入到探討歷代文學家及歐陽脩的文章中，此轉偏重在受信者歐陽脩，因爲兩人都有「好文」的共同興趣。到了第三段再轉：「雖然，執事之名滿天下，雖不見其文，而固已知有歐陽子矣。而洵也……。」則轉入詳述自己的求知讀書歷程。在整篇不僅在全篇或段落，把歐、蘇兩人互相結合，時而討論自己，有時敍說他人，運用轉折而文章餘味無窮。

〔註 120〕〔宋〕蘇洵：〈木假山記〉，見《嘉祐集箋注》，頁 404。
〔註 121〕〔宋〕蘇洵：〈上歐陽內翰第一書〉，見《嘉祐集箋注》，頁 327～328。

在短篇文字寫作上，仍舊以善用轉折法取勝。吳闓生言：「凡短篇文字，專以轉折取勝，尤必命意高出尋常，此等文字，最宜效法，可以增瀋才思，長拓筆力。」〔註122〕今觀蘇洵〈名二子說〉這篇短小的文章，是把轉折法的發揮到極致，先說明車子的結構零件，軾、轍的功用不同，轉而到二子的人身個性。說蘇軾：「雖然，去軾，則吾未見其爲完車也。軾乎，吾懼汝之不外飾也。」說蘇轍：「雖然，車仆馬斃，而患亦不及轍，是轍者，善處乎禍福之間也。轍乎，吾知免矣。」一小段的文字快速的直轉二次。故楊慎《三蘇文範》〔註123〕云：「字數不多，而婉轉折旋，有無限思意，此文字之妙。觀此老泉之所以逆料二子終身，不差毫釐，可謂深知二子矣！」用轉折法讓文章前後連接。

〈易論〉篇也是精於轉法之妙，本文在第一段與第二段之時，先討論禮的效用處，是有著明確的規範性，在進入第三段時，忽然使用：「雖然，明則易達，易達則褻，褻則易廢。」在這個轉折過度後，如舟行順江而下，帶到爲何要作《易》來爲之幽的原因，全文重心也轉向後半段，探討《易》的生成作用。

〈樂論〉篇同樣近似上文之法，善於轉折奧妙處，在第四段後半部份：「事有不必然者，則吾之不足以折天下之口，此告語之所不及也。告語之所不及，必有以陰驅而潛率之。」於是就轉入「至神之機」的《樂》，在最後一段說明《樂》的效用，有著深入人心的神妙效用，輔助禮的運行，故能：「禮之所不及，而樂及焉。」使維持禮法的運行，由《樂》得知能輔助禮效用。

〈詩論〉篇在第一、二、三段，討論著人心有「好色怨憤」心理，是每個人的自然的情緒現象，但是如此下去而不節制，將會損害到禮的運行法則。蘇洵在第四段之時，忽然間神來一轉：「故聖人之道，嚴於禮而通於《詩》。《禮》曰：必無好色，必無怨而君父兄。《詩》曰：好色而無至於淫，怨而君父兄而無至於叛。嚴以待天下之閒人，通以全天下之中人。」整篇文章經此轉變後，《詩》成爲舒解「好色怨憤」的疏通管道。

所以，善用轉折法讓題旨顯明，有撥雲見日之效，兒島獻吉郎言：「文之轉法，不唯以過渡爲目的，且實是一篇主意發揮之所，通篇文字依此而活，

〔註122〕吳闓生：《桐城吳氏古文法》（臺北：文津，1979年4月），頁56。
〔註123〕高海夫主編：《唐宋八大家文鈔校注集評‧老泉文鈔》（西安：三秦，1998年4月），頁4539。

又可依此而死的。」〔註124〕若沒有即時的橫筆一轉，事物道理則暗淡不明，陷入在不知所云，並且，在討論人的問題上，經由轉折後，更顯得餘波盪漾，情韻無窮。

三、結尾

所謂文章要看結筆處，能再突顯文章高峰，掀起另外一波高潮，更讓讀者能一歎三詠，明晰文章題旨效用，而凡人往往有忽略結尾的重要。謝无量《實用文章義法》〔註125〕云：「學文者於結束處多忽略，謂文章之功，不在於尾，不知一篇命脈歸束在此，是尤篇法之要也，唐宋八大家之文，其結處每有可觀。」蘇洵古文的收筆如同起筆，仍要去分析如何結尾。

林紓《畏廬論文》〔註126〕收筆曰：「爲人重晚節，行文看結穴，文勢文氣，趨到結穴，往往敝懈其敝也，非有意其懈也，非無力以爲，前路經營費幾許大力，區區收束，不過令人知其終局而已，或已有爲敝懈之氣，所中者，即讀者亦不甚注意，大抵注意，多在中堅，於精神團結處，擊節稱賞，過後尚有餘思，及著到末路，以爲事已前提，此特言其究竟，因而不復留意，乃不知古人用心，正能于人不留意處，偏自留意。故大家之文，于文之去路，不惟能發異光，而且長留餘味。」細讀大家作文的結尾處，就能知道與眾不同，是不能夠輕易忽略。蘇洵的收筆形式較爲多元，有別於開頭起首的單純方式，並各自有不同的特色。以下共分成十類討論：

（一）以贊嘆方式收筆

即每篇結束之際，以「贊嘆之意，收結全篇」〔註127〕，蘇洵通常以「嗚呼」兩字來作結，有著讚美或感嘆兩種，使之韻味無窮。例如：

> 嗚呼！是亦間也。〔註128〕
> 嗚呼！是七國之勢也。〔註129〕
> 嗚呼！高帝可謂知大計矣。〔註130〕

〔註124〕〔日〕兒島獻吉郎著‧孫俍工譯：《中國文學通論》（臺北：臺灣商務，2004年5月臺一版），頁117。
〔註125〕謝无量：《實用文章義法》（臺北：華正書局，1979年6月），頁31。
〔註126〕林紓：《畏廬論文三種》（臺北：文津，1978年7月），頁58。
〔註127〕陳新雄：〈文則論〉，收錄《慶祝高仲華先生六秩誕辰論文集（下）》（臺北，國立臺灣師範大學國文研究所，1968年3月出版），頁1182。
〔註128〕〔宋〕蘇洵：〈用間〉，見《嘉祐集箋注》，頁50。
〔註129〕〔宋〕蘇洵：〈審敵〉，見《嘉祐集箋注》，頁18。

嗚呼，此不可與他人道之，唯吾兄可也。〔註131〕

彼管仲者，何以死哉！〔註132〕

〈用間〉說明用正當之計謀，會取得最後勝利。〈御將〉稱揚漢高祖的善於重賞用人，以上偏向讚美。〈審敵〉希望要把握時機，採用蘇洵的強政建言。〈仲兄字文甫說〉向蘇渙說改名之原委，只有兄長能夠體會。〈用間〉感嘆管仲為何早逝，又沒有安排好賢人，偏向於感嘆。

（二）以結束垂戒收筆

歸有光《文章指南》〔註133〕說：「凡作罵題文章，須於結末垂規戒意，方有餘味，此雖小節，亦不可略，如杜牧之〈阿房宮賦〉蘇明允〈六國論〉皆得此法。」不只是罵題性文章，其他篇章也有效果。故以「結束垂戒」方式收筆，可以讓讀者警惕此問題的缺失，給當代或後代執政者有所借鏡。例如：

苟以天下之大，下而從六國破亡之故事，是又在六國下矣。〔註134〕

彼不先審天下之勢，而欲應天下之務，難矣！〔註135〕

嗚呼！後之春秋，亂邪，僭邪，散邪？〔註136〕

慎無若王通、陸長源輩，囂囂然冗且僭，則善矣。〔註137〕

史之才誠難矣！後之史宜以是為監，無徒譏之也。〔註138〕

〈六國〉暗喻宋朝的賄賂政策，不然就如六國的翻版。〈審勢〉希望宋朝改變弱政的缺點，方可處理天下的大事。〈春秋論〉認為後代史書隨意冠以《春秋》名號，是不符合《春秋》宗旨。〈史論上〉、〈史論下〉言後代史書作者每下愈況，是不通史學的後果。以上的結尾都是希望，在文章作者所論及的事物，都能夠加以注意改進，有著勸諫改進的效果。

（三）以預言方式收筆

用預言方式作結尾，給讀者確信到蘇洵有洞燭機先能力，在他人未注意時，就先行透露在文章之中，預料未來的結局發展。尤其是在論及人物的「是

〔註130〕〔宋〕蘇洵：〈御將〉，見《嘉祐集箋注》，頁90。

〔註131〕〔宋〕蘇洵：〈仲兄文甫說〉，見《嘉祐集箋注》，頁413。

〔註132〕〔宋〕蘇洵：〈管仲論〉，見《嘉祐集箋注》，頁262。

〔註133〕〔明〕歸有光：《文章指南》（臺北，廣文書局，1991年7月再版），頁27。

〔註134〕〔宋〕蘇洵：〈六國〉，見《嘉祐集箋注》，頁63。

〔註135〕〔宋〕蘇洵：〈審勢〉，見《嘉祐集箋注》，頁5。

〔註136〕〔宋〕蘇洵：〈春秋論〉，見《嘉祐集箋注》，頁165。

〔註137〕〔宋〕蘇洵：〈史論上〉，見《嘉祐集箋注》，頁230。

〔註138〕〔宋〕蘇洵：〈史論下〉，見《嘉祐集箋注》，頁239。

非功過」處。蘇洵常以「己意」收筆，預言出未來的趨向。例如：

> 誰謂百歲之後，椎埋屠狗之人，見其親戚乘勢爲帝王而不欣然從之
> 邪？吾故曰：彼平、勃者，遺其憂者也。〔註139〕

> 今田氏之勢，何以異此？有魯以爲齊，有高、國、鮑、晏以爲灌嬰，
> 惜乎賜之不出於此也！〔註140〕

> 不然，天下將被其禍，而吾獲知言之名，悲夫！〔註141〕

> 軾乎，吾懼汝之不外飾也。……轍乎，吾知免矣。〔註142〕

〈高祖〉以椎埋屠狗之人，預言著樊噲必定造反，只是陳平、周勃沒有事先
處斬樊噲。〈子貢〉預測採用蘇洵規劃計謀，就能遠勝子貢只保魯國小計。〈辨
奸論〉預測王安石必定成大患，蘇洵寧願自己預言失準。〈名二子說〉點出二
子的個性趨向，及日後要注意之處。以上都敢於「直言預測」事物，但如〈高
祖〉、〈子貢〉難免有事後立說之弊。

（四）總結主題收筆

蘇洵古文有以總結主題作結尾，《漢文典‧文章典》〔註143〕說：「總結者，
要事之終以結之也。」如此收筆能回應主題，更加發揮文章題旨，在議論更
是氣力萬鈞，證明作者的建議是可用。例如：

> 夫使有罪者不免於困，而無辜者不至於笞戮，一舉而兩得，斯智者
> 之爲也。〔註144〕

> 贓吏、冗流勿措其間，則民雖在千里外，無異於處畿甸中矣。〔註145〕

> 是以龍逢、比干吾取其心，不取其術；蘇秦、張儀吾取其術，不取
> 其心：以爲諫法。〔註146〕

> 其必先治此五者，而後詰吏胥之姦可也。〔註147〕

〈廣士〉希望天下沒有「流落人才」在民間。〈議法〉改良赦免的法律，有著

〔註139〕〔宋〕蘇洵：〈高祖〉，見《嘉祐集箋注》，頁74。
〔註140〕〔宋〕蘇洵：〈子貢〉，見《嘉祐集箋注》，頁60。
〔註141〕〔宋〕蘇洵：〈辨奸論〉，見《嘉祐集箋注》，頁272。
〔註142〕〔宋〕蘇洵：〈名二子說〉，見《嘉祐集箋注》，頁415。
〔註143〕朵裕恂：《漢文典‧文章典》，收錄於王水照主編《歷代文話‧第9冊》（上海：
　　　　復旦大學，2007年11月），頁8560。
〔註144〕〔宋〕蘇洵：〈議法〉，見《嘉祐集箋注》，頁123。
〔註145〕〔宋〕蘇洵：〈重遠〉，見《嘉祐集箋注》，頁101。
〔註146〕〔宋〕蘇洵：〈諫論上〉，見《嘉祐集箋注》，頁244。
〔註147〕〔宋〕蘇洵：〈申法〉，見《嘉祐集箋注》，頁117。

一舉兩得功效。〈重遠〉使遠地居民如在京師，同樣有優秀的官員施政，〈諫論上〉改進諫言法缺失，〈申法〉應將破壞法律制度的五種人先治理，以建立法律的落實。這些結尾都有回應文章主題的效用，讓文章前後完整。

（五）以自信之言收筆

蘇洵以「自信之言」收筆，自信之言使讀者信服，贊同作者所提出來的觀點及見解，即使作者提出來的觀點方法有異，也容易被此「自信之言」迷惑，認爲此法可在當時施行無礙。故以此法收筆，稍帶點「誇飾」成分。例如：

> 夫民家出一大而得安坐以食數百畝之田，征繇科斂不及其門，然則彼亦優爲之矣。〔註148〕
> 夫端坐於朝廷，下令於天下，不驚民，不動眾，不用井田之制，而獲井田之利，雖周之井田，何以遠過於此哉？〔註149〕
> 今乃始遇我而後得傳於無窮。〔註150〕
> 誠如是，欲聞讜言而不獲，吾不信也。〔註151〕
> 進士、制策網之於上，此又網之於下，而曰天下有遺才者，吾不信也。〔註152〕

〈兵制〉、〈田制〉篇中，若朝廷採用蘇洵建議的新制度，必定會有成功的效用。〈老翁井銘〉充滿對自己文章的自信心。〈諫論下〉要君王採用賞罰後，肯定臣子必定會諫言，〈廣士〉遵照此法則沒有流落賢才。以上顯現，蘇洵對所寫文章的自信，對自己文章充滿信心，方能懾服讀者之心，信從蘇洵提出的國政主張。

（六）以互爲搭配來收筆

蘇洵〈易論〉、〈禮論〉、〈樂論〉、〈詩論〉四篇，在結尾處明白表現出來，四篇是有環環相扣，且是「互爲搭配」之關係。例如：

> 於是因而作《易》以神天下之耳目，而其道尊而不廢。此聖人用其機權以持天下之心，而濟其道於無窮也。〔註153〕

〔註148〕〔宋〕蘇洵：〈兵制〉，見《嘉祐集箋注》，頁129。
〔註149〕〔宋〕蘇洵：〈田制〉，見《嘉祐集箋注》，頁137。
〔註150〕〔宋〕蘇洵：〈老翁井銘〉，見《嘉祐集箋注》，頁407。
〔註151〕〔宋〕蘇洵：〈諫論下〉，見《嘉祐集箋注》，頁252。
〔註152〕〔宋〕蘇洵：〈廣士〉，見《嘉祐集箋注》，頁106。
〔註153〕〔宋〕蘇洵：〈易論〉，見《嘉祐集箋注》，頁144。

此聖人之所慮，而作《易》以神其教。〔註154〕

正聲入乎耳，而人皆有事君、事父、事兄之心，則禮者固吾心之所

有也，而聖人之說，又何從而不信乎？〔註155〕

吁！禮之權窮於易達，而有《易》焉；窮於後世之不信，而有樂焉；

窮於強人，而有《詩》焉。吁！聖人之慮事也蓋詳。〔註156〕

〈易論〉以聖人作《易》，要輔助禮之道不廢，就是維持〈禮論〉中的主張。
〈禮論〉再次言聖人作《易》，是為了維護禮教的持久不墜。〈樂論〉在使用
音樂後，能夠讓百姓遵守禮教。在最後〈詩論〉總結出四篇是相互配合，在
禮窮後有〈易論〉、怕人民不信任而有〈樂論〉、為符合人情抒發而有〈詩論〉。
所以三篇皆是輔佐〈禮論〉而成，在結尾時能和此系列文章主旨結合。

（七）以恭敬謹慎收筆

蘇洵書信、奏議文結尾處，常以「恭敬謹慎」收筆。對素昧平生的長官
致書，應以恭敬為宜，以表示官民有別，是經謹慎下筆後而寫。才會讓受信
者得到好印象。例如：

臣洵誠惶誠懼、頓首頓首，謹書。〔註157〕

惟恕其狂易之誅，幸甚，幸甚！不宣，洵惶恐再拜。〔註158〕

將使軾、轍求進於下風，明公引而察之。有一不如所言，願賜誅絕，

以懲欺罔之罪。〔註159〕

〈上皇帝書〉以老病不願赴京考試，謹慎上書後表示對國家的建言。〈上韓昭
文論山陵書〉排除眾議表示己見，希望高官不要責備生氣。〈上張侍郎第一書〉
用人格保證蘇洵及二子，是真正有實力的人。以上皆以謹慎收筆之法，讓收
信者倍感尊重，文章是在深思熟慮所為，字字句句都是真實表現。

（八）以願望所求收筆

蘇洵寫下許多的書信文，最後段會寫出所求之願望，其中可區分成「提
拔當官」與「欲拜見」兩種。兩種皆是帶著「有願望、有所求」，亦是此類書
信文章的寫作目的，因為在最後段若加強來信目的，方便受信者清楚蘇洵的

〔註154〕〔宋〕蘇洵：〈禮論〉，見《嘉祐集箋注》，頁149。
〔註155〕〔宋〕蘇洵：〈樂論〉，見《嘉祐集箋注》，頁152。
〔註156〕〔宋〕蘇洵：〈詩論〉，見《嘉祐集箋注》，頁156。
〔註157〕〔宋〕蘇洵：〈上皇帝書〉，見《嘉祐集箋注》，頁293。
〔註158〕〔宋〕蘇洵：〈上韓昭文論山陵書〉，見《嘉祐集箋注》，頁357。
〔註159〕〔宋〕蘇洵：〈上張侍郎第一書〉，見《嘉祐集箋注》，頁346。

來意。「提拔當官」是希望這些上位者，可以賞識蘇洵的過人才學，把蘇洵推薦給朝廷，以取得一官半職的機會，例如：

> 君臣之體順，而畏愛之道立，非太尉吾誰望邪？不宣。洵再拜。〔註160〕
>
> 此可以復動其志，故遂以此告其左右，惟相公亮之。〔註161〕
>
> 伏惟讀其書而察其心，以輕重其禮，幸甚幸甚！〔註162〕
>
> 惟執事思其十年之心如是之不偶然也而察之！〔註163〕
>
> 若夫其言之可用與其身之可貴與否者，執事事也，執事責也，於洵何有哉！〔註164〕
>
> 蓋窮困如此，豈不爲之動心而待其多言邪！〔註165〕

「望、亮、察、責、多言」是爲結尾的關鍵字，「望」請太尉幫忙，「亮」求文丞相將蘇洵發亮，「察」要歐陽脩體察蘇洵用功讀書之心，「責」表示推薦賢人是田樞密的責任，「多言」表達蘇洵的現況是急需幫助。以上都是直接或隱含著，需藉助長官們的出力相助，推薦蘇洵仍是布衣之身的人才。

第二種是「欲拜謁見面」，畢竟蘇洵只是個布衣百姓，有的高官大臣是聽聞其名，卻未與蘇洵見面。故此，蘇洵要事先去拜見大官，期許在和大官們會見以後，見識到蘇洵眞正的才學所在，方有推荐蘇洵爲官的機會。以下三書都有著「見」字埋伏在內。例如：

> 況如君侯，平生所願見者，又何辭焉？不宣。洵再拜。〔註166〕
>
> 洵，西蜀之人也，竊有志於今世，願一見於堂上。伏惟閣下深思之，無忽！〔註167〕
>
> 今明公來朝，而洵適在此，是以不得不見。伏惟加察，幸甚！〔註168〕

〈上韓舍人書〉言對韓舍人的景仰而心生拜會之情。〈上富丞相書〉表示要拜見富丞相的請求。〈上余青州書〉說明剛好在時間及地點得宜，所以要和余青

〔註160〕　〔宋〕蘇洵：〈上韓樞密書〉，見《嘉祐集箋注》，頁304。

〔註161〕　〔宋〕蘇洵：〈上文丞相書〉，見《嘉祐集箋注》，頁314。

〔註162〕　〔宋〕蘇洵：〈上王長安書〉，見《嘉祐集箋注》，頁344。

〔註163〕　〔宋〕蘇洵：〈上歐陽內翰第一書〉，見《嘉祐集箋注》，頁330。

〔註164〕　〔宋〕蘇洵：〈上田樞密書〉，見《嘉祐集箋注》，頁319。

〔註165〕　〔宋〕蘇洵：〈上張侍郎第二書〉，見《嘉祐集箋注》，頁348。

〔註166〕　〔宋〕蘇洵：〈上韓舍人書〉，見《嘉祐集箋注》，頁350。

〔註167〕　〔宋〕蘇洵：〈上富丞相書〉，見《嘉祐集箋注》，頁309。

〔註168〕　〔宋〕蘇洵：〈上余青州書〉，見《嘉祐集箋注》，頁324。

州見面。所以，最後一個「見」字，就是蘇洵文章的目的，希望收信者能深知用意。

（九）以問候道安收筆

用「問候道安」方式收筆，大都是較爲熟悉的收信者，或者已經相互通信過，如歐陽脩、雷太簡、吳中書等人，他們和蘇洵交往上較爲親密，若是第一次和素昧平生之人來通信，不敢用此「問候道安」收筆。例如：

> 冬寒，千萬加愛。〔註169〕
>
> 歲晚，京師寒甚，惟多愛。〔註170〕
>
> 病中無聊，深愧疎略，惟千萬珍重。〔註171〕
>
> 拜見尚遠，唯千萬爲國自重。〔註172〕
>
> 阻遠未能一一，伏惟裁悉。不宣。洵白。〔註173〕

在交通、通訊不如今日發達的古代，以問候道安方式收筆，給收信者感受到發信者的關懷備至之情，突顯出深切的人情味及平日深厚的友情。這種收筆都是希望受信者要保重身體，注意氣候間的寒暑變化，並表達在遠地思念之情爲主。

（十）以寫作原因作結

以寫作「原因作結」的文章以記敘文爲多，在記敘文的最後一段，爲給讀者明白此篇的文章，是因爲什麼情境或原由而寫成，或者在書信上要回覆收信者的問題。因此，須要在結尾處詳加交代，亦可爲該篇文章的「寫作動機」。例如：

> 蘇洵無以詰，遂爲之記。〔註174〕
>
> 予佳聰之不叛其師悦予也，故爲之記。〔註175〕
>
> 亦若余之游於四方而無繫云爾。〔註176〕
>
> 此銘之所以不取於〈行狀〉者有以也，子其無以爲怪。洵白。〔註177〕

〔註169〕〔宋〕蘇洵：〈與梅聖俞書〉，見《嘉祐集箋注》，頁361。
〔註170〕〔宋〕蘇洵：〈答雷太簡書〉，見《嘉祐集箋注》，頁362。
〔註171〕〔宋〕蘇洵：〈上歐陽內翰第三書〉，見《嘉祐集箋注》，頁337。
〔註172〕〔宋〕蘇洵：〈上歐陽內翰第四書〉，見《嘉祐集箋注》，頁340。
〔註173〕〔宋〕蘇洵：〈與吳殿院書〉，見《嘉祐集箋注》，頁366。
〔註174〕〔宋〕蘇洵：〈張益州畫像記〉，見《嘉祐集箋注》，頁395。
〔註175〕〔宋〕蘇洵：〈彭州圓覺禪院記〉，見《嘉祐集箋注》，頁399。
〔註176〕〔宋〕蘇洵：〈極樂院造六菩薩記〉，見《嘉祐集箋注》，頁402。

　　故識其本末，使異時祈嗣者於此加敬云。〔註178〕

〈張益州畫像記〉紀錄張益州治定蜀亂及建立畫像紀念的經過。〈彭州圓覺禪院記〉因讚美保聰法師的遵守禮法分寸，而為寺院及法師寫下此文。〈極樂院造六菩薩記〉因蘇洵要遠行他地，希望死者也能如活人般自在。〈與楊節推書〉寫出死者的行狀過於誇張，堅持在墓誌銘上不能採用。〈題張僊畫像〉紀錄張僊的有求必應，讓蘇洵連得愛讀書的二子。不僅是在記敘文方面，其他類型文章收筆，也有以寫作之原因收筆，例如：

　　夫知其難，故思之深，思之深，故有得。因作〈史論〉三篇。〔註179〕

　　用力寡而成功博，期能為《春秋》繼，而使後之史無及焉者，以是

　　夫。〔註180〕

如〈史論引〉知道史書寫作困難，史學人才上的不足，故要寫此系列的文章反應。〈史論中〉因提出「隱而章、直而寬、簡而明、微而切」四法，能符合《春秋》要義，繼承《春秋》義旨。以上結尾得者可知，作者為何要寫下此篇的原因。

　　總而言之，由觀察文章的開頭及結尾，就能知道大家為文之長。蔣祖怡《文章學纂要》〔註181〕說：「開端和結尾，都是文人們所苦心經營的事。他們就題材來研究，如何可以從適當的方法展開，從適當的地方終止；又如何可以不平凡，不為人討厭：它們正和全篇的結構同樣地為作者所操心；並不是幾個歎詞俗調便可以解決的。」開頭要注意，結尾更不能輕易馬虎。

　　以上林林總總歸納整理出，許多的蘇洵寫作方法，運用前人文話中研究的成果，無不希望探得蘇洵文章技巧，加速進入了解蘇洵文章結構。但是，仍有許多篇章，無法用區區方法來限制住，文章若只有套入架構方法上，將是會成為一灘死水而無生氣，成為千篇一律的制式化文章，如此則喪失作者的寫作意義。故《涵芬樓文談》〔註182〕說：「法之所在，守而常不可不知其變；明其一不可不會其通。昔人論作文如行雲流水，雲水之為物至無定也！則又何法之可言？惟於無法之中，未嘗不有法在；用法之處，反不見其有法存。

〔註177〕〔宋〕蘇洵：〈與楊節推書〉，見《嘉祐集箋注》，頁365。
〔註178〕〔宋〕蘇洵：〈題張僊畫像〉，見《嘉祐集箋注》，頁416。
〔註179〕〔宋〕蘇洵：〈史論引〉，見《嘉祐集箋注》，頁227。
〔註180〕〔宋〕蘇洵：〈史論中〉，見《嘉祐集箋注》，頁234。
〔註181〕蔣祖怡：《文章學纂要》（臺北：正中書局，1976年6月修訂臺5版），頁162。
〔註182〕〔清〕吳曾祺著、楊承祖點校：《涵芬樓文談》（臺北：臺灣商務，1998年6月臺二版），頁21〜22。

嗚呼！此乃所謂「神而明之」，存乎其人，可與知者道，而不可與不知道也。」吳增祺告訴我們除了遵守法度外，在法度所不及之處，有待作者神來之筆的發揮，「有法及無法」是互相搭配，要求能夠到「神明」之境界。姚鼐〈與張阮林書〉〔註183〕言：「文章之事，能運其法者才也，而極其才者法也。古人有一定之法，無一定之法。有定者所以爲嚴整也；無定者所以爲縱橫變化也。兩者相繼而不相妨。」姚鼐認爲有法或無法各有特色，只要能「相繼而不相妨」，就會掌握文章的特色在。林伯謙《古典散文導論》〔註184〕亦言：「寫作方法本是從文章歸納出來的通則，要懂得活用它而不爲法所縛，才是探討它的眞正用意。」所以，研究蘇洵文章的寫作法度，是認識蘇洵文章的基礎所在，從「有法之法」去發掘「無法之法」深奧處。

〔註183〕朱任生：《古文法纂要》（臺北：商務印書館，1983年9月），頁235。
〔註184〕林伯謙：《古典散文導論》（臺北：秀威資訊，2005年2月），頁91。

第六章　蘇洵古文之修辭方法

　　在蘇洵《嘉祐集》文章中，富有許多修辭技巧，值得加以分析。高明（1909～1992）先生在〈中國文學研究法〉〔註1〕言：「我們研究一個作家在文學成就有多大，就須從修辭去研究他的作品；看他修辭的效果，表現在風骨、氣骨、情韻、意境、體性，格調，聲律和色彩各方面，是否合於理想。看他修飾文辭，是否消極的做到潔淨，積極的做到美妙；看他在修辭時是否能夠善於運用譬喻、借代、映襯、比擬、示現、舖張、倒反……種種的詞格，能夠變平淡而爲神奇……沒有修辭學的知識，研究中國文學所領略到的藝術美，只是「霧裏看花」，是不能表裏透徹的。」黃侃《文心雕龍札記》〔註2〕言：「作文之術，誠非一二言能盡，然絜其綱維不外命意、修辭兩者而已。」以上學者說明研究修辭之重要性。至於什麼是修辭，黃慶萱在《修辭學》〔註3〕定義說：

> 修辭學是研究如何調整語文表意的方法，設計語文優美的形式，使精確而生動地表出說者或作者的意象，期能引起讀者之共鳴的一種藝術。

雖然修辭的定義眾多，每位學者各有所見解〔註4〕，本章將採黃慶萱之定義，

〔註1〕　高明：〈中國文學研究法〉，收錄《高明文輯（下）》（台北：黎明文化，1978年），頁78。

〔註2〕　黃侃：《文心雕龍札記》（新竹：花神，2002年8月）

〔註3〕　黃慶萱：《修辭學》（臺北：三民書局，2004年1月增訂3版2刷），頁12。

〔註4〕　陳正治：《修辭學》（臺北：五南圖書，2001年9月初版1刷），頁2～3。作者羅列諸多學者對修辭學之定義，計有陳望道、陳介白、黎運漢、姚殿芳、黃慶萱、董季棠等，具有資料參考價值，最後以黃慶萱先生之說爲依歸。

較爲合適及周全。修辭學原本包含非常廣泛，陳望道（1891～1971）在《修辭學發凡》中，又細分爲「消極的修辭」與「積極修辭」。周振甫在《周振甫講修辭》〔註5〕中，同樣把修辭細分爲「積極手法」和「修辭手法」。惟目前修辭學上的專著，多以探討「積極修辭」爲主，其中又以各種「修辭格」爲代表。

因爲分析辭格較容易掌握文中的特性，便於教學或寫作表達運用。本章亦以積極修辭中的修辭格分析爲主，舉例一般常見的修辭方法，尋求《嘉祐集》中符合的例證，剖析蘇洵行文時使用的修辭技巧，背後所代表的涵義及修辭上特點。

第一節　譬喻法

所謂譬喻，簡單的解釋是指在語文之中，用頗物比喻此物的一種修辭技巧。黃慶萱在《修辭學》中定義爲：「譬喻是一種『借彼喻此』的修辭法，凡兩件或兩件以上的事物有類似之點，說話、作文時運用『那』有類似點的事物，來比方說『這』這件事物的，就叫譬喻。它的理論架構是建立在心理學『類比作用』的基礎上～～ 利用舊經驗引起新經驗。通常是以易知說明難知；以具體說明抽象，使人在恍然大悟中驚佩作者設喻之巧妙，從而產生滿足與信服的快感。」〔註6〕這種修辭技巧在文學作品中最爲常見，也是最好運用的修辭方法，透用譬喻來說明事物的道理，使讀者能明瞭作者所傳達意思，加強在文章的說服能力。在蘇洵的古文中，有很多運用譬喻的例子，以下對《嘉祐集》中的譬喻舉例分析。

蘇洵在〈審勢〉一文中，用兩次明顯的譬喻來說明宋朝國政。如以人體的病痛情況治療對策，來比喻北宋時期政治情況。他說：

〔註5〕周振甫：《周振甫講修辭》（南京：江蘇教育，2005 年 11 月初版 1 刷），頁 230～333。周書指出積極手法爲：「把作者的感情生動有力的表達出來，給人深刻的印象。」又「像一種感覺、一種情感，要用具體形象表象出來。」消極手法爲：「把意思明白說出，使讀者懂得。」又「大體來說，像定條例，說明事務的數目，說明道理，接洽事務。」

〔註6〕黃慶萱：《修辭學》（臺北：三民書局，2004 年 1 月增訂 3 版 2 刷），頁 321。本文在修辭格之定義時，以陳正治著《修辭學》（臺北：五南圖書，2001 年 9 月）之定義爲主，並參考各家修辭學之說爲輔。陳書之特色爲：「說明各家修辭格的不同定義，最後以折衷諸家之說，融合訂於該修辭格上之定義」爲其本節採納該書爲主要定義的原因。

> 譬之一人之身，將欲乳藥餌石以養其生，必先審觀其性之爲陰、其
> 性之爲陽、而投之以藥石。藥石之陽而投之陰，藥石之陰而投之陽，
> 故陰不至於涸，而陽不至於亢。苟不能先審觀己之爲陰與己之爲陽，
> 而以陰攻陰，以陽攻陽，則陰者固死於陰，而陽者固死於陽，不可
> 救也。〔註7〕

蘇洵把北宋當成是一個病入膏肓的病人，而醫師要治療北宋的政治病症，必
須要合乎治病上原則，先查明身體的體質特性，不能讓身體的陰陽失衡，再
予以適當的治療調養。透過這個病人的比喻，救國如同治病般，不能過緩或
過急，能先查明病人的體質，順理陰陽，方可對症下藥。在以醫師爲譬喻的
例子又有一個：

> 古之法若方書，論其大槩，而增損劑量則以屬醫者，使之視人之疾，
> 而參以己意。
> 今之法若鬻屨，既爲其大者，又爲其次者，又爲其小者，以求合於
> 天下之足。〔註8〕

蘇洵在〈申法〉篇說明古今法律的差異性，譬喻古代的法律如同醫師治病，
針對每人不同的症狀，給予各種藥物劑量的治療，而現代的法律就像賣鞋子
商人，一定要找到合乎鞋子的尺寸，才可以完全配合。因爲古代法律是「任
吏不任法」，執法者遵守法律大綱即可執行法律，而宋代是「任法不任吏」，
法律繁多到難以約束百姓，執法者成爲無用之處。蘇洵以醫師和賣鞋商人的
職業，讓讀者了解古今法律的具體差異性。

在以器具的譬喻上，蘇洵又有生動的例子如下：

> 今夫一與輿薪之火，眾人之所憚而不敢犯者也。舉而投之河，則何
> 熱之能爲？是以負強秦之勢，而溺於弱周之弊，而天下不知其強焉
> 者以此也。〔註9〕

北宋政治力衰弱，漸而敗壞國家的勢力，蘇洵建議提高政府的政治能力，配
合原有的強勢作爲，必能挽救北宋的政局。蘇洵以道路上著火的柴車比喻，
沒人敢接近危險火焰，紛紛閃避，若是有勇氣的高士，立即推到河中，瞬時
間消除威脅人群、車輛的危機，就如北宋朝政治力太弱，朝廷不敢有施行「賞

〔註7〕　〔宋〕蘇洵：〈審勢〉，見《嘉祐集箋注》，頁2。
〔註8〕　〔宋〕蘇洵：〈申法〉，見《嘉祐集箋注》，頁117。
〔註9〕　〔宋〕蘇洵：〈審勢〉，見《嘉祐集箋注》，頁3～4。

罰」、「用威」行動，以達到強化政治力的功效。在〈審敵〉中，蘇洵又把國家的政局，比喻行駛在江河中「載浮載沈」的破船。他說：

> 天下之勢，如坐弊船之中，駸駸乎將入於深淵，不及其尚淺也舍之，
>
> 而求所以自生之道，而以濡足爲解者，是固夫覆溺之道也。〔註10〕

以船來比喻國家的局勢，顯得非常眞切。當此船已經發現破洞，操控者若完全沒有應變的辦法，同舟共濟群臣百姓也不以爲意，不合力思考補救之道，最後必定會滅頂死亡。又〈遠慮〉篇探討君王能用機謀，最重要的是不能洩密出來。他說：

> 夫無機與有機而泄者，譬如虎豹食人而不知設陷穽，設陷穽而不知
>
> 以物覆其上者也。〔註11〕

上文以設置陷阱來抓禽獸爲比喻，不可忘記最重要的步驟，要掩藏機關不被動物發現，否則是前功盡棄。此點如同君王用機謀時，使人猜不透君王心中的謀略，重要的是不可輕易走漏計謀，不然會弄巧成拙，被人給發現了。

又〈明論〉在論及「智與術」的運用，君王要有隱藏的深處不被人知。他說：

> 天下之事，譬如有物十焉，吾舉其一，而人不知吾之不知其九也。
>
> 歷數之至於九，而不知其一，不如舉一之不可測也，而況乎不至於
>
> 九也。〔註12〕

蘇洵言君王心中要城府深厚，不必讓外人容易洞悉。蘇洵用「舉十知九」和「舉十知一」爲比喻，「舉十知一」的成效性遠勝「舉十知九」。舉十知一讓人以爲神秘莫測，百姓以爲君王無所不知，功效無限。反觀，舉十知九在有一點不知時，就容易被外人給看穿了。〈心術〉篇，暗喻有軍隊有外在器具的重要性，又不可以過度依賴。他說：

> 尺箠當猛虎，奮呼而操擊；徒手遇蜥蜴，變色而却步：人之情也。
>
> 知此者，可以將矣。袒裼而按劍，則烏獲不敢逼；冠胄衣甲，據兵
>
> 而寢，則童子彎弓殺之矣。〔註13〕

遭遇猛虎因有武器而不懼，沒武器時則連蜥蜴都害怕，暗喻出「武器」能使形式增強。但是武器也不能過度仗勢，戰場上要保持高度的「警戒心」，否則

〔註10〕　〔宋〕蘇洵：〈審敵〉，見《嘉祐集箋注》，頁 16～17。

〔註11〕　〔宋〕蘇洵：〈遠慮〉，見《嘉祐集箋注》，頁 81。

〔註12〕　〔宋〕蘇洵：〈明論〉，見《嘉祐集箋注》，頁 266。

〔註13〕　〔宋〕蘇洵：〈心術〉，見《嘉祐集箋注》，頁 30。

有堅實的盔甲也會被射殺危機。這裡隱喻用猛虎、烏獲為「強」，以蜥蜴、童子是「弱」，加上器物之後，強弱間會有變化，顯得相當的生動。在〈諫論下〉又以三種人來暗喻，如何驅使不同性格的臣子諫言。他說：

> 今有三人焉：一人勇，一人勇怯半，一人怯。有與之臨乎淵谷者，且告之曰：能跳而越，此謂之勇，不然為怯。彼勇者耻怯，必跳而越焉，其勇怯半者與怯者則不能也。又告之曰：跳而越者與千金，不然則否。彼勇怯半者奔利，必跳而越焉，其怯者猶未能也。須臾，顧見猛虎暴然向逼，則怯者不待告，跳而越之如康莊矣。〔註14〕

蘇洵要人主知悉，週遭大臣普遍都有三種性格：有主動性、半主動性與不主動性，就要有三種不同的方法對付。蘇洵暗喻成個性不同三人接近深淵狀態，各自有截然不同的反映。其實也是代表三種臣子的個性。君主分別要以鼓勵、獎賞和處罰手段，就可達到諫言成效。在〈御將〉又有類似之手法，他說道：

> 夫養騏驥者，豐其芻粒，潔其羈絡，居之新閑，浴之清泉，而後責之千里。彼騏驥者，其志常在千里也，夫豈以一飽而廢其志哉？至於養鷹則不然，獲一雉，飼以一雀；獲一兔，飼以一鼠。彼知不盡力於擊搏，則其勢無所得食，故然後為我用。才大者，騏驥也，不先賞之，是養騏驥者饑之而責其千里，不可得也。才小者，鷹也，先賞之，是養鷹者飽之而求其擊搏，亦不可得也。〔註15〕

〈御將〉文中把國家武將的種類，暗喻成為騏驥與鷹，兩種動物不同的生存特性，剛好能反映不同的將才。「騏驥」是志在千里的高才，不滿足在口腹慾望。「鷹」只是需引誘的凡才，需要分次投以利益驅使。蘇洵把自然界的動物，暗喻成群臣的個性，讓君王能明白如何使才用才。在舉例動物及植物的譬喻例子又有：

> 虎方捕鹿，羆據其穴，搏其子，虎安得不置鹿而返，返則碎於羆明矣。〔註16〕
> 譬如豫章、橘柚，非老人所植也。〔註17〕

蘇洵以兵法書上「攻其必救」的觀點，以動物來做詳細比喻。只要項羽能夠攻入關中成功，趙國自然會受到解救，如外出欺人的老虎，自己洞穴和子被

〔註14〕　〔宋〕蘇洵：〈諫論下〉，見《嘉祐集箋注》，頁251。
〔註15〕　〔宋〕蘇洵：〈御將〉，見《嘉祐集箋注》，頁89。
〔註16〕　〔宋〕蘇洵：〈項籍〉，見《嘉祐集箋注》，頁67。
〔註17〕　〔宋〕蘇洵：〈上韓丞相書〉，見《嘉祐集箋注》，頁353。

熊佔據，怎麼會有心在外狩獵，必定會趕回救緩巢穴，而熊在以逸待勞下，來回奔走的老虎必定被打敗。〈上韓丞相書〉則以樹木為譬喻，蘇洵年近五十，預料已來日不長，無法等待此樹的成長，諷刺著朝廷行政效率的拖延。在對人性事物的譬喻上，也有精妙的譬喻方式：

> 今有二人焉，一人善揖讓，一人善騎射，則人未有不以揖讓賢於騎
> 射矣。〔註18〕
> 今有盜白晝持挺入室，而主人不知之禁，則踰垣穿穴之徒，必且相
> 告而恣行於其家。〔註19〕

〈養才〉主張要「以才為主」的取才方式，蘇洵以善於禮儀和武術兩種人為比喻，傳統思維的朝廷，必定認為習於禮儀法度者，其他才能會優於懂武術者。這也是富有專長卻疏於禮儀的高士，長期會被朝廷給忽視的原因，用此比喻以打破傳統的觀念。〈申法〉篇最後一段以盜賊偷竊為比喻，如果不設法阻止白天公然強盜者，夜晚的偷竊者會更勢無忌憚。在〈項籍〉又有類似盜賊的譬喻：

> 今夫富人必居四通八達之都，使其財布出於天下，然後可以收天下
> 之利。有小丈夫者，得一金，櫝而藏諸家，拒戶而守之，嗚呼！是
> 求不失也，非求富也。大盜至，劫而取之，又焉知果不失也。〔註20〕

蘇洵在〈項籍〉以「富人」及「盜賊」為譬喻，善於經商理財的人，眼光長遠，會以小錢來賺取大錢。不善經商之人，在賺取到小利小惠後，沒有進一步的打算，只求守成此積蓄，終究會被盜賊偷走無存。此譬喻項羽在楚漢相爭時「據戶而守」的心態，沒有長遠的胸襟計畫，猶如貪圖小利者鐵定失敗無疑。又如〈謝趙司諫書〉以嬰兒為譬喻：

> 夫數至門者，虛禮無用；數致書者，虛詞無觀。得其無用與其無觀
> 而加喜，不得而怒，此與嬰兒之好惡無異。〔註21〕

蘇洵以此說明，人們以常相見或常通信，就表示兩人關係密切，這些都是過度形式化下的表現。若因為此二種行為有無，因此而高興或生氣，就會和嬰兒的好惡一樣，沒有真正異於常人之心。從中蘇洵也暗喻自己不是這兩種人，而趙司諫更不是像嬰兒一樣，有與眾不同的心理，能夠鑑賞蘇洵才能。

〔註18〕〔宋〕蘇洵：〈養才〉，見《嘉祐集箋注》，頁110。
〔註19〕〔宋〕蘇洵：〈申法〉，見《嘉祐集箋注》，頁117。
〔註20〕〔宋〕蘇洵：〈項籍〉，見《嘉祐集箋注》，頁68。
〔註21〕〔宋〕蘇洵：〈謝趙司諫書〉，見《嘉祐集箋注》，頁368～369。

由上列所舉例的譬喻法分析後，從中可發現，蘇洵在說明一事理後，常會以「譬喻法」來加強論證，如〈六國〉中賄秦弊端：「以地事秦，猶抱薪救火，薪不盡，火不滅。」〔註22〕使讀者明析作者要表達的意涵。蘇洵在使用譬喻時，擅長以一般淺而易見事物為比喻，如虎、豹、猛虎、騏驥及老鷹等等，都能十分切合文中的主題，難以說明的道理也變易懂。陳柱《中國散文史》中引《石遺室論文》說蘇洵〈御將〉：「蓋論事設譬，莫善於孟子，以事理有難明，借譬一事，則易明也。」〔註23〕不只是在〈御將〉一篇，也是蘇洵古文譬喻的特色，運用大量的譬喻法讓文章生動無比。林紓《畏廬論文・述旨》〔註24〕言：「蘇家文字，喻其難達之情，圓其偏執之說，往往設喻以亂人觀聽。驟讀之，無不點首稱可；及詳按事理，則又多罅漏可疑處。」說明蘇洵譬喻的好處在於深於事理，但是仍有著太過誇張的缺點在。

第二節　示現法

示現法是把實際上看不到的事物，說的像看到的一樣。修辭學定義為：「在語文表達上，把實際看不到，聽不著的事物，應用想像力，寫得可見可聞，活生生地出現在眼前的修辭法；這種修辭法不受時間的限制。」〔註25〕運用此法可增加文章的藝術性，散發作者豐富的想像力，看不到的事物都可以呈現出來。

如蘇洵〈木假山記〉，幾乎通篇以示現法寫作，把一塊放在桌上經自然形成的木塊藝術品，追溯在未完成之時狀態，是經過千迴百折的變化。他說：

> 木之生，或蘗而殤，或拱而夭。幸而至於任為棟梁則伐；不幸而為風之所拔，水之所漂，或破折，或腐；幸而得不破折，不腐，則為人之所材，而有斧斤之患。〔註26〕

首先觀察出木頭要成為藝術品前，有幸成長就成為建材，不幸就遭到外在破壞，讓讀者事先明白，在成為木假山之前，必定遭遇有幸和不幸的兩種際遇，因而十不存一。接著，蘇洵又深入描繪木假山逃過災難說：

〔註22〕〔宋〕蘇洵：〈六國〉，見《嘉祐集箋注》，頁62。
〔註23〕陳柱：《中國散文史》（臺北：臺灣商務：1991年3月臺8版），頁243。
〔註24〕林紓：《畏廬論文等三種》，（臺北：文津，1978年7月），頁4。
〔註25〕陳正治：《修辭學》（臺北：五南圖書，2001年9月），頁52。
〔註26〕〔宋〕蘇洵：〈木假山記〉，見《嘉祐集箋注》，頁404。

> 其最幸者，漂沉汩沒於湍沙之間，不知其幾百年，而其激射齧食之
> 餘，或髣髴於山者，則為好事者取去，強之以為山，然後可以脫泥
> 沙而遠斧斤。而荒江之濆，如此者幾何！不為好事者所見，而為樵
> 夫野人所薪者，何可勝數！〔註27〕

把木假山形成間的變化，蘇洵如歷歷在目般觀察，帶臨讀者親臨在現場中。
木假山雖然逃過前段的兩大危機，其後仍然有禽獸、樵夫及各種自然不可抗
力因素，來阻礙木假山的形成。用示現法描寫，要成為木假山是難如登天，
是經由很長的一段歷程變化。再如〈張益州畫像記〉，如蘇洵本人就身處西蜀、
邊疆和京城三地之中，詳細報導事件過程。他說：

> 至和元年秋，蜀人傳言有寇至，邊軍夜呼，野無居人，妖言流聞，
> 京師震驚。方命擇帥，天子曰：「毋養亂，毋助變。眾言朋興，朕志
> 自定。外亂不作，變且中起。不可以文令，又不可以武競，惟朕一
> 二大吏，孰為能處茲文武之間，其命往撫朕師？」〔註28〕

上文把讀者帶領到事件，先由蜀地流言至邊境的蠢動，再傳到京師的反應，最
後皇帝的處理態度。蘇洵雖然沒有親臨現場，卻能夠將山雨欲來風滿樓當時情
勢，以示現法表現淋漓盡致。在〈仲兄文甫字說〉也是運用非常精彩示現法：

> 至乎滄海之濱，磅礴洶湧，號怒相軋，交橫綢繆，放乎空虛，掉乎
> 無垠、橫流逆折、濆旋傾側，宛轉膠戾，回者如輪，縈者如帶，直
> 者如燧，奔者如焰，跳者如鷺，投者如鯉，殊狀異態，而風水之極
> 觀備矣！〔註29〕

河水遇到海水的各種姿態，蘇洵能如歷歷在目的落筆寫出。透過示現法讓看
似平實無奇的水，描繪成水也是千狀萬態，各種的變化不斷發生，以形容文
章之變化多端，正是蘇洵修辭之高妙處。

　　由舉例中發現，蘇洵示現法多運用在記敘文中，能延伸出事物所不見的
深層內涵，使之事物活靈活現在紙上，加深文章的深刻感染力。在說明事理
或交代原委時，能讓讀者清楚事務始末，如同是攝影機的直播傳回電視螢幕
前。從中看出蘇洵文章是形象豐富，生動活潑，有別於政論文那種「咄咄逼
人」、「據理論事」的風格。

〔註27〕〔宋〕蘇洵：〈木假山記〉，見《嘉祐集箋注》，頁404。
〔註28〕〔宋〕蘇洵：〈張益州畫像記〉，見《嘉祐集箋注》，頁394。
〔註29〕〔宋〕蘇洵：〈仲兄文甫說〉，見《嘉祐集箋注》，頁412。

第三節　誇飾法

誇飾法是常見易懂的修辭法，就是把所陳述的內容，透過誇張的方式表現出。遠在梁朝劉勰的《文心雕龍》就有〈誇飾〉〔註30〕篇來闡述誇飾作用。修辭學誇飾的定義是：「說話或作文時，為了加強或突出客觀事務的本質，應用擴大或縮小的手法加以誇張、修飾的。」〔註31〕蘇洵在其文章中，亦常以誇飾法，透過「極大或極小」的誇飾，來加強所論述內容，討論的道理就出現。

如在以下舉例中，蘇洵喜歡以「三尺之童」，來誇飾其理論的易懂，不用過多的說明。如：

> 夫湯、武之德，三尺豎子皆知其為聖人。〔註32〕
>
> 三代井田，雖三尺童子知其不可復。〔註33〕

三尺高的小孩子，就能知道湯、武聖人的德性，也能夠了解井田制度不能復行，是不可能的事情。實際上，蘇洵只是經由三尺小孩子來誇飾，表現出湯、武的美德萬世長存，眾人皆知，以及井田制度難以再推行，說明道理非常簡單，不用多加思考。以下又有兩個例子，又如：

> 雖其地在萬里外，方數千里，擁兵百萬，而天子一呼於殿陛間，三尺豎子馳傳捧詔，召而歸之京師，則解印趨走，惟恐不及。〔註34〕
>
> 人之好生也於逸，而惡死也甚於勞，聖人奪其逸死而與之勞生，此雖三尺豎子知所趨避矣。〔註35〕

蘇洵在〈審勢〉言北宋國勢之強盛，皇帝詔令既可由三尺豎子，來執行傳達任務，召回千里擁兵的權臣。千里比較於三尺，以誇飾法的擴大和縮小互用，更意涵宋朝涵天子勢力不可侵犯，恰是應證北宋「強勢弱政」的局面。在〈上張侍郎第一書〉也以誇飾的句法，來說蘇洵對未來的前途茫茫。他說：

> 今也望數千里之外，茫然如梯天而航海，蓄縮而不進，洵亦羞見朋友。〔註36〕

〔註30〕 范文瀾注，《文心雕龍注》（臺北：臺灣開明書局：1985 年 10 月臺 16 版），卷 8 頁 5～9。

〔註31〕 陳正治，《修辭學》（臺北：五南圖書：2001 年 9 月初版 1 刷），頁 133。

〔註32〕 〔宋〕蘇洵：〈任相〉，見《嘉祐集箋注》，頁 95。

〔註33〕 〔宋〕蘇洵：〈兵制〉，見《嘉祐集箋注》，頁 128。

〔註34〕 〔宋〕蘇洵：〈審勢〉，見《嘉祐集箋注》，頁 3。

〔註35〕 〔宋〕蘇洵：〈易論〉，見《嘉祐集箋注》，頁 143。

〔註36〕 〔宋〕蘇洵：〈上張侍郎第一書〉，見《嘉祐集箋注》，頁 346。

蘇洵以父子三人到京師考試求官，是難如登天之事，如海上迷途船隻，來表示此行的困難，事實上京師路途並不難走，而是能達成目的之難。以此過分的誇飾是希望，張方平能從中大力幫忙，有導航蘇洵的責任。〈易論〉中也以誇飾法，來表達其理易懂，如同上舉之所例，百姓民情一定是要追求「勞生」棄「逸死」。在運用「數字法」的誇飾法中，上段是以小數字為例，在以多數字的方面，同樣是表現不凡。例如：

> 子孫視之不甚惜，舉以予人，如棄草芥，今日割五城，明日割十城，然後得一夕安寢。〔註37〕

> 淳化中，李順竊發於蜀，州郡數十望風奔潰，近者智高亂廣南，乘勝取九城如反掌。〔註38〕

各國都害怕秦國龐大勢力，不願意和秦國作戰，紛紛用「割地求和」方式止戰。當以自然土地面積的不可增加，以換取短促的一夜安寧，五城、十城的價值性，對比一個晚上的和平，使讀者感受很大的震撼力，指出六國間懦弱無能及政策錯誤。在〈重遠〉篇，蘇洵為讓朝廷了解邊境的重要，把李順和智高的叛亂情事，加油添醋成是非常的嚴重，以「九」「十」大數字，把叛軍誇大到所向無敵，勢如破竹般的到處攻城掠地，使朝廷能重視遠地的治理狀況。在舉例宋朝「社會現象」時，蘇洵也用誇飾法描寫：

> 今也，庶民之家刻木比竹、繩絲縋石以為之，富商豪賈內以大，出以小，齊人適楚，不知其孰為斗，孰為斛，持東家之尺而校之西鄰，則若十指然。……今也，采珠貝之民，溢於海濱，鑠金之工，肩摩於列肆。此又舉天下皆知之而未嘗怪者二也。……今也，工商之家曳紈錦，服珠玉，一人之身循其首以至足，而犯法者十九。〔註39〕

這邊說出宋代三大社會異象，首先是沒有統一度量衡標準，再來從事非法濤金採寶的人過多，最後是穿戴服裝的不合體制，的確是把問題嚴重誇大，度量衡尺寸差異的「十指然」，採金工人「溢於海濱」、煉金工人「肩摩列肆」、「犯法者十九」，蘇洵將部分社會觀察來的事情，放大到幾乎全部官員、百姓都在作奸犯科，給朝廷警覺法律執行不彰的嚴重性。其訴求朝廷的主要目的，是要制定一套新的法制標準，並要求嚴格落實法律制度。在〈議法〉同樣以極度誇大的手法，申說贖金制度之缺點言：

〔註37〕〔宋〕蘇洵：〈六國〉，見《嘉祐集箋注》，頁62。
〔註38〕〔宋〕蘇洵：〈重遠〉，見《嘉祐集箋注》，頁101。
〔註39〕〔宋〕蘇洵：〈申法〉，見《嘉祐集箋注》，頁116。

> 貴人近戚之家，一石之金不可勝數，是雖使朝殺一人而輸一石之金，
>
> 暮殺一人而輸一石之金，金不可盡，身不可困，況以其官而除其罪，
>
> 則一石之金又不皆輸焉，是恣其殺人也。〔註40〕

以此誇大貴族的富有程度，有錢到不畏懼法律制裁，能夠早晚都任意殺人，實際上是太過誇張。蘇洵主要突顯贖金制度的不當錯誤。

　　由以上的例子分析，蘇洵使用誇飾法，希望所提出的各項建議，能夠受到朝廷大官及讀者重視，故不得不把問題給過度渲染，誇大其辭，以提高文章的效果性，藉而關注蘇洵之見解。如〈心術〉篇一開頭後，緊接以：「泰山崩於前而色不變，麋鹿興於左而目不瞬。」〔註41〕既對偶又誇飾法，這是常人難以辦到的事情，爲將者要有特別的定力，贏得讀者對文章注意力。倘若問題不以誇大手法，朝廷會以爲此事仍無關痛癢，而不加留意。此外，在誇飾法中也可看出蘇洵充滿自信的個性，像〈諫論上〉：「如得其術，則人君有少不爲桀、紂者，吾百諫而百聽矣。」〔註42〕對自己文章的自信滿滿，也是贏得讀者對作者信任的要點。

第四節　排比法

　　排比法在蘇洵的古文中運用甚多，能加強文章中氣勢與力度，並把事情經由排序手法，重複出現近似的道理和內容，讓讀者明白所說，擴展文句所言的涵蓋面。《修辭學》排比的定義是：「說話或作文，將三個或三個以上，結構相同或相近的語句、段落，排列一起表達相關內容的修辭法。」〔註43〕如在〈三子知聖人汙論〉中，說明孔子之道千變萬化，不能獨爲一說。例如：

> 聖人之道一也，大者見其大，小者見其小，高者見其高，下者見其
>
> 下，而聖人不知也。〔註44〕
>
> 太山之高百里，有卻走而不見者矣，有見而不至其趾者矣，有至其
>
> 趾而不至其上者矣。〔註45〕

〔註40〕〔宋〕蘇洵：〈議法〉，見《嘉祐集箋注》，頁122。

〔註41〕〔宋〕蘇洵：〈心術〉，見《嘉祐集箋注》，頁29。

〔註42〕〔宋〕蘇洵：〈諫論上〉，見《嘉祐集箋注》，頁245。

〔註43〕陳正治：《修辭學》（臺北：五南圖書：2001年9月初版1刷），頁242。

〔註44〕〔宋〕蘇洵：〈三子知聖人汙論〉，見《嘉祐集箋注》，頁268。

〔註45〕〔宋〕蘇洵：〈三子知聖人汙論〉，見《嘉祐集箋注》，頁268。

第一則以「大、小、高、下」的排比，以彰顯每人所見之道不同，孔子之道有大小粗淺之別。第二則以山之廣大，表示每人視野高低各異，所表現的面貌也不同。兩者都是爲說明，孔子之學問是無窮無盡，並不是只有子貢等人所認識的範圍。又如下例說明歷史人物的所長所短處。他說：

> 王者之兵，計萬世而動；霸者之兵，計子孫而舉；強國之兵，計終
> 身而發。〔註46〕
>
> 項籍有取天下之才，而無取天下之慮；曹操有取天下之慮，而無取
> 天下之量；玄德有取天下之量，而無取天下之才。〔註47〕

〈子貢〉篇的王者、霸者與強國之用兵排比，無疑的是要來表達，用兵以「長遠大局」爲考量，不能夠輕易的出兵爭戰。在〈項籍〉中以項籍、曹操、劉備三人來排比，同時又揭示才、慮、量之優劣，來論斷三人都將在歷史中失敗。在論說「人才與用人」又以排比文句，能涵攝各種人才一網打盡。他說：

> 夫古之用人，無擇於勢，布衣寒士而賢則用之，公卿之子弟而賢則
> 用之，武夫健卒而賢則用之，巫醫方技而賢則用之，胥史賤吏而賢
> 則用之。〔註48〕
>
> 古之養奇傑也，任之以權，尊之以爵，厚之以祿，重之以恩。〔註49〕

〈廣士〉篇中要打破傳統用人觀念，以布衣寒士、公卿之子弟、武夫健卒、巫醫方技與胥史賤吏，五者不同地位用排比句法，要求朝廷要任賢才而不分貴賤。〈養才〉篇也以權、爵、祿、恩四點來排比，說明奇傑要「先賞」以滿足慾望，使奇傑感受到君王的尊重。在勾勒經典之大義上也用排比，例如：

> 觀天地之象以爲爻，通陰陽之變以爲卦，考鬼神之情以爲辭。〔註50〕
>
> 《春秋》賞人之功，赦人之罪，去人之族，絕人之國，貶人之爵。
>
> 〔註51〕

〈易論〉把《易》之爻、卦、辭之來源，由排比法交代出來，三者又是息息相關。〈春秋論〉則以賞、赦、去、絕、貶五者排比，春秋賞罰的「微言大義」曜然紙上，不再是隱晦不明。又如討論治理軍隊及法律制度問題時，他說：

〔註46〕〔宋〕蘇洵：〈子貢〉，見《嘉祐集箋注》，頁59。
〔註47〕〔宋〕蘇洵：〈項籍〉，見《嘉祐集箋注》，頁66。
〔註48〕〔宋〕蘇洵：〈廣士〉，見《嘉祐集箋注》，頁105。
〔註49〕〔宋〕蘇洵：〈養才〉，見《嘉祐集箋注》，頁111。
〔註50〕〔宋〕蘇洵：〈易論〉，見《嘉祐集箋注》，頁143。
〔註51〕〔宋〕蘇洵：〈春秋論〉，見《嘉祐集箋注》，頁162。

古之善軍者，以刑使人，以賞使人，以怒使人。〔註52〕

先王欲杜天下之欺也，爲之度：以一天下之長短，爲之量；以齊天
下之多寡，爲之權衡，以信天下之輕重。〔註53〕

蘇洵以刑、賞、怒三者排比，是驅使軍隊能服從軍令的要素。〈申法〉則說明
法之度、量、衡之來源，是先王爲取信百姓所訂下的規範，同樣也是用優美
的排比句式。在農業上，蘇洵雖讚美遠古的井田制度，卻知其在宋代是不可
行。他表示：

爲川爲路者一，爲澮爲道者九，爲洫爲涂者百，爲溝爲畛者千，爲
遂爲徑者萬。此二者，非塞谿壑、平澗谷、夷丘陵、破墳墓、壞廬
舍、徙城郭、易疆壠，不可爲也。〔註54〕

整段是以排比句法，加強蘇洵的井田制度見解，由一、九、百、千到萬，點
出恢復井田制度，在排水系統的紛雜難行。再來，以破壞現有基礎建設爲論，
塞溪壑、平澗穀、夷丘陵等等重大工程接連來排比，讓讀者知道實施井田是
得不償失，此種制度將是永遠難行。在〈御將〉主張人才的重要性，通篇以
動物比喻爲人才的特質，看君王如何去應用發掘人才，蘇洵有用排比的句子。
例如：

夫養騏驥者，豐其芻粒，潔其羈絡，居之新閑，浴之清泉，而後責
之重也。〔註55〕

昔者，漢高祖一見韓信而授以上將，解衣衣之，推食哺之，一見黥布，
而以爲淮南王，供具飲食如王者；一見彭越，而以爲相國。〔註56〕

如以騏驥比喻是很好的人才，在對待騏驥時用豐富待遇，要先有美食、馬棚、
泉水等來排比，才有辦法讓動物來效忠。以上是以動物爲例子，蘇洵再度舉
出古代人物爲例，同樣以排比的句式，言劉邦對待韓信、黥布、彭越三人恩
厚，有加強自己論點的效果。

在書信文上也有排比修辭法，尤其是在說明事物道理上。如：

夫聖人賢人之用心也固如此：如此而生，如此而死，如此而貧賤，
如此而富貴，升而爲天，沉而爲淵，流而爲川，彼不預吾事，吾事

〔註52〕〔宋〕蘇洵：〈法制〉，見《嘉祐集箋注》，頁34。

〔註53〕〔宋〕蘇洵：〈申法〉，見《嘉祐集箋注》，頁115。

〔註54〕〔宋〕蘇洵：〈田制〉，見《嘉祐集箋注》，頁136。

〔註55〕〔宋〕蘇洵：〈御將〉，見《嘉祐集箋注》，頁89。

〔註56〕〔宋〕蘇洵：〈御將〉，見《嘉祐集箋注》，頁89。

畢矣。〔註57〕

其去不追,而其來不拒,其大不榮,而其小不辱。〔註58〕

〈上田樞密書〉在前一段先指出孔子、孟子,雖然不受到衛靈、魯哀、齊宣、梁惠等君王重視,但仍然在世間為自己學說理論盡心力,周遊天下去宣傳教化而不怨,而蘇洵欣賞孔孟聖賢的用心之處,用了生、死、貧賤、富貴、升、沉、流的系列排比,說明聖賢在人生中發生各種狀況,仍然盡人事而聽天命,此為蘇洵想要學習之處。〈上歐陽內翰第五書〉用了「去不追、來不拒、大不榮、小不辱」排比,述說蘇洵對於為官之態度,不過分之強求,也不過分排斥的內心。在〈上張仕郎第二書〉、〈強弱〉,也用了排比的字句。例如:

輕之鴻毛,重之於泰山,高之於九天,遠之於萬里,明公一言,天下誰議?〔註59〕

士之不能皆銳,馬之不能皆良,器械不能皆利,固也,處之而已矣。

〔註60〕

蘇洵以輕、重、高、遠來排比,表示張方平在朝廷上有舉足輕重的能力,希望張方平出力幫忙。〈強弱〉言武器可能無能充足,也不夠有武器能過度依賴,主要重視在戰場上實際的變化情況。

從中可以得知,蘇洵用排比句法可以增加氣勢,讓文句能氣勢十足,澎湃萬千。並可透過三重以上角度,來論說某件事情,使之說服力上升。同時文章也變得有節奏美感,不管是在說理、論經、用人上,都有不錯的成效。

第五節　層遞法

排比法可加強文章之氣勢,而層遞法能便於說理,把事物的輕重因果,如層層剝筍般深入核心,透析事物的未來發展結果,便於讀者所接受。修辭學上層遞定義是:「說話或寫作,表達某個意思的時候,把三個或三個以上的事物,依照大小、高低、輕重、本末等次序遞升或遞降關係排列出來。」〔註61〕以下分析修辭例子:

〔註57〕〔宋〕蘇洵:〈上田樞密書〉,見《嘉祐集箋注》,頁318。
〔註58〕〔宋〕蘇洵:〈上歐陽內翰第五書〉,見《嘉祐集箋注》,頁341。
〔註59〕〔宋〕蘇洵:〈上張仕郎第二書〉,見《嘉祐集箋注》,頁346。
〔註60〕〔宋〕蘇洵:〈強弱〉,見《嘉祐集箋注》,頁39。
〔註61〕陳正治:《修辭學》(臺北:五南圖書:2001年9月初版1刷),頁276。

如在〈審敵〉和〈心術〉篇上，他寫道：

> 夫賄益多，則賦斂不得不重；賦斂重，則民不得不殘。〔註62〕

> 凡戰之道，未戰養其財，將戰養其力，既戰養其氣，既勝養其心。
> 〔註63〕

宋朝賄賂外族的求合政策，導致賦稅的不斷加重，最後引起民眾的反彈，三層都是習習相連，層層而加重。在論戰爭時，由未戰到勝利四層次，每個階段的不同要素，由小而大，也皆由層遞法展現。又如以下例子：

> 明則易達，易達則褻，褻則易廢。〔註64〕

> 仲尼之志大，故其憂愈大，憂愈大，故其作愈大。〔註65〕

此二例還帶有著頂眞方式，〈易論〉以禮之發展趨勢是會朝向，明、達、褻、廢四層發展，明、達是禮所要求目標，到了褻、廢就違背禮之宗旨，故要有《易》來挽救禮會走向「褻廢」的趨勢。〈史論上〉以孔子對史書著作態度是：志大、憂大到作大，先有大志而有大憂，大憂後寫出大作，以防止大憂，所以有著《春秋》之書的產生。兩例都是有著本末之關係，蘇洵用層遞法表明清楚。從層遞法得知，蘇洵對事物見解之能力不凡。在〈樂論〉揣測聖人的治術，一步一步被蘇洵看透。如：

> 聖人之所恃以勝天下之勞逸者，獨有死生之說耳。死生之說不信於天
> 下，則勞逸之說將出而勝之。勞逸之說勝，則聖人之權去矣。〔註66〕

從「死生之說」變成「勞逸之說」到聖人權去，聖人之權是以「死生之說」來壓抑常人「勞逸之說」，百姓若不相信死生之說，則聖人無法統治百姓。蘇洵以三層的層遞法，不僅能知聖人之用心，也說服讀者認識此關係。又如蘇洵的朝廷上書，說明不採用厚葬宋仁宗的好處。如：

> 上以遂先帝恭儉之誠，下以紓百姓目前之患，內以解華元不臣之譏，
> 而萬世之後以固山陵不拔之安。〔註67〕

蘇洵為反對宋仁宗的厚葬，總結出不施行厚葬的好處，以層遞手法由上、下、內到萬世，各個層面都得益，論述節葬是勝過厚葬的論點，面面俱到且皆有

〔註62〕　〔宋〕蘇洵：〈審敵〉，見《嘉祐集箋注》，頁13。
〔註63〕　〔宋〕蘇洵：〈心術〉，見《嘉祐集箋注》，頁29。
〔註64〕　〔宋〕蘇洵：〈易論〉，見《嘉祐集箋注》，頁143。
〔註65〕　〔宋〕蘇洵：〈史論上〉，見《嘉祐集箋注》，頁229。
〔註66〕　〔宋〕蘇洵：〈樂論〉，見《嘉祐集箋注》，頁151。
〔註67〕　〔宋〕蘇洵：〈上韓昭文論山陵書〉，見《嘉祐集箋注》，頁357。

排比的氣勢。再如論《史記》、《漢書》、《後漢書》、《三國志》的四史作者時：

> 固譏遷失，而固亦未爲得。曄譏固失，而曄益甚，至壽復爾。〔註68〕

由司馬遷、班固、范曄到陳壽的時代變化，蘇洵以層遞法來總結。史學家們都是在後代嘲笑前代，卻自己又犯下前代的缺失而渾然不知。蘇洵讓讀者知悉四史的作者，有「重踏覆轍」的缺失，更是變本加利而不自知。以下又有例子：

> 取天下，取一國，取一陣，皆如是也。〔註69〕
>
> 洵少時自處不甚卑，以爲遇時得位，當不鹵莽。及長，知取士之難，
>
> 遂絕意於功名，而自托於學術，未始有也。〔註70〕

〈強弱〉篇揭示軍隊各有強弱的道理，方能在作戰時無往不利。蘇洵用了天下、一國、一陣，從大到小都離不開此法則。〈上韓丞相書〉以層遞說明自己生涯的進展，從少時的不知世事，到科舉三次落地灰心，最後轉入喜愛的書籍中。從中，層遞法看見蘇洵的文章，經過層次的變化後，不僅是讓語意分明，深度也逐漸上升，明白事物道理的發展與結果。

第六節　映襯法

映襯法又稱爲對比法，簡言之，就是把兩件相反事情互相對照，以兩種不同觀念來比較。《修辭學》映襯法的定義爲：「在語文中，把兩種觀念、事物或景象，相互對照或襯托，使情意增強的修辭法，就叫做映襯。」〔註71〕在《嘉祐集》中，蘇洵同樣有許多運用映襯法修辭的例子，通常以兩者事務的正反涵義，一起表現在讀者的眼前，使之語意更加顯露，以便申論文章的論點。如在〈審勢〉中強調勿賄：

> 勿賂則變疾而禍小，賂之則變遲而禍大。畏其疾也，不若畏其大；
>
> 樂其遲也，不若樂其小。〔註72〕

以「行賄」和「不行賄」的外交政策來相互襯托，便可知曉不行賄比行賄有利，賄之雖災禍延遲到來，卻埋下不可預測災難，不賄賂雖然災禍會稍加速，

〔註68〕〔宋〕蘇洵：〈史論下〉，見《嘉祐集箋注》，頁239。

〔註69〕〔宋〕蘇洵：〈強弱〉，見《嘉祐集箋注》，頁40。

〔註70〕〔宋〕蘇洵：〈上韓丞相書〉，見《嘉祐集箋注》，頁353。

〔註71〕陳正治：《修辭學》（臺北：五南圖書：2001年9月初版1刷），頁60。

〔註72〕〔宋〕蘇洵：〈審敵〉，見《嘉祐集箋注》，頁16。

但是遠勝於前者之災難規模。在內政的治理軍隊、百姓與農業的法律上，也有映襯修辭。如：

> 治眾者法欲繁，繁則士難以動；治寡者法欲簡，簡則士易以察。不然，則士不任戰矣。〔註73〕
>
> 田主日累其半以至於富強，耕者日食其半以至於窮餓而無告。〔註74〕

〈法制〉以治理多數人和治理少數人，應有不同的法律條文來對比，各有各的好處。〈田制〉以地主和耕者對比，兩者不平等的待遇顯然可見，田主不勞而獲就得到半數的資產，佃農只吃一半的糧食而逐漸貧窮，表示農田問題待改進。在論及法律中的贖罪制度時，如：

> 使彼為不能自明者邪，去死而得流，刑已酷矣；使彼為誠殺人者耶，流而不死，刑已寬矣，是失實也。〔註75〕

同樣以遭受「冤枉者」和「逃避刑法者」互相映襯，受到冤枉卻不能自白者的罪罰太重，而真正犯罪者卻難以察明，又無法給予應有的治罪處罰，表達當時的贖金制度有問題。在論歷史人物管仲的成敗關鍵上。如：

> 夫功之成，非成於成之日，蓋必有所由起；禍之作，不作於作之日，亦必有所由兆。〔註76〕

為強調事情是有因果關係，以「功之成」和「禍之作」來兩相映襯，強調平常較為忽略的層面，不是只有表面上慶賀喜成和感概衰敗的探討，成敗間都有不為人知的原因所在。蘇洵在寫給高官的書信文上，亦有映襯法的表現，如：

> 達者安於逸樂而習為高岸之節，顧視四海，饑寒窮困之士，莫不顰蹙嘔噦而不樂；窮者藜藿不飽，布褐不暖，習為貧賤之所摧折，仰望貴人之輝光，則為之顛倒而失措。〔註77〕

蘇洵的這段書信文當中，先以達者和窮困之士，後以窮者與貴人，兩者都是前後相互映襯，顯示出達、窮所處的不同環境和心境，以達、窮代表著蘇洵渴望受提拔的心願，在高位者應當要認識窮者的處境。在〈上張益州書〉說：「貧之不如富，賤之不如貴，在野之不如在朝，食荼之不如食肉。」〔註78〕

〔註73〕　〔宋〕蘇洵：〈法制〉，見《嘉祐集箋注》，頁34。
〔註74〕　〔宋〕蘇洵：〈田制〉，見《嘉祐集箋注》，頁135。
〔註75〕　〔宋〕蘇洵：〈議法〉，見《嘉祐集箋注》，頁122。
〔註76〕　〔宋〕蘇洵：〈管仲論〉，見《嘉祐集箋注》，頁261。
〔註77〕　〔宋〕蘇洵：〈上余青州書〉，見《嘉祐集箋注》，頁323。
〔註78〕　〔宋〕蘇洵：〈上張益州書〉，見《嘉祐集箋注》，頁484。

也有這種映襯法表現，以貧富、賤卑、野朝、榮肉，說明當官和不當官間的處境不同，而蘇洵就是渴望爲官的。

　　蘇洵《嘉祐集》的修辭法不僅於所論述之六項，也有著對偶、頂眞、引用等等，本章僅以較多而有特色的舉例分析。但是，修辭格是後人所歸納而發展出來，至於蘇洵當初在寫作時，筆者認爲並非是按照修辭法的法則而寫，應該是在有意無意間，爲因應文章的行文需要，自然而然的表現出來，以把想要表達出來的事物呈現。

　　今以後人所歸納之修辭法來分析，總觀而言：「譬喻法」使論述時形象生動，能以小事物以見大道理，使人易於明白所言。「示現法」多用在雜文之中，有別蘇洵善於議論精於事理，顯露出蘇洵富於想像與抒情的特長。「誇飾法」以極度擴大或縮小事物本質，引起讀者的注意力，並隱藏著蘇洵自信的胸襟。「排比法」突顯蘇洵強而用力之文風，不亞於西漢賈誼、陸賈文家，有著十分的震撼力。「層遞法」表現蘇洵善於抽絲剝繭能力，把前後間的關係，層層的剖析其中的精義。「映襯法」則顯現出蘇洵常以兩事物對比，互相比較襯托，事物好壞情況自然出現。

第七章　蘇洵古文之特色

第一節　廣泛閱歷，積累成學

　　劉勰《文心雕龍・神思》言：「積學以儲寶，酌理以富才，研閱以窮照。」〔註 1〕等於是說讀書、學習、閱歷三者，是形成文章能進步的原因。這三者正好是促進蘇洵古文的進步的要素，同時也是蘇洵文章中的特色，讓蘇洵在唐宋八大家中搶得一席之地。這三點並非是一定的排列順序，筆者認為蘇洵是反方向，先有遊歷四方的基礎，加上十年的積學苦讀，最後表現在一篇篇的文章。司馬遷的《史記・太史公自序》〔註 2〕，曾說年少時遊歷大江南北的過程。他說：

> 二十而南游江淮，上會稽，探禹穴，闚九疑，浮於沅、湘；北涉汶、
> 泗，講業齊、魯之都，觀孔子之遺風，鄉射鄒、嶧；戹困鄱、薛、
> 彭城，過梁、楚以歸。

這種遊歷各地的過程，了解各地方的風土民情，有助於司馬遷未來的《史記》寫作。蘇洵年少時，也有如太史公泛遊大江南北的行為，在本文第二章第二節〈蘇洵生平事蹟〉，已有談及蘇洵到二十五歲，才燃起要向學的舉動，到二十七歲專心的發憤讀書。所以，二十五歲前的蘇洵，可謂不務正業，沉溺在山川美景玩樂中。〈憶山送人〉說：

〔註 1〕 范文瀾：《文心雕龍注》（臺北：臺灣開明書局：1985 年 10 月臺 16 版），卷 6
　　　　頁 2。

〔註 2〕 〔日〕瀧川龜太郎：《史記會注考證》（臺北：萬卷樓，1996 年 10 月），頁 1369
　　　　〈太史公自序〉。

岷峨最先見，晴光厭西川。遠望未及上，但愛青若鬟。大雪冬沒脛，
夏秋多蛇蚖。乘春乃敢去，葡萄攀屬顏。有路不容足，左右號鹿猿。
陰崖雪如石，迫暖成高瀾。經日到絕頂，目眩手足顫。自恐不得下，
撫膺忽長嘆。坐定聊四顧，風色非人寰。仰面囁雲霞，垂手撫百山。
臨風弄襟袖，飄若風中仙。揭來游荊渚，談笑登峽船。峽山無平岡，
峽水多悍湍。長風送輕帆，瞥過難詳觀。其間最可愛，巫廟十數巔。
聳聳青玉幹，折首不見端。其餘亦詭怪，土老崖石頑。長江渾渾流，
觸齧不可攔。苟非峽山壯，浩浩無隔邊。恐是造物意，特使險且堅。
江山兩相值，後世無水患。水行月餘日，泊舟事征鞍，爛熳走塵土，
耳囂目眵昏。中路逢漢水，亂流愛清淵。道逢塵土客，洗濯無瑕痕。
振鞭入京師，累歲不得官。〔註3〕

從中得知蘇洵到處去爬山涉水，就如漢朝司馬遷一樣，在遊歷過程中會積累書
本上欠缺的知識，正所謂「讀萬卷書不如行萬里路」。《唐宋古文研究》〔註4〕
說：「蘇洵早年的任俠和壯游，使他閱歷豐富，對社會有較多的了解和認識。」
何況蘇洵當時心思並不在讀書，是先向外在的事物廣泛接觸後，再轉向古代書
籍的知識領域。不僅於此，蘇洵三次落榜後來回於四川與京城間，同樣有著閱
歷的功效存在，後來反映在蘇洵文章間。如在〈上韓樞密書〉親眼目睹士兵的
弊端。他說：

往年詔天下繕完城池，西川之事，洵實親見。凡郡縣之富民，舉而
籍其名，得錢數百萬，以為酒食饋餉之費。杵聲未絕，城輒隨壞，
如此者數年而後定。……。蓋時五六月矣。會京師憂大水，鋤櫌畚
築，列於兩河之壖，縣官日費千萬，傳呼勞問之聲不絕者數十里，
猶且眊眊狼顧，莫肯效用。〔註5〕

宋朝士兵有倨傲難訓的弊端，總是不能完成政府交辦工作。又如在〈上文丞
相書〉言：「見凡吏商者皆不征，非追胥調發皆得役天子之夫，是以知天下之
吏犯法者甚眾。」〔註6〕看到官員的帶頭犯法，突顯法律不彰的問題是十分嚴
重。又如蘇洵遊歷京師後說：「洵時在京師，親見其事，忽忽仰天嘆息，以為

〔註3〕〔宋〕蘇洵：〈憶山送人〉，見《嘉祐集箋注》，頁452。
〔註4〕李道英：《唐宋古文研究》（北京：北京師範大學，2005年1月2版），頁318。
〔註5〕〔宋〕蘇洵：〈上韓樞密書〉，見《嘉祐集箋注》，頁302～303。
〔註6〕〔宋〕蘇洵：〈上文丞相書〉，見《嘉祐集箋注》，頁314。

斯人之去，而道雖成，不復足以爲榮也。」〔註7〕眼看著主張改革派人士相繼的失勢，產生哀嘆之情。姚永樸在《文學研究法》〔註8〕言：「至於文章之有味，其本原有二：一在積理，一主閱事。苟積理富，閱事多，自然醲醲有味。」胡懷深《文則》〔註9〕亦說：「作文必先儲材，而剪裁布置次之。……然則儲材之道奈何？曰：是有二法。一曰讀書，二曰閱世。讀書者，經、史而外，諸子百家之說，皆當知其大要；閱世者，凡國家盛衰之故，小民蘇困之由，與夫公卿大夫之舉止談笑，大奸巨猾、市僧倡優、紈袴浪子、竈婢、屠夫、乞丐之形狀，必皆雜搜而謹識之。蓄積既多，醞釀既久，一旦有故，臨文則大小精粗各以類觸，疊出不窮，是豈枵腹之儒所敢望哉？此儲材之法也。」文評家說明增進文章的方法，而蘇洵年少閱世就是最好的例子。

以上屬於閱事方面，下面則轉向讀書積理。宋歐陽脩曰：「作文無他術，唯讀書多則爲之自工。」〔註10〕蘇洵有著上面遊歷的閱歷，只是還沒在書本上努力，探索古聖先賢的各種智慧。後來蘇洵努力讀書，這段刻苦銘心的過程。他說：

> 取《論語》、《孟子》、韓子及其他聖人、賢人之文，而兀然端坐，終日以讀之者七八年矣。方其始也，入其中而惶然；博觀於其外，而駭然以驚。及其久也，讀之益精，而其胸中豁然以明，若人之言固當然者，然猶未敢自出其言也。時既久，胸中之言日益多，不能自制，試出而書之，已而再三讀之，渾渾乎覺其來之易矣。〔註11〕

這是蘇洵「積學以儲寶」的過程，選取《論語》、《孟子》、《韓子》等文集，深刻的用心閱讀，在久而久之下，終於領悟到古人的智慧深處，並考察古今成敗的原因後，文章也突飛猛進到如古人境界。所以，蘇洵汲取古聖先賢的精華後，充分發揮在古文創作上，故有著「酌理以富才」的效用，寫出來的文章自然不可同日而語。

〔註7〕〔宋〕蘇洵：〈歐陽內翰第一書〉，見《嘉祐集箋注》，頁 327。

〔註8〕姚永樸《文學研究法》，收錄於王水照主編《歷代文話·第 7 冊》（上海：復旦大學，2007 年 11 月），頁 6955。

〔註9〕胡懷深（1886～1938）《文則》，收錄於王水照主編《歷代文話·第 10 冊》（上海：復旦大學，2007 年 11 月），頁 9613～9614。

〔註10〕〔明〕徐師曾：《文體序說三種·文體明辨序說》（臺北：大安，1998 年 6 月），〈文章綱領〉，頁 40。

〔註11〕〔宋〕蘇洵：〈上歐陽內翰第一書〉，見《嘉祐集箋注》，頁 329。

　　清朝唐彪《讀書作文譜》〔註12〕也言:「人生作文,須有數月發憤功夫,而後文章始得大進,蓋平常作文,非不用力,然未用緊迫工夫,從心打透,故其獲効自淺,必專一致功,連作文一二月然後心竅開通,靈明煥發,文機增長,自有不可以常理論者。」蘇洵十年讀書的積累功夫,立下決心去探索古今成敗事物,早已超過數月分的功力,故文章能渾渾來之易。《兩宋文學史》〔註13〕言:「從蘇氏父子三人的創作實踐來看,他們正是致力於識見的培養,增廣生活閱歷,以激發其志氣與文氣而取得成功的。」因此,蘇洵的古文,是博取外界的各種知識,經由古籍廣泛積學,造就《嘉祐集》文章中有學養、有見識、有實務的特長。

第二節　縱橫捭闔,氣勢萬千

　　在本文「第三章」時,已有談論蘇洵文章中富有「縱橫家」之思想,善於揣摩人類的心理狀態與未來發展趨勢,來做一個精準的有利預估。此不但是蘇洵古文思想的一環,同時也是蘇洵古文的特色。宋朝李塗《文章精義》言:「蘇門文學,到底脫不得縱橫氣息。」〔註14〕林伯謙《古典散文導論》〔註15〕說:「三蘇文共通的特徵是:縱橫家氣息濃厚,頗有孟子『說大人則藐之』的氣概。」此種蘇門特點的創始者,可以蘇洵作為代表人物。

　　在古文思想章中舉例〈諫論上〉、〈諫論下〉兩篇,為代表性的作品。〈諫論上〉將臣子如何諫言君王的五種策略,詳細的剖析。〈諫論下〉言君王以「賞罰」驅使不同性格臣子,能夠齊心一致的勇於諫言。在其他篇章中,〈子貢〉是一篇採取縱橫家方式的文章,蘇洵仔細考慮當時局勢,提出個人之建議觀點說:

> 為賜計者,莫若抵高、國、鮑、晏弔之,彼必愕而問焉,則對曰:
> 田常遣子之兵伐魯,吾竊哀子之將亡也。彼必詰其故,則對曰:齊
> 之有田氏,猶人之養虎也。子之於齊,猶肘股之於身也。田氏之欲
> 肉齊久矣,然未敢逞志者,懼肘股之捍也。今子出伐魯,肘股去矣,
> 田氏孰懼哉?吾見身將磔裂,而肘股隨之,所以弔也。彼必懼而咨

〔註12〕〔清〕唐彪:《讀書作文譜》,(臺北:偉文圖書,1976年11月),頁66。
〔註13〕程千帆、吳新雷:《兩宋文學史》(高雄:麗文文化,1993年10月),頁148。
〔註14〕〔宋〕李塗:《文章精義》,(臺北:莊嚴,1979年3月),頁419。
〔註15〕林伯謙:《古典散文導論》(臺北,秀威資訊,2005年2月),頁28。

計於我。因教之曰：子悉甲趨魯，壓境而止，吾請爲子潛約魯侯，以待田氏之變，帥其兵從子入討之。彼懼田氏之禍，其勢不得不聽。歸以約魯侯，魯侯懼齊伐，其勢亦不得不聽。因使練兵搜乘以俟齊釁，誅亂臣而定新主，齊必德魯，數世之利也。吾觀仲尼以爲齊人不與田常者半，故請哀公討之。今誠以魯之眾，從高、國、鮑、晏之師，加齊之半，可以轘田常於都市，其勢甚便，其成功甚大，惜乎賜之不出於此也。〔註16〕

蘇洵〈子貢〉用許多的對話，提出「進退應變」的策略，如同是春秋戰國時的縱橫家，把事情最有利的特點緊緊捉住不放。這種言詞呈現「縱橫捭闔」特長，完全隨心所欲的操控在文章，不得不信服蘇洵見解力非凡。在〈高祖〉也具縱橫家色彩，尤其在最後的一段，以縱橫家的武斷言論，說明樊噲一定會叛亂。他說：

或謂噲於帝最親，使之尚在，未必與產、祿叛。夫韓信、黥布、盧綰皆南面稱孤，而綰又最爲親幸，然及高祖之未崩也，皆相繼以逆誅。誰謂百歲之後，椎埋屠狗之人，見其親戚乘勢爲帝王而不欣然從之邪？吾故曰：彼平、勃者，遺其憂者也。〔註17〕

這種縱橫家的說法，常有著「先入爲主」的缺失，把歷史人物斷然扣上會反叛的罪名，已故的歷史人物也是百口莫辯。不過，此種方法在議論性文章會有巨大的效用，會使文章氣勢強盛壯大，論說時深入無比。惲子居〈惲子居二集目錄序〉〔註18〕言：「杜牧之、蘇明允自兵家、縱橫家入，故其言縱屬；蘇子瞻自縱橫家、小說家入，故其言逍遙而震動。」

　　至於縱橫家有什麼缺點，日人齋藤正謙《拙堂文話》〔註19〕言：「三蘇之文可學，其持論不可學。學其持論，則流爲縱橫家。」這是站在文章道統上的立場，縱橫家詭辯趨利益的鮮明色彩，是文人學子不該學習之處。清朝劉熙載《藝概》〔註20〕亦言：「戰國說士之言，其用意類能先立地步，故得如善

〔註16〕　〔宋〕蘇洵：〈子貢〉，見《嘉祐集箋注》，頁59。
〔註17〕　〔宋〕蘇洵：〈高祖〉，見《嘉祐集箋注》，頁74。
〔註18〕　朱任生編：《古文法纂要》，（臺北：臺灣商務，1984年9月），頁340。收錄〈惲子居二集目錄序〉。
〔註19〕　〔日〕齋藤正謙（1797～1865）：《拙堂文話》，收錄於王水照主編《歷代文話·第10冊》（上海：復旦大學，2007年11月），頁9985。
〔註20〕　〔清〕劉熙載：《藝概》，（臺北：華正書局，1988年9月），頁5。

攻者使人不能守，善守者使人不能攻也。不然，專於措辭求奇，雖復可驚可喜，不免脆而易敗。」縱橫家有著先佔一步的特長。徐昂（1877～1953）《文談》〔註21〕更是精要的評論蘇文特色。他說：「一門文章，尤以蘇氏爲盛，蘇文氣勢直達，議論最擅長，記叙中亦以論說爲多，得力於衡家言，惟平易直率處往往而見。老泉文章本於經學，詞有根柢，散斂有法，超乎二子，實開家學之先，第不免戰國策士氣習，昔賢之論允矣。」蘇洵不只有縱橫家之言，還點出有駢散互用、文章氣勢萬千的特質，是頗爲精要的見解。

關於氣勢的說法，清朝方東樹《昭妹詹言》〔註22〕言：「氣勢之說，如所云『筆所未到氣已吞』，『高屋建瓴』，『懸河洩海』，此蘇氏所擅場。」方東樹評論「三蘇」間共有這個氣勢特長。綜觀此氣勢特色是由縱橫所引起，因縱橫言論而有著「雄健無比」的氣勢。唐文治（1865～1954）在《國文經緯貫通大義》〔註23〕說蘇洵文章是萬馬奔騰，定義爲：「適用於議論之文。以眾意紛紜、縱橫馳驟爲主，貴在鍊氣，切忌囂張凌亂。」並舉出蘇洵〈項籍〉爲例子，說明文氣萬千的特長。如：

> 惟其文氣如駿馬下坡，不可覊勒。初學讀之，最易進步。世傳明允常手一編書讀之，二子私窺之，則《戰國策》也。故明允之文，最深於「縱橫捭闔」之法，尤長於設喻。惲子居先生《大雲山文集》，是得其宗傳者。〔註24〕

在縱橫捭橫闔外，還精於譬喻事物特長，譬喻已在上章有所論述。再舉出〈春秋論〉仍是萬馬奔騰法。如：

> 《穀梁傳》制勝處，在設一問題以解釋之，未竟，又出一問題以解釋之，如舞刀槍劍槊，斬釘截鐵，一絲不亂。而他人視之，則如目迷五色，莫究其妙。此文專學《穀梁傳》。學者得其綫索而善效之，自能所向披靡矣。〔註25〕

〔註21〕徐昂（1877～1953）：《文談》，收錄於王水照主編《歷代文話‧第9冊》（上海：復旦大學，2007年11月），頁8926。

〔註22〕〔清〕方東樹（1772～1851）：《昭妹詹言》（臺北：漢京文化，2004年1月），頁24。

〔註23〕唐文治（1865～1954）：《國文經緯貫通大義》，收錄於王水照主編《歷代文話‧第9冊》（上海：復旦大學，2007年11月），頁8283。

〔註24〕唐文治：《國文經緯貫通大義》，收錄於王水照主編《歷代文話‧第9冊》（上海：復旦大學，2007年11月），頁8284。

〔註25〕唐文治：《國文經緯貫通大義》，收錄於王水照主編《歷代文話‧第9冊》（上

此言〈春秋論〉偏向在篇章法分析，即為第五章所言的「逐段問難法」，同樣是造成文章氣勢縱屬的要因。因為，氣勢萬千如萬馬奔騰，所以議論人事物時能所向無敵，雄健豪邁之氣充斥文章中。清朝魏禧《日錄論文》〔註26〕言：「唐宋八大家文，……，明允如尊官酷吏，南面發令，雖無理事，誰敢不承。」這是氣勢萬千所造成的效果，就像高官所發出公文號令，無人敢提出反對意見。清邵仁泓《康熙本嘉祐集序》〔註27〕言：「嘗取先生之文而讀之，大約以雄邁之氣，堅老之筆而發為汪洋恣肆之文。上之究極天人，次之修明經術，而其於國家盛衰之故，尤往往淋漓感慨於翰墨間。先生之文蓋能馳騁於孟、劉、賈、董之間，而自成一家者也，可不謂純而肆者歟。」都是說明蘇洵文章雄健，論說時氣勢萬千的特長。

古文家林紓用很好的比喻，在《畏廬論文‧述旨》〔註28〕言：「蘇氏之文，多光芒，有氣概；如少年武士，橫槊盤馬，不戰已足驅人之兵。」這種光芒四射、少年豪氣的文章，十足令讀者有畏懼三分之態，故三蘇文章能洛陽紙貴，一時撼動京師。又古文家吳闓生在《古文範》〔註29〕言：「三蘇議論文字明爽俊快，得力於戰國策士為多，而老泉尤為踔厲風發，當期雄快自喜，洵足傾倒一時，而一瀉無餘，去古人渾穆高古之境，遼絕矣。」吳闓生認為，蘇洵這種氣勢萬千縱橫特色，卻造成與古代「文以載道」的觀點有所分歧。吳氏雖批評蘇文之缺點，卻沒有抹殺蘇文的特色。

海：復旦大學，2007年11月），頁8284。

〔註26〕〔清〕魏禧撰：《日錄論文》，《叢書集成續編‧204冊》（臺北：新文豐，1989年6月），頁679。

〔註27〕祝尚書：《宋代巴蜀文學通論》，（四川：巴蜀書社，2005年6月），頁400。蒐錄清邵仁泓《康熙本嘉祐 集序》。

〔註28〕林紓：《畏廬論文等三種》，（臺北：文津出版，1978年7月），頁4。

〔註29〕吳闓生：《古文範》（臺北：中華書局，1970年3月），頁178。此文後又評論三蘇文缺點，極富個人見解之特長，較不認同蘇家這種文章，本文摘引如下：「自古文章之事，自周秦以來，降及有唐，無不精練獨創，雖一字一句之微，未有苟然而已者，其過抑嚴重，不肯輕發，古今一律，雖歐曾之文於時稍近矣，而亦未嘗敢以輕心掉也。獨至三蘇，專以意勝，不復留心章法詞句之間，東坡云：「吾文如萬斛泉源，隨地涌出」，又曰：「行乎不得不行，止乎不得不止」，其所自得如此，其所以異於古先者，亦在此，古人之文意，有所不敢恣言，有所不敢盡言，於所不得行而止乎所不得止，烏有率性自如，若此者哉。故謂古文之體，壞於三蘇，非謷言也。自是以後，三蘇文體風靡一時，於唐以前之文字，若劃鴻溝不復相通行，千餘年以至於今，而後生莫復知有韓退之以上，周秦盛漢之文字矣，始做俑者，能無任受咎哉。」

第三節　善用典故，旁徵博引

　　清朝魏禧《日錄論文》〔註30〕說：「爲文當先留心史鑑，熟悉古今治論之故，則文雖不合古法，而昌言偉論，亦足以信今傳後，此經世爲文，合一之功也。」史論、政論、經論類文章，幾乎篇篇都引用歷史人物書籍的典故，以佐證蘇洵之說法。如〈審勢〉舉出：「夏之上忠，商之上質，周之上文。」每個朝代各有著時代定向，而獨宋朝沒有一個趨向。主張宋朝要用「威」來治國。又舉齊威王的例子，如何立威強化齊國的國政。〈審敵〉也有許多的典故，如第四段說漢朝鼌錯有「洞燭機先」的能力，知道七國將要造反，擔心未來大局勢的發展，事先建議朝廷要防範，完全沒有個人的私心考量。其他部分引用在各篇章中都有呈現，如在「史論文」有大量引用四史的例子，見識到蘇洵「旁徵博引」的能力，精通各類的史書典籍。

　　因史論、政論、經論類等文章，已在本研究中引用較多，且常常一篇中摘用太多的經史子集內容。本文將鎖定在較少人關注「書信文」與予分析。書信文是寫給高官大臣，所以一定要舉例些古人的歷史典故，來表示蘇洵是個飽學之士，並精通各類書籍，而蘇洵有些難言之語，也透過典故例子呈現，可有著涵蓄委婉的功效，讓受信人易於接受而不突兀。

　　如〈上文丞相書〉引用管叔、蔡叔爲例證，來說明舉用人才要多加注意，因爲周朝在晉用人才時，仍然沒有制定很好的規範。他指出：

> 管叔、蔡叔，文王之子，而武王、周公之弟也，生而與之居處，習知其性之所好惡，與夫居之於太學，而習之於射宮者，宜愈詳矣。然其不肖之實，卒不見於此時。及其出爲諸侯監國，臨大事而不克自定，然後敗露，以見其不肖之才。〔註31〕

蘇洵舉出管叔、蔡叔劣行無不證明，選用人才後是需經過層層把關，委以實際的事物來嚴格觀察、詳加考核，以反映蘇洵提出「略於始、精於終」主張。若沒有各種完善的考核制度，管叔、蔡叔此類擅長隱藏之劣才，是難以將他們給淘汰。此外，蘇洵在舉用歷史典故時，常常能引領整篇發展，建立一件事情的論點，或者從中成爲輔證。在〈上王長安書〉、〈上余青州書〉兩篇，他說：

〔註30〕〔清〕魏禧：《日錄論文》，《叢書集成續編・204 冊》（臺北：新文豐，1989年6月），頁679。

〔註31〕〔宋〕蘇洵：〈上文丞相書〉，見《嘉祐集箋注》，頁313。

衛懿公之死，非其無人也，以鶴辭而不與戰也。〔註32〕

洵聞之楚人高令尹子文之行曰：「三以爲令尹而不喜，三奪其令尹而不怒。」〔註33〕

〈上王長安書〉爲說明天子、公卿、士之間的關係。蘇洵以衛懿公爲例子，過度的喜愛浪費、淫樂及重視寵物，不把群臣放在優先位置，最後必遭受臣下倒戈，以此證明「士」的重要性。〈上余青州書〉舉用《孔子‧公冶長》，暗示余青州有這種特性，不管是任官或貶官時，都能夠內心平靜安定，保持著超然的態度，是蘇洵所欣賞的風範。

蘇洵更有引用相關的典故書籍，說明想要「出仕爲官」的理念，只是自己不方便毛遂自薦，因而借用孔子、孟子聖人之言說出。例如：

孔子、孟軻之不遇，老於道塗而不倦不慍、不怍不沮者，夫固知夫貴之所在也。〔註34〕

《孟子》曰：「段干木踰垣而避之，泄柳閉門而不納，是皆已甚。迫，斯可以見矣。」嗚呼！吾豈斯人之徒歟！〔註35〕

聞之孟軻曰：「仕不爲貧，而有時乎爲貧。」〔註36〕

〈上田樞密書〉後段舉孔子、孟子爲例，蘇洵要效法先賢對自己的堅持，有才能時就要貢獻己力，孔子、孟子之責，亦如蘇洵之責，都有著報效國家的宏願。〈上韓舍人書〉舉出孟子爲例，表示自己絕非不近人情，其實也點出蘇洵急需有貴人薦引。〈上歐陽內翰第四書〉又再舉用孟子話，表達自己仍有現實生活考量，希望歐陽脩能夠察覺。蘇洵透過孔孟聖人之言，文章的格調及層次都提升，不用爲求一官半職而失去風範。

清朝魏際端《伯子論文》〔註37〕言：「引證古事以對舉二是爲妙。……蓋單舉則似一事偶合，對舉二事則其理若事無不確者，而議論之力亦厚。」魏氏認爲，在引用論證時要舉用兩事以上，才能夠有明確的證據能力，否則就會形同偶合的孤證，此點近似考據學家的二重證據法。邵博《聞見後錄》〔註38〕載：

〔註32〕　〔宋〕蘇洵：〈上王長安書〉，見《嘉祐集箋注》，頁343。

〔註33〕　〔宋〕蘇洵：〈上余青州書〉，見《嘉祐集箋注》，頁322。

〔註34〕　〔宋〕蘇洵：〈上田樞密書〉，見《嘉祐集箋注》，頁317。

〔註35〕　〔宋〕蘇洵：〈上韓舍人書〉，見《嘉祐集箋注》，頁350。

〔註36〕　〔宋〕蘇洵：〈上歐陽內翰第四書〉，見《嘉祐集箋注》，頁339。

〔註37〕　〔清〕魏際端：《伯子論文》，《叢書集成續編‧204冊》（臺北：新文豐，1989年6月），頁661。

〔註38〕　〔宋〕邵博：《聞見後錄》，見《嘉祐集箋注》，頁538。

「老蘇公云：『學者於文用引證，猶訟事之用引證也，既引一人得其事則止矣，或一未能盡，方可他引。』」蘇洵作文在引用一事不能明白表示時，方能夠再引用第二個舉例，以求文章能完美無暇。以下分析蘇洵較多引用的文章，如〈上韓昭文論山陵書〉舉用三個古例子，來成爲蘇洵建議「節葬」的證據。如：

> 蓋漢昭即位，休息百役，與天下更始，故其爲天子曾未逾月，而恩澤下布於海內。……昔者華元厚葬其君，君子以爲不臣。漢文葬於霸陵，木不改列，藏無金玉，天下以爲聖明，而後世安於泰山。……蓋唐太宗之葬高祖也，欲爲九丈之墳，而用漢氏長陵之制，百事務從豐厚，及羣臣建議以爲不可，於是改從光武之陵，高不過六丈，而每事儉約。〔註39〕

蘇洵舉用三件古代典故：第一例用漢昭帝與民休息政策，是宋朝當時所要採用的；第二例建議不當採用厚葬，節葬政策是勝過厚葬；第三例說明要更改政策是隨時來得及。三個例子讓蘇洵說話有力道，而非因反對而反對。第一例著眼在大環境發展，第二例要群臣不重犯舊失，第三例暗示著皇帝要效法前賢，上中下三面都考慮非常周詳。在〈議修禮書狀〉也用兩個例子。他說：

> 昔孔子作《春秋》，惟其惻怛而不忍言者而後有隱諱。蓋桓公薨，子般卒，沒而不書，其實以爲是不可書也。至於成宋亂，及齊狩，躋僖公，作丘甲，用田賦，丹桓宮楹，刻桓宮桷，若此之類，皆書而不諱，其意以爲雖不善而尚可書也。……《公羊》之說滅紀滅項，皆所以爲賢者諱，然其所謂諱者，非不書也，書而迂曲其文耳。〔註40〕

〈議修禮書狀〉舉用孔子《春秋》中的例子爲標準，該記載與不該記載的事，都是具體的合乎規範。再引用《公羊》爲例，該要書寫的地方仍要寫，但會較爲曲折而不直接。蘇洵舉兩例以證明自己的主張，是效法前賢的史書標準，蘇洵只是沿用古例。〈上張益州書〉暗示選擇明主，受到賢人推薦而出仕的重要性。他說：

> 柳子厚、劉夢得、呂化光，皆才過人者，一爲二王所污，終身不能洗其恥。
>
> ……孟子曰：「觀遠臣以其所主」韓子曰：「知其主可以信其客。」〔註41〕

〔註39〕〔宋〕蘇洵：〈上韓昭文論山陵書〉，見《嘉祐集箋注》，頁355～357。
〔註40〕〔宋〕蘇洵：〈議修禮書狀〉，見《嘉祐集箋注》，頁434。
〔註41〕〔宋〕蘇洵：〈上張益州書〉，見《嘉祐集箋注》，頁484～485。

蘇洵認爲唐朝柳子厚（773～819）、劉夢得（772～842）、呂化光（772～812）、王伾、王叔文（753～806）等人。因爲主張革新而遭到小人陷害，以至於落得不好之名聲。所以選擇要出仕爲官時要再三考量，以免落得被黨人汙辱的風險。暗示蘇洵對爲官之謹愼，朝中需要有正直之人才能出仕。到了文章後段，採用孟子和韓愈的話，有幸受到張方平的推薦是非常光榮，不用擔心如唐朝的遺憾史事。是故，採用兩例以上典故，會使事件更加明確，充分發揮文章的論點。至於蘇洵在〈與孫叔靜〉明確說明，作文引用時需要注意事項。他表示：

> 久承借示新文及累爲訪臨，甚荷勤眷。文字已爲細觀，甚善甚善。
> 必欲求所未至，如〈中正論〉引舜爲證，此是時文之病。凡論但意
> 立而理明，不必覓事應付。誠未思之。專此，不宣。洵白。〔註42〕

本篇是蘇洵在回答學生作文之道，蘇洵以爲在舉用例子時，要以「意立理明」爲第一要務，建立預主張的思想用意，文章所傳達的道理要交代無礙，不用過分的尋找典故或事例引證。此對初學文章者是很好的建議，避免了文章立意不清，卻出現成推如山的典故，應當在意立理明後，再引用史書典故仍不晚。是故，蘇洵飽讀經史子集，充分把古代文史精華，結合自己想要表達的觀點，相互融會貫通在文章中。

第四節　駢散互用，長短相配

　　宋朝李塗《文章精義》〔註43〕言：「文字須有數行齊整處，須有數行不齊整處」。此言作文時須要有句子長短來相配，也可代表著「駢散相間」的特點。唐朝韓愈極力排斥六朝以降，追求形式主義的華麗文風，推行使用質樸的古文體，後代宋朝六大家更是古文運動的響應者。但是在反對駢偶的文風時，難免自己也會再犯下此種症狀，在文章中或多或少保持著駢體文的陰影存在。

　　這種色彩不能全指責爲缺點，而是古文家的文章特色。因爲文章過分駢體化，會使人生厭，老是過分講求格式，而喪失文章之靈魂。若過分散體化，則文章易鬆散而無氣度，最好的文章是能「駢散互用、長短相配」，融合著駢散兩種文體的特長，同時出現在一篇文章內，會有著很好文章的效果。明朝

〔註42〕〔宋〕蘇洵：〈與孫叔靜〉，見《嘉祐集箋注》，頁 479。
〔註43〕〔宋〕李塗：《文章精義》，（臺北：莊嚴，1979 年 3 月），頁 70。

歸有光《文章指南》〔註44〕論作文法說：「文字一篇之中，須有數行齊整處，有數行不齊整處，或緩或急、或顯或晦，緩急顯晦相間，使人不知其爲緩急顯晦，常使經緯相通，有一脉脈過接乎其間，然後可。盖有形者綱目，無形者血脈也。有用文字，議論文字是也，爲文之妙在敘情狀情。」歸有光認爲，整齊或不整齊的句子配用，正是文章的綱目關鍵所在。

　　蘇洵古文有此種特色，在文章中能運用短句及長句搭配，在駢散的互用下，文章變成有節奏感，在行進舒緩間，有種特殊的韻律存在。其中〈仲兄文甫字說〉爲代表作：

> 洵讀《易》至《渙》之六四曰：「渙其羣，元吉。」曰：嗟夫，羣者，聖人所欲渙以混一天下者也。盖余仲兄名渙，而字公羣，則是以聖人之所欲解散滌蕩者以自命也，而可乎？他日以告，兄曰：「子可無爲我易之？」洵曰：「唯。」
>
> 既而曰：請以文甫易之，如何？且兄嘗見夫水之與風乎？油然而行，淵然而留，渟洄汪洋，滿而上浮者，是水也，而風實起之。蓬蓬然而發乎大空，不終日而行乎四方，蕩乎其無形，飄乎其遠來，既往而不知其迹之所存者，是風也，而水實形之。今夫風水之相遭乎大澤之陂也，紆餘委蛇，蜿蜒淪漣，安而相推，怒而相凌，舒而如雲，蹙而如鱗，疾而如馳，徐而如徊，揖讓旋辟，相顧而不前，其繁如穀，其亂如霧，紛紜鬱擾，百里若一，汨乎順流，至乎滄海之濱，磅礴洶涌，號怒相軋，交橫綢繆，放乎空虛，掉乎無垠、橫流逆折、潰旋傾側，宛轉膠戾，回者如輪，縈者如帶，直者如燧，奔者如焰，跳者如鷺，躍者如鯉，殊狀異態，而風水之極觀備矣！故曰：「風行水上渙。」此亦天下之至文也。
>
> 然而此二物者豈有求乎文哉？無意乎相求，不期而相遭，而文生焉。是其爲文也，非水之文也，非風之文也，二物者非能爲文，而不能不爲文也。物之相使而文出於其間也，故曰：此天下之至文也。
>
> 今夫玉非不溫然美矣，而不得以爲文；刻鏤組繡，非不文矣，而不可以論乎自然。故夫天下之無營而文生之者，唯水與風而已。
>
> 昔者君子之處於世，不求有功，不得已而功成，則天下以爲賢；不求有言，不得已而言出，則天下以爲口實。嗚呼，此不可與他人道

〔註44〕〔明〕歸有光：《文章指南》（臺北：廣文書局，1991年7月），頁3。

之，唯吾兄可也。〔註45〕

〈仲兄文甫字說〉在首尾兩段，是用較爲散體的方式書寫，在中間是以「四字一句」的短句，極力刻劃出在水與風相交時，各種千奇萬變的姿態產生。用短句讓文章有緊奏的速度感，水與風的變化是瞬息萬變，闡發出文章是本乎天成，不經過人工造作的理論。不僅於此，本篇也有五字一句、六字一句、七字一句連續兩用的句法，在末段更以對偶方式來結尾，使本篇富有「長短互用」的風格。〈張益州畫像記〉第一段使用許多短句，二字一句、三字一句、四字一句，突顯當時緊張萬分的情況，隨時可能一觸即發情況：

> 至和元年秋，蜀人傳言有寇至，邊軍夜呼，野無居人，妖言流聞，京師震驚。方命擇帥，天子曰：「毋養亂，毋助變。眾言朋興，朕志自定。外亂不作，變且中起。不可以文令，又不可以武競，惟朕一二大吏，孰爲能處茲文武之間，其命往撫朕師？」乃推曰：「張公方平其人。」天子曰：「然。」公以親辭，不可，遂行。冬十一月至蜀。至之日，歸屯軍，撤守備，使謂郡縣：「寇來在吾，無爾勞苦。」明年正月朔旦，蜀人相慶如他日，遂以無事。〔註46〕

蘇洵用短句的手法書寫，使得文章能簡潔精要，若採用散體長句寫法，必定沒有這種緊張的氣氛，讀者感受不到整個事件始末，是經皇帝找到合適人選，採用合宜的政策而平定。在討論軍事戰爭〈制敵〉又是一例：

> 兵何難？曰：難乎制敵。曷難乎制敵？古者六師之中，士不能皆銳，馬不能皆良，器械不能皆利，故其兵必有上、中、下輩。力扼虎，射中的，捕敵敢前，攻壘敢先乘，上兵也；習行陣，曉擊刺，進而進，退而退，中兵也；奔則蹶，負則喘，迎刃而殪，望敵而走，下兵也。凡上兵一支中兵十，中兵十支下兵百。此非獨吾有，敵亦不無也。爲將者不以計用之，而曰敵以上兵來，吾無上兵乎？以中兵來，吾無中兵乎？以下兵來，吾無下兵乎？然則勝負何時而決也。
> 夫勝負久而不決，不能無老師費財。吾故曰難乎制敵也。〔註47〕

〈制敵〉第一段也出現駢散交用的技法，如在首段運用排比句後，接下說明上、中、下兵的性質不同，都採用對偶搭配的句法方式，在最後一段談上、

〔註45〕　〔宋〕蘇洵：〈仲兄文甫字說〉，見《嘉祐集箋注》，頁412～413。
〔註46〕　〔宋〕蘇洵：〈張益州畫像記〉，見《嘉祐集箋注》，頁394。
〔註47〕　〔宋〕蘇洵：〈制敵〉，見《嘉祐集箋注》，頁254～255。

中、下兵應變之道時，也是採用此法。〈明論〉在言聖人之明時，用了長句的
對偶方式，比較各種人之不同：

> 聖人之明，吾不得而知也。吾獨愛夫賢者之用其心約而成功博也，
> 吾獨怪夫愚者之用其心勞而功不成也。是無他也，專於其所及而及
> 之，則其及必精；兼於其所不及而及之，則其及必粗。及之而精，
> 人將曰是惟無及，及則精矣。不然，吾恐奸雄之竊笑也。〔註48〕

在言「賢者」和「愚者」的不同時，採用長句又近乎對偶方式。在後段言「專」
及「兼」的層式，也運用對偶句的行文，造成文章則較爲謹嚴，兩件事情的
好壞對比也清楚。此外在〈心術〉、〈法制〉兩篇，同樣可以發現蘇洵「駢散
互用，長短相配」特色，礙於文多而不再徵引。

　　蘇洵善於運用駢散文體的長處，可使得文章會有雄健氣勢產生，採用連
續或相同句式的句子後，讀者在朗讀時會變得急促，強化了文章的張力性，
尤其在這些駢偶句時，大都是蘇洵所要加強的語句，散句則可輔助駢句的不
足處。所以，蘇洵靈活的相互使用後，可使得文章駕馭兩類文體特長。

第五節　文尚實用，有爲而發

　　傅璇琮、蔣寅：《中國古代文學通論・宋代卷》言：「宋代的散文，與時
政關係極爲密切，許多爲人傳誦的名篇，本來就是奏疏，或是干預現實、議
論時政的文字，但同樣文采縱橫，是不可多得的文章名篇。從文學傳統的角
度看，這樣的文章，最能體現中國文人一貫積極用世的精神，也最符合「經
國之大業，不朽之盛事」的作文規範。」〔註49〕這邊點出宋代古文「好論時
政」的大面向，有「積極用世」的精神取用。當然，此大面向也是和蘇洵相
同，在本研究第三章〈蘇洵古文思想〉中，已論及有熱愛功名的儒家思想存
在，熱愛功名就是「積極用世」的表現。

　　積極用世的理念，透過蘇洵的篇篇古文，把國家的政治得失，法規制度
的良善，歷史人物的功過，通通給淋漓盡致的表達出來，有著實用的目的存
在。王水照主編《宋代文學通論》言：「蘇洵、蘇軾父子以文議政、議史、議
事、議人、議物、議理、議道、議藝，卓識博辯，通達古今，而精於理、適

〔註48〕〔宋〕蘇洵：〈明論〉，見《嘉祐集箋注》，頁266。
〔註49〕傅璇琮、蔣寅：《中國古代文學通論・宋代卷》（瀋陽：遼寧人民，2005年5
　　　　月），頁457。

於用，不爲空言。」〔註50〕說出蘇氏文章有實用取向，是三蘇之間所共同具有。宋朝歐陽脩在〈薦布衣蘇洵狀〉言：「其論精於物理而善識變權，文章不爲空言而期於有用。其所撰《權書》、《衡論》、《幾策》二十篇，辭辯宏偉，博於古而宜於今，實有用之言，非特能文之士也。」這也是後代文章學家認爲，蘇洵是開議論派、尙文派的一項原因。

蘇洵自己在〈上皇帝書〉〔註51〕言：「曩臣所著二十二篇，略言當世之要。陛下雖以此召臣，然臣觀朝廷之意，特以其文采詞致稍有可嘉，而未必其言之可用也。天下無事，臣每每狂言，以迂闊爲世笑，然臣以爲必將有時而不迂闊也。賈誼之策不用於孝文之時，而使主父偃之徒得其餘論，而施之於孝武之世。夫施之於孝武之世，固不如用之於孝文之時之易也。臣雖不及古人，惟陛下不以一布衣之言而忽之。不勝越次之心，效其所見。」宋朝廷對於蘇洵的文章，雖然稱讚寫得很好，卻有著忽略不用的作爲，此舉是讓蘇洵心生不滿，認爲自己的文章，非是單單所謂的「能文之士」。因爲，蘇洵不但是「能文之士」，且章是眞正有「匡時救弊」的效用。

今觀察《嘉祐集》的古文篇章，《權書》、《衡論》、《幾策》近二十篇的內容，確實是對宋朝國家政治有功效的文章。〈審勢〉、〈審敵〉兩篇先將國家的大綱方向訂定，有著明確可用的指導方針，北宋若能改善兩點之失，必定能夠國祚延長。

《權書》的〈心術〉、〈法制〉、〈強弱〉、〈攻守〉、〈用間〉的五篇，等於是一組兵法上的指導書，將領在詭譎多端的戰場指揮時，需注意蘇洵所談論到的種種問題，運行在戰爭中就不會失敗。〈孫武〉、〈子貢〉、〈六國〉、〈項籍〉、〈高祖〉等篇，雖是談論人物爲取向的篇章，都是結合著實際歷史的戰爭例子，來輔助對軍事戰略中的說明。

《衡論》則著重在內政施行上，提出一系列可施行的改革建議。〈御將〉、〈任相〉、〈養才〉、〈廣士〉等，針對宋朝科舉考試的缺陷制度，建議一套人才選用的建議，與君王統御臣下的治術。〈遠慮〉說明要有腹心之臣重要，其實也是宰相的重要性。〈重遠〉針對宋朝重內輕外的態度而發。〈申法〉、〈議法〉探討法律制度施行不確實，貴族的赦免制度應當重新檢討。〈兵制〉解決宋朝冗兵過剩的問題，〈田制〉朝廷限制貴族土地集中的弊端。

〔註50〕王水照主編：《宋代文學通論》（開封：河南大學，2005年4月），頁203。
〔註51〕〔宋〕蘇洵：〈上皇帝書〉，見《嘉祐集箋注》，頁292～293。

　　〈上皇帝書〉所言的十事，同樣都具有實用性的價值，把上述文章見解更
爲濃縮與強化。在其他篇章〈史論上〉、〈史論中〉、〈史論下〉三篇，是對修纂
史書的作者有爲而發，所以提出史書寫作法、史書缺點等論點，希望後代的史
學家不要再重犯，都是可實際的針對時弊應對的良藥。〈諫論上〉、〈諫論下〉兩
篇，〈諫論上〉教導臣子向皇上諫言的策略，〈諫論下〉指導君王欲得諫言的方
法。以上《幾策》、《權書》、《衡論》等篇章，是蘇洵到京師後所獻出的文章，
會造成洛陽紙貴的原因，在於「文尚實用、不爲空談」，與一般文士的文章不同。
因爲宋朝有種種政治缺失，蘇洵雖無一官半職，卻熱愛關心時政，在深思熟慮
後，敢言人所不敢言，論人所不敢論，故能夠有一鳴驚人的效用。

　　蘇洵文章「重視實用」，故不作無病呻吟的文章，則言必當世之過，文必
當世之用。宋朝曾鞏〈蘇明允哀詞〉言蘇洵文章特點：

> 明允每於其窮達得喪、憂歡哀樂，意有所屬，必發之於此；於古之
> 治亂興壞、是非可否之際，意有所擇，亦必發之於此；於應接酬酢，
> 萬事之變者，雖錯出外而用心於內者，未嘗不在此也。〔註52〕

曾鞏分析蘇洵文章的特色，把個人的獨具於內心的思想感情，透過文章給表
達出來，都是蘊藏在心中「有爲而作」的文章。宋朝雷簡夫在推薦蘇洵時，
寫下〈上韓忠獻書〉直言蘇洵文章特點：

> 讀其〈洪範論〉，知有王佐才；〈史論〉得遷史筆；《權書》十篇，譏
> 時之弊；〈審勢〉、〈審敵〉、〈審備〉三篇，皇皇有憂天下心。〔註53〕

因爲看到時局之衰敗，所以有爲而發的寫成文章。傅璇琮、蔣寅在《中國古
代文學通論・宋代卷》又言：「三蘇論文強調「有爲而作」，最突出的特徵就
是善於議論，評說古今，考論是非，明理以達用。」〔註54〕所以蘇洵是開三
蘇「文尚實用，有爲而作」的先驅。總而言之，蘇洵文章古文特色不只於上
述幾點，以上只是擇其顯而易見剖析，使能了解蘇洵文章的特點。明朝楊士
奇分析三蘇文有大、細、閑、奇三者：

> 高山巨川，巉岩萬狀，恬漫千頃，可望而不可竟者，蘇之大也；名
> 園曲檻，繞翠環碧，十步一停，百步一止，而不欲去者，蘇之細也；
> 疏雨微雲啜清茗，白雪濃淡總相宜者，蘇之閑雅也；風濤烟樹，曉

〔註52〕〔宋〕曾鞏：〈蘇明允哀詞〉，收錄《嘉祐集箋注》，頁524。
〔註53〕〔宋〕雷簡夫：〈上韓忠獻書〉，收錄《嘉祐集箋注》，頁538。
〔註54〕傅璇琮、蔣寅：《中國古代文學通論・宋代卷》（瀋陽：遼寧人民，2005年5
　　　月），頁89。

夕百變，剡巒夷曲，轉入轉佳，令人驚顧錯愕，而莫可控搏者，蘇
之奇怪也，知此而『三蘇』之品定矣。〔註55〕

「大者」可說蘇洵議論文之特色，萬馬奔騰而不可抵擋；「細者」可言蘇洵文章見解之長，極具各種事物之觀點；「閑者」爲蘇洵文章幽深之情；「奇者」爲蘇洵文章之不可預測，能在逆境中逢生。清朝唐彪《讀書作文譜》〔註56〕引《緯文瑣語》評論老蘇曰：

蘇明允文，以議論爲本，有質處，有跌宕處，有深奧處，有明白處，有馳騁處，有安徐處，其自言云，詩人之優柔，騷人之清深，孟韓之溫醇。遷固之雄剛，孫吳之簡切，投之所向，無不知意，蓋實語也。

此評論可謂是面面俱到，綜觀到蘇洵所有文章之特色。若依蘇洵古文分類而言：有「跌宕處」、「馳騁處」，偏向於政論性文章，論政時能入無人之境發揮見解。有「深奧處」，則在史論文、經論文爲多，提出一種新見解或新觀點。有「明白處」，則在書信及奏議文能行文清楚，讓受信者明白。有「安徐處」、「質處」，在其他文性的文章，見到蘇洵文章的眞性情。吳小林《唐宋八大家》〔註57〕總結蘇洵文章言：「老蘇文確實不僅具有《戰國策》、韓愈散文的雄奇奔肆博辯，而且兼取《孟子》文。賈誼文章的明切事理，犀利酣暢，往往寫得波瀾壯潤，嫋娜百折，表現出雄辯恣肆，簡切老辣，縱屬堅勁的獨特風格。」吳氏所言則偏重在蘇洵議論文之風格。當然，以上只是以文類風格的取向而言，蘇洵在文章寫作時是有著綜合性的，能夠把各種特長貫通在各類文章中。

　　總歸而言：蘇洵文章是經過廣泛的閱歷，學習社會上的各類事務，再轉回歷史古籍上探討，從文章中可以讓後代學者，體驗學與行合一的重要性，學習文章不僅要有對現實社會關心，同時要汲取古代曾發生事例，以作爲因應當時危機的對策。文章要有古例、今例的對照下較不死板，避免淪落爲紙上談兵的層次。蘇洵透過縱橫家善於分析事物的說法，有別於傳統道統文章是四平八穩，不能夠奪人眼目而信服其理，此法具有強大震撼力功效，文章較爲詭辯性，並且論說先入爲主，爲求達成文章使人有注意力，故著重在利、

〔註55〕吳小如：《唐宋八大家》，（臺北：里仁書局，1999年12月），頁413。轉載《三蘇文苑》卷首〈蘇氏潭藪〉。

〔註56〕〔清〕唐彪：《讀書作文譜》，（臺北：偉文圖書，1976年11月），頁144。

〔註57〕吳小如：《唐宋八大家》，（臺北：里仁書局，1999年12月），頁303。

弊、得、失的討論，富有大海波濤的雄健氣勢，以贏得讀者的信任與支持。

為求讓讀者能全然信服其理，而不被讀者找出縫隙反駁，除了所提出的理論建議外，採用許許多多的典故引用，旁徵博引各類經、史、子、集典籍。因為，自己所言不如古代聖賢人之言，不管是在各類型的文章，都能充分把握證據能力的效用。

蘇洵文章「駢散互用、長短相配」，把駢散兩者特長的文體，交互運用在篇章，等於融貫兩大文類特色，把駢文的精華給保留，搭配散文的樸實特性，呈現出新的風格。「文善實用、有為而發」，說明為文之謹慎態度，蘇洵在少年時燒毀認為不好文章，可見對為文要求之謹慎，在蘇洵《嘉祐集》的風花雪月、應酬接物之文也很少，其寫作的標準在於有為而發，對某件事情有作用或有想法時才寫。所以，蘇洵文章不為文行文，是有著實用價值，是匡時救弊的良方。

第八章　結　論

　　從蘇洵的生平事蹟中發現，他是個大器晚成之人。少年時，遊樂自然山水間，後受程夫人的勸告與感召，加上年紀增長而有所體悟，而在二十七歲發憤學習。雖然起步讀書較慢，仍是難能可貴。在接連參加科舉落榜的衝擊下，使蘇洵認知，宋朝在用人取仕上，有很大的檢討空間，因而寫出相關文章來論述。落榜的痛苦也令蘇洵徹悟，決心杜門謝客近十年，專心一意的閱讀喜愛古籍，觀察國政的各種缺失，寫成系列的文章來探討。同時用心的教育蘇軾、蘇轍成長，讓三蘇同登唐宋八大家，足以彌補無法施行經世濟民之憾。當朝廷在任用蘇洵時，只願意派任修史書的小官職，蘇洵又在任官不久就去世，嚴重突顯宋朝不能知人，在知人後又不能用人，終使這位文豪不能得志。

　　蘇洵的古文分類中，應研究之需求區分成政論類、史論類、經論類、書信類、其他類等五種。具體而言，每類都有不同的風格特色。「政論類」文章對承平已久的宋代，發出需要改革變法的警告，蘇洵先從國家政治應改革強化、在外交拒絕行賄政策為兩大指標。接著，一系列討論國家各種內政、外交問題，其政論內容的目的是：欲拯救積弱不振的北宋。「史論類」是議論歷史人物，大都集中在軍事方面討論，蘇洵常以事物成敗為主論，對於成功者多加讚賞，反之則批評較多。蘇洵在評論人物時，往往提出不同凡人的見解，常有一針見血之效，同時也暗指北宋的政局。蘇洵的史論文，也對史書寫作深表不滿，提出：「隱而章、直而寬、簡而明、微而切」，四大寫作法則與注意事項，希望後代的修史學者能夠引以為鑑。「經論類」是探討六經產生的文章，除〈春秋論〉立論較為嚴正外，餘者皆有濃厚的人情色彩。蘇洵認為，

六經的產生方式，是聖人要來控制百姓，使百姓會遵從的規範，而在人性好惡趨利的特殊心態，不得不遵守聖人制作出的經典。所以，蘇洵的六經論認爲，聖人的六經是以《禮》爲主，再慢慢延伸出《易》、《樂》、《詩》、《書》，以維持禮法運行的持久性，至於論述《春秋》則較符合儒家主張。

「書牘類」文章中，「書信文」表現出仕爲官的心願，密切與當朝的官員致信拜訪，並同時關懷國家政治情勢，希望高官能注意年近五十，仍然一事無成的蘇洵。書信文也反映宋朝行政效率的遲延、蘇洵的成長與學習經驗及文學家的特色討論等，呈現個人色彩較爲濃厚。「奏議文」則堅持己見，對於合乎正義公理事務，有著直言不諱的精神，指陳高官決議之失的勇氣。在「其他類」文章，「喪祭文」多爲親友所撰寫，不隨意替人浮濫撰寫，內容突顯人生短暫無常，感情眞情流露的特長。「記敘文」則是記事詳實無遺，內容是對世間有所抒懷感嘆，或暗喻懷才不遇的鬱悶。「雜文」中不失蘇洵好議論的風格，善於觀察事物的形成與預測未來發展，也含有崇尚自然理念的見解。

蘇洵的古文淵源非常具有特色，與一般傳統文士的純儒學迥異。首先，蘇洵因爲生長在與關中距離較遠的蜀地，所接觸學習與正統的關中之學不同。此種思想，基本沒有什麼特殊主張，他博采各家思想與專長，重視人情愛惡的態勢，主要擅長審時應變，不拘一格，只要對國家時局有利，皆在自己的論敘中，此是地域之差別性。

雖具蜀學特殊背景，蘇洵不失中國傳統的孔孟思想，在文中展現「出仕爲國」的滿腔熱情抱負，要朝廷須保有儒家的憂患意識。對軍事作戰，則贊同近儒家正道之信。在朝廷治理遠地時，仍主張採用儒家的治術。蘇洵本身行爲舉止也是儒家，具體關愛週遭的親朋友人。

蘇洵和一般儒士不同的是，當儒家之治術，已無法領導國家，蘇洵改換荀子重禮主張，以禮來治理國家百姓，使百姓能符合禮的規範。在禮無法治理國家時，蘇洵提出法家思想的建議，要國家落實法律執行面，建立官員的考核制度，糾舉爲非作歹的官員。而在上位的君王要操控賞、罰二柄，以達成治國的效用，以上都是蘇洵重法家的表現。但是，蘇洵之法是側重在手段，卻仍是保持儒家思維。除此之外，蘇洵還有縱橫家的思想，善於分析事物的利弊得失，讓人深信不疑。最後，還博采各家的思想，有道家的自然、墨家的節葬、佛家的菩薩、神仙信仰等，正是符合蜀學兼取百家、不拘一格的雜學特長。

　　蘇洵古文的表現方式，首先蘇洵作文會先立意，謀定該篇表達的中心觀點為何。蘇洵立意上的特點是：立意新鮮而不陳腐老套，讓讀者煥然一新的面貌；立意深刻有驚人見識，言人所不能言；立意貫通全篇，意思清楚；立意之中隱藏著寓意，引導讀者思考言外之意。

　　在蘇洵古文篇章結構上，蘇洵最常使用古今法來比對今古缺失；抑揚法來說明人物的起落；問難法來層層剖析解釋；引用法來引用古代例子；逐事調陳來條列分析；總提分應法以求文章面面俱到。在蘇洵古文段落技巧上，開頭有統攝全篇之功效，引起讀者繼續閱讀的興趣，在轉折部分會呈現左曲右繞的姿態，文章更顯得迂迴而真情動人，而結尾處更是千變萬化，讓讀者留下深刻無比的印象。總之，蘇洵的古文寫作技巧，可成為後人學習文章之途徑，並成為後世評點家或選本所推崇的文章範例。

　　蘇洵古文運用各種修辭法，使文章更加生動。蘇洵最擅長的是譬喻法，把難言的事務加以譬喻，也為後代文家所稱讚；示現法突顯出蘇洵豐富無比的想像力，使看不到的東西也能活躍在眼前；誇飾法描畫事物極大或極小，讓讀者有震撼感；排比法使文章更有氣勢，接連的使同類事物出現，讓讀者清楚所強調之處；層遞法將各種有因果關係，或難以說明的道理，能夠層層的進入核心，讓讀者明瞭此關係為何；映襯法透過兩種極為差異事物為對比，可得知事物的輕重取捨。所以，蘇洵使用修辭的目的，是為達成文章更易於讓讀者明白。

　　蘇洵的古文特色，是將年少遊歷各地的經驗寫入文章。蘇洵年長後，經過數十年的積學，成就蘇洵文章內容，能有書籍的知識，並搭配廣泛的閱歷，在兩者相輔相成下，文章總是能夠切中時弊，不流於空談。蘇洵善於操控文字變化，洞悉人類心理，故文章能縱橫捭闔，無往不利，猶如古代戰國策士的說辭，左右逢源而無所失，皆能為君王謀得最好利益。其文章氣勢萬千，文氣猶如萬馬奔騰，如入無人之境，氣勢剛健渾厚，令人驚心動魄，蘇洵文章皆是言之成理，難以反駁。蘇洵善用歷史典故，旁徵博引各種資料，顯見蘇洵見識之廣泛。經由這些古代資料的引用，能加強蘇洵文章的議論力，言之有物，方便蘇洵求仕或反映時局。蘇洵常用對偶及排比句，使得文章有長短相配的氣勢效果，在急緩之間配合得宜。在駢散互用的手法上，使文章也易於琅琅上口，近於兩漢先秦的文章。蘇洵文章實用為上，有為而發，文章的寫作是要針對現實社會的缺點，提出當朝缺失的建議，不作些無益世間之

文，必須在有深刻體悟察覺後，思索當今的問題何在，才落筆而寫出解決之
道。

關於蘇洵在文學史上的地位與貢獻，筆者以為有下列幾點：

一、「開拓蘇家文學地位」

蘇洵除了自己建立文學地位外，最重要的是教育出蘇軾、蘇轍兩位文豪，
建立出蘇家文學的系統。追根究柢，蘇洵是首創者，蘇洵在科舉考試落榜後，
回到家鄉苦讀喜愛的學術書籍。蘇洵在讀書之餘，也教育二子讀書求知，從
二子年少時寫出的策論性文章可知，基本上都是保有蘇洵文章的味道。蘇洵
古文上的各種特長，二子也都有所繼承，故有三蘇文其實為一的說法。二蘇
甚至把蘇洵較不擅長的詩、詞等文體，更加的發揮無遺。蘇洵最大的功勞，
是不限於科舉考試中狹小範圍，而能充實自己的文學實力，又拉拔二子共同
發光，開創出蘇家文學在歷史上的地位。

二、「古文復興運動的中堅」

歐陽脩帶領北宋文學家推動古文運動，歐陽脩不但有深厚文學素養，且
在創作上有很好的成績。更重要的是，歐陽脩大力提拔志同道合的文學家。
蘇洵受到歐陽脩的欣賞，極力稱揚其文似司馬遷、荀子等人，而此特色在同
期作家中，歐陽脩認為有所缺乏。當時蘇洵帶二子赴京考試，自己攜文進獻
求仕，一時間轟動京師，原因在於蘇洵父子文章合乎歐陽脩要求，有不同時
文的特殊風格。歐陽脩稱讚蘇洵文時，也表示此等文章已合乎古文運動理想，
才會在京師爭相傳閱。因此在中國文學史中，蘇洵是響應歐陽脩的復古理念，
雖然在文章道統見解上稍有不同，但以實際的古文創作上的成績，來支持歐
陽脩，並下開二蘇、曾鞏、王安石。蘇洵是奠定古文運動的開創者，是歐陽
脩第一員猛將，運用政論文的專長，一轉嘉祐文壇的風氣。

三、「議論時政與憂國主義興起」

蘇洵文章以議論國政時務為特長，富有強烈的憂國憂民精神，這種特色
符合宋代好議論的色彩。首先蘇洵這種風格影響到二子，二子的策論、上書
等文章，都富有蘇洵文章的精神，對於國政能不隱藏的指陳缺失，提出建議
改正之道。更為明顯的影響到南宋的文壇，南宋因為遭受靖難之變後，南渡
後有志之士紛紛寫出慷慨激昂的文章，如南宋初的宗澤、李綱、胡詮等人論
政上書，南宋中後期的范大成、楊萬里的論軍事與時政，辛棄疾的《美芹十

論》系列性文章爲集大成之作，甚至南宋末期的文天祥、謝枋得的憂國憂民情懷等，可謂是此種精神的延續與發揚光大。只要當國家內憂外患接踵而至時，關懷國家時局的政論文、上書文，極富憂國主義的愛國情懷，都會有如蘇洵此類的仁人志士再度出現，繼續針砭時局，提供國政建言。

四、「文重於道的新主張」

蘇洵文章呈現「重文輕道」的特色，但這也是蘇洵文論主張。蘇洵文章在「得乎吾心」之言。在蘇洵古文中，並沒有儒家的傳道的重責大任，或肩負起恢復道統的職責。蘇洵文章重在傳達事物的理論，文章只不過是傳達事理的工具，用文章以反映政府施政缺失，社會百姓的各種生活狀況，個人的思想及感情等等，這個道非是傳統儒家所言。蘇洵的道是變化無常，沒有一種固定不移的宗旨，而道需要文的載用，因此較爲重視文的表現，以供自己要達成的目的。至於聖人的傳道明教、文以載道，亦非蘇洵要推廣的任務，此點與歐陽脩、曾鞏間的道統派見解有所不同。

五、「晚學無師與興趣為主的學習觀」

蘇洵曾言「晚學無師」，從生平中得知坎坷的學習概況，少年時期遊盪不學，青年覺悟後用功在科舉，以至壯年科舉無成後而放棄，並朝向自己喜愛的古今學術，這與中國古代傳統文人，重視有師承教育後，努力以求功名有所不同。蘇洵沒有老師的教導，而是透過自學的方式求知。蘇洵知道自己想要什麼，下定決心求學，遠勝外在干擾或強力約束，因此其師則散在經史子集文獻中，鎔鑄古人的各種智慧寶藏。

再來，蘇洵知道自己的興趣所在，認爲科舉聲律記問是不足爲學時，自己努力了三次都名落孫山，大膽轉向在喜愛的古代學術興趣，這種驚人的轉折非常不易，知道自己所要的是什麼，終究讓蘇洵能夠大器晚成。

在蘇洵的人生歷練中，由遊蕩轉向學習，學習後參加科舉不符志願，憤而再轉古代學術，啓迪後人依興趣的學習重要性。當沒有老師來教導，或無法接受正式教育時，仍可透過自修的方式，有著很好的效用。最重要的是自己的決心是否有立定，所走的方向是否有興趣。

附錄　蘇洵古文著作年表

（參照《嘉祐集箋注》之註解考證）

一、寫作時間確定者

（一）宋真宗慶曆七年丁亥（1047）38 歲

〈名二子說〉、〈仲兄文甫字說（慶曆七年～皇祐元年）〉。

（二）宋仁宗皇祐三年辛卯（1051）43 歲

皇祐三年（1051）年至嘉祐元年（1056）三月間，所作文：

1. 《權書》系列：

〈權書敘〉、〈心術〉、〈法制〉、〈強弱〉、〈攻守〉、〈用間〉、〈孫武〉、〈子貢〉、〈六國〉、〈項籍〉、〈高祖〉。

2. 《衡論》系列：

〈衡論敘〉、〈遠慮〉、〈御將〉、〈任相〉、〈重遠〉、〈廣士〉、〈申法〉、〈議法〉、〈兵制〉、〈田制〉。

3. 《六經論》系列：

〈易論〉、〈禮論〉、〈樂論〉、〈詩論〉、〈書論〉、〈春秋論〉。

4. 《洪範論》系列：

〈洪範論敘〉、〈洪範論上〉、〈洪範論中〉、〈洪範論下〉、〈洪範論後敘〉。

5. 《史論》系列：

〈史論引〉、〈史論上〉、〈史論中〉、〈史論下〉。

（三）宋仁宗至和二年乙未（1055）47 歲

〈上張益州書〉、〈與雷太簡納拜書〉、〈審勢〉、〈審敵〉、

〈送吳侯職方赴闕引〉。

（四）宋仁宗嘉祐元年丙申（1056）48 歲

〈張益州畫像記〉、〈上張侍郎第一書〉、〈上張侍郎第二書〉、

〈上王長安書〉、〈送石昌言使北引〉、〈上歐陽內翰第一書〉、

〈上歐陽內翰第二書〉、〈上韓樞密書〉、〈上富丞相書〉、

〈上文丞相書〉、〈上田樞密書〉、〈蘇氏族譜亭記〉。

（五）宋仁宗嘉祐二年丁酉（1057）49 歲

〈上韓舍人書〉、〈上歐陽內翰第三書〉、〈祭亡妻文〉、〈老翁井銘〉、

〈祭史彥輔文〉、〈與吳殿院書〉、〈木假山記〉、

〈祭任氏姐文（嘉祐 2～4 年）〉。

（六）宋仁宗嘉祐三年戊戌（1058）50 歲

〈答雷太簡書〉、〈上皇帝書〉、〈與梅聖俞書〉。

（七）宋仁宗嘉祐四年己亥（1059）51 歲

〈上歐陽內翰第四書〉、〈極樂院造六菩薩記〉、〈丹稜楊君墓誌銘〉、

〈與楊節推書〉、〈王荊州畫像贊〉。

（八）宋仁宗嘉祐五年庚子（1060）52 歲

〈祭姪位文〉、〈上歐陽內翰第五書〉、〈謝趙司諫啓〉

〈賀歐陽樞密啓〉、〈謝相府啓〉、〈上余青州書（嘉祐 5～6 年間）〉

《太玄論》系列：（嘉祐 5～6 年間）

〈太玄論上〉、〈太玄論中〉、〈太玄論下〉、〈太玄總例〉

（九）宋仁宗嘉祐六年辛丑（1061）53 歲

〈上韓丞相書〉、〈議修禮書狀〉。

（十）宋仁宗嘉祐八年癸卯（1063）55 歲

〈上韓昭文論山陵書〉、〈辨奸論〉、〈與孫淑靜帖（嘉祐～治平間）〉

（十一）宋英宗治平二年乙巳（1065）57 歲

〈上六家諡法議〉。

二、寫作時間不明者

〈管仲論〉、〈諫論上〉、〈諫論下〉、〈制敵〉、〈譽妃論〉、〈明論〉

〈三子知聖人汙論〉、〈利者義之和論〉、〈彭州圓覺禪寺記〉

〈吳道子畫五星贊〉、〈祭史親家祖母文〉、〈雷太簡墓銘〉。

參考書目

一、蘇洵專集

1. 曾棗莊、舒大剛主篇：《三蘇全書》，北京，語文，2001 年 11 月。
2. 曾棗莊、金成禮箋注：《嘉祐集箋注》，上海，上海古籍，2001 年 4 月。
3. 高海夫主篇：《唐宋八大家文鈔校註集評‧老泉文鈔》，西安，三秦，1998 年 9 月
4. 曾棗莊、劉琳主篇：《全宋文》，第 22 卷，四川，巴蜀書社，1992 年 6 月。
5. 〔宋〕蘇洵：《嘉祐集》，《文淵閣四庫全書》，第 1104 冊，臺北，臺灣商務印書館，1983 年。
6. 〔宋〕蘇洵：《嘉祐集》，《四部叢刊》，第 51 冊，臺北，臺灣商務印書館，1965 年。

二、古代文獻（依作者時代先後排序）

1. 〔梁〕蕭統、〔唐〕李善注：《文選》，臺北，華正書局，2000 年 10 月。
2. 〔梁〕劉勰、范文瀾校注：《文心雕龍注》，臺北，開明書局，1958 年。
3. 〔宋〕歐陽脩：《歐陽文忠公集》，《四部備要》本，臺北，中華書局，1965 年。
4. 〔宋〕蘇軾著、孔凡禮點校：《蘇軾文集》，北京，中華書局，1992 年 9 月。
5. 〔宋〕蘇軾著、孔凡禮點校：《蘇軾詩集》，北京，中華書局，1992 年 4 月。
6. 〔宋〕蘇轍著、陳宏天點校：《蘇轍集》，北京，中華書局，1999 年 7 月。
7. 〔宋〕歐陽脩著、楊家駱編：《歐陽脩全集》，臺北，世界書局，1991 年 10 月。

8. ﹝宋﹞張方平：《樂全集》，《文淵閣四庫全書》本，第 1104 冊，臺北，臺灣商務，1983 年。

9. ﹝宋﹞謝疊山、﹝明﹞鄒守益批選：《正續文章軌範》，臺北，廣文書局，1970 年 12 月。

10. ﹝宋﹞陳騤：《文則》，臺北，莊嚴，1979 年 3 月初版。

11. ﹝宋﹞李塗：《文章精義》，臺北，莊嚴，1979 年 3 月初版。

12. ﹝宋﹞洪邁：《容齋隨筆》，臺北，文津，1994 年 3 月初版。

13. ﹝宋﹞呂祖謙：《古文關鍵》，臺北，廣文書局，1970 年 10 月初版。

14. ﹝元﹞脫脫等：《百納本二十四史·宋史》，臺北，臺灣商務印書館，1981 年。

15. ﹝明﹞歸有光：《文章指南》，臺北，廣文書局，1991 年 7 月再版。

16. ﹝明﹞唐順之：《唐宋八大家文格纂評》，臺北，新文豐，1975 年 3 月。

17. ﹝明﹞茅坤：《唐宋八大家文鈔》，《文淵閣四庫全書》，第 1383～1384 冊，臺北，臺灣商務印書館，1983 年。

18. ﹝清﹞劉熙載：《藝概》，臺北，華正書局，1988 年 9 月版。

19. ﹝清﹞清高宗：《唐宋文醇》，臺北，臺灣中華書局，1984 年。

20. ﹝清﹞唐彪：《讀書作文譜》，臺北，偉文圖書，1976 年 11 月初版。

21. ﹝清﹞章學誠：《章實齋札記四種》，臺北，廣文書局，1971 年 8 月初版。

22. ﹝清﹞章學誠著、楊家駱主編：《文史通義三種》，臺北，世界書局，1989 年 5 月。

23. ﹝清﹞姚鼐輯·王文濡評註：《評註古文辭類纂》臺北，華正書局，2004 年 9 月。

24. ﹝清﹞嚴可均校輯：《全上古三代秦漢三國六朝文》，北京，中華書局，1991 年。

25. ﹝清﹞蔡世遠編：《古文雅正》，臺北，臺灣商務印書館，1983 年。

三、現代著作

（先按作者姓氏筆劃排列，若作者同人時，依出版時間先後排列）

1. 丁傳靖：《宋人軼事會編》，臺北，流源文化，1982 年 9 月。

2. 尹雪曼：《中國文學概論》，臺北，東大圖書，2004 年 10 月。

3. 尤信雄：《桐城文派學述》，臺北，文津，1989 年 1 月再版。

4. 方豪：《宋史》，臺北，中國文化大學，2000 年 9 月再版二刷。

5. 王之望：《文學風格論》，臺北：學海，2004 年 5 月。

6. 王水照主編：《歷代文話》，上海，復旦大學，2007 年 11 月。

7. 王水照主編：《宋代文學通論》，高雄，復文圖書，2000 年 6 月。

8. 王明通：《漢書導論》，臺北，五南圖書，1992 年 6 月。

9. 王基倫：《唐宋古文論集》，臺北，里仁書局，2001 年 10 月。

10. 王葆心：《古文辭通義》，臺北，臺灣中華書局，1984 年 4 月臺二版。

11. 王鼎鈞：《作文十九問》，臺北，爾雅，2004 年 10 月。

12. 王鼎鈞：《作文七巧》，臺北，吳氏圖書，1978 年 3 月。

13. 王夢鷗等：《中國文學的發展概述》，臺北，中華文化復興運動委員會，1982 年 9 月。

14. 王靜芝：《王靜芝學術論文集》，臺北，輔仁大學，2003 年 5 月。

15. 王濟民：《中國古代文論陳述》，武漢，華中師範大學，2002 年 9 月。

16. 王懷成：《韓非子之散文藝術》，高雄，復文圖書，1998 年 4 月。

17. 吉梫：《文法精論》，臺北，世紀書局，1979 年 9 月。

18. 朱世英、郭景春：《唐宋八大家散文技法》，武漢，長江文藝，1989 年 3 月。

19. 朱任生：《姚曾論文精要類徵》，臺北，臺灣商務印書館，1988 年 7 月。

20. 朱任生：《古文法纂要》，臺北，臺灣商務印書館，1983 年 9 月。

21. 朱光潛等：《名家談寫作》，臺北，牧村，2001 年 7 月。

22. 朱光潛：《談文學》，臺北，尼羅河書房，2001 年 4 月。

23. 朱榮智：《文氣與文章創作關係研究》，臺北，師大書苑，1988 年 3 月。

24. 朱維錚：《中國經學史十講》，上海，復旦大學，2002 年 10 月。

25. 江舉謙：《文章探源》，臺中，明道文藝雜誌社，1995 年 2 月。

26. 牟玉亭：《中國古典文獻學》，北京，社會科學文獻，2005 年 8 月。

27. 余嘉錫：《四庫提要辨證》，雲南，雲南人民，2004 年 11 月。

28. 吳小林：《唐宋八大家》，臺北，里仁書局，1999 年 12 月。

29. 吳小林：《中國散文美學》，臺北，里仁書局，1995 年 7 月。

30. 吳福助編：《國學方法論文集》，臺北，文史哲，1990 年 8 月再版。

31. 吳武雄：《蘇洵及其論辨文研究》，臺中，捷太，1994 年 9 月。

32. 吳闓生：《桐城吳氏古文法》，臺北，文津，1979 年 4 月。

33. 吳闓生：《吳評古文辭類纂》，臺北，臺灣中華書局，1971 年版。

34. 吳闓生：《古文範》，臺北，中華書局，1970 年 3 月台 1 版。

35. 呂晴飛主編：《蘇洵》，臺北，地球，1995 年。

36. 宋文蔚：《評註文法津梁》，高雄，復文書局，1993 年 2 月修訂 2 版。

37. 李四珍：《明清文話敘錄》，臺北，花木蘭文化，2006 年 9 月。

38. 李道英：《唐宋古文研究》，北京，北京師範大學，2005 年 1 月 2 版。

39. 李威熊：《中國經學發展史論》，臺北，文史哲，1998 年 12 月。

40. 李增：《先秦法家哲學思想》，臺北，華泰文化，2001 年 12 月。

41. 李銘愛：《寫作縱橫談》，臺北，臺北市文藝協會，1998 年 9 月。

42. 李銳清等：《古文篇章結構表分析》，香港，中華書局，2005 年 5 月。

43. 杜松伯：《國學治學方法》，臺北，株泗，1991 年 10 月增訂版。

44. 沈謙：《文學概論》，臺北，五南圖書，2002 年 3 月。

45. （日）兒島獻吉郎著、孫俍工譯：《中國文學通論》，臺北，臺灣商務，2004 年 5 月。

46. 周淑媚：《劉熙載藝概研究》，臺北，花木蘭文化，2006 年 9 月。

47. 周振甫：《周振甫講古代文論》，南京，江蘇教育，2006 年 11 月。

48. 周振甫：《中國文章學史》，南京，江蘇教育，2006 年 4 月。

49. 周振甫：《周振甫講怎麼學習古文》，南京，江蘇教育，2005 年 11 月。

50. 周振甫：《周振甫講修辭》，南京，江蘇教育，2005 年 11 月。

51. 周振甫：《文章例話・風格篇》，臺北，五南圖書，1994 年 5 月。

52. 周振甫：《文章例話・修辭篇》，臺北，五南圖書，1994 年 5 月。

53. 周楚漢：《唐宋八大家文化文章學》，四川，巴蜀書社，2004 年 12 月。

54. 周紹賢：《中國文學述論》，臺北，臺灣商務印書館，1983 年 9 月。

55. 季羨林主編：《宋代文學研究》，北京，北京，2001 年 12 月。

56. 杭永年：《古文快筆貫通解》，臺北，文史哲，1985 年 10 月。

57. 林紓：《畏廬論文等三種》，臺北，文津，1978 年 4 月。

58. 林伯謙：《古典散文導論》，臺北，秀威資訊，2005 年 2 月。

59. 林雲銘：《古文析義合編》，臺北，廣文書局，1989 年元月 7 版。

60. 姚瀛艇：《宋代文化史》，河南，河南大學，1992 年 2 月。

61. 姚永樸：《文學研究法》，臺北，廣文書局，1981 年 7 月。

62. 洪順隆：《歷代文選——閱讀、鑑賞、習作》，臺北，五南書局，2000 年 8 月。

63. 胡欣：《寫作學基礎》，武漢，武漢大學，2005 年 5 月。

64. 胡楚生：《經學研究續集》，臺北，臺灣學生書局，2007 年 9 月。

65. 胡楚生：《經學研究論集》，臺北，臺灣學生書局，2002 年 11 月。

66. 胡楚生：《韓柳文新探》，臺北，臺灣學生書局，1991 年 6 月。

67. 胡楚生：《韓文選析》，臺北，臺灣學生書局，2003 年 9 月。

68. 胡楚生：《柳文選析》，臺北，臺灣學生書局，2003 年 9 月。

69. 胡如虹：《戰國策研究》，湖南，湖南人民，2002 年 1 月。

70. 胡昭曦、劉復生、粟品生：《宋代蜀學研究》，四川，巴蜀書社，1997 年 3 月。

71. 夏傳才：《十三經講座》，廣西，廣西師範大學，2006 年 10 月。

72. 夏丏尊、葉聖陶：《文話七十二講》，香港，三聯書店，1999 年 7 月。

73. 夏丏尊、葉聖陶：《文章講話》，香港，三聯書店，1998 年 7 月。

74. 孫望、常國武：《宋代文學史》，北京，人民文學，1996 年 6 月。

75. 徐芹庭：《破譯古文的方法》，臺北，聖環圖書公司，1986 年 10 月。

76. 徐琬章：《蘇洵及其政論》，臺北，文津，1984 年。

77. 祝尚書：《宋代巴蜀文學通論》，成都，巴蜀書社，2005 年 6 月。

78. 祝尚書：《宋人別集敘錄》，北京，中華書局，1999 年 11 月。

79. 馬茂軍：《宋代散文史論》，北京，中華書局，2008 年 4 月。

80. 馬斗成：《宋代眉山蘇氏家族研究》，北京：中國社會科學院，2005 年 12 月。

81. 馬積高、黃鈞：《中國古代文學史·宋遼金元》，臺北：萬卷樓，1998 年 7 月。

82. （日）高津孝著、潘世聖等譯：《科舉與詩藝──宋代文學與世人社會》，上海，上海古籍，2005 年 8 月。

83. 高明士等主編：《戰後臺灣的歷史學研究（1945～2000）·第四冊宋遼金元史》，臺北，國家科學委員會，2004 版。

84. 高步瀛：《唐宋文舉要》，臺北，宏業書局，1987 年 7 月再版。

85. 高明：《高明文輯》，臺北，黎明文化，1978 年。

86. 張中行：《文言津逮》，香港，中華書局，2002 年 5 月。

87. 張中行：《作文雜談》，香港，三聯書店，1998 年 7 月。

88. 張中行：《文言常識》，臺北，新文豐，1992 年 8 月。

89. 張舜徽：《四庫提要敘講疏》，臺北，臺灣學生書局，2002 年 3 月。

90. 張毅：《宋代文學思想史》，臺北，中華書局，1995 年 4 月。

91. 張高評：《中國散文之面貌》，臺北，中央文物供應社，1983 年版。

92. 張湘譔錄：《古今文綜》，臺北，臺灣中華書局，1962 年版。

93. 梁宜生：《文章作法》，臺北，臺灣學生書局，1979 年 8 月。

94. 許結等編：《中國古代文學導引》，南京，南京大學，2006 年 6 月。

95. 郭英德：《中國古代文體學論稿》，北京，北京大學，2005 年 9 月。

96. 郭紹虞：《中國文學批評史》，臺北，五南書局，2003 年 1 月。

97. 郭預衡主編：《中國古代文學史長編・宋遼金卷》，北京，首都師範，2000 年 9 月。

98. 陳平原：《中國散文小說史》，上海，上海人民，2004 年 9 月。

99. 陳振：《宋史》，上海，上海人民，2003 年 4 月。

100. 陳祥耀：《唐宋八大家文說》，福建，福建教育，1995 年 5 月。

101. 陳雄勳：《三蘇文及其散文研究》，臺北，文史哲，1991 年 11 月。

102. 陳柱：《中國散文史》，臺北，臺灣商務書局，1991 年 3 月。

103. 陳望道：《修辭學發凡》，臺北，文史哲，1989 年 1 月再版。

104. 陶晉生、黃寬重、劉靜貞：《宋史》，臺北，國立空中大學，2004 年 12 月。

105. 曾祥芹、韓雪屏主編：《文體閱讀法》，河南，大象，2002 年 10 月。

106. 曾棗莊：《蘇洵圖傳》，河北，河北人民，2006 年 12 月。

107. 曾棗莊：《蘇軾圖傳》，河北，河北人民，2006 年 12 月。

108. 曾棗莊：《蘇轍圖傳》，河北，河北人民，2006 年 12 月。

109. 曾棗莊：《宋代文學與宋代文化》，上海，上海人民，2006 年 5 月。

110. 曾棗莊、李凱、彭君華編：《宋文記事》，四川，四川大學，1995 年 12 月。

111. 曾棗莊等編：《宋文紀事》，四川，四川大學，1995 年版。

112. 曾棗莊：《三蘇文藝思想》，四川，四川文藝，1985 年 10 月。

113. 曾棗莊：《蘇洵評傳》，四川，四川人民，1983 年 5 月。

114. 傅增湘纂輯：《宋代蜀文輯存》，臺北，新文豐，1974 年 11 月。

115. 游彪：《宋朝十八帝》，臺北，聯經，2005 年 12 月。

116. 程民：《現代寫作論》，上海，學林，2005 年 12 月。

117. 程杰：《北宋詩文革新研究》，臺北，文津，1996 年 12 月。

118. 程千帆、吳新雷：《兩宋文學史》，高雄，麗文文化，1993 年 10 月。

119. 馮永敏：《散文鑑賞藝術探微》，臺北，文史哲，1998 年 2 月。

120. 馮書耕：《古文辭類纂研讀法》，臺北，國立編譯館，1981 年 11 月。

121. 馮書耕、金仞千：《古文通論》，臺北，國立編譯館，1979 年 4 月 3 版。

122. 黃霖主編：《20 世紀中國古代文學研究史・散文卷》，上海，東海，2006 年 1 月。

123. 黃侃：《文心雕龍札記》，新竹，花神，2002 年 8 月。

124. 黃六平：《漢語文言語法綱要》，臺北，華正書局，1981 年 8 月。

125. 黃啓方：《中國文學批評資料匯編──北宋》，臺北，成文，1978 年 9 月。

126. 黃慶萱：《修辭學》，臺北，三民書局，2004 年 1 月。

127. 黃保眞、成復旺、蔡鍾翔：《中國文學理論史・隋唐五代宋元時期》，臺北，洪葉文化事業，1998 年 2 月。

128. 楊樹達：《中國修辭學》，上海，上海古籍，2006 年 12 月。

129. 楊慶存：《宋代散文研究》，北京，人民文學，2002 年 9 月。

130. 葉國良、李隆獻：《羣經概說》，臺北，大安，2005 年 8 月。

131. 葉聖陶：《怎麼寫作》，香港，三聯書店，1998 年 11 月初版。

132. 賈志揚：《宋代科舉》，臺北，東大圖書，1995 年 6 月初版。

133. 賈文昭主編：《中國古代文論類編》，北京，海峽文藝，1988 年 6 月。

134. 熊琬：《文章結構學——文章運思結構之藝術》，臺北，五南書局，1998 年 3 月。

135. 臺灣大學中國文學研究所主編：《宋代文學與思想》，臺北，學生書局，1989 年 8 月。

136. 褚斌杰：《中國古代文體學》，臺北，臺灣學生書局，1991 年 4 月。

137. 趙義山、李修生主編：《中國文學史・散文卷》，上海，上海古籍，2001 年 7 月初版。

138. 劉師培：《中國中古文學史講義》，上海，上海古籍，2006 年 6 月。

139. 劉兆祐：《治學方法》，臺北，三民書局，1999 年 9 月。

140. 劉世劍主編：《文章寫作學——基礎理論知識部分》，高雄，麗文文化，1996 年 4 月。

141. 劉一沾、石旭紅主編：《中國散文史》，臺北，文津，1995 年。

142. 諸葛憶兵：《宋代文史考論》，北京，中華書局，2002 年。

143. 慧豐學會：《影印漢文大系 4・唐宋八家文》，臺北，新文豐，1996 年 4 月。

144. 蔣建文：《從作文原則談作文方法》，臺北，臺灣商務印書館，1970 年 8 月四版。

145. 蔡芳定：《北宋文論研究》，臺北，文史哲，2002 年 12 月修訂版。

146. 蔡宗陽：《文燈～文章作法講話》，臺北，國語日報，1992 年 11 月 11 版。

147. 鄭衛中：《蘇門三傑》，四川，巴蜀書社，2004 年 8 月。

148. 鄭子瑜：《唐宋八大家古文修辭偶疏舉要》，臺北，書林書局，1995 年 8 月。

149. 錢穆：《莊子纂箋》，臺北，東大圖書，2004 年 5 月 5 版。

150. 錢穆：《中國歷史研究法》，臺北，蘭臺，2001 年 2 月。

151. 錢穆：《宋明理學概述》，臺北，東大圖書，2001 年 2 月。

152. 錢穆：《中國學術通義》，臺北，臺灣學生書局，1975 年 9 月。

153. 謝武雄：《蘇洵言論及其文學之研究》，臺北，文史哲，1981 年。

154. 謝无量：《實用文章義法》，臺北，華正書局，1979 年 6 月。

155. （日）齋藤謙：《拙堂文話》，臺北，文津，1985 年 3 月再版。

156. 魏怡：《散文鑑賞入門》，臺北，國文天地，1989 年 11 月。

157. 鄺士元：《中國學術思想史》，臺北，里仁書局，1992 年 1 月。

158. 譚家健：《中國古代散文史稿》，重慶，重慶，2006 年 1 月。

四、學術研究論文

（一）學位論文（按發表日由先到後排序）

1. 何寄澎：《北宋的古文運動》（臺北，國立臺灣大學，中國文學研究所博士論文），1983 年。

2. 李李：《三蘇散文研究》（臺北，中國文化大學，中國文學研究所博士論文），1992 年。

3. 王素琴：《蘇轍古文研究》（臺北，國立政治大學，中國文學研究所碩士論文），1996 年。

4. 陳如雄：《曾國藩古文研究》（臺北，輔仁大學，中國文學研究所博士論文），1999 年。

5. 謝敏玲：《蘇轍史論散文研究》（高雄，國立高雄師範大學國文研究所博士論文），2000 年。

6. 朱乃潔：《蘇洵政論散文研究》（臺北，臺北市立師範學院，應用語言文學研究所碩士論文），2002 年。

7. 蘇秀玉：《唐宋古文篇章結構析論——以《古文觀止》爲研究範圍》（臺北，國立臺灣師範大學，國文系在職進修碩士學位班碩士論文），2004 年。

8. 涂美雲：《朱熹論三蘇之學》（臺北，東吳大學，中國文學研究所博士論文），2004 年。

9. 徐浩祥：《蘇軾記遊作品研究》（臺中，國立中興大學，中國文學研究所碩士論文），2004 年。

10. 鍾志偉：《明清唐宋八大家選本研究》（臺北，輔仁大學，中國文學研究所碩士論文），2006 年。

11. 陳秉貞：《三蘇史論研究》（臺北，國立臺灣師範大學，國文研究所博士論文），2006 年。

12. 呂湘瑜：《通代古文評點選本研究》（臺北，輔仁大學，中國文學研究所博士論文），2007 年。

13. 劉文輝：《蘇洵文學思想探究》（臺北，中國文化大學，中國文學所碩士在職專班碩士論文），2008 年。

（二）單篇論文（按出版日由先到後排序）

1. 陸以霖：〈蘇洵及其「嘉祐集」〉，《出版與研究》第 98 期（1978 年 5 月），頁 8。

2. 黃偉達：〈三蘇父子〉，《文藝復興》第 98 期（1978 年 12 月），頁 41～44。

3. 黃盛雄：〈蘇洵之文論〉，《靜宜學報》第 2 期（1979 年 6 月），頁 133～154。

4. 謝武雄：〈蘇洵文章結構之探究〉，《靜宜學報》第 4 期（1981 年 6 月），頁 63～89。

5. 吳武雄：〈蘇洵之生平及其著作考述〉，《警專學報》第 1 期（1988 年 6 月），頁 283～304。

6. 吳武雄：〈蘇洵之心態探索〉，《興大中文學報》第 6 期（1993 年 1 月），頁 201～224。

7. 吳武雄：〈蘇洵「六經論」意蘊〉，《臺中商專學報》第 25（文史社會篇）期（1993 年 6 月），頁 223～257。

8. 李李：〈現存蘇洵著述考〉，《中國文化大學中文學報》第 1 期（1993 年 6 月），頁 231～254。

9. 吳武雄：〈蘇洵之性格及其交遊情形〉，《興大中文學報》第 7 期（1994 年 1 月），頁 195～229。

10. 李凱：〈蘇洵文藝思想散論〉，《內江師專學報（社會科學版）》第 1 期（1996 年），頁 48～54。

11. 李李：〈蘇洵書信體散文研究〉，《華岡文科學報》第 21 期（1997 年 3 月），頁 129～147。

12. 周楚漢：〈蘇洵文章論〉，《中國文學研究》第 3 期（1997 年 3 月）。

13. 陳致宏：〈蘇洵「六經論」次第與經學思想探析〉，《孔孟月刊》第 37 卷第 3 期（民 1998 年 11 月），頁 25～34。

14. 王昊：〈近五十年來《辨奸論》真偽問題研究述評〉，《社會科學戰線》第 1 期（2000 年），頁 261～264。

15. 謝佩芬：〈三蘇研究論著目錄（下）（1913～2003）〉，《書目季刊》第 39 卷 1 期（2005 年 6 月），頁 51～94。

16. 謝佩芬：〈三蘇研究論著目錄（上）（1913～2003）〉，《書目季刊》第 38 卷 4 期（2005 年 3 月，頁 43～128。

17. 楊海崝：〈從嘉祐集看蘇洵對史記的學習及評價〉，《2005 中國近世文學國際學術研討會論文集》2005 年 10 月 21～22 日。

18. 王更生：〈唐宋八大家極其散文藝術〉，《中國學術年刊》第 10 期（1989 年 2 月）。

19. 徐文明：〈蘇洵與王安石思想異同論〉，《清華大學學報(哲學社會科學版)》第 2 期，第 17 卷（2002 年 2 月），頁 90～94。

20. 冷金成：〈試論三蘇蜀學的思想特徵〉，《福建論壇・人文社會科學版》第 3 期（2002 年）。

21. 卓伯翰：〈蘇洵散文特色之研究〉，《東吳中文研究叢刊》第 9 期（2002 年 9 月），頁 257～281。

22. 李凱：〈蘇洵學特色及其文藝思想〉，《四川大學學報（社會科學版）》第 31 卷第 2 期（2004 年 3 月），頁 79～85。

23. 馬斗成：〈宋代眉山蘇氏的家庭教育〉，《文史雜誌》第 6 期（2005 年），頁 19～23。

24. 王書華：〈蘇氏蜀學的學術淵源〉，《中華文化論壇》第 1 期（2005 年 3 月），頁 30～35。

25. 王祥：〈蘇洵與嘉祐文壇〉，《宋代文學研究叢刊》第 11 期：高雄，麗文文化事業公司，2005 年 12 月。

26. 吳肖丹：〈論蘇洵散文淵源及文學史地位〉，《江西行政學院學報》第 2 期（2006 年），頁 117～119。

27. 鞏本棟、沈章明：〈20 世紀以來蘇洵研究綜述〉，《文學遺產》第 5 期（2007 年），頁 147～154。

28. 劉靜：〈蘇洵父子知音說考論——兼談蘇序、蘇渙對蘇洵的教育和影響〉，《樂山師範學院學報》第 23 卷第 8 期（2008 年 8 月），頁 15～19。